U0897288

理性之美

爱默生经典散文选

［美］爱默生　著
孙宜学　译

CNS 湖南文艺出版社

图书在版编目（CIP）数据

理性之美 : 爱默生经典散文选 / (美) 爱默生 (Ralph Waldo Emerson) 著 ; 孙宜学译. -- 长沙 : 湖南文艺出版社, 2020.8(2023.8重印)

（散文译丛）

ISBN 978-7-5404-9560-2

Ⅰ. ①理… Ⅱ. ①爱… ②孙… Ⅲ. ①散文集一美国一近代 Ⅳ. ①I712.64

中国版本图书馆CIP数据核字(2020)第035940号

理性之美：爱默生经典散文选

LIXING ZHI MEI:AIMOSHENG JINGDIAN SANWENXUAN

作　　者：〔美〕爱默生
译　　者：孙宜学
出 版 人：陈新文
责任编辑：耿会芬
整体设计：萧睿子
内文排版：钟灿霞

出版发行：湖南文艺出版社
（长沙市雨花区东二环一段508号 邮编：410014）
网　　址：http://www.hnwy.net
印　　刷：湖南省众鑫印务有限公司
经　　销：新华书店
开　　本：880mm×1230mm 1/32
印　　张：13.75
字　　数：290千字
版　　次：2020年8月第1版
印　　次：2023年8月第2次印刷
书　　号：ISBN 978-7-5404-9560-2
定　　价：58.80元

前　言

爱默生是第一位直接阐述美国精神的哲学家。虽然在他出生前20年美国就已在政治上取得了独立，但从文化角度讲，当时的所谓美国文化基本上还都是借鉴外国的文化。爱默生早年生活在美国西部大拓荒时期，这是在美国民主原则指导下的一次伟大壮举，美国到处充满着精神上完全独立的气氛，美国人开始有意识地创造美国自己的文化，要像真正的美国人一样生活、思考了。

爱默生也是美国第一位将政治成就用于推动文化发展的政治家，但他不是靠行动，而是靠智慧。他呼吁美国人应与宇宙保持最原始的关系，用自己的洞察形成的诗、哲学和宗教创造美国自己的文化和历史；用观察自然获得的鲜活体验和知识取代历史干枯的骸骨；“新的土地呀，新的人呀，新的思想呀都出现了。让我们要求我们自己的工作、自己的法律和崇拜。”他号召美国学者摆脱欧洲思想的影响，在生活和思想上都做一个自由人。1837年8月31日，爱默生在剑桥镇对全美大学生荣誉协会发表演说“美国学者”，这在美国文化史上是一颗引燃了熊熊大火的火星，被称作是“美国思想的独立宣言”。他的声音振聋发聩，惊醒了很多美国人的幻梦，抹去了他们眼前欧洲文化的阴影，从而开始关注自己美国的文化，直到现在，他的这种声音仍在美国人的心灵中回响。

当然，作为诗人哲学家，爱默生并没有什么具体的行动计划或思想体系，他相信的是灵感，而不是理性，这一点他也意识到了，而且非常痛苦。他不擅长争辩，他也尽可能回避对现实中的重大事件发表意见，因为他知道自己的使命是启蒙普遍的人性。但在精神和思想层面，他是完全自由的，他的个性也是乐观的。他关注的是个体，谈的却是普遍的主题，宇宙主题，所以，他的作品至今还是清新的，还保持着最初的魅力，并将永远闪耀在人类精神的天空。

严格地说，爱默生是个激进主义者。但他的文章似乎表明他是一个温和、脆弱、友好、文明的人。他天性乐观，对前景充满希望。他相信一切皆善，这种高尚的信仰使他一生充满快乐。他的一生非常平静，幸福。虽然经历过精神冲突和痛苦，但他精神高雅，充满智慧，是思想世界的主人。他热切地欣赏着美国欣欣向荣的生活，他谦虚的个性使他很有吸引力，他的声音使听众着迷，他是个公认的演讲艺术的大师。

虽然爱默生是一个可爱的人，但他本性羞怯，谦虚，缺乏强悍的精神。他不愿从事政治活动，虽然他支持废奴运动，却尽可能回避参加各种废奴激进团体。尽管他的一切本能都反对他参加政治活动，尽管他不相信自己处理实际事务的能力，但当废奴运动受到压制后，他仍积极参加了各种主张废除奴隶制的活动。

爱默生生活的时代激情横溢，改革者正将世界连根拔起，对各种新事物顶礼膜拜。这也是一个哲学家的时代。爱默生是当时的超验主义思想的领袖，几乎每一个有自己的新思想和新体系的人都来拜访他，其中有真正的预言家，也有各种怪人和疯子。他们都来到他家里，坐在他的桌子旁，接受爱默生热情的招待。但爱默生最后坚决地疏远了他们，在他看来，这些人就像一个个片面的观点。

爱默生是一位超验主义者。他相信“超灵”，也即宇宙之灵，世界上的一切都只是其一部分。当然，即使在爱默生所生活的时代，也没人说得清何为“超验主义”。超验主义没有什么体系，与其说它是一种思想，还不如说它是一种诗。“我们所谓的超验主义实际上是一种理想主义”，爱默生这样说过。而理想主义者相信“思想和意志的力量，相信灵感，奇迹，个人教养”。 但对一个刚刚开始享有独立，并且在各个方面急切地扩展自身的国家来说，理想主义的思想方式却是自然的，因为它相信没有做不成的事。正处于狂欢状态，正热切地寻找世界上的一切果实，并且发现这些果子都那么甘甜可口的美国人受不了体系和逻辑的限制，他们更容易以自己的直觉代替经验。对他们来说，伟大的真理不是已经做过什么，而是还能做成什么。超验主义者从花，云，鸟，太阳，天气的冷暖，夜晚的美丽，农场，商店和铁路中汲取着生活之流，在他们看来，生活在燃烧，到处都在发生着美好的事情，只要跳跃着撷取就可以了。

虽然爱默生的超验主义思想不成体系，但他仍是按照一定的方法来发展自己的哲学。他对生活的态度建立于对自然的爱之上。他相信自己就是宇宙智慧的一部分，这种信仰使他对自由有一种奇妙的感觉。他所理解的自由是一种终极的解放，是一种创造性的自由。从本质上说，生活似乎是美好的，自然和人是可信的。生活不是让人了解的，而是要让人生活的。怎样才能真正开始生活呢？爱默生的回答是："自信。"他鼓励人们按照自己的冲动去生活，决不要与责任妥协。"只相信你自己的思想"，他说，"相信你心灵中感觉到的真实对别人的心灵也同样如此。"他认为，人不要屈服于习俗，而要追求自己心灵的完整。他告诫人要认识到自己的价值，要将一切都踩在自己脚下；不要偷偷摸摸，鬼鬼祟祟；不要悔恨，永不模仿别人。"除了你自己，没人会给你带来平静，除了天性的胜利，没人能给你带来平静。"

爱默生的信仰是能动的。当时的美国年轻人都将他看作是伟大的文化解放者。他始终在进行着想象领域的探索。在他看来，学者不应只拘泥于书本知识。他劝告学者应成为行动的人，应直接从生活中获得知识，“生活就是我们的字典”。他习惯通过特殊透视自然和人类的基本真理，并且相信：“永远创造。”这也是美国人的一种基本精神。

爱默生生活的时代也是一个让人绝望的时代。政治腐败，物质主义占据了人的心灵，印第安人仍在受到迫害，墨西哥战争玷污了正义的概念，南北战争使同胞们互相残杀。在爱默生的时代，无知和罪恶充斥于美国人的生活之中，他的许多同代人一直过着消沉的生活。爱默生知道这一切，并深为自己的同胞痛苦。每当在报上读到类似的消息，他常常一人走到小树林里沉思，让心灵慢慢恢复平静。但无论他身边发生了什么，他对宇宙之善的信仰是永远不会改变的。当他提着自己破旧的演讲包在美国各地巡回演讲时，看着一张张美国人的面孔，他都无法不产生这样的信仰。温和，善良，向上，这就是他眼中的美国人，而他则是美国的老师。他所说的，所写的，至今仍是美国人最容易读懂的“福音书”。

从爱默生的散文中，读者不难理解爱默生那一颗赤子之心，和对人类的乐观态度，这种态度或许在某些人看来确实太天真了，但如我们愿意静心摒除自己内心的物欲与杂念，并且回归自己的童真心态，哪怕只是瞬间的回归，我们就会感觉内心与爱默生贴得那么近。爱默生说出了人类最大的愿望，也说出了人类最终的归宿，虽然这种目标可能永远不会实现，但他永远不会失去自己对一代代人的魅力。这是人类区别于禽兽的一个根本标志。

2019年初春，吉安

目 录

论自然

我们的时代是回顾式的，它为祖先建造着坟墓。它写着传记、历史和批评。以前的一代代人直面着神和自然，但我们则是借他们的眼睛来看这些的。为什么我们不应该也与宇宙保持最原始的关系呢？为什么我们不应当有靠自己的洞察得来的——而非传统的——诗和哲学，以及向我们显示的宗教——而非他们的宗教的历史呢？自然以自己充溢的生命环绕在我们的四周，并流过我们体内，它用自己提供的力量邀请我们与自然协调行动。我们被这样的自然所笼罩，为什么还应在过去干枯的骸骨中摸索，或从旧衣橱里拿出古装披在活生生的一代人身上？太阳今天依然在照耀。田野上的羊群和亚麻也更多了。新的土地呀，新的人呀，新的思想呀都出现了。让我们要求我们自己的工作、自己的法律和崇拜吧。

毫无疑问，我们没有什么回答不了的问题来问了。我们必须依赖创造的完美，以至于我们都相信，无论万物的秩序在我们心里唤起了什么样的好奇心，这种秩序总能使它满足。每一个人的状态都是他要提出的那些询问的象形文字式的解答。在他理解真理之前，他只将真理看作生命的扮演者。同样，自然已经在用自己的各种形式和倾向描写着自身的图案。让我们讯问在我们周围那么和平地照耀着的伟大景象吧。让我们讯问：自然，你要走向何种结局？

一切科学都有一个目的，那就是寻求自然的理论。我们有种族理论，功能理论，但至今尚无一条通到创造观念的僻径，我们现在如此远离真理之路，宗教的牧师们彼此争吵着，憎恨着，沉思的人们受到不真实的虚伪的尊敬。但就健全的判断而言，最抽象的真理却最实际。每逢真实的理论出现的时候，它都会成为自身的证据。它的检验是：它可以解释一切现象。现在有许多事都被认为不仅未被阐释，而且是难以阐释的，例如语言，睡眠，疯狂，梦，野兽，性欲，等等。

从哲学角度来考虑，宇宙是由自然和灵魂组成的。因此，严格地讲，凡是从我们分离出去的，凡是在哲学上作为“非我”，也就是说自然和艺术两者，从其他人和我自己的身体中辨别出来的，都必须归在“自然”的名目之下。在列举着自然的价值，估算着它的数量的时候，我将运用这一概念的两种意义——其普通的意义及哲学意义。我们现在的探究是如此的普通，所以不精确并非物质上的；思想的混乱不会发生。自然，在其普通的意义上，是指人无法改变的本质：空间、空气、河流、树叶。“艺术”则被应用于他的意志和像房屋、运河、雕塑、图画那样的东西的混合。但他日复一日的劳动却是如此微不足道，不外乎是什么切呀，削呀，烤呀，缝补呀，洗呀，这些无足轻重的劳动，在世界在人心上留下的那么宏大的印象里根本不会改变结果。

一　自然

要走进孤独，人需要远离他的居室，就像远离社会那样。只要我在阅读和写作，即使没人与我在一起，我也并不孤独。但是，若有人想要孤独，那就让他看看满天星辰吧。从天际世界传来的光线会把他与他所能接触到的东西隔开。人或许会想：空气会因这种设计而透明起来，人也就能从天空诸物体上感觉到崇高美的永恒存在了。站在城市的街道中间来看，她们是多么伟大呵！如果星星一千年间只出现一夜，人们怎么会相信而且敬慕，并且世世代代保存着对曾经显示过神的城市的永恒记忆啊！但天天夜里这些“美”的使节都会出来，用她们劝诫性的微笑照亮宇宙。

星星唤醒了几分崇敬，因为她们虽然一直出现着，但却是不容接近的；但是，一切自然的物体，每当内心因她们的影响而开放时，都会给人留下亲切的印象。自然永远不会摆出一副卑鄙的面目。即使最聪明的人也不会因追究她的秘密，探出她一切的至善，而失去所有的好奇心。自然永不会成为聪明人的玩具。花呀，动物呀，山呀，反映了他最好时刻的智慧，恰正像它们曾经取悦过他童年时代的纯朴一样。

当我们这样谈论自然时，我们在心里有一种最明确但也最富诗意的意义。我们是指多种多样的自然物体所造成的印象的完整。就是这一点使伐木工人的树枝和诗人的树枝区别开来。我今天早晨所看见的可爱的风景毫无疑问是由二三十个农场组成的。米勒有这块田野，洛克有那块，曼宁则是更远处林场的主人。但是他们谁也没有拥有风景。地平线上有一宗产业，但这宗产业只属于诗人，因为诗人的眼睛能将各部分“融为一体”。这是这些人的农场中最好的部分，但是他们的产权契约却没有给他们什么所有权凭证。

老实讲，能够看见自然的成年人很少。人们大都看不见太阳。即使看见，他们的印象也很浮浅。太阳只会照亮成人的眼睛，却能照进孩子的眼睛和心里。爱自然的人是内外的感觉还真实地互相调节着的人，是把幼年时代的精神保留到成年时代的人。他与天和地的交感变成了其每日食粮的一部分。在自然面前，这种人尽管有种种真实的忧愁，但某种狂野的快乐还是流过他的全身。自然说——他是我的产物，尽管他有种种不合适的忧愁，但他还是应该与我同乐。不仅仅是太阳或夏天，而是每一时刻、每一季节都产生了自己快乐的贡物；因为从闷热的中午到最冷酷的午夜，一切时间和变化都应合着不同的心境，并且认可这种心境。自然是与喜剧或悲剧情节都配合得同样恰当的布景。身体健康的情况下，空气是一种令人难以相信的美德的兴奋剂。薄暮时分，在多云的天空下，走到雪泥纷乱的荒原去，心里没想到任何特别幸运的事情，我享受着完全的欣喜。我的快乐接近到恐惧的边缘了。在树林里，一个人像脱壳似的脱去了他往昔的岁月，在他一生中的无论任何时期，他都仿佛是个孩子。永恒的青春在树林里。在神的这些种植园内，庄严和圣洁君临着，永久的祝福铺排着，客人们看不出自己如何在千年之内还要对它们表示厌倦的道理。在树林中间，我们回到理性和信仰。在那儿，我感觉到生命中不会遇到什么事——没有什么自然不能修复的耻辱和灾难（把我的眼睛留给我）。站在光光的地面上——我的头沐浴在快活的空气里，伸向无限的空间——一切都意味着自我主义消失了。我变成了一个透明的眼球；我是虚无；我看见一切；宇宙本体之流在我体内循环；我是神的一部分或一片段。最亲密朋友的名字那时听起来也显得陌生且突兀：做弟兄，做相识，做主人或仆人，这时都微不足道，都是干扰。我是无所不包的不朽的美的恋爱者。在荒野之中，我发现某种比在大街上或村庄里看到的东西更亲密更具有先天性的东西。在寂静的风景里，尤其是在遥远的地平线上，人们看见了大致像他的本性一样美的东西。

田野和树林给予的最大快乐是人和植物间玄妙关系的暗示。我并非独自一人，也不是没人认识我。它们向我点头，我向它们点头。枝条在风暴中的舞动，在我看来既新又旧。它出其不意地撞见了我，可我们彼此并不陌生。这种感受就好像当我认为自己想得公正，或是做得不错的时候，高尚的思想或更美好的感情笼罩着我全身时产生的效果。

然而，可以肯定的是，产生这种快乐的力量一定不在自然之中，而在人身上，或是在两者的和谐之中。非常节制地享用这些愉快是很必要的，因为自然并不经常穿着节日的盛装，昨天为了女神们的跳舞而散发着芳香并且闪烁不定的同一场景，今天却弥漫着哀愁。自然总是带着精神的色彩。对于在灾难中劳作着的人，他自己的火散发出的热里也含着悲哀。所以刚因一个爱友的死而哀悼的人对风景感到一种轻蔑。天空一笼罩到人类中间的苦难者的头上，就不那样壮丽了。

二　物品

凡是思考着世界的“最终的因”的人都会发现作为一个个部分进到那种结果中间的许许多多的功用。它们都准许被归并到如下的各种类别之中：物品，美，语言和教养。

在物品这一总名称之下，我把我们的种种感官受益于自然的那些优势全都列进去。这当然是暂时的、间接的利益，并不像它对灵魂的服务那样，是永久的。然而，它虽然低级，其本质却是完美的，是所有人都能理解的自然的唯一的功用。当我们在这个把人类浮载过天界的绿色的地球上，把那种为使人类得到赡养和快乐而创造的安全而奢侈的供应物探究一番时，人类的不幸就好像是孩子气的烦躁了。是什么样的天使发明了这些豪华的装饰，这些丰富的便利条件，这上面的空气之海，这下面的水之海，这处于中间的大地的苍穹呢？这光的黄道带，这垂云的帐篷，这气温的条纹外衣，这四重的年呢？野兽呀，火呀，水呀，石呀和谷物供奉他。田野既是他的地板，工作间，游戏场，花园，也是他的床。

侍奉人类的仆人，
比他注意到的还多。

自然，就其对人类的服务来说，它不仅仅是材料，而且也是过程和结果。它的各个部分都在为人类的利益不住地携手相助。风播种着种子，太阳蒸发着海洋，风把水蒸气吹到田野里去，在行星另一边的冰将水凝聚成雨，雨滋养着植物，植物养着动物，就这样，神的仁爱的无穷的循环滋养着人类。

实用艺术都是人类的智慧以及自然恩赐的智慧再现或新结合。他不再等候惠风的吹拂，而是靠蒸汽装满了《伊索寓言》中的口袋，在他船上的锅炉里运送三十二阵风。为了减小摩擦，他用铁条铺了路，登上坐着满满一船人的车子，后面跟着动物和商品，冲过原野，从一座城市冲到另一座城市，就好像鹰或燕子在空中一掠而过。靠着所有这些帮助，世界的面目是怎样从诺亚时代改变到拿破仑时代呵！单个的穷人拥有为他们而造的城市呀，船舶呀，运河呀，桥梁呀。他到邮局去，人类便受他差遣奔跑起来；他到书店去，人类便为他读着写着发生在他身边的一切；他到法院去，国家就会修正他的不法行为。他将自己的房子建在路边，于是人类天天早晨从他门前走过，把雪铲掉，为他开辟一条道路。

然而，在这种功用的分类里，并无必要将细目特别列出。目录是无穷的，实例又是那么明显，所以我把它们留给读者来思索。一般来说，这种物品的利益是与更深远的善有密切关系的一种利益。人类被养育并非因他可以被养育，而是因他可以工作。

三　美

人类的高贵的需要，即对美的爱，是由自然来满足的。

古希腊人称世界为“美”。一切事物的素质如此，或者说，人眼的可塑能力如此，以至于像天空呀，山呀，动物呀等原始的形态给我们一种内在的快乐，并使我们为它们而快乐；这是一种从轮廓、色彩、运动、聚集中诞生的愉快。这似乎与眼睛本身也有一定的关系。眼睛是最优秀的艺术家。靠着它的结构和光的法则的相互作用，透视法产生了，它把各种性质的一堆堆物体，合并到色彩美好而有阴影的球体中去。因此，即使特殊的物体鄙陋且不动人，它们所组成的风景却圆满而对称。眼睛是最好的创作者，光是最好的画家。没有一种物体会污浊到连强光也不会使其变美。它对官能的刺激，使它具有的一种无限，例如空间和时间，使一切物质都光辉灿烂。甚至尸体也有自己的美。但除了散布在自然之上的这一般的美外，几乎所有个别的形式也都悦目，就如我们对其中的一些物体，如橡树呀，葡萄呀，松球呀，麦穗呀，蛋呀，多数鸟的翅膀和形态呀，狮子的爪呀，蛇呀，蝴蝶呀，贝壳呀，火焰呀，云呀，叶子呀，蓓蕾呀，以及许多树木，如棕榈树的形态呀等无穷的模仿所证明的那样。

为了更好地思考，我们可以把美的各种形式分为三类。

（一）第一，对自然形态的单纯观感是一种快乐。人类是如此需要自然界各种形态和行动的影响，结果，就其最低等的功用来说，它似乎横在物品和美的边界线上。对于被苦闷的工作或群居所束缚的肉体和精神，自然是一剂良药，足以恢复它们的情调。商人和律师从街道的喧嚣和奸诈中走出来，看到了天空和树林，于是又恢复为“人”了。在它们永久的宁静中，他发现了自己。眼睛的健康似乎需要看地平线。只要我们能够看得足够远，我们就决不会疲倦。

但在其他时间里，自然却只靠自己的爱满足着人类，而没有任何肉体利益的混杂。从破晓到日出，我带着天使才会有的感情，从我的房子背后的山顶，看见早晨的景色。在红色的光海里，一些细长的云条，像鱼似的浮游着。从大地，一如从海岸，我遥望着那片寂静的大海；我似乎参与了它那急速的变幻；积极的动的魅力浸润了我全身，于是我随着晨风膨胀起来，沉浮不已。自然是怎样只用少许廉价的元素来神化我们呀！只要给我健康和一日，我就会使君王们的尊荣变得可笑。黎明是我的亚述[①]；日落和月出是我的巴福斯[②]和无法想象的仙女们的领地；晴朗的中午应是我的感觉和理解的英格兰；夜应是我的神秘的哲学和梦的德意志。

除了我们在下午的感受性较小以外，昨天晚间那一月的落日的魅力也并不稍稍逊色。西方的云将自己分了又分，分成用柔和得说不出的色素调整成的淡红的细片，于是空气有了这么多的生命和甜美，以至于走进门都成痛苦的事了。自然会说出这是什么吗？在磨坊后面山谷中的活生生的宁静，在荷马或莎士比亚用言辞也无法为我再形成的宁静中就没有什么意义吗？树叶落光的树木在落日中变成了火塔，就以蔚蓝的东方作为它们的背景，而星星点点枯萎的花瓣和一切蒙上一层淡淡的霜花的枯枝断株呢，则对安静的音乐有所

① 亚述，古代美索不达米亚一奴隶制国名。——译者

② 巴福斯，塞浦路斯的古都，以有阿弗洛蒂特的神庙出名。——译者

贡献。

城市的居民认为乡间的风景只有半年是令人愉悦的。我品味过冬景的优美，相信它同夏的温和的影响一样使我们感动。在关注的眼睛看来，一年中的每一瞬间都有它本身的美，而在同一世界中间，它每时每刻都会看见前所未见、以后也不会再见的形象。天空每时每刻都在变化着，并把它们的光耀或幽暗映照到下面的原野。在周围的农场上，农作物的状态每一星期都使大地的表情发生变化。牧场上和路边的野生植物的连续犹如一座无声钟，宣告着夏季的到来，它们甚至会使敏锐的观察家能够感知一日的各个阶段。鸟类和昆虫类，像严守时间的植物一样，鱼贯而生，而年足以容得下它们全体。水道边的变化更大。七月间，蓝色的鱼藻或狗尾巴草在欢快的河流的浅滩上大簇大簇地开着花，翩翩飞舞的黄蝴蝶在上面群舞。艺术是敌不过这种紫色和金色的璀璨的。的确，河是永恒的盛装，自然在每月都有值得夸耀的新的装饰。

然而，这种被看作、被感觉为美的自然的美却只是极小的部分。白昼的景象呀，带露的早晨呀，虹呀，山呀，开花的果园呀，星星呀，月光呀，静水中间的影子呀，等等，如果过于急切地追求，就会只成为景象，就会以它们的虚幻嘲笑我们。走出房子去看月亮，它仅仅是一个铜盘，它不会像在你必要的路程中照耀着你时那样使你感到愉快。在十月的黄色的下午隐约地闪烁着的美，谁能够抓住它呢？若你走过去寻找它，它就走掉了；它只不过是你从驿车窗口里往外看时看到的一种幻象。

（二）一种高级的、也即精神因素的存在对于它的完美是必不可缺的。可以被毫不矫揉造作地去爱的高尚而神圣的美，就是在与人的意志的配合上发现的美。美是神安置在美德上的标记。一切自然行动都是优美的，一切英雄行为也是优雅的，并使他们所处之地和旁观者闪耀着荣光。伟大的行动教导我们：宇宙是所有人的财产。每一种理性的生物都以整个自然作为资产。如果他要，这都是他的。他可以畅游其中；他可以爬进某个角落，并像大多数人那样，放弃他的王国，但他的素质却使他有权利得到世界。他将世界融进自身的程度与他的思想和意志的力量成比例。“凡是人们耕作，建造，或航行所需要的一切都服从德性。”萨勒斯德说。[①]“风和浪，”吉本说，“总是伴随着最有能力的航海家。”太阳、月亮以及天空里的一切星星都是如此。当高贵行为——多半是在大自然的美景中——完成时，当里阿尼太[②]和他那300个殉道者有一天奄奄一息时，太阳和月亮来到绥莫培拉的陡峭的关隘，依次照射到他们，并最后再看他们一眼的时候，当阿诺德·文克里特[③]在高高的阿尔卑斯山上，在雪崩的阴影下，把奥地利人大簇的枪矛引到自己身边，使自己的同伴最终能够冲破敌人阵线的时候，这些英雄难道没有权利把场景的美加到功绩的美上吗？当哥伦布的小船

① 萨勒斯德（86—34BC），罗马历史学家。——译者

② 里阿尼太，斯巴达国王，死于公元前480年。——译者

③ 阿诺德·文克里特，瑞士的民族英雄，死于1386年。——译者

驶近美洲的海岸时，在它前面，海滩上排列着从自己的陋舍中逃出来的土著，在它后面，是一望无际的大海，以及环绕在印第安群岛周围的紫色山岭，我们难道能够把人与活生生的画景分离吗？难道新世界不是用了她的棕榈林和荒野作为称身的服装吗？自然美是否像空气一样悄悄地溜进来包围住伟大的行动呢？当哈利·瓦纳爵士坐在雪橇上被拉到塔山去作为英国法律的斗士接受死刑时，人群中有一个人向他喊道："你从未坐过这么荣耀的座位！"查理二世为了恐吓伦敦的市民，让爱国者拉塞尔勋爵上断头台之前坐在敞篷马车里，在首都的各条主干道展览示众。"但是，"他的传记作者说，"群众却想象着他们在他的身边看见了自由和美德。"在私人场所，在肮脏的物体中间，一种真理的或是英雄主义的行为似乎立即把天空当作了自己的庙宇，把太阳当作了自己的蜡烛，拉到自己身边。自然伸出了她的双臂来拥抱人，这使他的思想同等伟大了。她带了玫瑰和紫罗兰，甘愿跟随他的脚步，把她那壮丽和优雅的线条奉献出来，装饰她那可爱的孩子。只要让她的思想具有同等的境界，那场面便适合画图了。品德高尚的人与她的作品是协调的，并使自己成为可见境界的中心人物。荷马，品达，苏格拉底，福基翁[1]，在我们的记忆中是与希腊的地理及气候密切相合的。看得见的天空和大地与耶稣息息相通。在普通生活中，任何看见了具有坚强性格的人和幸福的天才的人都会注意到：他是那么容易地将一切东西——人呀，意见呀，日子呀，自然呀，都成了人的辅助物。

① 福基翁（402—318BC），雅典政治家、将军、实际统治者，民主制度恢复后被废黜，以叛国罪被处决。——译者

（三）还有另外一种形式，在这种形式下，可以看见世界的美，也就是说，把世界变成了理智的对象。除了事物与德性的关系之外，事物与思想也有关系。理智寻找出事物在神的心里所具有的绝对秩序，并无任何虚饰的色彩。理智的和活动的力量似乎彼此连接，这个专一的活动催生着那个专一的活动：它们彼此间有某种不友好的东西，但它们就好像动物进食和劳作的交替进行一样；每一个都为另一个作着准备，每一个都承继着另一个。因此，就如我们所看到的，在与行动的关系上，不求而来的美，和因为不求所以而来的美，还是留给理解力来体会，来追求；接着又轮到活动力来体会来研究了。一切有神性的都不会灭亡。一切善都永远是再生的。自然的美在心里重塑了自身，而且并不是为了无谓的遐想，而是为着新的创造。

所有的人在某种程度上都会对世界的面孔留下印象，有些人甚至还会感受到快乐。对美的这种爱就是趣味。其他人也有同样洋溢的爱，他们并不满足于崇拜，他们想用新形式来体现它。美的创造就是艺术。

艺术作品的生产解释了人性的神秘。艺术作品是世界的抽象或缩影。它是自然的结果或表现的雏形。因为虽然自然的作品无可计数，而且各个不同，它们全体的结果或表现都是相似的、单一的。自然是极其相似甚至独一无二的形式之海。一片树叶，一线阳光，一道风景，大都在心上造成类似的印象。它们之间共通的东西——

完整与和谐——就是美。美的标准是自然形式的完整的循环，也就是自然的全体；任何单个的东西都不特别的美，只有在完整中才有美。单个的物体只有在它暗示了普遍的美时才是美的。诗人、画家、雕塑家、音乐家、建筑师，每个人都想把世界的光辉集中于一点，每个人都想在他所从事的几种工作里满足那刺激他创作的对美的爱。因此，艺术是通过了人的蒸馏器的自然。因此，在艺术上，自然使饱尝了自己最初作品之美的人实现了意志。

因此，世界只是为了满足灵魂渴望才存在的。我称这种要素为终极目的。灵魂为什么寻求美，这是毫无理由可问，毫无答案可给的。美，在其最博大、最深远的意义上，是对宇宙的一种表现。神是完全公平的。真和善和美都只不过是同一“全体”的不同面孔。但自然中的美却不是终极的。它是内在的和永恒的美的前驱，并不只是坚实和令人满意的善。它所代表的应当是自然的“终极因”的一部分，还不是它的最后的或最高的表现。

四　语言

语言是自然给予人类的三种功用之一。自然是思想的容器，而且是在单一的，两重的和三重的程度上的容器。

一、词语是自然事实的符号。

二、特殊的自然事实是特殊的精神事实的象征。

三、自然是精神的象征。

一、词语是自然事实的符号。自然史的作用是在超自然史方面给我们帮助；外部创造的功用是给予我们语言用来表达内部创造的存在和变化。用以表现道德的或思想事实的任何一个单词，如果追本溯源的话，都会被发现是从某种物质的外表借来的。right（对）意味着 straight（直），wrong（错）意味着 twisted（曲），spirit（精神）最初意味着 wind（风），transgression（犯罪）意味着越线（line），supercilious（傲慢）则意味着 the raising of the eyebrow）"扬起眉毛"。我们说"心"（heart）来表现感情，说"头"（head）来表示思想，而"思想"和"感情"则都借指可以感觉到的东西，而现在则适用于精神的性质。促成这种变形的多数过程都隐藏在语言形成时的遥远的古代，使我们无法看到，但孩子们却可以每天都观察到同一种倾向。孩子和野蛮人只用事物的名词或名称，他们把这些词转变为动词，应用于各种类似的心理的行为。

二、但所有这些传达着精神含义的单词的起源——在这语言史上是多么显著的事实——却是我们对自然的最微不足道的感恩。有象征性的并不只是单词，事物也是有象征性的。一切自然事实都是精神事实的象征。自然界的每一种外表都和一种心灵状态相呼应，一种心灵状态只有在把那种自然的外表作为它的图像提供出来时，才能被描摹出来。发怒的人是狮子，狡猾的人是狐狸，坚定的人是岩石，博学的人是火炬。小羊是天真的，蛇是微妙的怨恨，花向我们表现着精妙的爱情。光和暗是我们所熟悉的对知识和愚昧的表现，而热是爱的表现。我们身前身后可见的距离则分别是我们记忆和希望的想象。

在沉思冥想的时刻，谁看到一条河而不会想起万物的流动？将一块石头投进河里，泛起的一个个涟漪都是受到各种影响的美的类型。人意识到在他个人生命的内部或后面的普遍的灵魂，在其中，犹如在苍穹中一样，公正，真理，爱，自由的性质升起来照耀着。这普遍的灵魂，他称作理性；它不是我的，或你的，或他的，但我们却是它的，我们是它的财产和人。那将地球包含在其中的蔚蓝的天空，那带着永久的宁静的天空，那充满着永恒的轨道的天空是理性的典型。从思想的角度讲，我们称之为理性，从与自然的关系讲，我们称之为精神。精神是创造者。精神本身有生命。各个时代和各个国家的人都用自己的语言称之为“父”。

在这些类比中人们很容易看出没有什么侥幸或任性的成分，但它们是恒定不变而且渗透在自然中的。这些不是这里和那里的几个诗人的梦，但人都是类比者，都在研究着一切物体间的关系。他被放在存在的中央，而关系的光线则从每一种别的存在传到他身上。没有这些物体，人就得不到理解；没有人，也就不能理解这些物体。自然史上的一切事实，就其本身来说，都没有什么价值，但就像单性那样，是不会结果实的。但是，如果使它和人的历史结婚，它就充满着生命了。整个植物志，林奈和布封的所有著作，都只是枯燥的事实目录。但这些事实中最琐细的，像植物的习惯呀，昆虫的器官呀，工作呀或喧闹呀，在思想哲学上都只是用来解释事实，或与人性保持着无论什么样的关系，都在以最栩栩如生而且适意的方式影响着我们。植物的种子——在一切谈话，甚至一直到保罗的福音里，将这种小小的果实用来在人的天性里进行类比是多么有趣味呀！如保罗就称人的尸首是一颗种子——“它被作为自然的肉体下种，被作为精神的肉体得到养育。”地球绕着自己的轴心和太阳的运动造成了日和年。这些是无理性的光和热的若干总量。但人的生命与四季难道就没有类比的意向吗？四季难道就没有从那种类比中得到壮丽或哀愁吗？蚂蚁的本能若被当作蚂蚁的本能来考虑是很不重要的，但当人们见到一条关系的光线从它延伸到人，而且看见这小小的苦工还是个劝告者，是一个有伟大的心的小物体时，于是它的一切习惯，甚至据说是新近观察到的，即它永不睡眠的习惯，都变成崇高的了。

因为这些可见的事物和人的思想之间有根本的类似，那些只有必需品的野蛮人用手势交流。当我们回溯历史时就会发现，语言愈早愈显得美，在它的童稚时期，它全是诗，或者说一切一切精神的事实全由自然的象征来表现。同样的象征被发现是构成一切语言的原始成分。而且，人们还发现，一切语言的习语都在最雄辩和最有力量的段落中互相连接。正因这是最早的语言，所以它也是最后的语言。语言对自然的直接依赖，以及从外部现象向人类生活的某种类型的转变，永远不会失去对我们的影响力。就是这一点使本性坚强的农人或垦荒者的谈话有着所有人都能欣赏的痛快。

人将自己的思想与其适合的象征联系起来的能力，以及将其表达出来的能力，取决于自己性格的单纯，也就是说，取决于他对真理的爱，和他要把它完整地表达出来的欲望。人的腐化之后就是语言的腐化。当对财富、享乐、权力、赞美的欲望——这些次要的欲望占了优势，从而破坏了性格的单纯和思想的主宰地位的时候，也就是说奸诈和虚伪取代了单纯和真实的时候，作为意志的阐释者的那种驾驭自然的力量在某种程度上就失去了。新的意象不再被创造出来，旧词则被歪曲以表示它所不能表示的东西。当金库里不再有金银时，纸币就流通了。当一定的时候，欺诈就会显现出来，而词语就丧失了唤起理解和情感的一切力量了。在每一个文化悠久的国家，都会有数以百计的作家在短时期内相信，而且使别人相信他们看见并且说出了真理，他们自己并不给一种思想穿上自然的外衣，但却下意识地受用着本国以前的作家，也即固守着自然的人们所创造的语言。

但聪明人却刺破了这腐朽的措辞，重又使词语与看得见的东西联系起来。因此，那种华丽的语言立即成为权威的证明，而运用它的人则是与真理和神相联合的人。当我们的谈话升起在我们熟悉的事实的地平线之上，而且充满着激情的火焰，或被思想鼓舞起来的时候，它给自身穿上了形象的外衣。一个真诚的谈话者，如果他观察自己的思想过程，就会发现在他心里有一种多多少少模糊不定的物质的形象，与每一种思想同时出现，它是来给思想提供袈裟的。因此好的文笔和聪明的谈话都是永久的比喻。这种比喻是自发的，它是心和心目前的活动的混合、它是适合的创造，它是造物主用自己早就造好的工具工作的结果。

这些事实可以表明，对有力的心灵来说，乡村生活远远优越于那种矫揉造作、支离破碎的城市生活。我们从自然中所知道的东西比我们能够随意传达的还要多。它的光永远流进心里去，而且我们会忘记了它的存在。树林养大的诗人呀，演说家呀，他们既没有计划，又没用心，他们的感官只是年复一年由美丽而愉快的变化滋养着——在城市的喧闹或政治的喧哗中间，他们不会完全失却自己的教训。很久很久以后，在国民议会的激昂和恐怖中间——在革命期间——这些庄严的形象将在早晨的光彩里重现，以充当过去的事件所唤醒的思想的适当的象征和词语。在一种高贵感情的呼唤之下，树林又波动起来，松树又呜咽起来，河流又翻滚起来，闪耀起来，而牛群又在山上哞哞叫了，同他幼年时所见所听的一样。有了这些形态，说服的魔力呀，权力的关键呀，都掌握在他手里了。

三、因而，在对特殊意义的表现上，我们得益于自然物体。但用来传达这么微不足道的知识的语言却是多么伟大呵！用人类都市语言的词典和语法来供人使用，还需要这么高贵的生物种族，这些丰富的形式，这众多天空的星球吗？在我们用这伟大的密码来传达锅碗瓢盆这些俗物时，我们感到还没有、也不能使其得尽己用。我们就像用火山的熔浆煮鸡蛋的旅行者。当我们看到，它总是时刻准备着包裹我们要说的话时，我们就不可避免地要问这样一个问题：符号本身就不重要吗？山呀，波浪呀，天空呀，等等，难道只是当我们将它们用作思想的象征时有意识地赋予它们意义之外就再也没有什么意义了吗？世界是象征性的，话语的各部分都是隐喻，因为整个自然都是人心的隐喻。道德本质的种种法则直接对应着物质的那些法则，犹如在镜子前面面相对。“可见的世界以及其各部分之间的关系是不可见物的指示板。”物理的原理翻译着伦理法则。譬如“全体大于部分”；“反动力等于正动力”；“最小的重量可用来抬起最大的东西”；“重量的差异可由时间得到补偿”。此外还有许多相似的定理，一些具有伦理的及物理的意义的定理。这些定理在应用于人类生活时，比其局限于技术的用途时，有着更深远更普遍的意义。

同样，历史上可记忆的单词和民族的成语往往是由被选作道德真理的形象或譬喻的自然事实所构成的。因而：滚动的石头不会生出青苔；手里的一只鸟配得上丛林中的两只鸟；正途上的跛子可以打败歧途上的跑手；在太阳照耀的时候晒干草；满溢的酒杯难拿稳；醋是酒的儿子；最后的一盎司压断了骆驼背；长生的树先生根；等等。从其基本的意义来说，这些都是微不足道的事实，但因为它们有类比含义的价值，所以我们还一再引用着。对成语来说真实的东西，对一切寓言、比喻和讽喻来说也是真实的。

精神和物质的这种关系并不是某个诗人凭空想出来的，而是体现着神的意志，因而人人皆可知道。它或向人们显现，或不显现。当我们在幸运时沉思这种奇迹的时候，明智者会怀疑自己在其他时刻是不是眼盲耳聋：

若没有我们特别的沉思，
这种事情就会
像夏天的云那样笼罩着我们吗？

因为宇宙变成了透明的了，来自更高法则的光就照射过它。这是自从世界开始以来就引起一切优秀的天才们惊异和研究的重要问题，从埃及人和婆罗门人的时代到毕达哥拉斯的，柏拉图的，培根的，莱布尼兹的，斯维登堡的时代，都是这样。路旁坐着斯芬克斯，经历一代又一代，每当有先知走过时，他就试图猜出她的谜，碰自己的运气。精神似乎有必要将自己显现在物质形态里；日和夜，江河和风雨，兽和鸟，酸性和碱性，在神的心里已预先有了各种必要的理念；而且由于精神世界里种种预先存在的影响，它们才成为现在的样子。事实是精神的目的或最后结果。可见的创造是不可见世界的终点或外围。“物质对象，”一位法国哲学家说，“必然是创造主的重要思想的熔岩之类，它必须经常保持着与其最初本源的恰当关系；换句话说，可见的自然一定有精神和道德的方面。”

这种理论是抽象的，虽然“外衣”“熔岩”“镜子”等可以刺激想象，但我们必须借助于更微妙更重要的说明者来使它明显。“每一种经典著作都是由产生它的同一精神阐明的”：这是批评的基本法则。与自然和谐的生活，对真理和美德的爱，会净化眼睛来理解她的文本。我们逐渐可以知道自然的永久对象的原始意义，因而世界对我们来说应当是一本翻开的书，而一切形式都应当启示其潜在的生活和最后的因。

根据目前这种观点来看，当我们考察物体的非常的范围和数量时，一种新的兴趣使我们惊异，因为，“一切可适当见到的物体，都为灵魂打开了一个新天地”。那些没有意识到的真理，一旦用某种物体来阐明和定义时，就成了知识领域的一部分——弹药库里的新武器。

五　训练

从自然的意义来看，我们立即看到了一种新的事实，自然即训练。世界的这种功用也包括作为其本身部分的先前存在的种种功用。

空间，时间，社会，劳动，气候，食物，动力，动物，机械力日复一日给着我们最纯真的教训，这些教训的意义是无限的。它们教育着理解和理性这两者。物体的每一种性能都是训练理解力的学校——它的坚固性，或抵抗性，它的惰性，它的扩张性，它的形象，它的可分性。理解增加着，分解着，组合着，测量着，并为自己在这适当的场景中的活动，寻求滋养和空间。同时，理性洞察了那种使物质和精神结合的类比，就将所有这些教训移动到它本身的思想世界里。

一、自然是对知识真理的理解的训练。我们对于可感知的物体的探讨，是持之以恒地练习差别呀，类似呀，顺序呀，实在和虚幻呀，循序渐进的配置呀，从特殊到一般的上升，多样力向的一个目标的结合呀，等等，必要的教训。与将要形成的器官的重要性成比例的是在教练它时要有极大的耐心——一次也不疏忽的耐心。日复一日，年复一年，永不止息地来形成这常识的训练是多么令人厌烦呵！烦恼呀，不便呀，窘境呀等的再生呵！这是对我们小人物怎样的愚弄呵！怎么来争执价格呵！怎么来计算利息呵！——这一切都构成心的灾厄——来教训我们：“好的思想并不胜于好的梦，除非它们得到实施！”

同样可靠的服务是由财产及其良性的信贷制度执行着。寡妇，孤儿和天才的子孙们所害怕所憎恨的那些冷酷的债务，折磨人的债务，消耗了那么多时间的债务，用似乎那么卑俗的忧愁使伟大的精神残废而且沮丧的债务，是不可避免的教训的教师，最需要它的却是受其害最深的人。不但如此，曾被恰当地比之于雪——“即使它今天落得满地平，它明天也会被吹成细末”——的财产，是内部机构的表面行动，犹如时钟面上的指针。既然它现在是知性的训练场，那么，在精神的远见上，它就在储备更深奥的法则的经验了。

个人的整个性格和命运受知性文化上极小的不平等影响，例如，对差异的知觉的不同。因此有了空间，因此有了时间，人因此可以知道，事物并不是积聚在一起，一块一块的，而是散漫的、个别的。钟和犁都各有自己的用途，都不能做其他的工作。水适于喝，煤适于烧，羊毛适于穿；但羊毛不能喝，水不能用于纺织，煤不能吃。智者在分析上、在等级上表现出自己的智慧，而他的生物和价值的尺度则同自然一样宽阔。愚人的尺度没有什么范围，而只是猜测每个人都同别人一样。不好的他们称作最坏的；不可恨的他们就称作是最好的。

同样，自然在我们内心变成了多么公正的用心呵！她并不饶恕什么过错。她的“是”就是“是”，她的“不”就是“不”。

农业，天文学，动物学的第一步（农人、猎人和水手所走的第一步）教育我们说：自然总是操胜算的，在她的堆积物和垃圾中隐藏着一些正当却有用的结果。

心一一体会着物理学的法则，这是多么冷静而且温和啊！当人走进创造的议会时，凭知识感觉到存在的特权时，是多么高贵的情绪使他膨胀起来啊！他的洞察力净化了他。自然的美照耀着他的心胸。人变得越来越大，他能够看见这美；宇宙则变得越来越小，因为一旦各种法则被通晓，时空关系就消失了。

我们再一次被可开发的广大宇宙震惊、威吓住了。“我们所知者仅是我们所不知者的一点。”翻开任何一本最新的科学杂志，把关于光呀、热呀、电呀、磁性呀、生理学呀等方面的问题衡量一下，然后判断对自然科学的兴趣是否同样也会很快枯竭。

掠过这么多关于自然训练的细节，我们一定不能忘记特别指出两点。

意志的锻炼，或权力的教训，在每一件事中都被教示着。从孩子们连续保持着自己的几种感觉，直到他会说“按你的意思办！”的时候，他都一直在学习着一种秘密，那就是：根据他自己的意志，他不仅可以分析特殊的事情，而且可以分析各大部类以至整个系列的事情，从而使一切事实顺应他的性格。自然完全是介于中间的。它是被用来服务的，就像救世主骑的骡子那样柔顺地接受着人的支配。它将自己的整个王国奉献于人，作为将它塑成有用东西的原料。人是永不厌倦于塑造它的。他把微妙而精巧的空气铸成了聪明而有旋律的单词，给它们翅翼，让它们成为说服和命令的天使。

他的胜利的思想一个接一个浮现出来，而且分析一切事物，直到世界最终只变成了实现的意志——成为人的复制。

二、可感知的物体顺应理性的预感，而且反映着良心。一切东西都是道德的；在它们无限的变化中，与精神的性质有着永恒的参照。因此，自然显耀出形态，色彩和运动来。最遥远天际的每一个星球，从最粗糙的水晶直到生命法则的一切化学变化，从树叶胚芽生长的最初原理，到热带森林和大洪水以前的煤矿的一切生长变化；从海绵到赫拉克勒斯的每一种动物的机能，都会向人暗示或大声地说出对和错的法则，并有十诫遥相呼应。因此，自然永远是宗教的同盟者：她把自己的荣华和财富都借给了宗教感情。先知和牧师，大卫，以赛亚，耶稣都从这源泉深深地啜饮过。这种伦理的性格侵入了自然的骨髓，似乎它被创造出来就是为了这个目的。无论一分子或一部分适应了什么私人目的，这都是自然的公共而普遍的功能，是永远不会被忽略的。自然中没有一经使用就耗竭了的物。当物已竭尽其用时，将来再用时它就成为全新的。就神来说，每一种目的都被转变成新的手段了。因而，物品的使用就其本身来说是卑俗的、肮脏的。但对心灵来说它则是功用主义的教育，也就是说，物只有在尽其所用时才是好的；部分和努力合作促使目的的产生，而这对任何存在物来说都是必要的。这种真理的最初粗略的表现是我们在价值及需要上，在谷物及肉类上必然而可恨的训练。

人们早已证明：一切自然的过程都是道德命题的改写本。道德法则横在自然的中央，并向四周辐射。它是一切实体一切关系和一切过程的心髓，我们所处理的一切事物都在向我们说教着。什么农场不是无声的福音呢？谷壳和小麦，野草和植物，枯萎病，雨，昆虫，太阳——从春季的第一道犁沟，到田野上被冬雪覆盖的最后一个草堆，都是神圣的象征。但水手呀，牧人呀，矿工呀，商人呀，在他们所生活的地方也都有着极其相似的经验，这些经验又都引向同样的结论：因为一切组织都是根本相像的。人们也不能怀疑：这样使空气芬芳，在谷穗上生长，而且弥漫于世界上的水里的道德感情被人捕捉住了，并且沉浸到他的灵魂里了。自然对每一个人的道德影响是它显示给他的那些真理。谁能估计它呢？谁能猜测：被海洋冲击的岩石教给了渔夫多少坚定？永远有被风吹动着的阴云从自己纯洁的深处飘过，却没留下什么皱纹或是疤斑的蔚蓝的天空向人映照着多少的平静？从禽兽的哑剧，我们又能看到多少勤劳、远见和情爱？健康变化着的现象是多么严肃的自制的说教者啊！

我们由此特别理解了那处处和我们相遇的自然的一致——变化中的一致。事物无穷无尽的差异都造成同样的印象。色诺芬[①]在老年时抱怨说：随意望去，一切事物都奔向“一致”。他厌倦看到庞杂而不同的形态具有同样的本质。变幻无常的海神的寓言有着亲切的真理。一片树叶，一滴水，一块水晶，一分钟时间，都与整体有

① 色诺芬（431—355？BC），古希腊将领，历史学家，苏格拉底的学生，曾率一万希腊雇佣军参加波斯王子小居鲁士反对其兄阿塔泽克西兹二世的战争，远征到达黑海，著有《远征记》《希腊史》《回忆苏格拉底》等。——译者

关，而且分享着整体的完整。每个分子都是小宇宙，而且忠实地浮现着世界的相像。

这种相像不但存在于类比明显的事物中间，如我们从蜥蜴化石的翅膀上察觉了人手的类型，而且存在于那些表面上大不相似的物体之间。因而，德·斯塔尔和歌德称建筑为“凝固的音乐”，维图维阿则认为建筑师应该是音乐家。“哥特式教堂，”柯勒律治说，“是石化的宗教。”米迦勒·安基罗坚持认为，对建筑师来说，解剖知识是必要的。在海顿的圣乐里，音调提供于想象的不仅仅是像蛇、鹿和象那样的运动，而且还有像绿草之类那样的色彩。和谐声音的法则重现于和谐的色彩里。花岗石只有靠从耗损着它们的河里得到的热量的多还是少，才能区别它们的法则。河在流动时就像在它上方漂浮的空气；空气就像用更微妙的流横过它的光；光就像和它一同跨过空间的热。每个生物都只不过是另一种生物的变形；它们的相似多于差别，而它们的根本法则是同一的。一种艺术的规则或是一个组织的法则在整个自然中间都有效。这种一致性是非常亲密的，所以我们很容易看见它就在自然的最里面的衣服之下，并且泄露着它那宇宙精神的源泉。因为它也渗透于思想之中。每一种我们用词语表现出来的宇宙真理都暗含着或暗示着其他一切真理。它好像是包含着一切可能的圆的一个球体上的大圆，然而，每一种圆都可以用同样的方式画出来，包含起来。每一种这样的真理都是可从一边看见的绝对的实体，但它有无数的边。

核心的一致性在行动上更加明显。词语是无限心灵的有限的器官，它们掩盖不住真理中包含的一切方面。它们破着、砍着、削弱着它。行动是思想的完美和公布。正当的行动似乎充满了眼睛，并与一切自然发生关系。“明智者做一件事，就等于做一切事；或者说他做对一件事，他就看到了一切做对之事的相似性。”

言语和行动都不是兽性的属性。它们将我们引到人的状态，在这种状态中，一切其他组织似乎都是退化。当这种形态在围绕了它的那么多的形态中间显现时，精神喜爱它胜于其他一切。它说：“我从这种形态中获得了快乐和知识，在这种形态中我发现并看到了我本身，我要对它讲话，它又能够讲了，它能把早已构成的活生生的思想交给我。”其实，眼睛——心——总是伴同着这些男性及女性的形态。这些无可怀疑是存在于事物内心的权力及秩序的最丰富的信息。不幸的是，它们个个带着犹如某种损害那样的标记，它们被损坏了，表面上不完整了。然而，与它们周围又聋又哑的自然大不相同的是，这一切都像喷泉管似的被安置在思想和美德的深不可测的海上；而在一切组织中间，只有它们才是通向思想和美德的唯一门径。

如果探求它们对我们进行教育的细节，这将是一种愉快的研究，但这种研究会在哪里停住呢？我们在青少年及成年生活中结交了一些朋友，他们正像天空和水一样，是和我们相依相存的；他们每一个在适应着灵魂的某些感情时，还都满足了我们那一方面的欲望。我们没有力量将他们放在我们面前这么一种焦点距离内，使我们能够修补，或甚至能分析他们。我们除了爱他们，别无选择。当与朋友的交往已经给我们提供了一种优秀的标准，使我们对派遣了一个真实的人来控制我们的理想的神的源泉增加了敬意的时候，而且，当他变成了思想的对象，虽然他的性格保持着一切无意识的效果，可在精神上转变为坚实而美妙的智慧的时候——这是向我们表明：他的职务快要结束了。很快，他就从我们的视野中消隐了。

六　理想

只可意会、不可言传的世界的意义就这样通过每一种感觉对象，传达给不朽的门徒——人类。自然的一切部分都导向了“修养”这一个结果。

一种高贵的疑惑永久地表现着自身——这个结果是不是宇宙的最终因？自然是不是在外部存在着？神会教导人心，从而使它成了我们称为太阳和月亮，男人和女人，房屋和商业等若干相应的感觉的某一成员的接收者，这足以解释我们称为世界的那种现象。我完全无力来测验我的感觉的真实性，无力知道它们在我心上造成的种种印象与外在的物体是否符合，那么，猎户座是在那高高的天上，还是某个神把它的影像画在了灵魂的苍穹上？这有什么关系呢？各部分的关系和整体的结果既然保持着一致，那么，陆地和海洋是否彼此交错，一个个世界是否翻卷着、混杂着，没有数目，也没有结束——深渊的下面还是深渊，星云紧接着星云，遍布于绝对的空间——或者说，同一类现象在没有时空关系的条件下，被铭刻在人类永恒的信仰里了？这又有什么关系呢？自然是享有着外在实体的存在呢，还是只不过存在于心的默示之中，这对于我，都同样有用，同样值得尊重。无论怎样，只要我不能检验我的感觉的准确性，我就一直觉得它是理想的。

浅薄的人们以理想的理论自娱，仿佛它的后果都是滑稽表演，仿佛它影响着自然的稳定性。它肯定不会这样。神绝不嘲弄我们，而且也不会在自然的进行中间，容许任何脱节，从而妨碍自然的目的。对法则永久性的任何不信任都会麻痹人的才能。法则的永久性受到神圣的尊重，人对永久性的信仰是完全的。人的轮子和发条都装置在自然的永久性的假定上。我们不是像造的船那样摇荡起伏，而是要像房子一样站得住。这种结构的自然结果是：只要活动力支配着反射力，我们就会愤怒地抵制任何关于自然比精神更短命或更易变动的暗示。经纪人，车轮工，木匠，劳工都会不满意这种暗示。

但当我们完全默认了自然法则的永久性时，自然的绝对存在的问题却还公开着。这是文化对人心的一致影响，并不动摇我们对于热呀，水呀，氮呀等特殊现象的稳定性的信仰，却引导我们把自然看作现象，而不是看作实体，使我们把必要的生存归因于精神，把自然看作是偶然事件和效果。

对自然的绝对存在的一种本能信仰属于感官和原始的知性。在它们看来，人和自然不可分离地连接着。万物都是终极的，它们永远看不到自己的范围之外。理性的出现损害了这个信仰。思想最初的努力往往使感觉的专制松弛，而这些感觉把我们束缚于自然，仿佛我们是它的一部分，并向我们显示出超然的，仿佛浮着似的自然。直到这种更高级的性能出面干涉为止，动物的眼可以非常精确地看见清晰的轮廓和彩色的表面。当理性的眼张开了时，美和表情立即加于轮廓和表面了。这些来源于想象和影响，多少减退了物体棱角的清晰性。如果理性被刺激到更真切的梦想，轮廓和表面就变成了透明的，不再看得见了，原因和精神是通过它们才被看到的。生命最好的瞬间就是这些更高级力量的美妙的觉醒，以及自然在自己的神面前恭敬地引退。

让我们进而指出文化的种种效果吧。

一、我们理想哲学中最初的体制是来自于自然本身的暗示。

自然就是用来与精神协作解放我们的。某些机械的变化，我们在当地位置的小小的变动，都在向我们讲着二元论。我们从移动着的船，从氢气球，或是通过异常的天空色调来看海滩，我们也就受到奇怪的影响。我们观点上极小的变化给予整个世界如诗如画的气氛。一个很少骑马的人只需跳上马车穿过他所在的城市，就可以使整个街道变成傀儡戏场。男人，女人——谈话的，做买卖的，跑着的，争斗着的——急匆匆的机械师，闲人，乞丐，男孩子们，狗，立刻都成虚幻的了，或者说至少完全与观察者脱离了一切关系，而且看上去是表面的存在，而非实体的存在了。在疾驶的火车上看见了十分熟悉的乡村风貌，会使我们产生何等新的思想呵！不但如此，最常见的物体（把视点微微地变动一下吧）还使我们感到愉快。在摄影暗箱上，屠夫的车子，以及我们自己家中某个人的外形使我们感到有趣。一张熟识的脸的相片也会使我们满意。把眼睛颠倒一下，从你的两腿中间来看看风景吧，景色是多么悦目啊，虽然这二十年来你时时都看到它！

在这些情况下，凭借着机械手段，观察者和景象之间——人和自然之间的差别得到了启示，由此出现了混合着畏惧的愉快。我可以说，可能从一个事实感觉到低程度的崇高了，这事实就是：人由此知道，世界是景象，而它本身的某种东西则是稳定的。

二、诗人用更高等级的方式传达着同样的愉快。他用少少的几笔——好像在空气上似的——把与我们所认识的没什么区别的，而只是从地面升起来，浮现在眼前的太阳呀，山呀，天幕呀，英雄呀，处女呀描写出来。他并不固定陆地和海洋，而是使它们环绕在其基本思想的轴心周围，重新来安排它们。被一种英雄的激情所支配，他把物体当作它的象征来使用。耽于肉欲的人使思想顺应事物，诗人则使事物顺应自己的思想。一个将自然看作是生根的固定的，另一个则将自然看作是液体，并将自己依附其上。对他来说，固执的世界是柔顺的、灵活的；他给尘埃和石头穿上人性的外衣，便把它们造成了“理性”的词语。“想象”可以定义为“理性”对于物质世界的利用。莎士比亚具有超越一切诗人的，为表现的目的而驾驭自然的力量。他高贵的沉思把自然当作玩物似的在两手间播弄一番，于是用它来体现任何一种在他心中最高处的奇异的思想。通过一种微妙的精神联系，我们游历了自然最遥远的空间，聚合了一些最遥远的支离的事物。于是使我们明白，物质的量是相对的，一切物体都在收缩和膨胀着，以适应诗人的激情。因此，在他的诗体中间，他觉得鸟的歌唱，花的香和色，都是他所爱者的“影”。那使她和他隔离的时间是他的“胸”。她所唤醒的怀疑则是她的“装饰”：

美的装饰是怀疑，
在天空最甜蜜的空气中飞翔的乌鸦。

他的激情不是机运之果。据他讲，它膨胀成一个都市或国家：

不，它绝不是偶然造成的；
它没有被困于微笑的虚荣中间，
也没有落到被奴役的怨者的眉下；

它并不害怕政策，这异端者，
这不断计划租借短暂时间，
却独自一下子承担起庞大政治的异端。

凭着他永恒的力，他觉得金字塔是新近的、暂时的东西。青春和爱的新鲜因其与早晨的类似而使他眩惑：

把被如此甜蜜地拒绝的
那些嘴唇带走吧；
还有那些眼睛——破晓，
诱惑着早晨的光。

这种夸张的蛮荒之美，我顺便可以说一句，在文学上是不容易和它相配的。

一切物质对象通过诗人的激情而经历的这种变形——他用来使大的缩短，小的放大的力量——可以从他的剧作中找出一千个例子来说明。我面前放着《暴风雨》，只要摘引这几行就是了：

爱丽尔：我已
溶化一般，于是，他们新兴的感觉
开始追逐笼罩着他们清晰的理性的
蒙昧的怒气了。

他们的理解力
开始膨胀了：迫近的潮
不久就会填满现在肮脏泥泞的
理性的海岸。

对各种事情间真实的亲和力的洞察（这就是说，对于“理想的”亲和力的洞察，因为只有那些才是真实的）使诗人能够随意使用世界上最惊人的形式和现象，从而宣称灵魂的优势。

三、当诗人这样用自己的思想激活自然时，他和哲学家的差别只在于：前者将“美”作为自己的主要目的，后者则以“真”为主要目的。但是哲学家和诗人一样，都把事物的表面顺序和关系推到思想帝国。“哲学问题，”按照柏拉图的说法，“对有条件存在的一切来说，就是寻找一个无条件的、绝对的根据。”他进而相信法则决定着一切现象，法则一旦明了，现象也就能预言了。这种法则在心中只是一个观念。它的美是无限的。真正的哲学家和真正的诗人是合而为一的；真实即美，美即真实，两者互为目的。柏拉图的和亚里士多德的一个定义的魔力，严格地说不正像索福克勒斯的《安提戈涅》的魔力吗？在这两种情况下，精神生命都被传给了自然，外表坚实的物体都被思想渗透着、溶解着；这种软弱的人类曾用清明的灵魂渗入自然的一个个大集体，现在在他们的和谐中承认了本身，也就是说，把握了他们的法则。在物理学上，当达到这一层次时，记忆就解除了它所负荷的累累的细节的条目，而只用一个公式就装载了若干世纪的观察结果。

这样，甚至在物理学上，物质也在精神面前贬级了。天文学家，几何学者相信自己无可争辩的分析，却蔑视观察的种种结果。欧勒尔在论到他的弧形法则时说过这样一番崇高的话：“人们将会发现这和一切经验正相反，然而却是正确的。”这句话早已把自然移渡到心里，而把物质像弃尸似的丢开了。

四、理智的科学被观察的目的都只是为了引起对物质存在的疑惑。杜戈特说过：“可以肯定，任何从不疑惑物质存在的人，都是没资格从事形而上学的研究的。”形而上学的研究将注意力集中于各种不朽的、必要的、非经创造的自然，这就是说，集中于各种观念，在那些观念的面前，我们觉得外部的环境是梦，是影。当我们等在神的奥林匹斯山上时，我们认为自然是灵魂的附属物。我们上升到神的王国，便知道这些都是“至高之神”的思想了。“这些是从永恒，从创世之初，或从地球诞生之时就安排好了的。当他准备着天空时，当他设置着天空的云时，当他加强着深处的喷泉时，它们就已在那儿了；它们那时就在他的旁边，好像与他一起长大。他接受它们的劝告。”

它们的影响是均匀的。作为科学的对象，只有少数人能接近它们。然而，所有人却都有靠虔诚或靠激情被提升到它们的王国里的能力。谁接触了这些神圣的自然，在某种程度上他本身就具有了神圣性。就像新的灵魂一样，它们使肉体焕然一新。我们的身体变得又轻又滑，我们御风而行，生命不再疲惫，我们觉得它永不会如此了。在它们温柔的陪伴之下，人不再害怕年老或不幸或死亡，因为他被移到变化的区域之外了。当我们看见了公开的“正义”和“真理”的本质时，我们就领会了绝对的与有条件的或相对的差别。我们理解了绝对。我们仿佛是平生第一次“存在”了。我们变成了不朽者，因为我们知道，时间和空间都是物体的关系；它们和对真理的知觉或道德的意志之间是没有什么亲和力的。

五、最后，可以适当地称作观念的实践，或观念向生活输入的宗教和伦理，在使自然贬级，及表明自然对精神的依赖方面，具有与一切低级文化类似的效果。伦理和宗教的区别就在这里，前者是从人开始的人的义务的体制，后者则是从神开始的。宗教包括神的个性，伦理则否。对于我们现在的计划来说，它们则是同一的。它们两者都将自然放在脚下。宗教最初和最后的教训都是：“看见的一切都是暂时的，没有看见的一切都是永恒的。”这样，它就侮辱了自然。它所做的一切都是为了未受教育者，而哲学所做的一切都是为了贝克莱[①]和维萨。人们会听到，在最蒙昧的宗派的教会中人人都在说：“蔑视世界的种种浮华吧；它们是虚荣，是梦，是影，是不现实；寻求宗教的现实吧。”虔信者污蔑了自然。有些神

① 贝克莱（1685—1753），爱尔兰基督教新教主教，唯心主义哲学家，认为“存在即被感知”，存在的只是我的感觉和自我，著有《视觉新论》。——译者

智学者对物质甚至达到了某种程度的敌视和愤怒。例如摩尼教[①]徒和柏罗丁[②]。他们并不相信自身对埃及的这些满足肉欲的场所的任何回顾。柏罗丁以自己的肉体为耻。总之，米迦勒·安基罗谈到外部美时说的这句话“神把自己称为时间的这种脆弱的野草给灵魂当衣服穿了”，他们在谈到一切物体时都可以用。运动呀，诗呀，物质和理性的科学呀，宗教呀等似乎都足以影响我们对于外在世界的现实性的信念。但是我却认为，一切文化都倾向于灌输给我们理想主义，所以将一般的定理的细节扩充得太过奇特，是有点令人不快的。我对自然不抱什么敌意，而是有孩子般的爱。在温暖的日子里，我像玉米和瓜一般扩展着，生活着。让我们公平地讲到她吧。我不愿向我美丽的母亲丢掷石头，又不愿弄脏我的舒服的居所。我只希望指出自然在与人的关系中的真实位置，在这个位置上，教育将为人确立一切权利。达到这一基础是人类生活——人与自然的关系——的目的。文化使关于自然的粗俗观点逆转，使心把它习惯称作真实的称作表面的，把它习惯称作幻觉的称作真实的。孩子们肯定相信外在的世界，认为它只不过显现着而已，这种信仰是后来才有的思想，但是靠着文化，这信仰却同最初一样也肯定会出现在心上。

理想理论优越于世俗信仰之处就在于：它恰恰把世界呈现于心

① 摩尼教，3 世纪由摩尼创始于波斯的二元宗教。——译者

② 柏罗丁（205？—270？），古罗马哲学家，新柏拉图学派的主要代表，提出“流溢说”。——译者

灵最乐于接受的那一种观念里。其实，这也是“理性”——思辨的和实践的——也就是哲学和道德——所采取的观念。因为从思想的角度来看，世界总是现象的；而道德则使它从属于心。理想主义在神身上看到世界。它并不将人和物，行动和事件，国家和宗教的整个循环看作是原子接着原子，行为接着行为，在年老体弱、匍匐爬行的“过去”中的痛苦的集聚，而是看作神为了供灵魂的考察而在瞬间的永恒之上绘制的一幅巨大的画。因此，灵魂避开了对这宇宙画板的太过琐碎而微细的研究。它过于尊重结果，因此就没有沉浸在手段之中。它在基督教里见到了比教会史上的丑闻或批评的琐细更重要的东西；它很不注意人物或奇迹，而且全不为历史证据的差异所干扰，它从神那里接受了照它所发现的那样的现象，作为世界上纯粹而可畏的宗教形式。对于它称为自己的好运或厄运的东西的表面，对于别人的联合或反对，它并不激动和愤怒。没有人是自己的敌人。它接受任何落到自己头上的事，并将之作为自己的教训。它是观察者，而不是施行者，它去做，只是为了更好地观察。

七　精神

关于自然和人的真实理论都必须包含某种渐进性。那些耗竭了的或也许耗竭的功用，那些一说出就完结了的事实并不足以确切地说明人在其中居住的住所，人的一切才能都在其中得到适当而无穷的练习的这种华丽的住所。自然的一切功用都容许被归结为一项功用，它为人的活动提供了无限的领域。经由自己的整个王国，它达到了万物的边际和外围，它忠诚于自己赖以起源的因。它常常讲到“精神”。它暗示着绝对。它是永久的影响。它是在我们身后一直对着太阳的伟大影子。

自然的面貌是诚恳的。犹如耶稣的形象一样，她俯首站着，双手交叉放在胸前。最幸福的人就是从自然中学会了崇拜的教训的人。

凡是对我们称为“精神”的无法表达的本质想得最多的，他说得就最少。我们可以在物质粗俗的、仿佛遥不可及的现象中预见到神。但当我们试图解释他、描述他时，却发现思想和语言都弃我们而去，于是我们就像愚人和野蛮人那样束手无策了。他的本质拒绝被记录于命题之中，但是当人在理智上崇拜着他时，自然最高贵的使命却是以神的面目出现。他是宇宙的精神借以对个人讲话，并且努力把个人引到他这里来的机关。

当我们考虑“精神”时，我们觉得早先提出的各种观点并不包括人生活的全部环境。我们必须增加一些相关的思想。

自然给心灵提出了三个问题：物质是什么？它从何处来？向何处去？理想理论回答的只是其中的第一个问题。理想主义说：物质是现象，不是本质。理想主义使我们认识到我们自身存在的证据和世界存在的证据之间全部的不一致。前者是完全的，后者则是完全不能确信的。心只是事物性质的一部分；世界是神圣的梦，我们可以很快从这梦里醒来，面对着白日的光荣和确定性。理想主义是用木工和化学原理以外的其他原理来说明自然的假设。然而，如果它只否定了物质的存在，它还并不能满足精神的种种要求。它离弃了我身上的“神”。它把我留在我的感觉的绚烂的迷宫里，让我永远地游荡着。于是心抵制它了，因为它否定真正的存在而不投男人女人们所好。自然如此弥漫于人的生活，以至于在全体中、在一切细节中都存在着某种人性。但这种理论却使我对自然感到陌生，而且并不能说明我们所承认的与它的密切关系。

那么，就让它处于我们的知识的现状中，仅仅作为一种引介性的假设，用来告诉我们灵魂与世界之间的永恒区别。

但是，当我们跟随着思想的无形的步骤探讨物质从何处来、向何处去的时候，许多真理却从意识的深处浮现在我们面前了。我们领略到最高的东西是给人的灵魂准备的。我们领略到，那并非智慧呀，爱呀，美呀，权力呀的东西，却是一切的一切，可怕的宇宙本质就是一切事物因而存在而且借以存在的东西，我们领略到精神在创造着；我们领略到，在自然的后面，自然的各部分中都有精神；并不混合的单一的它，从外面——也就是说，在空间和时间上，而不是在精神上，不通过我们自身——对我们是不发生作用的。

因此，这精神，这“最高的存在”，并不在我们周围造起自然，而是通过我们促发自然，犹如树的生命从老枝的孔隙抽发新枝；就如植物立于大地之上，人栖息在神的胸上；他被源源不绝的泉水滋养着，随其所需地汲取着不竭的力量。谁能限制人的各种可能性呢？吸一次上层的空气，被准许看一看公正和真理的绝对性，我们便领略到人已经接近了造物主的全心，并且本身成为有限的创造者了。这种观点告诉了我，智慧和力量的源泉在哪里，而且指向美德就好像指着开启永恒之宫的金钥匙，它带着最高贵的真理凭证的外表，因为它鼓动我通过自己灵魂的净化来创造我自己的世界。

世界和人的肉体一样，都发源于同一种精神。它是神的更远更低级的化身，是无意识中神的投影。但它和肉体在某一重要之点却不相同。它并不像肉体那样，现在屈服于人的意志。它那庄重的秩序是我们不能侵犯的。因此，对我们来说，它是神圣的心在当前的说明者。它是我们用以测量我们的距离的固定点。随着我们的退化，我们和我们的房屋的对比也更明显了。我们在自然中是陌生人，正如在神面前也生疏一样。我们不懂鸟的曲调。狐狸和鹿一见我们就逃开，而熊和老虎则会撕裂我们。我们不知道像玉米和苹果呀，土豆和葡萄呀这不多的几类植物的功用。是否每一线风景都很壮观，都是它的脸？然而，这也会向我们显示：人和自然之间是多么不和谐啊，因为如果农夫正在附近的田里辛苦地耕作，你就不能自由自在地赞赏高贵的风景了。在离开人们的视界以前，诗人觉得自己的快乐有些滑稽。

八　展望

在对于世界的法则和事物的结构的各种探究中间，最高的理性总是最真实的。似乎只有一线可能的事物——它是那么精微——往往是因为它在精神的各种永恒的真实中位置最深的缘故，所以才隐约而朦胧了。经验科学容易蒙蔽视觉，而且就由于机能和过程的知识，使学者容易放弃对整体的宏大思索。学者成为毫无诗趣的人了。但是完全而虔诚地关注真理的最渊博的自然主义者却会见到：他与世界的关系还有许多需要学习，而且这不是通过什么加法或减法，或其他已知的量的比较来学得，而是由未经教化的精神的涌动，由连续的自我回忆，由彻底的谦逊来得到的。他会觉察到，学者还有比精确和绝对正确更优秀的素质；他会觉察到，猜测常常比无可争辩的定论更有成效；他还会觉察到，一个梦可以比一千次统一的实验更能让我们深入自然的秘密。

因为待解决的问题恰就是那些生理学家和自然主义者忽略不提的问题。对人来说，了解动物世界里的一切个体并不那么必要，更重要的是，他要知道在自己的身体里，那种将事物分门别类，竭力要将最不同的各种事物压缩到一种形式中去的专制化的统一性从何处来？向何处去？当我看着丰富的风景时，我的目的与其说是在正确列举层次的顺序和重叠，不如说是在理解为什么各种庞杂的思想消失在平静的统一中。我不能过于尊重细节的精密，只要没有什么暗示来说明事物与思想的关系。没有什么贝类学呀，植物学呀，艺术呀投在形而上学上的光线来显示花呀，贝壳呀，动物呀，建筑呀各种形式与心的关系，并基于观念建立科学。在自然史的研究中，我们渐渐觉察到对于野兽，鱼和昆虫的最愚笨最怪僻式的一种玄妙的认识和同情。一向只在本国见到仿照外国模型建造的建筑物的美国人，一走进罗马的约克·敏斯特或圣彼得教堂便会惊奇地感到这些建筑物也是模仿之作——是对无形的建筑式样的隐约的抄袭。只要自然主义者忽略了人和世界之间所存在的奇妙的和谐，科学就不会具备充分的人性；人是世界的主人，并不因为他是最灵敏的居住者，而是因为他是它的头和心，而且在每一件伟大和渺小的事物中间，在层层山峦中间，在每一种新的色彩法则中间，在一切通过观测或分析揭露出的天文学的事实或大气的影响中间，他发现了某种自己的东西。这种神秘的感觉曾唤起写过许多美妙诗篇的诗人乔治·赫伯特[①]的诗兴。下面就是他咏人的小诗的一部分：

人是一切的对称美，
充满着一肢对一肢，
全体对周围整个世界的对称。
每个部分都称呼最远的部分，兄弟；
因为头与脚有私谊，

① 乔治·赫伯特（1593—1633），英国玄学派宗教诗人，工于格律和韵文技巧，其诗语言洗练，贴切、纯净、真挚，诗作有《圣殿、圣诗和圣杯》。——译者

它们与月亮和潮汐也是如此。

什么都不能避免
让人把自己捉来作为猎物守管；
他的眼睛从最高的星俯瞰：
他成为全星球的雏形了。
药草高兴地医治着我们的肉体，因为它们
在那儿找到了它们的相识。

风为我们而吹，
地球静止着，天体动着，泉水流着，
我们所看见的一切意味着对我们的善意，
作为我们的快乐，或是作为我们的财宝；
全体，或是我们的食物橱，
或是快乐的幽室。

星星让我们去睡觉，
夜放下大幕；太阳将它揭开，
音乐和光照着我们的头。
一切事物，就它们的降落和存在来说，
对我们的肉体都是和善的；
就它们的上升和原因来说，
对我们的精神也是和善的。

他不会注意到
多名仆人服侍一个人。在每一条小路上，
当疾病弄得他苍白无力时
他踏着的土地也对他亲近起来。
哦，伟大的爱呵！人是一个世界，还有
另一个世界照料他。

对这类真理的察觉造成了把人们引向科学的吸引力，但在关注手段时，结果却也失去了。根据科学的这一半面孔，我们接受了柏拉图的话："诗比历史更接近充满活力的真理。"心的一切臆测和预言都值得几分尊敬。我们领略到：与其喜爱不包含任何可贵的建议的那些整理出来的体系，不如喜爱含有一线真理的那些不完整的理论和句子。一个聪明的作者会感觉到，适应研究和作文的目的的最好办法是声明未发现的思想区域，并且通过希望，把新的活力传达给麻痹的精神。

因此，我要用某位诗人对我唱过的关于人和自然的一些传统来结束这篇论文；这些传统因为已经在世界上存在，而且或许至今还在被所有的歌者吟唱着，所以它们可以说既是历史，又是预言。

人的基础不在物质，而在精神。但精神的因素就是永恒。因此，对精神来说，最长的系列事件，最古老的编年史都是年轻而崭新的。在诞生了现在人们所知的个人的宇宙人的循环中，世纪只是一个个点，而全部历史只不过是一个堕落时代。

“我们内心怀疑并否认我们和自然的一致。我们有时承认，有时不承认我们与它的关系。我们好像是失去了理性，失去了王位，像牛一样吃着草的尼布甲尼撒[①]。但谁能限制精神的恢复力呢？

“人类是破落的神。当人天真无邪时，生命应该更长久，而且就像我们从梦中醒来一样，悠然地过渡到不朽。现在，如果这种无组织状态继续几百年，那么，这世界将会是疯狂而病态的世界。死和幼年控制着它；幼年是永恒的救世主，它来到堕落者的怀抱里，祈求他们回到天堂。

“人是他本身的矮子。他曾被精神渗透过溶解过。人用自己充溢的流充塞了自然。太阳和月亮从人而来；太阳来自男人，月亮来自女人。他心的法则，他的行动的诸时期使它们本身‘外化’为日和夜，年和季。但给自己造好了这巨壳之后，人的潮流退却了；他不再充满在静脉和毛细血管，而是缩成一个小滴了。他看到那种结构仍适合他，但已不是以前那种适合了，说得妥当些就是：从前它适合于他，现在它从又远又高的地方适合他了。他羞怯地爱慕着自己的工作。现在男人是太阳的信徒，女人是月亮的信徒了。然而，

① 尼布甲尼撒（630？—562？BC），巴比伦国王，曾攻占并焚毁耶路撒冷，将大批犹太人掠到巴比伦，在位时兴建了巴比伦塔和空中花园。——译者

有时候他在睡眠中惊起，诧异于他自身和他的房子，便奇怪地沉思自己和房子的类似了。他觉察到：如果他的法则还是最高权威，如果他还有自然力，如果他的话本质上还纯正，那么，这就不是意志的力，也不是劣于他的意志的力，而是优于他的意志的力。这是本能。”我的神秘诗人这样唱道。

现在人类只将自己一半的力应用于自然。他只用他的理解力在世界上工作。他生活在世界中间，用少许的智慧支配着它。在世界上工作最多的不过是半人，他的胳膊尽管强壮，他的消化尽管良好，他的思想则是野蛮的，他是自私的野蛮人。他与自然的关系，他支配自然的权力，都是通过理解力，犹如植物靠着肥料生长一般，犹如火呀，风呀，水呀，和水手的罗盘针等的经济用途；犹如蒸汽呀，煤呀，和化学农业；犹如牙医和外科医生对人体的修补呀；等等。力这样的恢复就好比一个被放逐的国王，他不是立即跳上王位，而须把他的领土一寸一寸买进来似的。同时，在漆黑的晚上，较好的光线——人用全力，即用理性和理解力来作用于自然的偶然的例子——并不需要。这些例子是：各国最早的古代奇迹的传统；耶稣基督的历史；在宗教和政治革命中，在废除奴隶买卖的过程中，理论所取得的成就；以及斯维登堡[①]，霍亨洛勃和震颤派[②]所传说的那些宗教热情的奇迹，现在被归在动物理性这一名目之下

① 斯维登堡（1688—1722），瑞典科学家和神学家，从研究自然科学转向神学，其通灵幻象和对《圣经》的神秘解释成为新耶路撒冷教会的基础，著有《天国的奥秘》《新耶路撒冷》等。——译者

② 震颤派，美国基督教新教派别，在宗教仪式中人浑身颤动，故名。——译者

的许多难解的，现在仍在争论着的事实：祈祷；雄辩，自疗和儿童智慧。这些都是“理性”暂时掌握着王权的例子；是一种并不存在于时间或空间的力，而是一种瞬息间内流的推动力的实施。人的实际能力和理想能力的差异，经院哲学家曾快乐地描述过，他们说，人的知识是夜晚的知识，但神的知识却是早晨的知识。

灵魂的赎罪解答了使原始而永恒的美回复到世间这一问题。当我们看着自然时，我们所见到的废墟或空白在我们自己的眼睛里。幻景的轴并不和事务的轴一致，因此它们似乎不是透明的，而是不透明的。世界缺少统一性，支离破碎地成堆横在那儿的原因是因为人与自己不统一。只有在他满足了精神的一切需要时，他才能成为自然主义者。爱是精神的需要，也是感觉的需要。实际上，两者谁缺少了另一方都不完整。从词语最深层的意义来看，思想是虔诚的，虔诚就是思想，两者彼此深深呼应。但在实际生活上，这种结合却没人庆贺。天真的人们依照他们祖先留下的传统崇拜着神，但他们的责任感却还没有扩充至运用他们全部才能的地步。有耐心的自然主义者是有的，但他们却把自己的问题冻结在理解力的冷光之下了。祈祷也是一种真理研究吗？是灵魂向无限未知领域的出击吗？诚心祷告过的人不会学不到什么。但当一个忠实的思想家决心使一切对象从私人关系分离，并根据思想来看它的时候，他就应当同时用最神圣的火点燃科学，这样神才会重新走到创造物中间去。

当人的心准备研究的时候，它不需要寻找对象。智慧恒定的标记就是在平凡中见到奇迹。一日是什么？一年是什么？夏是什么？女人是什么？孩子是什么？睡眠是什么？对懵懂的我们，这些事物似乎不会发生什么影响。我们使寓言隐蔽事实的空白，并使之适合我们所谓的心的高级法则。但当人们在观念之光下看见事实时，华丽的寓言却褪色且萎缩了。我们见到了真正的高级法则。因此，对智者而言，事实是真正的诗，是最美的寓言。这些奇迹都被带到了我们自己的门口。你也是人。男人和女人和他们的社会生活，贫穷，劳动，睡眠，恐怖，幸运都是你所知道的。我们要认识到这些东西中没有一个是肤浅的，每一现象都在心的性能和影响中扎根了。当抽象的问题占据了你的理智时，自然会把它带到具体的问题里，由你用手来解决。把我们每日的历史和心中各种思想的涌起和进步，一点一点地，尤其是在一生中那些重要的紧要关头，比较一下，这应是对隐秘问题的明智探求吧。

于是我们就能用新的眼睛来看世界了。它将会靠自身被动地顺从于受过教育的“意志”，回答理智无穷无尽的究问——真是什么？以及感情的无穷无尽的究问——善是什么？于是轮到我们的诗人说话了：“自然不是固定的，而是流动的。精神改变着，塑造着，制造着它。自然的固定和暴虐是因为缺少精神，对纯粹的精神来说，它是流动的，易变的，顺从的。”每一种精神都为自己建造了一所房子，房子之外是一个世界，世界之外是一个天国。于是认识到世界是为你存在的吧。因为你是完全的现象。我们是什么，这只有我们自己能见到。亚当所有的一切，恺撒做到的一切，你也都有，你也都做得到。亚当以天和地作为自己的房子；恺撒以罗马作为自己的房子；你大约可以把你的鞋匠铺，百亩深耕过的田，或是学者的阁楼当作自己的房子吧。虽然你的领地没有好听的名字，但每一寸、每一点都与他们同样伟大。因此，建造你自己的世界吧。尽快使你自己的生活顺应于你心里的纯粹观念，这样世界就会表现出自己的大部分出来。事物方面发生的相应的革命会汇入精神的潮流的。猪，蜘蛛，蛇，疫病，疯人院，监狱，敌人，等等，这些使人不愉快的现象会消失得非常快。它们都是暂时的以后再也见不到的景象。自然的污秽和垃圾该会被太阳晒干，被风吹散了吧。等到夏天从南方归来时，积雪融解了，大地的脸在它面前绿起来了，于是这行进中的精神将一路创造着自己的各种装饰品，满载着它见到的美，以及赞美它的歌；它将在途中汇集美丽的脸，温暖的心，明智的谈话和英雄的行为，直到再也看不到罪恶。人所控制的自然领域并不来自观察——这一领域现在在他的关于神的梦境之外——他应该像一个逐渐恢复视力的盲人那样毫不惊奇地走进去。

美国学者

亲爱的会长先生及诸位先生：

真诚地祝贺你们又一个文学年的开端。我们每周年的纪念活动是一种希望，或许并没有足够的工作可做。我们的聚会，并非像古希腊人那样，仅仅是为了角力竞技，或者是表演史诗、悲剧与合唱；也不像中世纪的意大利吟游诗人那样，为着爱情和诗兴的聚会；甚至也不像我们在英国与欧洲各国首都的同时代人，聚会只是为了促进科学的发展。迄今为止，我们的庆典仅仅是一种友善的象征，只是用以表明我们这个民族虽然因为过分忙碌而不再创作文学作品，却仍然保留着对文艺的爱好。尽管如此，作为一种无法消除的本能的标志，这个节日也是极其珍贵的。这种本能理应更进一步，而且将会变更一新——也许这个时刻已经到来。多年来，全世界对美洲大陆一直有种期望：美国人并非只有机械技术方面的能力，他们应有更好的东西奉献给人类。美洲大陆的懒散智力，将要睁开它沉重的眼睑，来满足这个早该满足的希望了。我们依赖旁人的日子，我们学习他国的长期学徒时代即将结束。在我们周围，数以百万计的青年正冲向生活，他们不能总是依赖外国学识的残羹来获得营养。出现了一些必须受到歌颂的事件与行动，它们也会歌颂自身。谁能怀疑诗歌将会复兴？怀疑它将迈入一个新时代，就像天文学家宣布的天琴星座中那颗在天空闪闪发亮的明星，终有一天会变成光照千年的北极星？

抱着这一希望，我接受了讲演的题目，而今天的题目不仅符合我们协会的习惯，也符合它本身的性质："美国学者。"年年复年年，我们相会于此，来阅读这一传记中的新篇章。让我们来探究一下新的时代与新的事件是怎样照亮着它的性格和希望。

有一个从远古时期流传下来包含着不为人知的智慧的寓言。这个寓言说：在创世之初，神把"人"分成了"人群"，这样人或许能更好地照顾自己；这就好比一只手分成五指，才能更好地完成自己的工作。

这则古老寓言包含着一个永远新颖而高尚的寓意，即："人"只是部分地存在于所有特殊的个人之中，或通过一种禀赋来体现；

你必须考察整个社会，才能发现完整的人。“人”不是一个农夫，或一位教授，或一位工程师，而是他们全体的总和。“人”是神父、学者、政治家、生产者、士兵。在分裂的或社会的状态下，这些职能被分给不同的个人，而他们每一个人都致力完成共同工作中分派给他的任务，同时每个人又都做着自己的工作。这个寓言暗示，个人若要把握自己，就必须常常从自己的工作中脱身出来，去了解其他所有的劳动者。然而，不幸的是，这最初的统一体，这力量的源泉，早已被肢解瓜分，而且被分得细而又细，就像泼洒开的水滴，再也无法聚拢。社会状态是这样是：它的每一个成员都是从躯体上锯下的一段，众人神气活现地行走着，形同怪物的聚会——它们只是一截有用的手指、一颗头颈、一副肠胃、一只臂肘，但从来不是一个人。

“人”因而变成了某种物，变成了许多物。农夫不过是被派到田里收集食物的“人”，所以他很少因感受到自己工作的真正尊严而欣喜，他只看见自己的箩筐与大车，此外再无他物，于是他降格为一个农夫，而不再是农场上的“人”。商人极少赋予自己的生意一种理想的价值，他被机械的技艺所支配，灵魂也沦为金钱的奴隶。牧师成为一种形式，律师成了法典，机械师成了机器，水手成了船上的一根绳子。

在这种职能分配中，学者被指派代表知识。在正常状态下，他是“思想着的人”。在不正常的情况下，当他成为社会的牺牲品时，他就倾向于成为一个纯粹的思想者，或者更糟，成为别人思想的学舌的鹦鹉。

作为“思想着的人”，学者职能的理论就包含在关于他的这种观点中了。大自然以她一切平和或劝诫的图画劝导他，历史教育他，未来则邀请他。难道每一个人不都只是一个学生吗？难道天下万物不正是为了这个学生而存在吗？而且，归根结底，真正的学者难道不正是唯一真正的大师吗？然而，古语说得好，“万物皆有两端，当心错的那端”。生活中，学者往往也犯常人的错误，丧失了自己的特权。让我们看看他在学校的情况，并根据他所受到的主要影响来衡量他。

一、大自然对人类心灵的影响是第一位的也是最重要的。每天都有太阳的照耀，日落之后则是夜空与星星。风一直在吹，草一直在生长。男人和女人每天都在谈话，在观察，或被观察。在所有的人中，最受自然景象吸引的是学者。他必须确定自然在自己心目中的价值。对他来说大自然意味着什么？上帝之网这无法解释的连续既无起点，也无终点，却始终有一种循环的力量，使它不断返回自身。这恰恰就像学者本人的精神，他永远不可能找到自己精神的起点和终点——但它包罗万象，无边无际。大自然的光辉也广阔深远，它层层相叠，像光线一样照射着，上下起伏，没有中心，没有周边——无论是以群体或是以零星的形式，大自然都急切地要向心灵展示它自己。于是有了分类的开始。对年轻人来说，每样东西都是独立的个体。慢慢地，他发现了怎样把两件事情联系在一起，看出它们的共同性；接着是三件事情，再往后是三千件；就这样，他被自己的综合本能所支配，继续扩展联系，除去不规则现象，发现潜在的根系，凭此聚拢各种相反和相距甚远的事物，使它们在同一根茎上开花。很快他会知道，人类自有史以来就一直进行着对事实的积累与分类工作。分类只是要证明事物并非杂乱无章，也不怪异生疏，它们都遵循与人类心灵的法则同样的法则吗？天文学家发现，几何学是人类心灵的纯粹的抽象物，它可以用来测量行星的移动。化学家则发现一切物质中都含有比例和可以理解的原则。科学无非是在相距遥远的事物之间发现类比与共性。雄心勃勃的人坐在每一种难解的事实面前，逐一将奇异的构造和一切新的力量分门别类，找出它们的法则，并运用洞察力，永久地使各种组织中的最后一根纤维，自然的边缘都充满生命活力。

于是，他这个宇宙穹窍下的小学生开始意识到：他与大自然是同根所生；一个是叶子，一个是花朵；联系与同情在他们的每根血管中都在跳动。这条根是什么？它不正是他灵魂的灵魂吗？——这个想法太大胆，这个梦想太荒唐。然而，等到这精神之光照亮了更原始的自然的法则时——等他学会了崇拜心灵，并发现当今的自然哲学正是心灵第一次强有力的探索之后，他将渴望更广阔的知识，以便最终变成一个创造者。他将会见到，大自然是人类心灵的对应物，它的每一部分都与心灵息息相应。一个是印鉴，另一个是印记。自然之美正是人类心灵之美。自然法则也正是人类心灵的法则。因此自然成为他度量自己成就的标尺。他对自然还有多少无知，他对自身也就有多少无知。最后，古代箴言，“认识你自己”，与现代格言“研究大自然”，终于合而为一了。

二、在对学者心灵的重大影响中，居于第二位的是人类历史上的思想——无论这些思想采取什么形式，无论它是文学，是艺术，还是制度，人类的心灵都会在其上打下自己的烙印。书籍是历史影响中最好的一种，或许我们应该抓住这一真理——通过思考书籍的价值本身，我们可以了解书籍的影响程度。

书本上的理论都是崇高的。最早的一代学者将周围的世界融入己身，并沉思世界，接着按照自己心灵的逻辑重新安排，重新表述这一世界。进入他心灵的是生活，出来的却成了真理。短暂的行动经由他的心灵，便产生出不朽的思想。俗务穿越他而过，出来时却变成了诗歌。过去僵死的事实，现在却变为敏捷的思想，它能站，能走。它或停，或飞，或给人以启发。它与孕育自己的心灵深度恰成正比，它飞得有多高，就会唱得有多久。

或许我可以说，人的思想形成有赖于那种将人生转化为真理的过程会持续多久。蒸馏提纯越彻底，成品的纯净度就越高。然而世上没有绝对完美的东西。正如没有一只抽气泵能以任何方式造成完全的真空，也没有任何一个艺术家能完全在自己的书里消除所有传统的、地域的、转瞬即逝的东西，或是写出一本纯粹思想的书，并使它在各方面都适用于远久的后代，就像它适用于现代，或下一代人那样。我们发现，每一代人必须写出自己时代的书；或者更不如说，每一代都为下一代人写书。远古时代的书籍并不适用于此时。

然而，这便产生出一种严重的伤害。创作行动，即思想的行动，本身所具有的神圣性被转换成为一种纪录。吟唱的诗人被看作是神圣的，所以诗也成为神圣的了。作家有一种公正而睿智的精神，于是他的书也被公认是完美的了。这就像人们对英雄的热爱蜕变为对其塑像的盲目崇拜。立即，书籍变成了有害之物，导师沦为暴君。芸芸众生迟钝而扭曲过的心智，在接受理性教化时开启的速度很慢，但它一旦开启，一旦接受了这本书的教诲，就会执着不移，并会在其遭受诋毁时愤怒地喊叫，丝毫也不让步。大学就建立在书籍之上，思想家们也为此写出著作——这些思想家并不是“思想着的人”，而是那些有才能的人，也就是说那些出发点错了的人。他们从公认的教条出发，而不是从自己对原理的领悟出发。谦和的年轻人在图书馆里长大，他们确信自己有责任去接受西塞罗、洛克、培根提出的观点，但同时却忘了一点：当西塞罗、洛克与培根写这些著作时，他们自己也不过是图书馆里的年轻人。

因此，我们有的只是书呆子，而不是“思想着的人”。因此，所谓的书本知识阶级，他们爱书如命，却与自然和人类的天性无关，而是用世界与灵魂建立起某种“第三类秩序”。于是便有了各种藏书家、校勘家和各种各样的注释家。

书籍使用得当，它就是最好的东西。将它滥用，它就成了最坏的东西。怎样才叫使用得当呢？那使用一种手段才可以达到的唯一目标究竟又是什么呢？它们只是要启发人。我宁可不读书，也不愿被书的吸引力拖出我自己的轨道，以至于我成了一颗卫星，而不是一个宇宙。世上唯一有价值的东西是活跃的心灵。这是每个人都有权享有的。每个人自身都包含有这颗心灵，尽管几乎所有人的心灵都被滞塞，或还没有诞生。活跃的心灵能看见绝对的真理，并能表述真理，或进行创造。在这种活动中，心灵是一种天才。它不是这里那里散落的少数几个特殊人物的特权，而是人人均有的正当资产。心灵的本质是渐进性的。书籍、大学、艺术流派和各类机构，都因天才的某一句过去的言语而停滞不前。这样很好，他们说——让我们坚持这一点吧。他们就这样把我限制住了。他们总是向后看，而不是向前展望。但天才是往前看的。人的眼睛长在前额上，而不长在脑后。常人怀抱希望，天才却去创造。无论一个人有多高的才能，只要他不创造，上帝智慧的清纯泉流就不会属于他——或许已经有了煤块与烟雾，却点不着火焰。世上有创造性的举止，有创造性的行为，有创造性的言辞。这些举止、行为和言词并不表明什么习俗或权威，而只是从心灵自身的善和公正意识中自发喷涌出来的。

另一方面，假如心灵不能自明，而是从另一颗心灵那里接受真理，虽然真理的光辉滔滔不绝，接受者却没有定期的反省、诘问和自我恢复，结果就会造成致命的危害。天才的影响若过大，他就总是足以成为自己的敌人。每个国家的文学都会证明我这一论点。英国的戏剧诗人截至目前已经经历了二百年的莎士比亚“化”了。

毫无疑问，一定有一种正确的读书方法，那就是使书严格地服从于读者。“思想着的人”绝不应该受制于他的工具。书籍是让学者来消闲的。当他能够直接阅读上帝时，他就再也无须将宝贵的时间浪费在阅读他人的读书札记上。但每隔一定的时间总会有黑暗时代到来，这是不可避免的——当阳光被遮挡，群星黯然无光时——我们修补好自己的油灯，靠着它微弱的光线的指引，我们又走向东方，这黎明的故乡。我们听，是为了人可以说。有条阿拉伯谚语说，“一棵无花果树，看着另一棵无花果树，就结出果实来”。

我们从最优秀的书籍里获得的那种愉悦的性质很值得一提。它们使我们确信，作者写书，就是要让读者阅读，他们应是同类人。我们阅读英国的大诗人乔叟、马韦尔①、德莱顿的诗章，从中会感受到一种完全现代的喜悦——我是说那种在很大程度上是由于他们的诗句凝缩了一切时间而造成的喜悦。我们的惊奇和欢乐中混杂着某种恐惧，因为这个诗人生活在某个过去的世界，生活在二三百年之前，而他却说出了与我贴心的话，那种我接近于深思熟虑，而且说不出来的话。为了提供证据说明所有心灵在这种哲理上的共同性，我们应假设有某种预先确定的和谐，有某种尚未诞生的心灵的

① 马韦尔（1621—1678），英国玄学派诗人代表之一，著名诗篇有《致羞涩的诗人》《花园》等。——译者

远见，以及为了急将来之所需而做的储备准备。这就像我们从昆虫身上观察到的事实，它们在死去之前总是为自己永远看不到的后代准备好食物。

我不会因为任何对系统理论的偏爱，或任何本能的夸张，而忙不迭地去贬低书籍的价值。众所周知，如同人的身体可以从任何食物中摄取营养，哪怕煮熟的皮革，皮鞋煮出的汤，人的心灵也可以从任何知识中获得营养。过去曾有一些伟大的英雄人物，可他们除了从书刊上获得一些消息外，在其他方面几乎一无所知。我只想说，要能承受这种饮食，必须有一个强壮的头脑。人只有是一个发明家时才会读书读得好。正如格言所说："若想得到印第安人的财宝，就应该先充实他们的财宝。"这样才会有创造性的阅读和创造性的写作。当心灵得到劳动和发明的支持时，我们所读的任何一本书的任何一页都会充满多重引喻，并因此而熠熠生辉。每一个句子的意义都更加重要，作者的意识像世界一样宽广。于是我们就会看到这样一件事实：因为观察者在漫长而沉重的岁月里产生真知灼见的时间非常短而少，因此，他所记录的或许只是其著作的最小的一部分。具有鉴赏能力的读者在读柏拉图或莎士比亚时，就只读这"最少的一部分。"——即《圣经》中最真实的部分——而把其余的东西都抛弃一空，好像它们不是世代相传的柏拉图或莎士比亚的著作。

当然，对一个智者来说，有一些是必不可少的阅读。他必须通过辛勤的阅读学习历史与精密科学。同样，大学也有自己不可或缺的功用——传授基础知识。但大学若要发挥更高的效用，它们就不能仅仅以教养为目的，而是应以创造为目的。它们将远近各处才华各不相同的天才聚集到自己舒适的大学校园里，再用集中的知识之火，使他们年轻人的心熊熊燃烧起来。思想和知识就是自然，在这种自然中，器具和仪表毫无用途。礼服与教育基金虽然足够建造黄金之城，但也敌不过最短的一句至理名言。若忘掉这一点，那我们美国的大学即使一年年富裕起来，也会降低它们在公众中的重要性。

三、世界上流行着这样一种观念，认为学者应当是个隐士，是个体弱多病的人，所以不适合做任何手工或集体劳动，犹如一把铅笔刀不能当斧头用。所谓的“务实者”讥笑思索着的人，仿佛他们就是因为思考和观察，所以什么事也做不成了。我曾听人说，教士们往往被人当作女性，因为他们不听粗鲁随意的男人谈话，而只能说一种造作和柔软的语言——其实与其他任何阶级相比，教士们更能称得上是他们那个时代的学者。他们实际上时常被剥夺了公民权，他们的确也拥护独身生活。如果这对于知识阶级来说也是真的话，那么这是不公正和不明智的。对学者来说，行动是次要的，但又是必要的。没有行动，他就称不上是个人。没有行动，思想就永远不能成熟为真理。当世界像一朵美丽的云在眼前浮动时，我们甚至看不到它的美。静止不动是怯懦，但没有一颗英雄的心灵就成不了一个学者。行动是思想的序言，通过它，思想才从无意识过渡到意识。正因为我生活过，所以我才获得现有的知识。于是我们立即就能知道哪些词语饱含着人生经验，而哪些言语里没有。

这世界——这心灵的影子，或另一个自我——环绕在我们四周。它的各种吸引力都是开启我的思想，使我认识自己的钥匙。我急切地冲进这个充满回声的喧嚣和躁动的世界。我抓住身旁人的手，站在我在竞技场上的位置，去受苦，去奋斗，而我的本能告诫我：只有这样，那无声的深渊才会充满声音。我冲破这深渊的秩序，驱逐了它的恐惧，我在自己不断扩展的生活范围里安置它。我从生活经验里获得多少知识，我就能征服和开垦多少荒野，或者说我就能扩大多少我的存在，我的领地。我不明白，人只是为了自己的神经或一场午觉，怎么就能舍弃他能够参加的活动。活动是他的言谈的珍珠与宝石。劳累、灾难、激愤与贫困都会教给我们雄辩和智慧。真正的学者决不舍得放过身边每一个行动的机会，若放弃，他觉得是在失去权力。行动是智力用以制作自己璀璨夺目的产品的原料。这也是一个奇异的过程，经验据此转化为思想，宛如把桑叶变成了锦缎。这种生产过程每时每刻都在进行。

我们童年和青年时代的行动与事件，现在成了我们最平静地观察着的对象。它们像漂亮的图画飘浮在空中。而我们新近的行动，以及我们目前手头正在处理的事务，却并非如此。我们还无法反思这些。我们的情感仍然在其中循环。我们对它的感觉和认识，就如同对自己身体上的脚、手或头脑的认识那样不自觉。新的行为仍是生活的一部分，它需要一段时间继续沉浸在我们无意识的生活中。在某个沉思的时刻，它将会像熟透的果实一样脱落下来，变为心灵中的一个想法，并立即被提升，被变形，易腐化的事物穿上了纯洁的外衣。因此它成为一个美的东西，不论其根源和所处环境是多么低下。我们也注意到，要想让这件事提前发生也是不可能的。在它的虫蛹阶段，它是既不会飞，也不会发光的，它只是一个呆笨的蛹。可是突然之间，在我们毫无察觉的情况下，这同一个生命展开了美丽的双翼，变成智慧的天使了。所以，在我们的个人历史中，没有什么事实，也没有什么事件，不会迟早失掉它所依附的惰性的形式，从我们身上升入云空，令我们大吃一惊。摇篮，童年，学校和操场，对大男孩、狗与戒尺的恐惧，可爱的小姑娘和草莓，以及许多别的曾是天大的事情，现在都过去了。朋友与亲戚，职业与党派，城镇与乡村，民族与世界，这些事情则必然也会升腾起来，纵情歌唱。

当然，将全部精力都投入健康的行动的人，无疑会获得智慧最丰富的回报。我不愿使自己隔绝于这个行动的世界，不愿把一棵橡树移植到花盆里，让它挨饿和枯萎；我也不愿只相信某种特殊才能的收获，而像萨瓦人那样耗尽自己思想的矿藏。那些萨瓦人靠为整个欧洲雕刻牧羊童、牧羊女和吸烟的荷兰人的木像维持生计，某一天他们上山寻找木料，却发现已经用尽了最后一棵松树。我们许多作家也已经写完了他们的储备，出于一种值得赞扬的深谋远虑，他们乘船驰往希腊或巴基斯坦，跟随猎人进入大草原，或在阿尔及尔漫游，以补充他们易销的货物。

即使只是为了寻找一个词汇，学者也应当急于行动。生活就是我们的字典。一年又一年，我们幸福地生活着，无论是在乡间的劳动中，还是在城镇，在深入地观察各种商业与制造业，在与男男女女坦诚地交往，在从事科学与艺术。所有这些都只有一个目的，那就是从各方面掌握语言，并用它来解释和体现我们的观念。从任何一个说话者身上，我都可以从他语言的贫乏或精彩，立刻了解他是否充分地活过。生活就像一座采石场一样藏在我们身后，我们从中采集砖瓦石料用在今天的建筑里。这正是学习语法的方式。大学与书籍仅仅是抄录由田野和工场创造的语言。

然而，行动的最终价值（与图书的价值一样，但比图书更好）在于：它是一种资源。大自然在各种现象中体现出自己起伏不定的伟大规律，如人的呼吸，欲望与厌腻，大海的潮起潮落，日与夜，热与冷，以及深深地隐含在每一种原子和液体里的所谓“极性”——牛顿所谓的“间歇性的自由传输与反射”。这些就是大自然的法则，因为它们也是心灵的法则。

人的心灵时而思考，时而行动，彼此呼应，循环相生。当艺术家耗尽了自己的材料，当幻想不再作画时，当他的思想不再被理解时，当书籍也只令其生厌时，他也总拥有生活下去的力量源泉。个性比才智更重要。思想是一种机能，而生活则是执行者。溪流总可以追溯到它的源头。伟大的心灵会坚强地去生活，一如他会坚强地去思考。他是否缺少表达真理的器官或媒介呢？即便如此，他仍然可以依赖这种生活的基本力量。这是一套完整的行动。而思想只是行动的一部分。让正义的光辉在他的事务中闪耀吧。让爱的美使他的陋室充满欢乐吧。那些“默默无闻”与他为邻的人将会在他的日常言行中感受到他个性的魅力，这比用任何公开或设计好的表演来衡量更可靠。时间会教给他，学者不会浪费人生中的任何光阴。在生活中，他舒展开自己本能的神圣幼芽，并保护它免受任何影响的侵袭。他表面上所损失的，将会在力量中得以补偿。那些有助于破旧立新的巨人，并非由耗尽了文化活力的教育制度培养出来。他们出自尚未开化的野蛮之地，出自可怕的德鲁伊人和伯塞格尔人，他们最终诞生了阿尔弗雷德与莎士比亚。

因此，我高兴地听到人们开始谈论劳动的尊严与必要性了。对有知识或无知识的人来说，锄头与铁锹里都是藏有美德的。劳动是处处受欢迎的；我们不断被邀请去工作。这其中只有一个局限需要注意，即一个人不应为了参加更多的活动而牺牲自己的主见，去屈从公众的判断和行为方式。

刚才我已谈过自然、书本和行动给予学者的教育。现在来说说他的责任。

学者应成为“思想的人”。他们都可以被归纳于“自信”一类。学者的职责是通过向众人展示表象下的事实，从而去鼓舞、提高和指引他们。学者从事迟缓、无名而又无偿的观察工作。天文学家弗莱姆斯蒂德和赫歇尔在他们镶有玻璃的天文台里工作，一面编辑星座目录，一面享受着人们的赞扬。他们的成果既光彩又实用，所以肯定会得到声誉。然而，如果有个观察家要在自己的私人观察台上记录人类心灵中迄今尚无人想到的模糊难测的星云，虽然他有时为了个别数据需要夜以继日地观察，需要修改过去的记录，但他必须忍受公众的冷落，也不会及时获得名声。在长期的准备时期，他肯定会经常表现出对于流行艺术的无知和陌生，这自然会招致那些冷落他的所谓能人的鄙视。他一定会长时间的言语迟钝，常常把死的说成活的。还有更糟糕的，他必须接受贫穷与孤独，而且是那么经常地接受。他本可轻易而愉快地选择旧路，接受时尚、教育及社会的宗教，可他宁可背起十字架，历经苦难去寻找自己的出路，当然，他常常自责，经常软弱与怀疑，经常感到时间的虚度——这些都是自信自助者前进道路上必定要碰到的阻碍。他还似乎与社会处于敌对状态，特别与知识阶层更是如此。什么才能抵消这一切的损失与受人轻视？他得到的安慰只有一点：他知道自己正在发挥人性最高尚的机能。他是使自己超脱了私心杂念并因此得到升华的人，他依靠民众和充满活力的思想去呼吸，去生活。他是世界的眼睛。他是世界的心脏。他要保存和传播英雄主义情操，高尚的传记，优美的诗章与历史的结论，以此抵抗那种不断向野蛮倒退的粗俗的繁荣。在一切紧要或庄严的时刻，人类的心灵无论要对行动的世界发表何种评论，学者都应该接受并予以传达。无论理性在它权威的宝座上发布何种对于古今人或事的新的评判，他都要耐心倾听并宣扬。

如果这些成为他的职责，他就会对自己完全充满自信，而绝不会听从世俗的喧嚣。他，而且只有他了解这个世界。任何瞬间变动的世界都纯粹是表象。人分成两类，一半人欢呼某种隆重的礼仪，或崇拜政府，或主张短暂的通商贸易，或赞成战争、某个人，而另一半人则激烈反对——似乎一切都取决于这种特殊的拥护或反对的波动。实际上，最有可能的是，这整个问题还抵不上学者在倾听争论时漏掉的一个小小念头重要。他要坚信气枪就是气枪，虽然世上的老朽和尊贵之士声称它是世界末日的惊雷。他要沉稳，要超然，要认真推理，要坚守自己的信念。他还要认真观察，抛弃急躁情绪，不畏谗言，坐待时机——只要他感到今天确有所获，他就对自己满意了，就感到很幸福了。成功来自每个正确的步骤。因为他的本能的可靠的，这本能促使他与同胞分享自己的思想。随后他了解到，他在深入了解自己心灵的隐秘时，也在发掘所有心灵的秘密。他认识到，那些掌握了自己思想的规律的人，也就掌握了所有与他说着同样的语言，或说着与他的语言可以互译的语言的人的思想。诗人在极度孤独中回忆并记录着自己那些自发的思想，结果人们发现他也记录下了对喧闹的都市里的人群来说也同样真实的思想。演说家一开始怀疑自己坦率的演讲是否合乎时宜，他也不太了解自己的听众，最后他发现自己的演讲颇受听众的欢迎，他们如饥似渴地啜饮着他的言语，因为他满足了听众共同的天性。他越是深入涉及个人最私人化、最隐秘的念头，就越会惊奇地发现自己最受人欢迎，最容易引起共鸣，最有普遍的真实意义。人们乐于倾听这些，每个人的良知使他感到：这是我的心声，就是我自己。

自我信赖包含着所有的美德。学者应当是自由的——自由且勇敢。甚至给自由下定义都是自由的："一切障碍皆源自他自身的束缚。"他必须勇敢，因为学者的职责就要求他抛弃恐惧这东西。恐惧永远源于无知。假如他在危急时刻所保持的镇静仅仅源自他自以为能像妇孺一样属于被保护的阶层，那真是奇耻大辱。或者说，如果他为了求得暂时的平静，而故意回避政治或令人烦恼的问题，像鸵鸟埋头于花丛那样做科学实验或谱写着乐章，那他充其量也只像一个靠吹口哨壮胆的男孩。危险总是越躲越危险，恐惧也是越恐惧越厉害。此时他应该像个男子汉似的转身面对危险。他应该直视危险的眼睛，探出其性质，寻找其源头，以此看清这头狮子幼小时的样子，而这并非十分遥远的事情。接着，他会发现自己完全了解了它的性质与程度，并两手环抱住它，从此他就能公然藐视它，傲然舍其而去。世界是那些能看透其虚饰外表者的世界。你所能看到的蒙昧、根深蒂固的陋习与蔓延不绝的错误，都源自容忍——你的容忍。如果你把它看成是谎言，那你就已经给了它致命的打击。

是的，我们人人皆是懦夫——我们都是不可信赖的。有种说法认为人来到世上太迟了，世界很早以前就已经定型了，这实在是一种恶作剧般的说法。犹如世界在上帝手中是柔软而易塑的那样，我们在现在和将来也可以这样随意地改造它。但对愚昧与罪恶来说，它却坚硬似铁，它们只是尽力逢迎适应它而已。但是，若人内心有圣洁的成分，世界在他面前就会流动起来，并且会打上他的烙印，或具有他的形状。这种伟大并非因为他能改变事物，而是因为他能够改变我的心态。他们是世界的主宰，他们把自然和艺术统统染上自己的思想色彩。他们以愉快而沉静的处事态度劝导着众人，让众人相信：他们的所作所为就像数代人渴盼已久现在终于熟透了的苹果，所以值得邀请所有民族共同分享。伟人造就伟业。无论麦克唐纳坐在何处，他的位置就是首席。林奈从农夫与采药女手中接受了植物学这门学科，并使其成为最具吸引力的研究之一；戴维之于化学，居维尔之于生物化石，也是如此。荣耀总是属于那些怀抱伟大目标冷静工作着的人。众人纷纷纭纭的评价纷纷涌向某个内心充满真理的人，就像大西洋的波浪，层层叠叠，随月而动。

为什么要有这种自我信赖，理由深不可测，暗不可明，是难以解释清的。在表达我自己的观点时，我也许没引起诸位听众的同感。但我在提到“人皆一体”的理论时已表明我充满希望的原因。我相信人被误解了，他也误解了自己。他几乎已失掉了可引导他恢复天赋权利的智慧之光。人变得乏善可陈。无论是过去还是现在，人都只是臭虫、蚁卵，被称作是“群氓”或“羊群”。在一百年、一千年之中，只出现过一两个人，也就是说，只有一两个接近于人的正确状态的人，其他所有的人都在英雄或诗人身上看到自己幼稚而原始的状态。的确，他们情愿作渺小的陪衬者，以便让英雄尽量伸展，臻于完善。那些可怜的部落蛮民与普通党徒，为了自己首领的荣耀而欢呼雀跃，这正证明他们天性的要求——多么悲壮而又可怜的证明啊。贫贱者在政治上和社会上处于劣势，但却从自己宽宏的道德心理中获得了某种补偿。他们满足于像苍蝇一样被大人物随手拂去，以便让伟人去发展人类共同的天性，而这种天性正是所有人殷切期望加以发扬光大的。他们沐浴在伟人的光辉里，并觉得这光辉就来自他们自身。为了给伟人的心脏增加一滴新血以使其跳荡，为了让伟人的筋骨获得力量去继续征战，他们将饱受践踏的人身上卸下的人的尊严披到伟人的肩上，并宁愿牺牲自己的生命。伟人为我们活着，我们则活在他的生命里。

这样的人很自然要去寻求金钱或权势。他们要权势，因为权势就是金钱，即所谓的“官职战利品”。为什么不要？他们追求的是最高的权势，连睡梦里都梦见得到了最高的权势。唤醒他们，他们将会放弃伪善，奔向真实，并把政府留给那些文员与写字台。这场革命只有通过文化观念的逐渐培养才能达到。世上一切伟大光辉事业在某种程度上都是人的教育。在座的诸位都是教育的可造之才。与历史上的任何王国相比，一个人的私生活更像是个庄严的君主政体，它对于敌人来说是可畏的，对自己朋友的影响却很甜蜜安静。因为按照正确的观点，一个人身上可以理解所有人的特殊性格。每一个哲学家、诗人或演员，就像我的代理人一样，为我做了将来有一天我要做的事。那些我们一度爱得胜过自己的眼睛的书籍，我们已经烂熟于心。这就是说，我们都已接受了作者观察事物的常人观点。我们都变成了那位作者，而且超过了他继续前进。一个接一个，我们喝过了所有蓄水池里的水，靠着这些养料我们逐渐长大成人，并且渴望得到更好、更丰盛的食品。没有人能永远活着并喂养我们。人类心灵也不能在一个自我隔绝于这个无边无际、无拘无束的世界的人的心目中被供奉起来。这来自地心的烈火时而从埃特纳火山奔涌而出，照亮西西里海角，时而它又从维苏威火山的口中喷出，映红了那不勒斯的尖塔与葡萄园。它是从一千颗星星发出的一束光，它是激动所有人的一颗灵魂。

但我也许在学者这个抽象观念上谈得太多了，我不应再拖延下去了，所以我要补充几句与现在和这个国家有关的话。

从历史角度讲，不断延续更迭的时代的主导思想各有差异。有资料表明，古典时期、浪漫时期以及现在的反思或哲学时期，都有自己代表性的天才。既然我已强调了人类心灵的同一性与一致性，这里也就不多费唇舌谈它们的差异了。事实上，我相信每个人都要经历三个时期，孩童时是希腊时期，青年时是浪漫时期，成年后是反思时期。然而，我并不否认，我们可以清楚地回顾主导思想领域曾经发生的革命。

有人悲叹我们这个时代是内省的时代。难道内省就一定是有害的吗？我们似乎很挑剔，又极容易自觉惭愧不安。我们不能安心享受任何东西，因为太急于知道快乐的根由。我们身上遍布着眼睛，我们用脚去看。这时代染上了哈姆雷特的不幸：

“为苍白的思想投影而心力交瘁。”

真有这么糟吗？洞察力是最不会被怜悯的事。难道我们愿意目盲吗？难道我们害怕自己看得比大自然和上帝还远，并且会穷尽真理？我认为文学界的不满情绪只表明了这样一个事实：他们发现自己与前辈的心境不同，又抱憾尚未体验将来的心境。这就像孩子在学会游泳之前怕水一样。假如人可以选择自己诞生的时代，他难道不会去选择革命时代吗？什么时候新旧时代可以并列并容许人们比较鉴别？什么时候恐惧和希望会使所有的人都竭尽全力？什么时候旧时代的历史光荣可以从新时代丰富的可能性中得到补偿？这种时代，就像所有时代一样，只要我们知道如何去面对它，它就会十分美好。

我欣喜地看到了未来岁月的明显象征，这些象征已经在诗歌与艺术中，在哲学与科学中，在教会与国家中闪烁着光彩。

其中一种象征是这样一个事实：那种致力于提高国内所谓下等阶级的运动，已经在文学中得到了显著的反映，并且开始初具雏形。崇高与美不再被讴歌，作家们探寻和开采的是那些卑俗而低下的眼前生活。一度被急于远赴他国获取养料的作家踩在脚下、不屑一顾的材料，如今突然被人发现远比一切异国风情都更加丰富多彩。穷人的文学，儿童的情感，街头哲学，以及家庭生活的意义，这些都成了当今的话题。这是巨大的进步。这是个标志——难道不是吗？它标志着一种新鲜的活力，这种活力使生活的各个角落活跃起来，并把生命的热流注入每只手、每只脚。我不要求伟大、古远或浪漫题材，如意大利或阿拉伯发生的一切，或希腊艺术，或是法国普罗旺斯的吟游诗歌。我拥抱平凡，我探索并且亲近我熟知的一切，卑微的一切。给我洞察今天的力量吧，让别人去拥有古代和未来的世界吧。我们究竟知道何种事物的意义？是盘中餐，是杯中奶，是街头小调，船上的新闻，眼神的一瞥，以及人的体形与步态——让我看看这些事物存在的终极理由，让我看看总是潜伏在自然的各个角落和灌木丛中的最高贵的精神因素的高贵存在吧，让我看看所有受到万有引力这一永恒法则支配着的活跃的琐事吧。商店、犁铧、账簿，它们都与自然定律有关，而依据同样的定律，光线变换着亮度，诗人发出歌声——于是这个世界不再像一间堆满杂物的单调仓库，而是成了井然有序、条理清晰的空间；它不再有零屑杂物，也不再有复杂难解的东西，而是具有统一性并推动着所有高低不等的设施。

这种观念曾经激发了哥尔德斯密斯、彭斯、库柏等人的天才，后来又启发了歌德、华兹华斯与卡莱尔的创作灵感。他们以不同的方式遵循这一观念，并获得各种不同的成功。与他们的创作相比，蒲伯、约翰生、吉本的风格则显得冷漠而迂腐。前一种作品给人温暖的感觉。人们惊奇地发现：自己身边的事物与遥远的传说同样的美丽神奇。眼前的现实解释了悠远的故事。一滴水也是小小的海洋。人与自然界的一切都息息相关。对凡俗价值的这种观念是会有丰厚的回报的，它往往带来丰富的新发现。在这个问题上，歌德是现代人中最现代的。他以前人未有的努力向我们展示了古人的天才。

有一位天才对这种人生哲学作出了很多贡献，但他的文学价值一直未曾得到正确评价——我说的是伊曼纽尔·斯维登堡。他极富想象力，他的写作却又有数学家的精确。他努力把一种纯粹的哲学伦理嫁接到他那个时代流行的基督教中去。这样的尝试当然一定困难重重，而且是任何天才也难以克服的困难。但他看到并指出了自然与心灵情感之间的联系。他揭示出了这个看得见、听得到、摸得着的词语本身所具有的象征性、精神性。他那偏爱阴影的缪斯尤其活跃地盘旋于自然界的低等部分的上空，并试图解释它们。他表现出那种将邪恶的道德与邪恶的物质形式联结在一起的神秘联系，并且用史诗般的寓言提出了一种关于疯狂、野兽以及肮脏可怕事物的理论。

我们时代的另一个象征也以一场类似的政治运动为标记，它是赋予个人的一种崭新意义。一切似乎都要把人隔离开来——用自然的尊敬的栅栏将他包围起来，这样就会让他感到世界属于他，人与人之间应像主权国家一样彼此交往。与此同时，也有种种迹象表明要将人与自然真正结合起来，使他变得伟大。忧郁的裴斯泰洛齐[①]说："我发现，在神的这个广袤的世界，竟无人愿意或能够帮助别人。"这种帮助只能是发自内心的。学者必须吸纳现在的一切能力、过去的一切贡献、未来的一切希望于己身。他应当是一座知识的宝库。如果有什么教训值得他记取的，那这教训便是：世界微不足道，而人才是一切。你本身包含着自然界的所有法则，而你连气体上升的理论也不明白。整个理性都在你心中沉睡，你要了解一切，大胆地尝试一切。会长先生及诸位，一切动机，一切预言，一切准备都已证明，这种对于人类潜在能力的信心，属于美国的学者。我们倾听欧洲优雅的艺术女神的声音，已经为时过久。人们已经怀疑美国人的自由精神是胆怯、模仿或温顺的代名词。公众和私人的贪欲，把我们呼吸的空气弄得污浊而油腻。学者是体面的、悠闲的与谦恭的。这已经造成了一种悲惨的后果。这个国家的心灵只以低等的对象为目标，并在不停地损害自己。在这个国家，只有循规蹈矩，驯服听话的人才能找到工作。在这片国土上开始生活的那些最有希望的年轻人被山风吹拂着，上帝的所有星辰都照耀着他们。但他们却发现脚下的土地与这些不相协调。他们的行动受到了商业理论造成的憎恨的阻碍，于是他们不得不沦为苦力，或因不堪困苦而死亡，其中一些是自杀。补救的良药在哪里？他们还没发现——数以千计同样充满希望的年轻人，挤到职业的栅栏前，他们也没有觉悟：要是他顽固地坚守本能，固执己见，那么偌大的世界便会过来迁就他。忍耐，再忍耐——在一切善良和伟大的余荫中忍

① 裴斯泰洛齐（1746—1827），瑞士教育家，认为教育的目的在于全面和谐地发展人的天赋能力。——译者

耐，你本人无限宽广的生活远景就是你的安慰，研究和传播原理就是你的工作，让人的本能普及开来，并且教化全世界。世界上最大的耻辱，是不能独立，是不能有个性，是不能结出人生来就应结出的特殊的果实，而是混迹于芸芸众生，混迹于成千上万的政党或地域；我们的意见被从地理角度来预测，我们被称为北方或南方，这难道不是莫大的耻辱？不能这样，兄弟们和朋友们。上天作证，我们不会这样。我们要用自己的脚走路；我们要用自己的手来工作；我们要发表自己的观点。文学研究将不再是个代表怜悯、代表怀疑或仅仅代表着感官放纵的一个名词。人的恐惧，人的爱，将构成一堵防护墙，和一只围绕一切的快乐的花环。一个由人组成的国家将第一次出现在世界之上，因为每个人都相信受到圣灵的启示，而圣灵也将激励所有的人。

（这是爱默生1837年8月31日在剑桥镇对全美大学生荣誉协会发表的演说）

美国的文明

每一个人都在为别人所用，为别人而劳动，这是所有王国兴旺发达以及充满美德的原因。我为人人，这是一条真正高贵的格言，是那些自愿为最底层的人服务的人的高贵标志，是达到最伟大人性的精神。也就是说，上帝之所以是上帝，就是因为他是所有人的仆人。好吧，现在出现了这个问题，即作为一种阴谋的奴隶制问题——有人称之为一种制度，我则称之为赤贫。奴隶们被偷来，被迫去工作，他们的劳动被剥夺，而偷他们的人则悠闲自得地坐在一旁。这一制度已经延续了两三个时代，并且已经生产出一定量的大米、棉花和糖。而且，基于这种悲惨的经验，这些人已经试图颠倒人的自然感情，并且宣布劳动是一件应感到羞耻的事，而一个人的幸福就在于享用别人的劳动成果。劳动是人的天职，人就是在劳动中才锻造成自己，才把他的日日夜夜，他的力量，他的思想，他的感情融入某种产品，而这产品将永远作为其力量的标志存在着。所有政府的目的都是要保护这些产品，保证它们为他所有，保证他过去的自我成为他将来的自我。在任何国家，任何利益都没有劳动的利益更必要，劳动的利益包含一切，机构和政府就是为它而存在的，就是为了保护并保证劳动能得到这种利益。一切诚实的劳动者每天都在辛苦劳作以得到自己所需的面包。那个摇晃着自己空荡荡的脑袋，轻蔑地否定劳动这一天赐的恩宠，这人性的本质，并将劳动视为罪恶，从而侮辱了这些每日辛苦工作的诚实者的人是谁呢？我并没看到可治疗这种疯病的菟葵（干燥后可药用，古希腊与罗马人用以治疗疯狂病），因为这种灾祸是没有疗救之法的，除非容许这种状况的国家发动奴隶战争和实现非洲化。

此时，非洲的政治面貌引人注意。从加拿大到波斯湾，在每一间房子里，孩子们都在问面孔严肃的父亲："今天有什么战争方面的消息？什么时候会熬到好一点的日子？男孩子们没有新衣服，没有礼物，也没有旅行，女孩子也没有自己喜欢的帽子，而无论男孩子还是女孩子都发现自己这一年的教育不那么自由和完整了。那些使一年过得轻松愉快的一切微不足道的希望都被延迟实现了。国家的状况使我们充满焦虑和严肃的责任感。我们一直试图把握住两种文明状态，一种是高级状态，一种是低级状态。在高级状态，劳动，土地使用权和投票权都是民主的；而在低级状态，对犯人或奴隶采用的是那种古老的军事化的使用方式，土地的占有权集中在少数人手里，这就容易造成寡头统治。我们一直试图在一种法律之下坚持这两种社会状态。但社会的原始、早期的状态与后来的社会状态无法友好合作，也就是说，合作得很差，并且已经毒害了共和国的政治、公德和社会交往，这种状况至今已经延续了许多年了。

时代提出了这个问题，既然我们国家的不太文明部分的混乱无序已经威胁到了整个国家，那我们为什么不能把最好的文明扩展到整个国家？难道我们所描述的这种延续了许多世纪的进步，即人由低级向最高级的进化，只带给了他感官快乐，而没有同时带给他责任？难道他的知识不再具有实用价值？而只是起抵制作用和反作用？难道文明不再是英雄主义的文明？难道它不是为了行动？难道它没有自己的意志？尼布尔[①]曾说过："历史上总有一些时期可以获得比生活的安定和幸福更好的东西。"我们生活在一个新的自由的时代。美国是机会的代名词。我们的整个历史都似乎是上帝代表人类的最后一击。亦步亦趋、奴性十足地步着先人的后尘，一如循着和平法则一样，这些人一定不是那些此时决定着这些人的命运的人。你正抗争着的罪恶已经达到惊人的地步，你现在仍在抵挡着，以防止它的最后一击，但似乎着魔似的，你却无法抓住其根源。

如果美国人还是犹豫不决，那也不是因为缺少警告和建议。电报的发明已经可以尽快把灾祸的消息传遍各地，报刊也没能控制住

① 尼布尔（1776—1831），德国历史学家，所著《罗马史》三卷运用的原始资料鉴定方法开创了以批判的科学方法研究历史的先河。——译者

灾祸的扩展。我们也不缺少什么争论或经验。如果说战争给北方带来了什么惊奇的话，那也并不是瞭望塔上的卫兵的错，他已经详细地汇报了敌人进攻的手段、部队集合情况以及计划。奴隶制的理论或实践也没有什么值得隐瞒的。编写这一册册鸿篇巨制的资料集有什么用？事实已经堆积如山了，如果有人想要的话，易如反掌。但人们并不想要它们。他们将自己的观点带进这个世界。如果他们脑子里有一种懒惰的倾向，那么，他们在生活中就是亲奴隶制的；如果他们具有一种紧张乐观的气质，他们就是废奴主义者。没有人会被人说服而相信他们的利润。你能通过阅读汉密尔顿和孟德斯鸠的文章而就相信鞋子的利润或铁的利润或棉花的利润吗？你只希望使人相信奴隶制是糟糕透顶的经济制度，这样人们才会满意。《爱丁堡评论》为什么要在四十年前连续抨击这一问题，使之罪恶公之于众，原因就在于此。很久以前，一个民主派的政治家曾对我说过，如果他能控制肯塔基州的局势，他就解放所有的黑奴，并在这桩交易中成为大赢家。这种观点是新的吗？不，每个人都知道这一点。人人都承认奴隶制是一种普遍的经济形式。但没有一个人拥有整个国家，而只是分成了许许多多小的拥有者。这个人拥有土地和奴隶，那个人只有奴隶。这里的一位妇人除了十五只羊外一无所有，就像我所知道的住在查理斯通的一位女士，她每天就坐在自己的马车里四处飘荡。很明显，对这些人中的任何一个人来说，要作出任何改变都是极大的不便，他们忧愁不安，喋喋不休，他们所有的朋友也是如此。那些获利少者则闷闷不乐，毫无生气，因为缺乏思想，所以也反对改革。这就像自由贸易，获利的最终肯定是国家，而绝不是靠税收喂肥的某一些城镇或地区。不多几个人的急功近利压倒了大多数人冷漠的普遍信仰。钞票在抢劫着公众，可因为它如此便利，结果我们放弃了自己的疑虑，假装相信它们就是黄金。因此各种税也就是廉价而公正的税了。但是，因为人们不愿意直接付税，政府只好被迫使生活变得更加昂贵，那就是通过调控茶或糖的价格而使他们付双倍的税。

值此民族危机之时，我们需要的不是争论，而是宝贵的勇气，一种敢于献身于某种原则的勇气。我们要相信自然是自足的，它只需要自己作为自己的同盟，并且会创造出自己所需要的工具，而不是要赔偿自己可能会妨碍的什么微不足道且有害的利益。历史上从来没有过我们现在这样的联合，历史上也从来没有制定过能满足它的什么规则。我们需要的是有创造性的直觉和创造性的行动的人，他们可以使自己的眼界更加开阔，而不只局限于一个民族，也就是说，只考虑为人类带来好处，为整个文明的利益而行动。政府一定不能只是一个教区牧师，一个兼理一般司法事务的地方官。它必须在任何国家危机中都拥有一个独裁者才会有的那种绝对的权力。现在的政府有义务保证最大程度的公正。与我们曾熟悉的任何管理执行机构相比，这个政府更应该以其天使般的美德而为人感激。我希望在人们身上看到这样一种精神，如果政府不能遵守同样的精神，他们能立刻抛弃眼前的政府，而创造一个他们所需要的手段和管理者。战争对我们的威胁越大越好，它应预示：在现在仍固若金汤的政府中已出现了裂缝，并且用燃烧的首都，被屠杀的军团来惩罚我们，这样就激活了人们的能力，也激怒了整个民族。人人心里有一部《圣经》，但上面的字迹却模糊不清，而只有当他们被激怒时，上面的字迹才显现出来。战火可以读懂这些《圣经》，那些垂死挣扎者的眼睛也能读懂。

在美国历史上，有那么一些日子，如果我们自由的国家履行了自己的职责，当奴隶制被永远地阻止住了时，我们最近的灾难也就可以事先阻止了，但我们不能只记住这些。自由的国家屈服了，每一次妥协都是屈服，而且都会产生新的要求。这是命运给感官和美德提出的新机会。看起来我们似乎将别人的命运牢牢地抓在手里了，我们坚定，就会享受别人的服务，犹豫，则会失去一切。

有一种力量这时自动显露出来了，它的腿的长度和力量足以使它涉过波多马克河。它有足够的力量将一切礼仪提升到最好的程度，它现在正在议会的门前请求开始活动。解放奴隶宣言是文明的要求。这是一种原则。其他一切都是阴谋。这是一种进步的政策，它将所有人都置于健康、多产和舒适的地位；使南方的每一个人都与北方的人保持一种公正、自然的关系，那种劳动者与劳动者之间的关系。

我不想在这里阐明解放奴隶宣言计划的细节。已有不少赞成解放奴隶宣言的领袖人物对这个问题进行了非常有力的阐释。我只谈一谈关于这一问题的几个要点，虽然冒着拾人牙慧的危险。南方人是欢迎这场战争的；对南方人来说这只是一次骑士冒险，就像打猎一样，是适合其半文明化的生活条件的。随着进步程度的增加，他越发觉得参加战争是一件正义之事，而且似乎从未享受过上一年那样的优势。但战争不适合我们。在这之前我们已有好多好多年都处于战争状态了——贸易、艺术以及普遍的耕作，每一次都是一场战争。南方人在家里工作，因此战争不会使他们失去工作。而我们所有的士兵都是劳动者。因此，南方士兵虽然在数目上占劣势，但因为战争就在他们脚下进行，所以他们与北方的战争实际上是卓有成效的。再者，如果政府没有采取什么肯定的步骤，只要我们在战斗中透露出将以法律的名义剥夺叛乱者旧有的特权，立刻就会有许多人来和我们为废除奴隶制而并肩战斗。还有，如果我们征服了敌人，那么随后会怎样呢？我们仍将只能始终控制着他们，而征服后控制他们与当初征服他们时所花费的金钱与精力一样多。夏天很快就要到来，酷热将把士兵赶回家；下个冬季我们又必须一切从头开始，再次征服他们。那么，修建这个要塞，装备那个武装舰船，或占领一个海湾，或抓获一团叛乱的士兵，又有什么用呢？

但我们手中有一种武器是可靠的。议会可通过立法——这是军事防御的一部分，也是议会的义务——废除奴隶制，并按我们应该付出的补偿偿还奴隶们所应得的利益。这样，我们军队附近的奴隶就会加入我们的队伍中来；而内地的奴隶最多也会在一周之内知道自己的权利是什么，而且，只要机会允许，就随时准备得到这些权利。很快，现在还在与你们对抗的军队就一定会跑回家去保护他们的财产，并且一定会留在那儿，这样，你们的敌人就会消失了。

只有采取了这一步骤之后才有安全可言。我们以为，无休无止的争论，那种因这场战争中的罪行与大炮而加剧了的争论，已使自由的国家在某种程度上相信：若奴隶制的这种危害依然保留在我们的政治之中，我们就永远不能与之和睦相处。无论是通过协作还是通过武力，我们一定要结束这种制度。我们过去太容易依赖对公众的暂时稳定的控制，这样的经验真是太多了。或许存在着一种公众的意愿，即联邦不会破裂——我们的贸易，以及我们的法律，一定会扩展到整个大陆，遍布从加拿大到波斯湾的所有地方。但既然这是人民根深蒂固的信仰和意愿，当他们越急于胜利，急于提税，忙不迭地冲向某种和平时，他们遇到的危险也就越大。当时最容易得到什么类的和平，他们就会对它让步——他们将放弃奴隶，过去延续了半个世纪的全部痛苦将会重新被忍受。

我也不会怀疑，如果真发生这样的事，南方人就会离开他们傲慢的统治者，悄悄地、文雅地回来。这将是一个感觉良好的时代。在经过如此的狂风暴雨之后就会出现一个安静的时期，而且无疑也会从那个真诚地努力想开创一个更加温和、更加公平的政府体制的派别中走出一个谨慎周全的人，在一段时间内，北方在土地和计划中将占有自己应该占有的一切，甚至更多。但这不会持久——这并非因为理智的南方人缺乏真诚良好的意愿，而是因为奴隶制将通过他们表达出自己必须存在的理由。它只能靠不公正而存在，一直到世界的末日，它都将是不公平的，残暴的。

解放奴隶宣言的力量在于：它改变了南方人的微妙的社会结构。现在，他们的兴趣在于将白人的劳动拒之门外。随后，当他们必须为此付出代价时，他们就会让白人也参加到劳动中来，以使他自己也得到最好的劳动，而且，如果他们害怕他们的黑人奴隶，他们还可以邀请爱尔兰人、德国人和美国的劳动者。这样，当奴隶制还在制造和保持着分裂时，解放奴隶宣言则消除了联盟的所有障碍。解放奴隶宣言一下子就提高了南方贫穷白人的地位，并将他的利益与北方劳动者的利益一致起来。

现在，以所有单纯而慷慨之人的名义，为什么不能完成这一伟大的事业？为什么美国不能为了人民的利益再进行一击，就像她八九十年前第一次奋力一击那样？当时她也是为了人类文明的利益而采取了那一肯定的步骤，而迫使她这样做的不是什么浪漫的感情，而是因为她自己已处于极度的危险。可以非常肯定的是：那些穿破了由怀疑、恐惧和狭隘的吹毛求疵编织而成的挡路的蜘蛛网的政治家将会受到人民一致的欢呼与感谢。一旦采取了某项大胆而有利于人民的措施，人民会很快接受的，虽然他们事先也为此进行过激烈的争论。在两个被俘的高级官员被交给英国之前的一周内，每个人都认为这是不可能的，认为这会分裂北方。事情发生了，两天后所有人就已经都承认这是一个正确的行动。这次行动代价微乎其微（受到此次事件伤害的党派人数极少，他们很容易被安抚和弥补），却一举使世界摆脱了这件可耻的麻烦事，这战争的起因和国家的灾难。这一措施立刻使所有政党恢复了正常。按照我的观点，这是在借用一条理论的巨大力量。有人害怕黑人会被自由和工资激怒，这种恐惧是多么愚蠢呀！这实际上是在否认这是一种暴行，是在逼迫黑人对我们构成危险。但正义对每个人都是公平的——无论是白人，棕色人，黄人还是黑人。谁都喜欢工资，谁的欲望都会逐渐膨胀。

但这一策略要想行之有效就必须迅速施行。这一武器正慢慢从我们手中滑落。印度的“圣经”这样说：“时间将每一个应该施行的伟大且高贵的行动的本质一饮而尽，但这一行动却被推迟施行了。”

我希望这不会成为这一政策的致命的障碍，我希望它是完全简单而有利的，这是道德行为的颂歌。史无前例的物质生活的繁荣并不一定要将我们变成斯多葛派或基督徒。但用来构成宇宙的法则却在每一点上重复出现，并将统治这个宇宙。一切政治争斗的目的也就是将道德建设为一切立法的基础，自由的体制不是终结，共和也不是终结，民主也不是终结，不是的，它们都不是，而只不过是方法。道德才是政府的目标。我们希望出现一个没有罪恶的国家，在今天的痛苦和将来的黑暗的阴影下，这是我们所能依赖的唯一安慰，世界性的政府是道德的，并且将永远摧毁非道德的一切。自然哲学家有格言曰：自然力将在时间的长河中消磨掉一切障碍而发生；历史学家的格言是：胜利最终总在它应该降临的地方降临，或者说，思想的行军和进步是永恒的。但在其中的任何一种情况下，没有任何锁链会自动脱落。自然通过她指定的因素工作；思想则必须通过善良且勇敢者的大脑和四肢工作，否则，它们就不会比梦想好多少。

自从写完上面这些话以来，林肯总统已经建议议会应该与任何一个已制定法律逐步废除奴隶制的州合作。在我们国家最近取得的一系列成功中，这条咨文是最大的成功。它标志着政治生活中最快乐的时光。美国行政部门第一次走到了自由的边缘。如果说议会一直是落后的，那么总统就一直是进步的。有意思的是，从国家的报纸上来看，这一行为似乎是总统自己的个人行为，是出于一种强烈的责任感才这样做的。他以自己的风格说出自己的思想。一切感谢和荣耀都应属于国家的首脑！这一咨文已传遍了全国，并广受赞扬，我们深信不疑，快乐之情无以言表。如果议会与总统意见一致，那么现在开始解放黑奴还为时不太晚；但我们总是认为已经太晚，已经来不及一步步解放黑奴了。一切经验表明这件事应该立刻就做。这条咨文的效果或许比总统所说的更大更好。但是，我们确信，这并不比总统内心所希望的更多更好，因为，当想到自身地位所处的一切复杂关系时，他在写这条咨文时不得不审慎。

爱

我是一颗未琢的宝玉，
火一烧就使我显露真身。

灵魂的每一个诺言都有无数的结果，它的每一个欢乐都成熟为一种新的需要。自然，无法控制的、流动的、有预见性的自然，其第一个友善的感情就已经预示了一种恩惠，它将在自己的普照之光中消弭掉一切特殊的动机。获得这种幸运也就是进入到一个灵魂与另一个灵魂之间的私人关系和温柔关系，而这正是人类生活的魅力之所在。这就像某种神圣的愤怒和热情，它会在某一时期牢牢地支配着人，并在其灵魂和肉体中引发一场革命，将他与种族统一起来，并保证他在家庭和城市中的权利，使他带着新的同情返回自然，提高其感官的力量，打开想象的大门，为他的性格增添英雄主义的、神圣的素质，确立婚姻，使人类社会永远延续。

爱的感情与生命力的强盛之间的自然联系似乎提出这样的要求：每一个姑娘和小伙子都应该坦白地忠实于自己有规律变动的经验，而为了色彩鲜明地描绘爱，他（她）就一定不能太老。青春美妙的幻想拒绝成熟哲学的任何最微小的恩惠，随着年龄的增加，他的感情就会逐渐变得冷淡，就会只知卖弄自己华而不实的青春。因此，我知道我引起了一些人不必要的苛刻而淡漠的诽谤，而正是这些人组成了爱的议会和法庭。但我要向这些可怕的检察官中的年长者呼吁。因为我们谈到的这种激情虽然从年轻时就有，但它并不抛弃老人，或者更确切地说，它不会抛弃任何一个变老的人，而人人都会变老。参加到爱的议会中的老年人绝不少于温柔的姑娘，虽然他们参加的方式不同，但更高贵。因为它是一道火，它会在一个人的胸膛里的狭窄的角落点燃第一颗火星，而火种则来自另一个人心灵的跳荡的火花，它燃烧着，火势越来越大，最后大到温暖和照射到更多的男人和女人，照射到所有人的共同的心灵，并用自己博大的光，照亮了整个世界和整个自然。因此重要的不是我们在二十年、三十年或八十年内是否努力描绘激情。一开始就描绘它的人以后会失去它的一些色彩，而最后才描绘它的人，则必然要带有它早期的印记。我们只能希望借助于耐心和缪斯的帮助，使我们可以获得那种描绘一个永远年轻、永远美丽的真理的内在的法则观点，这一观点至关重要，它应该使观察者从任何角度都能看到它。

而首要的条件则是：我们必须与事实保持着极其密切、始终延续的联系，并且研究出现于希望中的感情，而不是出现于历史中的感情。因为每个人都觉得自己的生活被损害了，被玷污了，因为每个人过的都不是自己想象中的生活。每个人查看自己的经验时都会看到某种错误的痕迹，而看别人的生活则是带着偏见，并且是理想化的。若让任何一个人返回到使他的生活变得美丽的那些微妙的关系之中，那已给了他最真诚的指导和滋养的关系，他却会退缩，呻吟。唉！我不知道为什么，但无限的悔恨会使成年以后对青春时代的快乐时光的回忆更加辛酸痛苦，并且会辐射到每一个被爱者的身上。从才智的角度看，每一件东西都是美丽的，或都被看成真理，但若被看作经验，则都是辛酸的。细节总是使人忧伤的，而计划则总是美丽的、高尚的。在实际世界里——时空的痛苦王国——蛰居着焦虑、腐败和恐惧。有了思想，有了理想，快乐的玫瑰就成了永恒的狂欢。缪斯们环绕着它歌唱。但悲伤总是和名字、人以及今天与昨天的片面利益紧密相连。

自然的强烈印痕可从个人关系的这一主题在社会交往中所占的比例中看出。对重要的人物，我们总希望知道得越多越好，甚至想知道他在这个感情史上是如何消费的。在流通图书馆里什么书还在流通？当小说的故事充满着真理和自然的火花时，我们还怎会面对着这些激情小说而激动万分呢！在生活的交流中，还有什么会像那种披露了两个党派之间的感情的一段话那样牢牢地吸引住我们的注意力呢？我们或许以前从没看到过它们，以后也永远不会再遇到它们。但我们看到它们交换了一下目光，或表露出一种深沉的感情，这样我们就不再是陌生人了。我们理解它们，对大家之间这一浪漫传奇的发展抱着最热烈的兴趣。人人皆爱爱人。自满和善良的最早表现形式是大自然最可爱的画面。它是粗野和卑俗中透露出来的文明和优雅的曙光。一个淳朴的乡野男孩在学校大门附近与小姑娘嬉戏；但今天他跑进了大门，去见一个正摆弄着书包的漂亮的小姑娘，他拿着她的书帮助她，立刻，他似乎觉得她永远从他身上消失了，而变成了一个神圣的领域。他在一群小姑娘中间非常猛烈地奔跑着，但只有她一个人将他远远地抛在后面。这两个小邻居，现在离得那么近，他们已学会了彼此尊重对方的个性。噢，谁会将自己的目光从一个可爱的，半是机灵、半是淳朴的小女生身上移开呢？看着她走进一家乡间商店，买一束丝，或一打纸，无所事事地与宽脸随和的卖东西的男孩闲聊半小时，这真是一种享受。在乡村，他们是完全平等的，爱从这种平等中获得了一种愉悦。女人快活、柔情似水的本性毫无做作和媚态地流淌出一个美丽的“谣言”。女孩子们可能并不太美，但在她们和那个善良的男孩子之间却显然建立起了一种最适宜、最坦白的关系。他们彼此真诚相待，开着埃德加呀、约翰拿、爱米莉亚的玩笑，因为他们也被邀请加入他们的团体，他们甜蜜地窃窃私语着谁在舞蹈学校学跳舞唱歌了，学校什么时候开学，以及其他一些无关紧要的事。慢慢地，男孩子觉得想要一个妻子了，他非常真心、非常开心地知道到哪儿去找一个真诚、温柔的妻子，而无须冒任何危险，那种弥尔顿所哀叹的学者和伟人遇到的危险。

有人告诉我，在我所做的一些公开演讲中，我对才智的尊敬使我不公正地冷淡了私人之间的关系。但现在我几乎一想起这种轻蔑的话就噤若寒蝉。因为人就是爱的世界，最冷静的哲学家也无法描述在大自然中流浪到此的年轻的灵魂到底接受了爱的力量多少恩惠，但爱却并没因他对自然的背叛和对社会天性的任何贬损而收回自己的恩惠。因为虽然天堂流溢出的天体的魅力只能吸引那些年轻人，虽然我们即使在三十年后也几乎看不到那种支配着一切分析和比较，并使我们兴奋异常的美，但对这些幻象的回忆则比对其他一切的回忆都更持久，在最老的额头上挂着的是一个美丽的花环。但这里有一个奇怪的事实，对许多人来说，在修正自己的经历时，在他们自己的生活之书上记载的似乎并不比对某些段落的微妙回忆更加美妙，在这些段落里，爱试图施加上一种魔力，并要超越自身的真理对一小块偶然而微不足道的环境的吸引力。回首往事，他们可以发现一些并非魅力的东西所包含的有关这种幽妙的记忆的真实，比使它们不朽的魅力本身还多。但作为我们的特殊经历，没有人会忘记考察自己的心灵力量和头脑力量，而正是这些力量重新创造了一切。它们是蕴涵在他身上的音乐、诗歌、艺术的曙光；它们使大自然的面貌放射出紫红色的光芒，早晨和晚上的魅力还各不相同。当一种声音的单一声调使心灵受到约束时，只与一种形式联系的最平凡的环境就会被置于记忆的琥珀之中；当人在场时，他就成了所有的眼睛；当他离去时，他就成了一切的记忆；当青春成了窗户旁的观察者时，他就非常想要一只手套，一块面纱，一根丝带，或一对车轮；当他每天都有比老朋友更多的高朋相伴，每天都可以用自己的新思想进行更甜美的交流时，他就没有可以独居的地方，他也就再也无法安静了，虽然可以给他最好、最纯粹的交流，他也无法得到了。因为为人所爱的对象的形体，动作和言辞并不像其他形象那样可以用水写出来，而是像普鲁塔克所说的：“在烈火中加彩饰”，并对午夜进行研究：

> “不该走的走了，不该留的留了
> 你将自己警觉的眼睛，留在他身，还有你那爱怜的心。”

在生活的中午和下午，一想到幸福的日子不再幸福，我们仍心惊不已，但我们一定被痛苦和恐惧的滋味麻醉了；因为他触及到事物的秘密，他说到爱时说：

> “一切别的快乐都抵不上它的痛苦。”

而且，当白天不够长，黑夜也必须在激烈的回忆中度过时；当大脑整晚都因自己过去决心做过的事激动得辗转反侧时；当月光成了令人愉快的狂热，星星成了字母，花朵成了密码，空气被浓缩成了一首歌时；当一切商务似乎都不适当，一切男人和女人都只纯粹像图画一样在大街上来来往往奔跑时，他就触摸到了事物的秘密。

激情为青春重新创造了世界。它使一切都有了生命和意义。自然变得有意识了。树枝上的每一只小鸟现在都在向着他的心和灵魂歌唱。暗示几乎成为明确表达。抬眼望云，云似乎有了脸。森林里的树，起伏不停的草丛和隐约可见的花朵都变得聪明了。他几乎害怕把它们似乎要招引的秘密委托给它们。然而，自然是体贴的、善于安慰人的、富于同情心的。在绿树环绕的孤独沉静中，他发现自己森林中的家比与人在一起时的家更使人觉得亲切：

泉水的源头，人迹罕至的小树林，
都是苍白的激情所爱之处，
月光在移动，除了蝙蝠和猫头鹰，
一切的禽鸟都已平安地归巢，
午夜的钟声，短暂的呻吟——
这些就是我们赖以维生的声音。

看呀，树林里有个优秀的疯子！他就是甜美的声音和视觉的宫殿；他膨胀了，他膨胀了一倍；他双手叉腰走着，他自言自语；他走上前去与草和树说话；他在自己的血管里感觉到了紫罗兰、三叶草和百合花的血液；他与沾湿了自己双脚的小溪交谈。

那种开启了他对自然美的感觉的热已使他爱上了音乐和诗歌。人们常常观察到这样的事实：人要想写好诗，就必须受到激情的激发，在其他任何条件下，他都写不好。

同样的力对他的所有本质都有激情。它使感情扩展，它使小丑文雅，给懦夫以心灵。它将使最悲惨、最凄苦的心灵鼓足勇气公开反抗整个世界，因此只有它具有被爱的对象的神色。在将他给予另一个人时，它仍只不过是将他给了他自己。他是新人了，具有新的感觉，新的、更热烈的目的，以及性格和目标的宗教般的庄严。他不再属于自己的家庭和社会，他是某物；他是一个人；他是一颗灵魂。

让我们在这里更近一些检测那种对人的青春影响巨大的影响的本质。美，我们现在欢迎她展现给人，我们像欢迎阳光一样欢迎她；她只要愿意，无论在哪儿都可以闪烁；她使每一个人都兴高采烈；她似乎是完全自足的。恋爱中人不能按照自己贫乏而孤独的幻想描绘自己的情人。就像一棵开满了花的树，那么多柔软、含苞待放、充满生气的可爱的东西构成了它们自己的社会。她教给人的眼睛看清楚为什么美要用与其同步的爱与优雅来描画。她的存在使世界变得丰富多彩。虽然她将其他一切人都赶出他的视线，认为他们都是低贱的、毫无价值的，但她通过将自己的存在移入某种公开的、博大的、世俗的东西之中，从而保护了他，因此女人对他来说就成了一切精选出的东西和美德的代表了。就是因此，恋爱中人在自己的情人和她的亲属或他人之间看不出任何相似点。他的朋友则发现她像她的母亲，或她的姐妹，或像某个与她不是同一个血统的人。恋爱中人除了看不出夏日的夜晚和金色的早晨之间有什么相似之处外，他还看不出彩虹与鸟的歌唱之间有什么相似之处。

古代人将美称作美德的开花。谁能分析那花貌、花枝相互间一瞥一闪蕴涵的无法言表的魅力？一种温柔和自满的感情打动了我们，但我们无法发现这种美妙的感情源自何处，这种闪烁不定的微光，闪烁的点来自何方。但任何想把它交托给某种组织的企图都会将其破坏为一种想象。它也不指向任何友谊关系，或在社会中能被描述和认识的爱，但在我看来，它似乎指向某种其他的、不可达到的领域，指向超验的精美和甜蜜的关系，指向玫瑰和紫罗兰暗示和预示的东西。我们无法接近美。其本质就像乳色的鸽颈的光泽，盘旋着转瞬即逝了。这里，它就很像最杰出的事物，而这些事物无一不具有这种彩虹般的个性，公然反抗一切的盗用和用途。当简·保罗·瑞恰特谈到音乐时，他说："走开吧！走开吧！你给我所谈的一切，我在无限的生活中从未找到，将来也不会找到。"他这段话还有别的什么意思吗？在每一件造型艺术作品中，我们都能看到这同样的流畅。雕像只有当开始不被人所理解时，只有当超越了一切批评，不再能以罗盘和测量仪来定义，而是要求观赏者用活跃的想象力来理解它，并在具体的行动中说出它的本质时，它才是美丽的。雕塑家的上帝或英雄总是体现在从感官所能代表的东西到感官不能代表的东西的过渡之中。于是，它第一次不再是石头了。绘画也一样。对诗歌来说，当它使人安静和满足时，它就得不到成功，但当它使人惊奇，并点燃起我们重新追求一种无法得到的东西的热情时，它才真正是成功的。关于这一点，兰多[1]问的是："它是否

① 兰多（1775—1864），英国诗人，散文家，精通希腊罗马文学，曾用拉丁文写抒情诗，剧本，英雄史诗，代表作为多卷本散文著作《想象的对话》。——译者

要借助于某种更纯粹的感觉和存在状态。”

同样，个人的美也只有当它首先不再满足我们的任何目的；当它成为一个没有任何目的的故事；当它表达的只是闪光、幻象，而不再满足任何世俗的欲望；当它使注视者感到自己的卑俗；当他感到自己没有权利得到它，虽然他是恺撒；当他感到自己没有权利得到它，一如自己没有权利得到落日的天空和光芒一样时，它才是美丽的。

因此出现了这样的说法：“如果我爱你，那对你来说又有什么呢？”我之所以这样说，是因为我们感到我们所爱的并非你的意志，而是超越你的意志的。我们爱的不是你，而是你的光芒。你并不知道自己身上有这种光芒，也永远不会知道。

这与古代作家所欣赏的关于美的哲学是极其一致的，因为他们说人的灵魂在现实世界也得到了体现，它咆哮着、沸腾着，极力要求作为自己源头的那个世界，而不是现在进入的这个世界，但很快它就被自然的阳光迷醉了，除了这个世界上的物体，它再也看不到别的物体了，而这些物体只不过是真实物体的影子。因此，神把青春的荣耀送到灵魂面前，以便于它利用这些美丽的物体帮助自己回忆天体的善与美。在女性身上看到了这种善与美的男人急匆匆向她跑去，并在注视这个人的形体、动作和才智中发现了最高的快乐，因为他从中看到了实际上隐藏在美中的东西，以及美的源泉。

然而，如果与物质对象进行了过多的交流，灵魂就会变得世俗，就会只满足于肉体的享乐，它所收获的就只是悲哀；肉体并不能满足美作出的诺言，但是，如果接受了美向他的心灵所作的暗示以及幻象，灵魂就会忽略肉体，转而崇拜个性的跳动。恋爱中的人在谈话和行动中彼此注视，然后，他们就到达了真正的美的殿堂，并且会越来越激起他们对美的爱，而就是靠着这种消除了卑俗的感情的爱，就像太阳通过照射大地而扑灭大火一样，他们变得纯洁而神圣。通过与本身就是优秀的、高尚的、粗俗的、公正的东西的交流，恋爱中的人逐渐使自己对高尚的爱变得更热烈，而且对它们的理解也更迅速。然后，他就从爱它们中的一个，转变为爱它们全体，因此，一颗美丽的灵魂只是他进入由一切真实、纯洁的灵魂所组成的社会的通道。在这个由他的同类组成的特殊的社会里，他能更清楚地看到任何场所以及他的美在这个世界上养成的任何污点，并能指出来它们。带着这种共有的快乐，他们现在能毫不令人讨厌地指出彼此的缺点和障碍，并在治疗这共有的疾病中互相安慰、互相帮助。恋爱中的人能在许多灵魂中看到神圣的美的品质，并将每一颗灵魂中神圣的东西与它在这个世界上养成的缺点区分开，通过这些，他达到了最高的美。他登上被创造出的灵魂的阶梯，去爱和认识上帝。

各个时代真正的智者给我们谈到的爱与此大同小异。爱的教义既不旧，也不新。如果说柏拉图，普鲁塔克和阿普列乌斯[①]教给

① 阿普列乌斯，公元2 世纪罗马作家和哲学家，著有长篇小说《金驴》和《论柏拉图及其学说》等哲学著作。——译者

过我们这种教义，那彼特拉克、安基罗和弥尔顿也这样教过。它在拒绝和反对上流社会在谈到婚姻时的潜在的谨慎中，等待真正的显露，而它的另一只眼则同时在搜索着地下室。这样，即使其最严肃的谈话也具有一种火腿味和火药桶味。最糟糕的是，当这种感觉论侵入对年轻女人的教育时，它就会教育女人说：婚姻只意味着一个家庭主妇的勤俭，女人的生活除此目的之外再无其他，这样，人性的希望和爱就会逐渐消退。

但这种爱之梦虽然美丽，却只是一出戏的一幕。在灵魂从内到外的展露过程中，它不断在扩大着自己的范围，就像把一块石头投入了水池中一样，或者像从一个球体上发射出的光一样。灵魂之光首先在离自己最近的物体上闪亮，在每一件器皿和玩具上，在保姆和佣人，在房子和花园及路人，在家庭交际圈，在政治和地理和历史中闪亮。但万物总是在根据或高或低的内在法则以类相聚。街坊，体积，数目，习惯，人，都逐渐地失去了对我们的力量。因和果，现实的关系，对灵魂与环境之间和谐的渴望，永远进取的、不断理想化的本能，后来成为支配一切的力量，从高级关系到低级关系的倒退，也变得可能了。这样，甚至连爱，这人的神圣化身，也一天天变得越来越非个人化。而这一切刚开始并没有丝毫的暗示。它并不重视在拥挤的房间里匆匆走过的青年男女彼此的秋波传情，而他们的眼睛又充满着才智，充满着从此以后从这种新奇的、外在的刺激中结出的宝贵的果实。生长总是最先从树茎和蓓蕾的受刺激开始的。从彼此交换的目光中，他们已开始了爱和殷勤的行为，接着就燃起了火热的激情，开始了海誓山盟，随后是结婚。激情将自己的对象视作一个完美的单元。灵魂完全肉欲化了，而肉体则完全灵化了：

她的面庞，依然显着红润的色彩，
人们几乎可以说她的灵魂在思想。

罗密欧即使死了，也会被分成一颗颗小星星，使天空变得更加灿烂美好。生活中有了这一对人，就再也没有别的目的了，也不再要求什么了，朱丽叶是这样，罗密欧也一样。黑夜，白天，研究，天才，王国，宗教，都包含在这个充满灵魂的形式中了，这个灵魂就是所有的灵魂。恋爱中人彼此相爱，相愉相悦，海誓山盟，痴情不渝，互相关心，同忧同喜。当独自一人时，他们就靠对另一个人的回忆来安慰自己。对方是否与我看到了同一个月亮，同一颗星星，同一片分散聚合的云，读着同一本书，感觉到同样的感情，感到了同样的快乐？他们促进着、权衡着自己的感情，为这感情增添了昂贵的优势，朋友，机会，财产，他们心甘情愿地、快乐地发现，作为一种赎罪，他们愿意为自己所爱的美丽、可爱的人献出一切，使他（她）一根头发也不会受到伤害。但人性的命运取决于这些孩子。他们也面临着危险、悲伤和痛苦，与成人一样。爱在祈祷。为了这一对相爱的人，它与永恒之力和睦相处。这种联盟就是这样形成的，并且使自然中的每一颗原子都获得了一种新价值——因为它将整个关系网中的每一根丝都变成了金色的光线，使灵魂沐浴在一种新的、更甜蜜的元素之中——这种原色仍是一种暂时的状态。花呀，珍珠呀，诗歌呀，宣言呀并不能永远如此，甚至也不能只寓于另一颗心灵里，不能只使一颗栖居于泥土之中的可怕的灵魂满足。它最终从这些爱抚中唤醒了自己，就像玩具一样，它穿上了铠甲，开始追求更伟大更普遍的目标。居住在每个人身上的灵魂都渴望完美的至福，都在别人的行为中发现了不协调、缺点和不适合。这样就出现了惊奇、劝告和痛苦。然而，使他们彼此吸引的是爱的表示，美德的表示，这些美德无论多么隐蔽，但都总是存在着的。它们不断地出现，再出现，并继续产生着吸引力；但动机改变了，它放弃了现象，依附于本质。这就修复了受损的爱情。同时，随着生命的流逝，它只证明是各种党派的一切可能的立场之间的相互替代、分分合合的游戏，它们彼此都动用了自己全部的能量，并以另一方的弱点和力量彼此达到了解。因为这是这种关系的本质和目标，所以它们应该彼此互为人类的代表。世界上的一切都应被了解，都应被巧妙地转变成男人和女人的肌理：

人的爱确实适合我们，
就像妈妈的爱，五味俱全。

世界在滚滚向前，环境每时每刻都在变化。居住在这个肉体的圣殿里的天使们在窗户边显现，恶魔和罪恶也会出现。它们是由一切美德组成的。如果还存在着美德，一切罪恶也会被看作是美德。他们承认后就跑了。他们一度燃烧的爱情随着时间的流逝而在另一个胸脯上安静下来了，并消失在它在扩张过程中所采用的暴力之中。它成了一种完全善的理解。他们毫无抱怨地服从男人和女人各自在时代里被分配承担的对人类有利的事务，并交流着一度不能看见自己对象的激情，以推进彼此计划的快乐但分离的进步，不管他们在不在场，都是如此。最终，他们发现最初将他们吸引到一起的一切——那些曾经神圣的相貌，那些迷人魅力的表演——都不是永久的，都得到了预料中的结局，就像用来建造房子的脚手架一样。年复一年，灵魂和才智净化成了真正的婚姻，这从一开始就预示了，就作好准备了，并且完全出乎他们的意识之外。看看这些一男一女所拥有的曾那么不同又那么彼此相关的目标吧，它们都被关在同一所房子里，在四五十年的婚姻生活中消耗殆尽。我并不奇怪心灵从人一出生就强调预示了这一危机，我也不奇怪装饰着婚姻的殿堂的本能的丰富的美，自然，才能，和艺术在婚姻的喜歌中竞相炫耀着自己的天才和曲调。

因而，我们所受的爱的教养是不知道性别、也不知道人和偏见，而是致力于到处追求美德和智慧，追求提升美德和智慧的目的的美。我们从本质上讲都是观察者，因而也就是学习者。这就是我们永恒的状态。但我们常常被迫感到我们的爱只是黑夜的寓所。爱的对象始终在缓慢、痛苦地变化着，就像思想的对象始终在变化一样。生活中总会有那样一些时候，男人被爱支配着、吸引着，并使他的幸福依赖于某个人或某些人。但在健康的情况下，心灵很快又会被看见——它拱形的顶盖，在银河系永恒之光的照射下熠熠生辉，温暖的爱和恐惧像天空的云一样吹拂在我们身上，它们一定失去了自己有限的个性，而与上帝融为一体，从而得到了自己的完美。但我们不需害怕自己会因灵魂的进步而有所损失。灵魂自始至终都是完全可靠的。这些关系是那么美丽，那么迷人，只有比它们更美的东西才能战胜它们、取代它们，永远如此。

友 谊

一滴鲜红的男人之血，
胜过波涛汹涌的大海；
变幻不定的世界来来往往，
只有固定生根的爱人永存。
我幻想他已经消失，
许多年后，
他又出现了，闪耀着永不枯竭的友善之光，
就像每日初升的太阳。
我忧虑的心又自由了——
噢，我的朋友，我的心在说，
只因为你，天空成了苍穹；

只因为你，玫瑰才有自己的鲜红；
只因为你，世界万物才有了那样高贵的形式；
看呀，在遥远的地平线上，
我们命运的磨石已经出现；
你的美德铺就了一条通向太阳的大道。
你的高贵也已将我教导，
我也用它来控制我的失望；
我潜在的生命源泉，
源源流过你美丽的友谊。

我们的善良远远超过人们平时所说的程度。尽管所有的自私都像东风一样使世界显得冷酷，但全部人类家庭都沐浴在像美丽的太空一样的爱之因素之中。不知有多少人，我们与他们在房间里相遇，我们几乎很少与他们交谈，然而我们尊敬他们，他们也尊敬我们！在大街上，或坐在教堂里，我们也会看到多少人呀！他们虽然一言不发，但与他们在一起却使我们感到由衷的温暖！读读这些飘荡着的眼光吧！只有心灵懂得这一切。

对这种人类之爱的痴迷的结果就是某种真心的快乐。在诗歌中，在普通的交谈中，我们所感觉到的对他人的仁慈和满足的感情堪与火的实际效果相比；这些内心的温暖阳光那么迅速，或者说比火更迅速、更活跃、更快乐。从最高程度的激情之爱到最低级的善良意志，都是如此，它们使生活变得甜美。

我们的思想力量和活动力量随着爱的增加而增加。学者坐下写作，成年累月的沉思冥想并没能给他一种美好的思想和快乐的表达；但他给一位朋友写封信却是绝对必要的——他立刻就会文思泉涌，各种优美的思想自动涌现，他的每一只手都充满灵感，都在选择温柔的词句。看呀，在每一所充满爱和自尊的房子里，每一个陌生人的到来都会引起一阵激动。一个被推荐而来的陌生者是期望中的，是事先得到通知的，家里的所有人的心情都介于快乐和痛苦之间。他的到来几乎给本会欢迎他的心灵带来一阵恐惧。房间灰尘满地，一切东西几乎飞一般地各就各位，旧外套被换成了新的，如果能力允许，他们也一定会准备一顿晚餐。关于这个被推荐而来的陌生者，我们只听别人谈起过他的善良，只听说他很好，很新。对我们来说，他代表着人性。他就是我们所希望见到的人。我们早就想象过他，邀请过他，我们自问怎样做才能与这样一个人交流，与他一起行动，并因恐惧而感到不安。同一种思想使与他的交流也充满欢乐。我们谈的比预想的还好。我们产生了最巧妙的幻想，最丰富的回忆，我们心中那个沉默寡言的精灵此时离我们而去。我们可以长时间地进行一系列真诚、优美、丰富的交流，这些都来自我们最古老的、最秘密的经历，因此，坐在我们身边的人，无论是我们的亲戚还是熟人，都会为我们不寻常的力量感到惊奇。但一旦陌生者开始在谈话中加入自己的偏见、界定、错误，一切就都完了。他已经从我们这里听到了他想听到的最早的、最后的和最好的一切。他现在就不是陌生人了。粗俗、无知和误解是我们的老相识了。现在，当他来时，他可以得到地位、服装和晚餐——但他却不再能得到心脏的跳动和心灵的交流。

还有什么东西能比这些感情之流更让人愉悦，更能为我创造一个年轻的世界呢？还有什么能比两人在思想和感情中的公正而坚定的相遇更美妙呢？在接近这个跳动的心时，天才和真实的步骤和形式是多么美丽呀！当我们沉湎于自己的感情时，地球也变质了。不再有黑夜和严冬，一切厌倦和无聊都消失了——一切责任都是均衡的。一切继续着的永恒都只充满着喜气洋洋的被爱之人的形式。让灵魂得到保证：在宇宙的某个地方，它应该加入自己朋友的行列，它本身应满足和快乐，千年不变。

今天早晨我醒来时，我真诚地感谢我的新老朋友。难道不该称上帝为美丽的？他每天都向我展示自己的天才。我责备社会，我拥抱孤独，然而，我不至于如此忘恩负义，以至于没能看见聪明的、可爱的和心灵高贵的人，他们不时从我的门前经过。他们听到了我说话，他们理解我，成为我永远的财产。自然也不是如此贫穷，而只给我几次这样的快乐，这样，我们纺织着我们自己的社会之线，编织一个新的关系网，而且，因为许多连续的思想都可自我证明，我们将逐步进入自己创造的新世界之中，而不再是传统土地上的陌生人和香客。我的朋友未经请求就来到我身旁。伟大的上帝将他们给了我。靠着最古老的权利，靠着美德之间的神圣关系，我找到了他们，或者更不如说不是我找到了他们，而是我和他们身上的神嘲笑并消除了人的个性、关系、年龄、性别、环境之间的厚墙，以前他常常默许它们的存在，现在他将这一切统一了。我要向你们表达深挚的谢意，你们这些杰出的爱人，你们为我将世界运行到新的高贵的深处，扩大了我的一切思想的意义。这是古代吟游诗人的第一首新诗——中间没有停顿的诗——赞美诗，颂歌和史诗，诗思仍在流动，阿波罗和缪斯仍在歌唱。难道这些也会将我再次排斥在外吗？或者说，它们之间会有一些将我排斥在外吗？我知道这不会发生，但我又害怕不会，因为我与它们的关系如此纯洁，以至于我只靠着单纯的亲密关系与它们相处，我的生命的守护神因而是社会性的。不论我在哪儿，同一种关系都会使任何一个像这些男人和女人一样高贵的人充满生气和活力。

在这一点上，我承认大自然的一种极端倾向。对我来说，“喝下滥用的爱之美酒调制的甜蜜的毒药”几乎是危险的。对我来说，新人是一伟大的事件，他会阻止我沉睡。我常常对人产生美好的幻想，这种幻想已给我带来美妙的时光，但这种快乐如今结束了；它毫无结果。思想并没产生于它，我的行动也没得到多大修正。我们朋友的成就一定令我感到骄傲，似乎它们也是我的成就，似乎是他美德的财产。当他受到赞扬时，我也感到同样的温暖，就像爱人听到自己痴心相爱的女人被人欢呼时的感觉一样。我们过高估计了我们朋友的良知。他们的善似乎比我们的善更好，他的本质似乎更美，他受到的诱惑似乎更少。属于他的一切——他的名字、体形、服装、书籍和仪器——都被幻想提升。我们自己的思想从他嘴里说出来就像新的一样，而且更伟大了。

然而，心脏的收缩和扩张与爱的涨落是相似的。友谊也如心灵的永恒一样，都因太好而不可信。恋爱中的人看着自己所爱的女人，有点明白她并不真的就如自己所崇拜的那样；在友谊的黄金时光，我们常常被怀疑和不信任的阴影所笼罩，所震惊。我们怀疑我们赋予自己英雄的、至今还在他身上闪现的美德，之后就崇拜形式，而我们一向把这个神圣的栖居之地归因于这种形式。严格来说，灵魂并不如它尊敬自己那样尊敬人。按严谨的科学观点，一切人都构成了一种无限遥远的同一种基础。难道我们害怕通过发掘这一天堂神殿的形而上学基础来冷却我们的爱吗？难道我不应像我看到的一切那样真实吗？如果是，我将不怕知道它们为什么而存在。它们的本质与它们的外表一样美丽，虽然理解它需要更精妙的器官。对科学来说，植物的根是不雅观的，虽然为了得到花冠和花彩我们砍断了植物的枝条。我必须使这些令人愉快的幻想中所产生的赤裸裸的事实处于危险之中，虽然它只证明是我们盛宴上的一具埃及头骨。一个与自己的思想一致的人往往将自己想象得很伟大。他意识到了一种普遍的成功，即使这成功是以一个个个体一致的失败为代价换来的。没有什么优势、权力、金钱和力量堪与他相配。我无法选择，而只能依赖我自己的贫穷，而不是依赖你的财富。我无法使你的意识与我的一致。只有星星在闪烁，行星都有一种微弱的、月亮一般的光线。我听到了你是怎样评价自己赞美的党派如何具有可敬的职责和久经考验的崇高精神，但我非常清楚，尽管他穿着华美的斗篷，我却不会喜欢他，除非他也像我一样至少是个贫穷的希腊人。噢，我的朋友，我不能否认，现象的巨大阴影也将你包括进了它那斑驳而色彩瑰丽的无限的空间之中——你也是一样，与你相比，其他的一切都是阴影。你不是存在，而真理是，正义也是。你不是我的灵魂，而是我灵魂的图画和肖像。你最近才来到我身旁，你已经抓住了自己的帽子和斗篷。难道说灵魂产生朋友不就像树枝长出树叶一样吗？随着新胚芽的绽露，旧叶很快被顶掉了。自然法则永远只是交流。每一种电流都与相反的一方相辅相成。灵魂用朋友包围自己，这样，它可以进入更崇高的自我认识或孤独；它独自去寻找一个可以提升自己的谈话或社会的季节。这种方法暴露出我们个人关系的整个历史。爱的本能复活了与我们的配偶结合的希望，重新恢复的孤独的感觉使我们召回了自己的追求。因此，每个人的一生都是在追求友谊，如果他要记录下自己真实的情感，他或许会为自己的爱而给每一个新的候选人写这样一封信：

亲爱的朋友：

如果我相信你，相信你的能力，相信心情与你的一样，那我就永远不会再想到与我的来来往往有关的琐事。我不是很聪明，我的心情也非常好理解，我尊敬你的天才；对我来说那还深不可测。然而，我不敢假设你有我这样完整的才智，因此，对我来说，你只是一个美妙的折磨。你要么永远是这样，要么永远不是这样。

然而，这些痛苦的快乐和美妙的痛苦都是为好奇心准备的，而不是为生活准备的。人们是无法沉湎其中的。这是要结蜘蛛网，而不是要织衣服。我们的友谊急匆匆奔向简短而可怜的结论，因为我们已把它们变成了美酒和美梦的质地，而不是人类心灵的坚硬的质地。友谊的法则是稳重的、永久的，是由自然和道德结成的一张网。但我们已志在得到一种迅速而微小的利益，去啜饮一种突然的甜蜜。我们在上帝的整个花园里抓住了生长最慢的果实，而这果实需要许多夏天和许多冬天才能成熟。我们寻找的是平凡的朋友，但用的是一种掺假的激情，这种激情使他变得适合我们。但这一切都是徒劳。我们全身装备着各种微妙的对抗，只要我们相遇，这些对抗就开始表演了，就把诗歌变成了陈腐的散文。几乎所有的人都要相遇。一切联系都必须是一种妥协，最糟糕的是，每一种美丽的本质之花的芳香和精华在彼此接近时就消失了。现实社会是一种多么永恒的失望呀！即使这个社会充满美德和天才。一旦会见被深谋远虑地安排妥当，我们立刻会被失败的打击所折磨，被突如其来的、不合时宜的冷漠所折磨，被才智和野蛮精神的癫痫病所折磨，而此时却正在思想和友谊的全盛期。我们的才能并不能准确地扮演我们，双方都只有靠孤独才能得到解脱。

我应该对每一种关系都平等相处。只要有一个朋友我不能与之平等，我有多少朋友，我在与他们中的任何一个交流时会得到什么样的满足，这些都不重要了。如果我从一次不平等的竞赛中败下阵来，我在其余的一切中发现的快乐就将是渺小的、怯懦的。如果我将自己的其他朋友变成我的避难所，我应恨我自己：

勇敢的骑士以战扬名，
身经百战，仅有一次失败。
只要他能铲平自己的目标，
他所忍受的一切痛苦都可忘怀。

我们的不耐烦就这样受到了激烈的指责。羞怯和冷漠是一层坚硬的外壳，靠着这层外壳，细弱的组织受到保护，免得其早熟。如果它在任何最好的灵魂成熟到足以知道它并且拥有它之前就知道了自己，那它将会失去。尊敬那使红宝石在百万年间变得坚硬的自然法则吧。这种法则缓慢但持久地发挥着作用，在这期间，连阿尔卑斯山脉和安第斯山脉都像彩虹一样只是瞬息来回。我们生活中的善良精神没有以鲁莽为代价的天堂。爱，是上帝的本质，它并非变幻无常，而是为人的全部价值存在的。让我们不要关注这种孩子气的奢侈，而是要关注最朴素的价值；让我们相信朋友的心灵的真实，相信它不可颠覆的基础的宽阔，并以这种大胆的信任去接近我们的朋友。

这一主题的魅力是不可抗拒的，我现在不再描述次要的社会利益，而来谈一谈那种卓越而神圣的关系，这种关系是一种绝对的关系，它甚至使爱的语言都显得可疑和平凡，这种关系是如此纯洁，没有任何东西像它这样神圣。

我不希望过分挑剔地对待友谊，而是以最原始的勇气来对待友谊。当它们真实时，它们就不是玻璃丝或霜花，而是我们所知道的最坚固的东西。就现在来说，经过了这么多代人的经验之后，我们对自然和我们自己所知什么？人们至今还未采取任何步骤来解决自己的命运问题。在对愚蠢的一次谴责中就包含了人类的整个宇宙。但我从与朋友灵魂的这种联盟中获得了甜美的真诚的快乐和和平，而这本身就是坚果，而一切自然、一切思想都是这一坚果的外壳。容纳朋友的房屋是幸福的！它应很好地建造，就像喜庆用的凉棚或拱亭，使他获得一天的快乐。如果他了解那种关系的庄严，并尊敬它的法则，那他会更幸福！将自己作为那种盟约的候选人的人出现了，他就像参加奥林匹克运动会的运动员，来参加一场伟大的游戏，而在这游戏中，世界头生的人诞生了，他就是比赛者。他毛遂自荐参加时间、欲望、危险的竞赛，只有他是胜利者，他的体质包含着足够的真理，使他能保持着自己美的精致，而免受一切的磨损和恐惧。运气的天才或许在场，或许缺席，但这场比赛中的一切速度都取决于内在的高贵和对琐事的鄙视。友谊是由两种要素构成的，每一种要素都是如此独立自主，结果使我无法觉察出哪一种更优越，没有理由先命名其中的哪一个。每个人都是真理。一个朋友就是我可以真诚相待的人。在他面前，我的思想可随意驰骋。我最终遇到了那样一个如此真实、如此平等的人，在他面前，我甚至可以扔掉最里层的掩饰、礼仪和瞻前顾后的衣服，而人们从未脱掉过这些衣服。我可以像化学原子彼此相撞那样单纯对他，在他面前完全袒露自己。真诚就像王冠和权威一样，是只允许最高阶层享用的奢侈。而只有这一阶层被允许说出真理，因为除此之外再无可献殷勤或服从之人了。每个人单独一人时都是真诚的，但一旦第二个人出现，虚伪就开始了。我们依靠着问候、谣言、娱乐和事务，回避、阻挡着同伴的接近。我们将自己的思想折成一百个褶皱。我认识一个人，他出于某种宗教的狂热，扔掉了这种衣饰，抛弃了一切的问候和俗套，向自己遇到的每一个人都说真心话，每句话都带有伟大的洞察力和美。刚开始他受到了抵制，人人皆认为他疯了。但他坚持不懈——实际上他是忍不住要这样做——就这样过了一段时间，他达到了这样一种优势，即他将自己认识的每一个人都带入一种真实关系之中。没人会想到要和他说假话，或者说没人会用任何关于市场或书房的闲谈敷衍他。每个人都被这种真诚迫使着进行单纯的交往，他明白无误地将什么是自然之爱，什么是诗歌，什么是他所拥有的真理的象征一一显示给与自己交往的人。但对我们大多数人来说，社会不仅显露出自己的脸和眼，而且还显露出自己的边和背。要在错误的时代与人处于真实的关系之中，有一点疯狂是值得的，不是吗？我们很少能直立行走。几乎每一个我们遇到的人都需要某种礼貌——需要被满足。在他头脑中，有某种名声、某种才能、某种宗教或慈善的幻想是不会被怀疑的，这破坏了与他的所有交流。但一个朋友是清醒的，他运用的不是我的独创性，而是我。我的朋友给我愉悦，而不会要求我提供任何条件。因此，一个朋友就是自然中的一种自相矛盾。我独自一人，我看到，在大自然中，我无法像证明自己的存在那样证明其他任何东西的存在，我现在看到了我的存在的外貌，看到了它的身高、变化和好奇心都在一种外在的形式中反复出现。因此，一个朋友完全可以看作是大自然的杰作。

友谊的另一个要素是温柔。每一种联系，血缘，骄傲，恐惧，希望，钱财，欲望，憎恨，崇拜，每一种环境、象征和琐事，都将我们与人紧紧相连——但我们几乎不能相信这么多个性都能在另一个个性中生存，并靠爱将我们拉到一起。这另一种个性真的如此神圣，我们真的如此纯洁，以至于我们可以给他温柔的对待吗？但有一个人对我亲近时，我就已触到了命运的目标。我发现书中很少直接写到这件事的核心。然而我有一本书却做到了这一点，这不是我选择的，而是我记忆中的。我的作者说："我胆怯而直接地将自己提供给那些我能发挥实际作用的人，而对我最忠诚的人，我却最少温柔。"我希望友谊应该有双足、双眼和口才。在它登上月亮之前，它必须将自己深植于地下。我希望它在成为小天使之前，先是一个小市民。我们之所以指责市民，是因为他把爱变成了一件日用品。友谊是天才的交换，是实用的贷款的交换；它是好邻居；它看护着病人；它看护着葬礼上的柩衣；它完全看不到关系的精细和高贵。但是，虽然我们在一个小贩的这种掩饰下找不到神，然而，如果诗人将自己的丝线编织得过于精细，而没有用正义、精确、忠诚和怜悯这些市民美德来具体表现他的浪漫传奇故事的话，我们也是无法原谅他的。我憎恨出卖友谊的节操而去表示什么时髦而世俗的联盟。我宁愿选择与农家孩子和街头小贩为伍，也不愿意选择曲意的和谐与和睦，这种和睦，通过一种虚伪的表演，通过驾着两匹马拉的双轮轻便马车和在最好的饭店吃晚餐来欢呼每一个相遇的日子。友谊的结束是一个人人可以加入的最严格、最朴实的交流，比我们经历过的任何交流都更严格的交流。它的目的是通过各种关系和生死阶段来得到帮助和安慰。它既适合平静的日子、优雅的天才和乡村的散步，但也适合粗糙的路面和难以下咽的食物，船只失事，贫穷和迫害。它始终与才智和宗教迷醉的攻击结交。我们彼此把人类生活的日常需要和事务高贵化，并用勇气、智慧和统一来修饰它。它应永远不会沉落到某种世俗、固定的东西中去，而是应始终保持活跃，始终保持着创造性，始终为单调乏味的工作增添韵律和理性。

友谊可以说需要人的本性如此杰出、如此昂贵，每一种本性如此柔和，如此快乐地适应一切，而且又在如此环境之下（因为即使在那种特殊环境之下，诗人说，爱也需要双方完全结合），以至于它的满足很少能得到保证。它无法保持自己在两个以上的人之间的完整，那些在这种关于心灵的温暖知识方面学识渊博者如是说。我的看法并不如此苛刻，这或许是因为我从未领略到别人那样高尚的友情。我身边也有一个圈子，参加者都是天神一样的男人和女人，他们之间的关系也是各种各样的，而且彼此之间保持着一种高尚的理解。但我发现，这种“一对一”的法则对交流来说是强制性的，它是友谊的实践和圆满。不要将各种水过多地混合，即使最好的混合也不健康，也是既好又坏。你可以与两个人在几次不同的时候进行几次非常有用、非常快乐的交谈，但若让你们三个人走到一起，你就讲不出一句新颖、开心的话。可能是二人说，另外一人听，但三人无法进行最真诚、最有探索性的交流。若有好友相伴，隔桌而谈的人之间，在你将他们两个单独留下时，永远不会出现上面那种交流。若有好友相伴，个体的自我主义就会渐渐并入一种社会灵魂，这种灵魂与现存的几种意识完全地同步扩张。没有什么朋友对朋友的不公平，也没有什么哥哥对妹妹，妻子对丈夫的不公平，那种喜爱是贴切的，它完全是另外一回事。此时只有他可以说谁能遨游在党派的共同思想之上，而不会被可怜地局限于自己的思想之内。现在良好的意识所需要的这种交流破坏了伟大交流的高度自由，而这种交流需要的是两颗灵魂绝对融为一体。

没有两个人被单独留下来彼此一起进入一种更简单的关系。然而，决定着哪两个人将进行交流的是彼此的关系。毫无干系的人彼此之间很少有乐趣，他们也从不尊敬彼此的潜在的力量。我们有时在谈话中会谈到某个伟大的天才，似乎这是某些个体的永恒财产。交流是一种短暂的关系——如此而已。一个人被认为有思想和口才，尽管如此，他却不能对他的兄弟或叔伯说一句话。他们指责他的沉默与指责树影下的日晷的无用所用的理由是同样的。而在太阳光下，日晷却能标志时间。而在那些能够享受他的思想的人之间，他将恢复自己的口才。

友谊要求那种类似和不类似之间罕有的中庸，而这种中庸则会因其他派别的力量的存在和一方对其他派别的拥护而激怒对方。让我独自一人去追求世界的目标吧，而不要让我的朋友以他的一句话或一个眼神，或他真心的同情而干涉我。对抗和顺从都会阻碍我。让他不要有一会儿不是他自己。他是我的时候，我所得的唯一快乐就是“不是我的成了我的”。我寻找，寻找一种勇敢的推动，或至少是一种勇敢的抵抗，却发现只有软弱的退让，我遗憾。宁愿在你的朋友身边惹他发怒，也不要只做他的应声筒。高尚的友谊所需要的条件是没有这种条件也能保持友谊的能力。高贵的职责要求双方都是伟大的、高尚的。在两人成为一人之前，一定得先有两个人。让友谊成为两个博大、可怕的个性的结合，在他们察觉到他们的不和谐之下还存在着将他们结合在一起的深刻的一致性之前，他们总在相互注视，相互畏惧。

高尚者只适合这个社会，他确信伟大和善良一直是属于经济，他并不敏于干涉自己的财务。让他不要干涉吧。让宝石一代代生长吧，也不要渴望欢呼永恒的诞生。友谊要求宗教式的对待。我们谈到选择朋友，但朋友是自我选择的。而尊敬则是其中的一种伟大组成部分。像对待一个奇观一样对待你的朋友吧。当然，他的一些优点是你所没有的，而如果你一定要将他紧紧地拥在你的身边，那你就无法尊敬他。站在一边吧。让那些优点有自己的空间，让它们生长、扩展吧。你是你朋友的侍童，或他的思想的朋友吗？在一千个细节之中，对一颗伟大的心灵来说，他可能是个陌生者，而在最神圣的领域，他则可以接近这颗灵魂。让小姑娘、小男孩去把朋友看作财产吧，去从友谊中啜饮一种短暂的、无所不包的快乐，而不是最高贵的利益吧。

让我们买好入场券，经过长时间的验证进入这个协会吧。我们为什么要侵犯、亵渎高贵而美丽的灵魂呢？为什么你坚持要与自己的朋友保持一种轻率的个人关系呢？为什么要走进他的家门，或去认识他的母亲、兄弟和姐妹呢？为什么要让他访问你的住所呢？难道这些东西对我们的习俗来讲都很重要吗？让这种习俗自己去摸吧，抓吧。让他对我来说是一种精神吧。他的一个口信、一个思想、一种真诚、一道注视，我要，但我不要什么新闻和浓汤。我可以从低俗的同伴中得到政治、闲聊和睦邻的便利。难道我朋友的友谊对我来说不应是像自然本身那样充满诗意、纯洁、普遍、伟大吗？我是否该觉得，与天际沉睡的云层，或与将小溪分开的一簇簇摇摆不定的灌木丛相比，我们的联系是世俗的吗？让我们不要贬责它，而是要将其提升到那种标准。那种伟大蔑视的眼神，他的风度和行为的轻蔑的美，不会导致你变得渺小，而是会使你变得坚强和得到提升。崇拜他的优越性吧。希望他不会因一种思想而变小，而是要将这种思想珍藏心中，并且将它告诉所有的人。把他作为你的对手来保护吧。让他永远作为你的一类美丽的敌人，桀骜不驯，却被人真诚尊敬，而不要让他作一个很快就会失去作用、被扔在一旁的微不足道的便利。蛋白石的光彩，钻石的光泽，如果眼睛离得太近的话，是看不到的。我给自己的朋友写了一封信，然后从他那里收到一封信。对你来说这可能不值一提，但我却非常满足了。这是一件心灵的礼物，值得他送，也值得我收，却不会亵渎任何人。在信中这些温暖的言辞里，心灵会相信自己的，一如它不会相信舌头，它会汩汩流淌出比一切英雄主义的编年史所记载的历史都更神圣的预言。

尊敬这种友谊的神圣法则吧，不要因你不耐烦花的开放而对花的完美抱有偏见。在我们成为别人的朋友之前，一定要先成为自己的朋友。根据拉丁语格言，犯罪至少会得到这种满足。你可以公平地与你的同犯交谈。对我们所尊敬和爱的人，刚开始我们并不这样。然而，在我看来，自制的最小的缺点也会腐蚀完整的关系。在两个从不互相尊敬的人之间永远不会有什么深刻的和平，除非他们在谈话中每一方都代表整个世界。

什么能比友谊更伟大？让我们尽己所能维持精神的伟大吧。让我们安静下来——这样我们就能听到神的低语。让我们不要打断他们。是谁让你计划对优秀的灵魂说什么，或如何说呢？无论多么足智多谋，也无论多么优雅和和蔼，愚蠢和智慧都分成了无数的层次。对你来说，说什么都是虚伪。等一等，你的心灵将会说话。等一等，直到必需的、永恒的东西使你屈服，直到白天和黑夜都利用你的双唇。美德的唯一奖赏就是美德；交友的唯一方式就是成为一个朋友。你不能靠进入一个人的房子里而接近他。如果他不喜欢你，他的灵魂只会更快地逃离你，你将永远得不到他一个真正的眼神。我们远远地看着高尚者，而他们却排斥我们。我们为什么要侵犯他们？后来——很晚很晚——我们才察觉到：社会的任何安排，任何介绍，任何习惯或惯例，对我们按照自己所希望的那样建立与他们的这种关系都是毫无用处的——但只会将我们的本性提升到与他们同等的程度。然后，我们就会像水与水相融一样相遇；而且，如果我们当时不想见他们，我们将不再需要他们，因为我们已经是他们了。根据最新的理论分析，爱只是一个人的价值在另一个人那里的反映。人们有时与自己的朋友互换名字，似乎他们想表明：在他们这些朋友们中间，每个人都爱自己的灵魂。

我们对友谊类型的要求越高，当然也就越难在现实世界建立这种友谊。我们在世界上孤独地漫游。我们所需要的那种朋友都是梦想和寓言。但高尚的希望甚至会使虔诚的心灵快乐起来，而在其他地方，在万能之力的其他领域，灵魂现在正活动着，忍耐着，勇敢地进取着，它能爱我们，我们也能爱它。我们庆幸的是：青年时期，愚昧时期，无知时期，羞耻时期都在孤独中度过了，当我们长大成人时，我们将用英雄的手握住英雄的手。只有接受了你已经看到的一切的劝告，你才不会用毫无友谊可言的可鄙之人来侵犯友谊的结盟。我们的急躁把我们引入没有神眷顾的鲁莽而愚蠢的结盟。坚持走你自己的路，虽然你会有所损失，但你得到的会更多。你将自己表现出来，以至于使自己突出于错误的关系范围之外，你将世界头生的子女吸引到自己身边——那些可贵的朝圣者，其中只有一两个人同时在大自然中漫游，在他们面前，一般的伟大只表现为幽灵和阴影。

害怕将我们的联系变得过于精神化是愚蠢的，似乎这样做我们就会失去任何真正的爱。随着学识的增加，无论我们对自己一般的观点进行任何的修正，自然将肯定为我们作证。虽然这将会夺去我们的某些快乐，但我们将会得到更大的赔偿。让我们感觉一下，我们是否需要绝对与人隔绝。我们可以肯定的是：我们自身包含了一切。我们走到欧洲，或者追随别人，或者读书，我们本能地相信这些将唤起友谊，并且使我们认识了自己。所有人都是乞丐，像我们这种人就是这样。欧洲，就像死人的一件陈旧褪色的外衣，而书籍则是死人的幽灵。让我们放弃偶像崇拜吧。让我们放弃乞讨生活吧。让我们甚至与我们最亲爱的朋友道别吧，让我们反抗他们，并且说："你是谁？放开我，我不再依赖任何人。"啊，我的兄弟，让我不要再见到你。我们这样分开只是为了在更高的层面上再相会，只是为了使人人都更加独立，因为我们都更是我们自己了。一个朋友是两面派，他关心过去，也关心未来。他是我所有过去时光的孩子，是那些即将到来的时光的预言者，是一个更伟大的朋友的先驱。

我与朋友相处一如与书籍相处，我在哪儿发现它们，就在哪儿将它们占为己有，但我很少用它们。我们必须拥有根据我们自己的主张建立的团体。我无法与我的朋友过多交谈。如果他伟大，并且也使我那么伟大，以至于我无法屈尊进行交流。在伟大的日子里，不祥的预感在我面前的天空里盘旋。我应该献身于这些预感。我走进去，是为了抓住它们，我走出去，也是为了能抓住它们。我只害怕自己会徒然地看着它们慢慢消失在天空之中，而此时它们在天空里只是更加明亮的光线的一块碎片。然后，虽然我赞美我的朋友，我却无法与他们交谈，无法研究他们的幻象，因为我害怕会因此失去我自己的幻象。对我来说，放弃这种高尚的探索，这种精神的天文学或对星系的寻找，而追求你的温暖的同情，实际上带给我一种家庭式的快乐。但接着我认识到失去我那伟大的神将使我一生悲叹。的确，到第二周，当我能够忙碌着外在的对象时，我就会产生一种没精打采的情绪。接着我就会后悔失去你心灵文学的陪伴，希望你再来到我的身旁。但如果你真来了，或许你只会用新的幻象充填我的心灵；这些幻象不是你，而是你的光彩，我将与现在一样，也无法与你交流。因此我将把这种永恒的交流归功于我的朋友。我将不仅从他们那里接受他们所有的东西，而且也接受他们本人。他们将把本身不属于他们的东西给我们，但这些东西都源自他们。但他们不会用任何比较不敏感和纯洁的关系控制我。我们将像从未见过面似的相见，像从未分手过似的分手。

最近，在我看来，我们似乎比我了解的更有可能单方面高尚地维持一种友谊，而并不需要另一方预期的配合。接受者并不宽宏大量，我很后悔，可我为什么要因此而妨碍我自己呢？太阳光照射的范围很广，有些会徒劳地照射到并不领情的太空，只有一部分照射到了引起反射的行星之上，但这从未困扰过太阳。让你的伟大教育你粗鲁而冷漠的同伴。如果他是不相称的朋友，他很快就会走开；但你自己的闪光使你变得更阔大，而不再只是青蛙和蚯蚓的同伴，而是与苍穹中的众神一起翱翔、燃烧。单相思被认为是可耻的，但伟大者将会明白真正的爱是不能无报答的。真正的爱超越了毫无价值的物体，而栖息并沉思于永恒之地。当可怜的遮蔽用的面具破碎之时，它并不悲哀，而是觉得自己摆脱了那么多世俗的东西，觉得自己的独立性更确定了。然而，对关系来说，这些东西不能不说是某种背信弃义。友谊的实质就是完整，是一种完全的宽宏和信任。它一定不能揣测或提供给软弱病残者。他将自己的对象看作神，它可能对双方都抱蔑视态度。

心灵法则

祈祷者所景仰的生活中的天堂，
是房子，也是建筑师，
它在人抛弃的时光中费力搜寻，
并在那里建造了一座永恒之塔；
它孤独而自制地劳作着，
并不惧怕逐渐流失的日子，
因为他就是靠着衰败而成长。
依靠隐藏在感应与反作用中的
巨大的力，
它使火苗凝冻，冰雪燃烧；
并通过“罪恶”的邪恶之手，锻造

“纯洁”的银座。

当我们在内心回首往事时，当我们在思想之光下关照我们自身时，我们发现自己的生活被美所环绕。当我们前行时，身后的一切都呈现出令人愉快的形式，就像天穹里的云。不仅我们熟悉的陈旧的事物是如此，甚至那些悲剧性的可怕的事情也都如它们最初在我们的记忆里形成画面时一样秀美。河岸，水边的杂草，古老的房子，愚蠢的人，不管它们在过去的岁月中如何被人忽视，但在过去都自有一份优雅高贵。甚至过去被平放在房中的尸体，现在也成了房中一件庄重的装饰品。灵魂既不会知道什么是丑恶，也不会知道什么是痛苦。如果我们神智清楚的话，我们应说出最严肃的真理，我们应该说我们从未作出任何牺牲。在这样的时刻，心灵似乎如此伟大，以至于谁也无法从我们身上拿走什么重要的东西。一切的损失，一切的痛苦都是特例，对心灵来说宇宙还是完好无损的。烦恼和灾难都不能消除我们的信仰。没有人曾这么轻描淡写地陈述自己的悲伤。人人都像一匹最有耐力、被驱使得最筋疲力尽的马，当然这也有点夸张。因为悲伤痛苦的是有限的东西；而无限的东西则仍微笑着安宁地舒展着身子。

如果人能始终过一种自然的生活，并且不再把不属于自己的困难强加到自己的心灵中，那他的思想生活完全可以始终保持清晰而健康。没人需要在沉思时茫然无措。让他说和做直接属于他之事，虽然他对书本知识一无所知，但他的本性不会给他造成任何思想上的障碍和疑虑。我们年轻的公民正为原罪呀、罪恶的根源呀、宿命论呀等这些理论问题所困扰。这些对任何人都构不成实际的困难——也永远不会在任何不特意寻找它们的人的路上投下阴影。这些是灵魂的流行性腮腺炎、麻疹和百日咳，那些没得过这些病的人无法描述自己的身体健康情况，或开出治疗的药方。一颗单纯的心灵不会知道这些敌人，他应该能描述自己的信仰，并向别人详细解释自己的自我认识和自由理论，但这完全是另外一回事。这需要罕有的天才。然而，若没有这种自我认识，或许也会有一种自然的力和完美的存在，而他就是这力、这完美。“一些有力的直觉、一些朴实的法则”就能满足我们。

我的意愿决不会在我的心灵中为形象划分等级，就像它们现在所有的等级那样。例行的研究课程、年复一年的学院教育和职业教育让我了解到的事实，与我在拉丁语学校的长凳下看的闲书中的事实相比好不到哪儿去。我们不称之为教育的东西，反而比我们所谓的教育更宝贵。我们在接受一种思想时，并无法猜测到其相对价值。教育常常徒劳地试图阻碍、终止这种自然机制，而这种机制肯定会选择属于自己的东西。

同样，我们的道德本质，只要受到我们意志的任何干扰，就会被腐蚀。人们将美德描述为一场斗争，并将自己取得的成就到处宣扬，当一颗高尚的灵魂受到称赞时，人们到处都在困惑：与诱惑斗争的人是不是不太好。我们喜爱依照自己冲动或自发的程度而变化的性格。一个人对自己的美德想得越少，知道得越少，我们就会越喜欢他。提默勒农的胜利是最好的胜利，他就像“荷马史诗”一样奔跑，流动，彼特拉克如是说。当我们看到一个灵魂像玫瑰一样庄严、优雅和愉快地行动时，我们一定要感谢上帝使其能够如此，而且就如此，而不会愠怒地攻击天使说：“克拉普是个好人，因为他表示抵制自己天生的罪恶。”

同样明显的是：在一切实际生活中，自然都优胜于意志。历史上发生的事件并没有我们给历史的多。我们把什么深谋远虑、精心策划的计划强加给恺撒和拿破仑，但他们最大的力量都在自然之中，而不是在他们身上。取得了极大成功的人在自己诚实之时总是唱着：“不要强加给我们，不要强加给我们。”根据他们所处时代的信仰，他们为命运女神，或命运或圣·尤利安建造了祭坛。他们的成功在于与思想的流程平行前进，而思想则在他们身上找到了畅通无阻的通道。他们似乎是奇迹的可见的制造者，在人们看来，奇迹似乎都是他们的所作所为。难道电线会产生电流？更为真实的是，他们发现自己身上可以怀疑的东西比别人身上的要少。一如输送管的美德就是要平滑中空一样，那种外表上看起来似乎真实的意志和坚定只是意愿和自我毁灭。莎士比亚能给出一种莎士比亚理论吗？一个具有惊人的数学天赋的人能向别人传授一种洞察其数学方法的方法吗？如果他能交流这一秘密，那这一秘密立刻就会丧失其被夸大了的价值，并将站和走的力与白昼和生命的力混合起来。

我们的生活或许会比现在更简单，更容易，这些观察的结果迫使我们接受教训。世界或许会比现在更是一个幸福的所在。这个世界没有什么争斗、骚动和失望的必要，也没什么睚眦必报的必要，我们误造了自己的罪恶。我们干涉了自然的乐观主义。因为我们无论在什么时候得到过去的这个优越地位，或现在的一个更为聪明的灵魂，我们就能够发现我们被自动施行的法则包围住了。

外在自然的面貌给了我们同样的教训。自然不会令我们烦恼和发怒。她不喜欢我们的仁慈与学识，同样也不喜欢我们的虚伪和战争。一旦我们走出了决策委员会，或废除黑奴制度大会，或戒酒集会，或超验主义者俱乐部，而走进田野和树林，她就会对我们说："有这么热吗？我的小先生。"

我们充满机械的行动。在社会的牺牲和美德成为神圣之前，我们必须需要阻碍，必须在我们自己前行的道路上设置障碍。爱应该制造出快乐，但我们的仁慈是不幸的。我们的主日学校和教堂以及救济所都是脖子上的轭。我们辛辛苦苦，却不能取悦任何一人。这些机构计划达到但实际上没有达到的目标，倒是通过一些自然的方式达到了。为什么所有的美德都要用一种同样的方式运行？为什么人人都要交美元，这对我们这些乡村野汉来说非常不方便，我们不认为这样做有什么好处。我们没有美元，商人有，那就让他们交美元吧。农场主会交谷物，诗人会歌唱，女人会纺织，劳动者会出租土地，孩子们会养花。为什么要拉来这个死气沉沉的主日学校覆盖整个基督教世界？童年时求知，成年时施教，这都是自然而然的，美好的事。但现在正是回答人们所问起的问题的时候了。不要违背青年人的意志，把他们拘禁在教堂的靠背长椅上，也不要违背孩子的意志，连续问他们一小时的问题。

如果我们将视野再放宽一些，那么就会觉得万物都相似；法则呀，文字呀，教义呀，时尚呀，都不过是对真理的滑稽模仿。我们的社会被沉重的机械阻塞了，这就像罗马人在山旁和溪谷修建的无休无止的输水管，一旦罗马人发现水涨到了与水源同等的高度这一规律，水渠也就被废弃不用了。它是一堵中国的墙，任何身手敏捷的鞑靼人都可以倚靠在上面。它是一支现役军队，若将其作为一支维持和平的军队并不太好。它是一个分等级的、有贵族头衔的、富足的、合法的帝国，当人们发现城市集会也能运转得同样好时，它就成为多余的了。

让我们接受自然的教训吧，它一直靠简捷的方式发挥着作用。果子熟了，自己就会落下。水的环流也只是下落。人与一切动物的行走也只是向前下落。我们所有靠力量进行的手工劳动和工作，像撬、劈、挖、划船等等，都是凭借连续的下落完成的，天体、地球、月亮、彗星、太阳、星星，都是永远在下落、下落。

宇宙的简单与机器的简单非常不同。谁能一遍遍完全看出道德本质，谁就能知道知识是如何得到的，性格是如何形成的，他就是一个书呆子。自然的简单不是那种可以轻易就被读出的简单，而是取之不尽，用之不竭的。人们绝不可能做出终极性的分析。我们通过一个人的希望来判断他的智慧，从而知道对大自然无穷无尽的直觉就是永恒的青春。大自然原始的丰富在将我们僵硬的名字与名声与我们流动的意识进行对比时就能明显感觉到。我们在世界上匆匆奔走，所忙碌的无非是党派之争、学派之争，是为了博学与怜悯。我们一直是营养不足的婴儿。人们可以很清楚地看到皮浪主义①是如何成长壮大起来的。人人都明白自己就是那个中心点，从他出发，一切都可以以同样的理由证明或否定。他老态龙钟，又年轻气盛；他聪明绝伦，又完全无知无识。你谈论着天使一般的人，或沿街叫卖罐头的小贩，他则在一旁听着、感觉着。除了斯多葛派所虚构的永远聪明的人之外，再无其他永远聪明的人。当我们读书或画画时，我们是在与英雄并肩抵抗懦夫与强盗，但我们自己就曾做过懦夫和强盗，将来还会做——不是在低俗的环境里才这样，而是在与心灵可能有的庄严的对比中这样做的。

只要稍微考虑一下我们身边每天都在发生的事情，我们就会发现支配万物的不是我们的意志法则，而是一种更高级的法则；我们痛苦的劳作是不必要的，也不会有什么结果，我们只有在自己容易的、简单的、自发的行动中才是强大的，只有通过满足于顺从，我们才会变得神圣。信仰与爱——一种可信的爱就足以使我们摆脱烦恼的沉重包袱。噢，我的兄弟们，上帝是存在的。在自然的中心

① 皮浪主义，古希腊哲学家皮浪提出的一种怀疑客观真理存在的学说，也称怀疑论。——译者

和每个人的意志之上有一个灵魂，因此我们中间没人能欺骗自然。这颗心灵将自己无法抗拒的魅力充斥于大自然中的一切，接受她的忠告，我们就会兴旺发达，而当我们努力要给她的创造物装上翅膀时，我们的手就会被紧紧地粘在身上动弹不得，或者说我们就会用自己的手击打自己的胸膛。万物的全部使命就是教会我们信仰。我们只需要服从。我们每个人都有自己的导师，只要俯身去听，我们就会听到正确的教导。为什么你要那样痛苦地选择自己的住所、职业、朋友与行动方式和娱乐方式呢？一定会有一种排除了平衡的需要和蓄意选举的需要的权利属于你。对你来说，总有一种真实，一处适合的处所，一些惬意的责任属于你。将你自己置于力量和智慧之流的中间，这道河流会使自己托浮的一切都生机盎然，你可以毫不费力地就被冲到了真理、正义和完美的满足身边。随后你就征服了一切反对者，随后你就是整个世界了，就是正义、真理和美的标准了。如果我们不会因我们自己可悲的干预而前功尽弃的话，那么，人的社会、文字、艺术、科学、宗教的发展就会比现在好得多，从世界的起源就预示着的天堂，现在依然从心灵深处预示着的天堂，就会把自己装扮得漂漂亮亮，就像现在玫瑰、空气和太阳所做的那样。

听我说：不要选择（do not choose）；但这是一种修辞格，我用它来区别人们通常所谓的“选择”（choice）。选择是一种片面的行为，手的选择，眼的选择，欲望的选择，都不是人完整的选择。但我称为正确或善的选择，是我的气质的选择；我称为天堂的东西，那种我内心不断追求的东西，是适合我气质的环境或状态。我这一生一直想做的事就是为我的才能而工作。我们必须使人顺从理性选择他每日的行业或职业。若说他的所作所为都是出于商业贸易的习惯，这也已经不再成为其行为的借口了。他与罪恶的贸易算是什么商业？难道他的品质中就没有一种召唤吗？

每个人都有自己的天职。天才就是那召唤。有一个方向，在这个方向上，一切空间都向他开放。他的天才悄悄地邀约他竭尽全力永无止境地到它那里去。他就像河上的一条小船，到处碰壁，而只在一个方向上畅通无阻。在这个方向上，一切障碍都被消除了，他安静地漂向越来越深的河道，进入广阔无垠的大海。这种才能、这种召唤取决于他的机体组织，或普遍的灵魂在他身上体现出的方式。他倾向于做那种对他来说容易去做，并且做过有好处，而别人都不能做的事。他没有对手。因为他越真实地考虑自己的能力，他的工作就越表现出与其他任何人工作的差异。他的雄心与他的能力完全成正比。山顶的高度取决于山基的宽度。每个人都接到了力量的召唤去做某种与众不同之事，没有人会听到其他任何召唤。假装听到了另一种召唤，一种凭名字和个人选择以及“标志着他出类拔萃，与众不同的外在符号”而听到的召唤，实际上是一种狂热的盲信，这表明他感觉迟钝，无法感觉到所有个人身上都有一颗灵魂，不管这个人身处何方。

通过做自己的工作，他感觉到了自己能满足的需要，并创造出他自己喜欢的趣味。通过做自己的工作，他袒露了自己。说什么不可放弃，那是公众的陋习。总会在某个地方，不仅每一个演说家，而且每一个人都应该完全放弃一切的控制与约束，应该发现或作出一种坦率、发自内心的表达，说明自己身上有什么力量和意义。一般的经验是：人应尽可能使自己适应自己所从事的工作或贸易的惯常的细节，并且像狗翻弄着一把烤肉叉子那样照看着自己的工作或贸易，随后他就成了自己发动的机器的一部分了，人消失了。只有等到他能全副身心地与别人交流自己时，他才能找到自己的天职。他必须在这一天职中为自己的个性找到一个出口，以便他能证明自己的工作在别人看来也是合情合理的。如果劳动是平庸自私的，那就让他用自己的思想和个性使其成为自由的。无论他知道什么，思考什么，无论在他看来什么值得去做，都要让他去交流，否则，别人将无法正确地理解他，并给他应得的荣耀。无论是什么时候，只要你接受了自己所做工作的平庸与俗套，而不是将其转变成你的个性与目标畅通的通道，你都是愚不可及的。

我们只喜欢长久以来一直受到人们赞扬的行为，而不去想一想人们所做的任何事都可以神圣地去做。我们认为伟大是必须的，或认为它是在某些机构或场合由某些职责或责任构成的，而没有看到帕格尼尼[①]能从一把小提琴中获得迷醉，尤利斯坦能从一支单簧口琴中得到快乐，一个手指灵巧的小伙子用一把剪刀可从一堆碎纸中

① 帕格尼尼（1782—1840），意大利小提琴家、作曲家，其创作和高超的演奏技巧影响深远，主要作品有24首《随想曲》《女巫舞曲》及小提琴协奏曲、吉他曲等。——译者

得到满足，兰西尔[①]则会从一头猪身上得到快感，英雄则会从他隐身其中的贫贱的住所和团体中得到幸福。我们所谓微贱的环境或粗俗的社会，实际上只是因为关于它们的诗还没写成，但你很快就可使它变得像其他环境一样令人羡慕，一样出名。我们在判断这一问题时要接受国王们的教训。宜人环境的组成部分，家庭间的联系，对死亡的印象，以及数以千计的其他事情，王权都可以对此作出自己的判断，而一个高贵的心灵也能做到这一点。习惯性地作出新判断，这本身就是提高。

人做什么，他就是什么。为了忍受恐惧或希望，他必须怎样做？他的力量在他自身。不要让他把善看作是稳固不变的，善就在他的本性之中，只要他活着，它就一定会从他身上生长出来。金银财宝可以像夏天的树叶一样来去，让他在每一次风来时都把它们撒进风中，以作为他永恒的多产的暂时标志。

他会有自己的东西。一个人的天才，那种使他与其他任何人都有分别的质，对某类影响的敏感性，对适合自己的事物的选择，对不适合自己的事物的排斥，都决定着他眼中的宇宙的特性。一个人就是一种方法，一种进步的安排，一种选择原则，使他无论走到哪里都能聚集起自己喜欢的东西。他只从环绕着、冲击着自己的丰富多彩的万物中拿走属于自己的东西。他就像那些从河岸延伸进河中

① 兰西尔（1802—1873），英国画家和雕塑家，以画动物闻名，善于表现动物的健美与生气，代表作有《钉蹄铁》《科马斯的宴会》等等。——译者

以阻挡浮木的水栅中的一部分，或像钢铁碎片中的天然磁石。那些事实、言辞、人，都栖息于他的记忆之中，虽然他说不出为什么，但它们一直在他的记忆里，因为它们与他的关系与它们和至今尚未为人理解的存在之间的关系一样真实。对他来说，它们都是价值符号，因为他曾在书籍和其他思想的陈腐意象中寻找能表达其意识的言辞，但一无所获，而它们则能解释其意识的各个部分。吸引我注意的将拥有它，就像我将走向敲我门的人身边一样。而与此同时，一千位同样可敬的人也拜访了它，对这些人我毫不在意。有这些细节和我谈话就够了。一些轶事，一点点特性，行为举止，面貌，一些事件，在你的记忆中都留下了不灭的印象，而如果你用通常的标准来衡量它们，这时你所理解的它们外在的意义，远远比不上你记忆中的它们所具有的意义。它们与你的天才有关。让它们有自己的重量，不要拒绝它们，不要四处寻找在文学作品中更常见的解释和事实。你心里认为伟大的，就伟大。灵魂所重视的总是正确的。

在他的本性与天才所愉悦的一切之上，他获得了自己最高的真实。他在任何地方都可以获得符合自己的心灵标准的一切，然而，他却不能拿走其他任何东西，虽然所有的门都向他敞开着，其他人所有的力量也不能阻止他拿走那么多东西。试图向一个有权利知道秘密的人隐瞒秘密是徒劳的。秘密自己就会说出来。一个朋友可以把我们引入的那种情绪，就是他对我们的控制。他有权利知道心灵世界的思想，他可以强制得到心灵世界的所有秘密。这是政治家实际应用的一条法则。法国大革命引发的一切恐怖，那种让澳大利亚也战战兢兢的恐怖，也不能控制这条法则在外交活动中的施行。但拿破仑往维也纳派去了M. 德·那波尼，他是一个老贵族，带有他那个集团的道德、行为举止和名字。拿破仑说：往欧洲古老的贵族政府派遣一个具有同样联系的人是绝对必要的，这种联系实际上构成了一种自由组织。M. 德·那波尼在两星期之内就刺探到了帝国内阁的所有秘密。

似乎世界上最容易的事就是说话并被人理解了。然而，人可以慢慢发现：最坚固的防御和束缚就是自己一直被人理解。接受某种观点的人可能会慢慢发现那实际上是最不利的束缚。

如果一个老师想隐瞒什么观点，那么，他的学生被灌输的知识将和他出版的书中的知识一样多。如果你将水倒进一个弯成环形和不同角度的容器，说“我只将水倒进这个或那个管子”是没什么用的，水会流进所有的地方，并保持同样的水平高度。人们根据自己的原则去感觉，去行动，却不能表明行动或感觉的结果是怎么得来的。给我们看一个弯曲的弧形，我们看到的就是一个弧形，而一个优秀的数学家却能发现整个完整的形状。我们总是从可见的东西推理不可见的。因而有了在古代智者之间存在着的完整的智慧。一个人不能将自己的意图深深隐藏在自己的著作中，时间以及具有类似思想的人将会找到它们。柏拉图有一个秘密的学说，是吗？在培根、蒙田、康德眼前，他能隐藏什么秘密？因此亚里士多德在谈到自己的著作时这样说：“它们发表了，但也没发表。”

没有人会学会自己没准备去学的东西，不管学习的对象离他的眼睛有多近。一个化学家会把自己最宝贵的秘密告诉一个木匠，而后者却永远不会因此更聪明一点——但他却不会把这些秘密告诉给另一个化学家以换取一笔产业。上帝总是蒙住我们的眼睛，使我们看不到不成熟的思想。我们的眼睛被遮挡住了，就连眼前的事物也看不到，直到我们的心灵成熟这一刻到来为止。然后我们就能看到它们了，这时我们看到它们时就不像是在梦中了。

他看到的一切美和品质都不在自然，而在他自身。世界空荡荡的，它的一切荣耀都来自这个光彩照人的、高贵的心灵。“大地将她的裙子点缀得金光灿烂”，但这色彩却不是她自己的。滕比河的河谷，蒂维利和罗马都是地和水，岩石和天空。在一千个地方就有一千个这样优美的大地和水，这是多么自然的事呀！

人们不会因为太阳、月亮、地平线和树木而变得更好，就如谁也没看到罗马美术馆的馆员和画家的仆人在思想上有什么提高，图书馆的馆员也不比别人更聪明一样。一个纯洁无瑕的高贵者的举止自会有一种优雅，但在乡下人看来却优雅尽失。这些美德就像那些光线还没照射到我们身上的星星。

他可以看见自己创造的东西。我们的梦想是我们醒着时的知识的继续。晚上的视觉与白天的视觉是成一定比例的。可怕的梦魔就是白天所犯罪孽的夸大。我们看到自己罪恶的感情就体现在丑陋的外表中。在阿尔卑斯山上，旅行者有时看到自己的影子放大成了一个巨人，因此他的每一个手势都是可怕的。“我的孩子，”一个老人对他那被黑乎乎的门口的人影吓坏了的孩子说，“我的孩子，你不会看到比你自己更坏的东西了。”如在梦中一样，在同样易变的世界事件中，每个人都看到自己变得非常的庞大，但却不知道那就是他自己。与他看到的恶相比，善是他自己的善，恶也是他自己的恶。他心灵的每一种品质都在某种他所熟悉的事物上放大出现，他的心中的每一种感情也是如此。他就像按五点梅花形栽成的树，也包括五点：东、西、南、北、中；或是一首包括起、中和终的离合诗[①]。为什么不是这样呢？他依恋着一个人，回避着另一个人，主要是根据他们喜欢自己，还是不喜欢自己，他在自己的同伴中真诚地寻找他自己，而且也在他的贸易、习惯、手势、所吃的肉、所喝的酒中寻找自己，最终，你所看到的他所处环境中的每一件东西都忠实地代表了他。

他可读他所写的东西。除了属于我们的东西外，我们还能看到什么或得到什么？你曾看到过读着维吉尔的史诗的聪明人。是的，那个作者对一千个人来说就是一千本书。双手捧着书，从头到尾认真读，你将永远不会发现我所发现的东西。如果有聪明的读者能垄断他所得到的智慧或快乐，他就要肯定此时书是用英语写的，就好像它被限制在帕劳群岛的方言中一样。与好书为伴，就好像与好友

① 离合诗，一种诗体，诗分几行，头一个词的首字母或最后一个词的尾字母能组合成词。——译者

相伴一样。将一个下等人介绍给一群绅士是不适合的，他不是他们中的一员。每一个团体都在保护自己。朋友是绝对安全的，但他不是他们中的一员，虽然他的肉体与他们同处一室。

与心灵的永恒法则相抗争有什么用？因为心灵法则是通过用数学方法衡量人们的财产和存在来调整一切人之间的关系的。格特鲁德迷恋一个小伙子，但是，如果他的心和目标在参议院、剧院、弹子房，而她又没有能使他优雅的主人着迷的目标和谈吐，那么，他多么高尚，多么高贵，风度和举止多有罗马气派又有什么用呢？

他应该有自己的团体。我们只爱自然。最奇妙的天才，最值得称赞的努力对我们的作用确实很小，但接近大自然，或喜爱大自然——大自然这安闲的胜利是多么美丽呀！人们接近我们，他们都是以美著称，以成就著称的人，他们的魅力和天才堪与一切奇迹媲美。他们将自己的全部能力都贡献给了时间和朋友——结果却是非常不完美。不大声赞美他们，我们肯定是不感激的。随后，当该做的一切都做完了时，一个具有相关心灵的人，一个本性相近的兄弟姐妹，会那么轻盈，那么安闲，那么可爱，那么亲密地来到我们身边，这似乎就是我们血管里的血液，我们觉得似乎是一个刚走，另一个就来顶替他了；我们完全放松，完全更新了。这是一种快乐的孤独。在我们犯罪的日子里，我们愚蠢地认为我们必须顺从于生活习俗，顺从于它的服装款式、繁殖方式及其标准，从而讨好朋友。但只有那颗我在前进的路上遇到的灵魂可以做我的朋友，我不拒绝那颗灵魂，灵魂也不拒绝我，但是虽然同为同一种天体纬度的产物，我所有的经验却都在以自己的纬度重复着。学者忘记了自己和模仿者，以及值得美回眸一笑的世界上的人的习惯，他尾随一个轻浮的姑娘，一个还没接受过宗教热情的教育的女人，因此还不知道一个高贵的女人应该庄重、明哲、心灵美。让他伟大吧，爱将随之而来。社会只应靠亲密关系才能形成，而忽视这种亲密关系，以及极其愚蠢地凭着他人的眼睛轻易地选择朋友，就是对人最大的惩罚。

他可以自己决定自己的命运。有一则格言值得人人接受，即：一个人可以得到他拿走的那一份。拿走属于你的地方与态度，所有人都会默许。世界一定是公正的。它让每个人自己决定自己的命运，而它则故意置之不理。无论是英雄，还是胡说八道的人，在具体事务上它都毫不干涉。它一定会接受你衡量自己的行为和本质的标准，不管你是鬼鬼祟祟，否认自己的名字，还是看到自己的作品被送进天穹，与星星一起旋转。

一切教育教的都是同一种现实。人只有可靠“做”来教，除此再无他法。如果他能表达自己，他就能从事教育，但不是用语言来教。他教的是，谁给；他学会的是，谁接受。只有学生提高到了与你同样的状态，具有了同样的理论，你才可以教育他们。于是开始输血了。于是你就是他，他就是你了。于是才有了教育。无论是碰上好运，还是遇到不好的朋友，他都会失去自己的利益。但你的建议从一个耳朵出，一如进入另一只耳朵。我们看到有广告说：格兰特先生将在七月四日进行一次公开演讲，汉德先生将在技工协会作演讲，但我们并不到这些地方去，因为我们知道这些绅士不会说出他们自己的真心话，也不会在听众面前将自己的个性与经历和盘托出。如果我们有理由期盼出现这样的坦诚相待，我们就应该经受一切的障碍和反对的考验。病人也会被担架抬去听。但公开的演讲是一种恶作剧，是一种含糊其词，是一种辩解，是插科打诨，而不是交流，不是演讲，甚至不是人说的话。

同一个复仇女神主持着所有思想工作。我们不得不了解到：用语言表达出的事物并不因此而得到证明。它必须自我证明，或者说没有任何逻辑形式或誓言能为它提供证据。每一句话都应包括为自己辩解的成分。

任何行诸文字的东西对人类心灵的影响，可以根据其所表达的思想的深度来精确地测量出来。它汲取了多少水？如果它唤醒了你，并促使你去思考，如果它能以自己伟大的雄辩使你思想有所提升，那它对人心灵的影响就是宽泛的、缓慢的、永久的。如果书上的文字对你毫无教益，那它很快就会像苍蝇一样死去。要想说出不过时的话，写出不过时的文字，方法就是真诚地说和写。那些没力量与我自己的经验产生共鸣的言论，我恐怕也不会使你产生呼应。但接受锡德尼[①]的格言吧：“看着你的心，然后开始写作。”谁为

① 锡德尼（1554—1586），英国诗人，廷臣，军人，作品有传奇故事《阿卡迪亚》、牧歌短剧《五月女郎》、十四行组诗《爱星者和星星》及文学评论《诗辩》等。——译者

自己写作，谁也就是在为永恒的大众写作。有些话只适合在一些特殊的场合公开，而你去这种场合，纯粹是试图满足自己的好奇心。作家的创作主题若只来自他的耳，而不是来自他的心，那他应该知道他所失去的与他似乎得到的东西一样多。当他那空无一物的书已经得到了应该得到的赞扬之后，有一半的人会说："这是什么诗！什么天才！"它仍需要燃料才能燃烧。它只会从有利可图的东西中获利。生活本身就能表明什么是生活。虽然我们应该突破，但我们在别人眼中的价值，也只有当我们使自己有价值时才会有。文学上的名望没什么运气可言。那些给每一本书下定论的人不是在书出版时那些带有偏见的吵闹不休的读者，而是一个由天使组成的法庭，一群不会被贿赂收买、不会被引诱欺骗、不会被恐吓住的公众，他们决定着每一个人名望的高低。只有那些值得流传下来的书才会流传。镶金边的书、用精制羊皮纸写成的书、用山羊皮制的皮纸写成的书，以及向各个图书馆赠送的精美书籍，都不能保证每本书的流通能超过自己固有的流通期限。它一定会与沃尔浦尔的贵族作家和桂冠作家一起走向自己的末日。布莱克默[1]、科策布[2]、波洛克[3]的作品可以持续一晚，而摩西和荷马的作品却永远流传。在世界上的任何一个时代，能够读，并且读懂柏拉图的人不会超过一打——

---

① 布莱克默（1825—1900），英国小说家和诗人，代表作为历史小说《洛纳·杜恩》。——译者

② 科策布（1761—1819），德国剧作家，曾流亡国外，在俄国任职，后由沙皇派往国外工作，被视为间谍，遭暗杀，写有《恨人与悔恨》《捕猎》等大量剧本。——译者

③ 波洛克（1845—1937），英国法学家，重要著作有《契约原理》《侵权行为法》等。——译者

甚至不够出版他的书的费用；然而它们在每一代人出现时也都会如期而至，而这仅仅就是为了那几个能读懂他的人，似乎是上帝亲手把它们带来的。“没有一本书，”本特利[①]说，“不是它自己写成的。”任何书籍的永久性都不是由谁能固定得了的，不管试图这样做的人的动机是友善的，还是敌意的，它们的永恒取决于自己特有的价值，或者说是内在的意义，即它们的内容对人永恒的心灵的意义。“不要为你的塑像上的光线过于费神劳力，”米开朗琪罗对年轻的雕塑家们说，“公共广场上的光线将会检验它的价值。”

同样，每一个行为的影响也都可以从产生这一行为的情感的深度来检测。伟人并不知道自己为什么伟大。需要到一两个世纪之后这一事实才会显现出来。他所做的一切，都是因为他必须做才做的，这在世界上是再自然不过的事，是超越于他所居的当时的环境的。但现在的情况怎么样呢？他所做的每一件事，哪怕只是抬抬手指，或吃吃面包，看起来也都是伟大的、关乎一切的，并被称作一种制度。

这些都是大自然孕育的天才中的一些特例的表演。他们代表了河流的流向。但这道河流流的是血，每一滴都是有生命的。真理不会只有单一的胜利，世上万物都是她的器官——不仅灰尘与岩石如此，而且错误与谎言也同样是。疾病的法则，外科医生说，与健康

① 本特利（1662—1742），英国古典学术研究史上的重要学者和校勘家，曾任剑桥三一学院院长和钦定神学讲座教授，编校过西塞罗的历史著作和贺拉斯的诗集。——译者

的法则同样美丽。我们的哲学都是肯定性的，都时刻准备接受否定性事实的证明，就如每一道阴影都证明了阳光一样。

人性永远在表现着自己。最瞬息万变的行为和言辞，做一件事的纯粹的态度，暗示出的目的，都表达出人的个性。只要你行动，就会表现出性格；即使你坐着不动，即使你睡觉，你也是在表现个性。你思考，因为别人讲话时你一句话也没说，而且对时代呀，教堂呀，奴隶制呀，婚姻呀，社会主义呀，秘密结社呀，大学呀，党派呀，个人呀没发表任何意见，但你这就是表达了意见，而且这意见还被好奇地看作是沉默的智慧。其他的例子还有很多很多。你的沉默实际上已是在大声地回答了。你没有什么奇迹要宣布，你的同伴已经知道你对他们毫无帮助，因为奇迹已经自己说出来了。难道智慧不是自己在哭泣，理性自己在呼喊吗？

自然设置了可怕的限制来遏止虚伪的力量。真理压迫着肉体上不甘心臣服的成员，据说人的脸是从不会说谎的。每一个研究表情变化的人都会被欺骗。当一个人本着真理的精神说出真理时，他的眼睛将像天空一样清澈透明。但他有卑劣的目的，满嘴谎话时，他的眼睛就是混沌的，有时甚至是斜眼不敢正视别人。

我曾听一个经验丰富的律师说，他从来就不害怕一个内心不相信自己的当事人应得到应有惩处的律师对陪审团施加的任何影响。如果连他都不相信这一点，那他的不相信将会传染给陪审团，尽管他千方百计进行了辩护，他的不相信最终也会成为陪审团的不相信。就是因此，法律才成为一种艺术工作，无论什么法律，都会因此使我们处在与艺术家创作艺术作品时相同的心灵状态。我们不相信的，就不会说得充分和完全，虽然我们可能从未那样经常地重复同样的话。斯维登堡在指导一群在精神世界徒劳地想表达他们自己也不相信的思想的学生时，所表达的就是这个信仰。虽然他们紧闭双唇，或龇牙咧嘴表示轻蔑，但他们就是做不到这一点。

人总被看作自己值得被看作的人。过多地关心别人对我们的评价是非常无用的。对不为人所知的一切恐惧也是同样无用的。如果一个人知道自己无所不能——也就是说他做任何事情都比别人做得好——他应保证通过所有人来承认那个事实。世界充满上帝的最后审判日，人走进每一个集会，试图参加每一次行动，他被评价，被贴上属于某一类的标签。在每一个庭院，每一个广场上的每一群跑呀、跳呀的孩子们中间，一个新加入进来的孩子在以后几天的玩耍中都会被衡量，并被贴上适合他的号码，似乎他已经经历过一次对他的力量、速度和脾气的正式考验。从遥远的一所学校里走来一个陌生者，他穿着漂亮的衣服，衣兜里装着各种小玩意儿，带着一副神圣不可侵犯的凌人气势和矫饰。一个年龄较大的孩子自言自语地说："这都没用。我们明天将会把他看个透。""他做过什么？"这是一个神圣的问题，它能探索人的内心，并能戳穿每一个虚假的名声。一个纨绔子弟可以坐在世界上的任何一个椅子里消磨自己的时光，却不会有人将其识别出来，无论是荷马还是华盛顿都不能。

但人各自的能力却是不存在任何疑虑的。虚假也可以静静地坐着，但它却不能行动。虚假从来不会伪造一个真正伟大的行动。虚假永远不会写出《伊利亚特》，也赶不走薛西斯一世，也不会将基督教传播到全世界，也不能废除奴隶制。

世上有多少美德，就会显现出多少美德；世上有多少善，就会显现出多少善，也就会要求多少尊敬。一切恶魔都害怕美德。高尚的、慷慨的、自我牺牲的宗派都一直在指导着、支配着人类。没有一个真诚的词会完全为人忘记。没有一个高尚的行为会落空，但总有一个心灵会意外地欢迎并接受它。人总被看作自己值得被看作的人。他是什么？这都雕刻在他的脸上、体形上、财产上和表达其见解的文学作品中了。隐藏对他毫无用途，夸夸其谈也是如此。我们的眼神就是透露内心秘密的窗口，我们的微笑，我们的打招呼，我们的握手都是如此。他的罪孽使他蒙污，并损害他的一切好印象。人们不知道自己为什么不相信他，但他们就是不相信他。他的罪恶闪烁在他眼中，在他脸颊的一道道卑劣的皱纹中显现出来，它会捏痛他的鼻子，在他脑后打上野兽的痕迹，并在国王的前额上写上：傻瓜！傻瓜！

如果你做任何事都不会为人所知，那就什么也不要做。一个人可以在沙漠中流动的沙丘上做傻瓜，但每一粒沙尘似乎都看到了你所做的一切。他或许可以一个人单独吃饭，但他却无法做到不宣布自己的意见。憔悴的表情，可鄙的神色，吝啬的行为，缺乏应有的知识——这一切都会泄露秘密。难道一个厨师，一个希弗尼士，一个伊亚仕默[①]会被误当作芝诺[②]或保罗？孔子惊叫道："人怎会被隐藏？人怎会被隐藏？"

另一方面，英雄并不害怕这一点：即如果他不去公开证明一个公正而勇敢的行为，它就会没人所爱，会得不到证明。人会知道它的——包括他自己——它会使人保证和平的甜美和目标的高贵，而这些最终将证明它的宣言比事件的联系更好。在人的行动中，美德依附于事物的本质，而事物的本质则使其流行。只有永远用存在代替假象，它才能存在，人们以高贵的礼仪描写上帝，说上帝这样说：我在。

这些观察的结论表达的教训是：存在，而不是假象。让我们默认吧。让我们将自己得意忘形的虚无从神圣的循环之路上赶开吧。让我们抛弃自己关于世界的智慧吧。让我们深深地躺在上帝伟力的怀抱中，并且理解真理自己就会变得伟大、丰富。

如果你拜访你的朋友，你有什么必要抱歉自己以前没来拜访他呢？为什么要道歉浪费了他的时间而贬低你自己的行为呢？现在就去拜访他吧，让他觉得最高的爱已经来看他了。你有什么必要以

① 伊亚仕默在这里指一个普通人。——译者

② 芝诺（336？—264？BC），古希腊哲学家，雅典斯多葛哲学学派创始人，其哲学体系以伦理学为中心，认为人应顺从统治宇宙的理性，此即人的幸福所在。——译者

秘密的自我谴责来折磨自己以及你的朋友呢？即使你没能帮助他，或你一直没有赞美他的天才，没有向他致敬。做一个天才和祝福者吧。要闪耀真理之光，而不是从天才那里借来的反射光。一般人就是只会道歉来道歉去，他们点头哈腰，以冗长的理由为自己辩解，积累的只是表象，因为他们没有实质。

我们充满着这些感觉的迷信，充满着对庞大的崇拜。我们称诗人闲散无事，因为他不是总统、商人或搬运工人。我们崇拜制度，却没看到它实际上建立在我们所有的思想之上。我们生活的时代不在于我们选择自己的天职、婚姻、工作等这些可见的事实，而是在于我们在路边走时静静地思考，在于修正了我们的整个生活方式的思想，它会这样说：“你已这样做了，但这样更好。”我们以后的岁月，就像仆人一样，都为这一思想服务，都服侍着这一思想，并且根据各自能力的大小，各司其职，将它的意志付诸实现。这种修订或纠正是一种永恒的力量，作为一种倾向，贯穿我们的一生。人的对象，这些时刻的目的，就是要使阳光照彻他的全身，就是要容许法则来毫无障碍地穿越他的整个存在，因此，不论你的眼睛落到他的行为的哪一点上，那一点都会真实地向你报告他的性格，不管这一点是他的饮食、房子、宗教形式、团体、出生、选举，还是他的反对。现在他就不是同质的，而是异质的，光线就不会穿越而过。世界上没有什么穿透一切的光，但注视者的眼睛却迷惑了，它们辨别出很多不一样的倾向，以及一种还没统一的生活。

我们为什么应以虚假的谦虚来着意使生活轻视我们作为人的存在，以及那种强加给我们的形式？好人应该心满意足。我爱伊巴米浓达[①]，我也敬重伊巴米浓达，但我不希望成为伊巴米浓达。我认为爱此时的世界比爱他那个时代的世界更合理。如果我说得对，你即使说什么“他行动着，而你则一动也不动”，也不能刺激我产生丝毫的不安。只要需要，我看行动是好的，坐着不动也是好的。伊巴米浓达如果是我认为的那种人，如果他的命运也就是我的命运，那他也会快乐而平静地静静坐着。天堂广大无边，它为所有爱和坚毅的方式都提供了空间。为什么我们应忙忙碌碌，过分殷勤呢？行动和不行动同样是真实的。树的一部分被砍下来作风标，一部分被砍下来作桥板，树的作用在这两者中都是明显的。

我不希望玷污灵魂。“我在这里”这一事实本身就明确地向我指出灵魂需要在这里有一个器官。我不要占据这一地位吗？我要一边嘴里说着不合时宜的道歉话，一边假意谦虚，想象自己在这里不适合，一边退却、躲闪、回避吗？难道比荷马或伊巴米浓达还不合适吗？难道灵魂并不知道自己的需要？除此之外，我对事情也没作任何推测，就已心满意足了。善良的灵魂养育了我，每天都给我打开最新的官方杂志和娱乐杂志。我不会卑鄙地拒绝伟大的善，因为我曾听说它已以别的形状到别人那里去了。

---

① 伊巴米浓达（420？—362？ BC），希腊底比斯将军，两次击败斯巴达，称霸希腊，后进军伯罗奔尼撒，在一次战役中阵亡。——译者

除此之外，我们为什么应忍受着行动之名的鞭打呢？这是感官的一个阴谋，仅此而已。我们知道每一个行动的原型都是思想。贫乏的灵魂只有在具有了一外在标志之后才似乎成为某种东西。印度教徒的食物，或贵格会教衣，或加尔文教派的祈祷仪式，或慈善团体，或伟大的捐赠，或高高在上的官位，不管怎样，还包括野蛮的对照鲜明的行动，都证明多少是这样。丰富的心灵存在于太阳和睡眠之中，它就是自然。思就是行动。

如果我们必须采取伟大的行动，那就让我们将自己的行动变得伟大吧。一切行动都有无限的弹性，只有当它使日月失色时，它才稍微承认自己充满了天空的空气。让我们以忠诚寻求一种和平。让我们关注自己的职责。在我向自己的恩人证明自己的忠诚之前，我为什么要漫不经心地走进希腊和意大利历史的舞台和哲学？在我还没给自己的朋友回完信之前，我怎敢读华盛顿的战役？这对我们的许多阅读来说，不都是一种公正的反对吗？这是卑怯地放弃自己的工作，而去盯着自己的邻人。这是偷窥。拜伦谈到杰克・坂廷时说：“他不知说什么好，于是他就发誓。”我可以说这也是书籍的十分荒谬的用途——他不知做什么好，于是他就阅读。我想不出用什么来填充我的时间，我发现了布兰狄的生活，这对布兰狄，或对斯凯勒将军[①]，或对华盛顿将军来说都是非常夸张的赞美。我的时间应该与他们的时间一样好。我的事实，我的关系网，也与他们

① 斯凯勒将军（1733—1804），美国独立战争时大陆会议代表，大陆军四少将之一，战后积极支持制定美国宪法，后任美国参议员。——译者

的一样好，或者说与他们中的任何一人一样好。当然，让我将自己的工作做好，以至于其他无所事事者，如果他们选择这种生活方式的话，会将我的本质与他们的本质进行对比，并且发现我的本质是最好的。

对保罗和伯里克利各种可能性的过高评价，对我们自身可能性的过低评价，都源自于忽视了我们都是同源本质这一事实。拿破仑只知道一种功劳，他用同一种方式奖励优秀的士兵、优秀的天文学家、优秀的诗人、优秀的演员。诗人用了恺撒、帖木尔、贝利萨留[①]的名字，画家采用了圣母玛利亚、保罗和彼得的传统故事，但他并不因此而敬重这些偶然之人、这些世家英雄的本质。如果诗人写了一部真正的剧本，那么他就是恺撒了，而不再是恺撒的扮演者。接着，同一思想的溪流，像感情一样纯洁，像才智一样微妙，像动机一样敏捷、攀升、奢侈，像心灵一样伟大、自足、无畏的思想之流，在爱和希望的波涛之上，将世界上一切被认为坚固、珍贵的东西——宫殿、花园、金钱、舰队、王国——托浮起来。它以自己对人类的这些俗丽的奢侈、排场表明自己无与伦比的价值。这些都是他的，靠着这些东西的力量，他唤醒了所有的民族。让人相信上帝吧，而不要相信名字、地点和人。让伟大的灵魂以一个妇人的形象出现吧，她或者是道丽，或者是琼，她贫穷、悲哀、孤独，她做着仆人的工作，打扫庭院，擦洗地板，她灿烂的阳光是无法被遮

① 贝利萨留（505—565），东罗马帝国将领，在征战北非、意大利和波斯中战功显赫，后引起查士丁尼一世的疑忌而遭贬黜。——译者

蔽和隐藏的，但打扫庭院和擦洗地板会立刻成为高贵而美丽的动作，是人类生活的最高贵和灿烂的工作，所有人都将拿到抹布和拖把，直到有一天，看哪，突然之间，伟大的灵魂会以另外一种形象出现，会做另外一些事情，从而使自己变得神圣起来。它现在成了一切有生命的自然的花朵和首脑。

我们是光度计，我们是检测微细元素的累积程度的敏感的金叶和锡箔。我们知道，真实之火的真正效果是通过其数以百万计的假象表现出来的。

诗　人

一个忧郁而聪明的孩子，
以快乐的双眼狂热地追逐着游戏，
而且就如流星，选择自己的方向。
用自己的光线，划过漆黑的夜空：
消失在遥远的地平线，
以阿波罗的特权，
探索男人，女人，大海和星辰
看到自然高蹈向前；
探索世界，种族，友谊和时代
看到了音乐的节奏，以及合作的旋律。
奥林匹斯山的吟游诗人，

在山下唱着神的思想，
这种思想始终发现我们很年轻，
并且使我们永葆青春。

那些受人尊敬的公正人常常是那些已经获得了关于受人崇敬的画面或雕塑的某种知识的人，他们常常倾向于接受任何优雅的东西。但若你问他们是不是美丽的灵魂，他们自己的行为是否就像美丽的图画，那你将了解到他们是自私的，耽于感觉的。他们的教养是地方性的，似乎你在某一处用一根干木钻木取火，而周围的地方都仍寒冷如故一样。他们对优美艺术的了解是对规则和特例的某种研究，或是对色彩和形式的某种有局限的判断，而这一切都只不过是为了取乐或炫耀。这就证明了关于美的学说的浅薄，因为美只存在于我们这些业余爱好者的心灵里。人们这样就似乎无法感觉到形式对灵魂的直接依赖。在我们的哲学里没有什么关于形式的学说。我们被放进自己的肉体，就像火被送进炒菜锅才能来烧菜一样。但在精神和器官之间不存在什么精确的调整，而后者发生的机会比前者更少。因此，关于其他形式，有思想的人并不相信物质世界从根本上取决于思想和意志。神学家认为谈论一艘船或一片云，一座城市或一份契约的精神意义是一座美丽的空中楼阁，他们宁愿再一次来到历史证据这一坚实的地面。甚至诗人都满足于文明的、一致的生活方式，并且在离自己的经验合适的距离内，根据自己的幻想写诗。但世界上最高尚的心灵从未停止过探索每一个感官事实的双重意义，或者说四倍或百倍或多重意义。奥菲斯，恩培多克勒[①]，赫拉克利特[②]，普鲁塔克，但丁，斯维登堡，以及雕塑、绘画和诗歌大师。因为我们不是平底锅和独轮车，更不是运送火或火炬的人，而是火之子，我们就是由火构成的，只有同一种神性才能改变我们，而我们对它却了解得最少。这个潜藏的真理，这个一切时间之流和生物之流的源泉，本质上就是理想的和美丽的，它吸引着我们去思考诗人的本质和功用，或者拥有美的人，吸引我们去思考他们所用的方法和材料，以及当前艺术的基本特征。

这是一个伟大的问题，因为诗人是典型的。他身处不完整之人中间，却代表着完整的人，他告诉我们的不是他的财富，而是全人类的财富。年轻人尊敬天才之人，因为，说实话，他们比他还更是他。在爱人的人看来，自然提升了他的美，因为他相信诗人同时看到了她的表演。在同时代人中间，他是独处的，因为他拥有真理和艺术，但因为他善于安慰别人，所以他迟早会将别人吸引到自己身边。因为所有人都靠真理生活，而且都需要表达。在爱中，在艺术中，在贪婪中，在政治中，在劳动中，在游戏中，我们学习如何说出自己的痛苦的秘密。人只是半人，另一半是他的表达。

尽管人人都需要表达，但充分的表达是很少见的。我不知道我

---

① 恩培多克勒（490—430BC），古希腊哲学家、诗人，医生，持物活论观点，认为万物皆由火，水，土，气四种元素组成，动力是爱和憎，爱使元素结合，憎使元素分离。——译者

② 赫拉克利特（540？—470？ BC），古希腊唯物主义哲学家，辩证法奠基人之一，认为“火”是万物的本原，一切都在流动变化中，“人不能两次走进同一条河流”。——译者

们到底为何需要一个阐释者，但大多数人似乎都只是未成年人，他们还没有拥有属于自己的东西，他们或者是哑巴，因为他们无法表达出自己曾与自然进行的交流。没有人会感觉不到太阳和星辰，地球和水在精神上的用处。这些东西都站在那里等着为他提供特殊的服务。但在我们的气质中有某种障碍或过度的冷淡，这阻碍它们无法起到预期的效果。我们对自然的印象太微弱了，结果自然无法把我们变成艺术家。每一次触动都让人激动。每个人都应该成为这样的艺术家，这样，他就能在与别人的交流中汇报自己经历的一切。然而，根据我的经验，光线有足够的能量到达感觉，却没有足够的能量到达感觉的中枢，并在语言中重新表达出来。诗人就是那些使这些力量在体内得到平衡的人，是那些没有障碍的人，他看到并处理了别人梦中才能做到的事，他超越了整个经验范围，而成为人的代表，因为他有最大的力量来接受和传达。

因为宇宙有三个同时诞生的孩子，在每一种思想体系中，这三个孩子都以不同的名字重新出现。不管人们称之为原因、过程和结果，还是更诗意地称为朱庇特（罗马神话中的主神）、普路托（希腊神话中的冥王）和尼普顿（罗马神话中的海神），或从神学角度称之为圣父、生灵、圣子，我们在这里就称之为知者、做者和言者。他们分别代表真理之爱、善之爱和美之爱。这三者是平等的，每一个从本质上说又都是自足的，这样，他就不能被克服或分析，而其中的每一个自身又都潜伏着其他两者的力量，而他自己的力量则潜伏在其他两者身上。

诗人是言者，命名者，代表着美。他是君王，居中而坐。因为世界不是靠装饰或修饰才美的，而是从一开始就是美的；上帝没有创造什么美的东西，倒是美创造了宇宙。因此，诗人不是什么随意的统治者，而是一个完全有资格的帝王。批评充斥着唯物主义的谎言，说什么手工劳动和活动是所有人最重要的美德，因而轻视说和不做工，忽视了这样一个事实，即某些人，也即诗人天生就是只说不做的人，他们被送到这个世界上的目的就是表达，从而将他们与那些本属于行动的领域，却放弃了行动而模仿说者的人混淆起来。但荷马的言辞对荷马来说是高贵的、可敬的，一如阿伽门农的胜利对阿伽门农来说也是高贵的、可敬的。诗人并不等待什么英雄或圣人，但是，因为他做的想的都是最原始的，所以他写下的也都是最原始的，都是自愿被写下的，而且是必须被他说出来的，其他人虽然说和做的也都是最原始的，但对他来说，却都是第二位的，是仆人，就像画家画室中坐着的模特，或者像为建筑师运送建筑材料的助手。

因为诗歌都是早于时代而写的，因此，一旦我们机体正常，我们就能渗入连空气都是音乐的地方，我们听到了小鸟柔和的鸣唱，就试图记录下来，但我们不时地失去某个词或某首诗，并且用我们自己的东西去代替，这样就写不出我们想写的诗了。耳朵比较敏锐的人能更忠实地写下这些节奏和音调，这样写下的文本虽然并不完整，但也成为民族传唱的歌曲。因为自然是真正美的，也是真正善的，也是真正理性的，也必须按照他所显现的那样去做，去认识。

言辞和行为都是神圣之力的不同形式。言辞也是行动，行动也是一种言辞。

诗人的标志和凭证是：他宣布没有一个人能进行预言。他是真正的医生，也是唯一的医生；他知道一切，并且告诉一切。他是唯一的通报消息者，因为他看到并且参与了自己描述的现象。他是观点的观察者，也是必然和原因的通知者。因为我们现在不是用韵律来谈及具有诗歌天才，或勤劳及灵巧的人，而是在谈真正的诗人。过去某一天，我参加了一次谈话，谈的是一个新近出现的抒情诗人，他是一个心灵敏感的人，他的头似乎就是一个音盒，里面装满了美妙的旋律和节奏，他的诗艺和支配语言的能力我们无论怎样赞美都不过分。但当人们谈到他是否不仅是一位抒情诗人，而且也是一位诗人这个问题时，我们不得不承认他只是一个属于当代的诗人，而不是永恒的诗人。他并没有像地平线上位于厄瓜多尔中部的钦博拉索山超出地平线那样，超出我们浅陋的局限性。钦博拉索山广袤无垠，从横的方向上讲，它同时经过了地球上的各种气候带，从纵的方向讲，其高耸入云、斑驳混杂的各个山坡上，生长着每一种纬度上的植物带。但这个天才是一所现代住宅的观光花园，里面装点着泉水和雕像，一些教养良好的男男女女或站或坐在小径或游廊里。通过各种不同的音乐，我们听到了世俗生活的地音。我们的诗人就是会吟唱的天才，而不是音乐的孩子。主题是第二位的，而完成曲调才是首位的。

因为作诗的不是韵律，而是会制造韵律的主题，也即一种充满激情、活跃无比的思想，它就像一棵植物或一只动物的精灵一样，有它自己的结构，并用一种新东西来装饰自然。在时间的顺序上，思想和形式是平等的，但从起源的顺序上看，思想则先于形式。诗人有一种新思想，他有一种全新的经历要说出来，他将告诉我们这种新经历与他的关系，而我们每个人都会因他的这种财富而变得更丰富。因为每一个新时代的经历都需要新坦白，世界似乎一直在等着自己的诗人。我记得，自己年轻时，一天早晨，当我桌旁的一个年轻人显露出自己的天才时，一种感情的激流是如何令我感动莫名的。他放弃了自己的工作，浪迹天涯，没人知道他到了哪里。他写了数百行诗，但却说不出自己是如何写这些诗的，他只能说一切都改变了——人，动物，天空，地球和大海。听他说话，我们是多么快乐呀！我们又是多么易信呀！社会似乎融为一体了。我们沐浴在旭日的光辉下，星星们黯然消失在天穹。而在刚刚过去的黑夜里，波士顿离我们的距离似乎是实际距离的两倍，或者比这还远。罗马——什么是罗马？普鲁塔克和莎士比亚就是发黄的叶子，我们也听不到荷马的吟唱了。我们知道诗歌就在今天写成了，就在这个屋顶下，就在你的身边。什么！那个奇妙的精灵还没有死亡！这些无情的时刻仍闪烁着生命的光芒，仍在活力四射！我曾以为这些神谕都是沉默的，以为自然已经燃尽了自己的火苗；看呀！在整个夜晚，这些奇妙的曙光从每一个毛孔里潺潺溢出。每个人都对诗人的出现抱着浓厚的兴趣，可没有一个人知道这件事与他有多大关系。我们知道，世界的秘密是深奥的，但谁，或什么东西将成为我们的阐释者，我们却不知道。一次山顶散步，一张新型的面孔，一个新人，都可以将钥匙交到我们手上。当然，天才对我们的价值就在于其报告的真实。天才会嬉戏，也会耍花招；天才变成了现实，并且又增加了天才。真诚的人至今已在对他们自己和他们工作的理解中获得了很多的利益，山顶上最前沿的瞭望哨通报了他的消息，这是世界上最真实的语言，他的言辞在当时是最适合的、最优美的、最真实的声音。

一切我们所谓的历史都表明诗人的诞生在年表中是最重要的事件。人从未像现在这样常常受到欺骗，他至今仍在等待着那个能直接将他领向真理的兄弟的到来，直到他也将这真理变成自己的真理。当我开始阅读一首我视作一种灵感的诗时，我是多么快乐呀！现在，我的锁链被砸断了，我将登上这些天空中的云和浓厚的空气，并且就生活在里面。空气是不透明的，虽然它们看起来是透明的。从真理的天空，我将看到并理解我的关系。那就使我与生活和解，并更新自然，看到一切无价值的东西都被一种倾向所激动起来了，并且知道我自己在做什么。生活不再是一种噪声，现在我将能看到男人和女人，并且将认清将他们与傻瓜和魔鬼区别开的标志。这一天将比我的生日更重要：过去我是一个动物，现在我则被邀请进到真实的科学中了。这就是希望，但希望的实现则被推迟了。这个长着翅膀的人更经常地降落地面，他将带我飞向天空，在雾霭中旋转，然后与我一起欢快地跳跃，就好像从一朵白云跳向另一朵白云，他还在断言自己注定是要到天上来的。而我，作为天上的新客，很晚才体会到他并不知道进入天堂的途径，我只是决心要崇拜他像一只飞禽或飞鱼那样飞升的技能，他最多只能跳离地面或水面一点点。但无处不在、无物不滋养、视觉可见的天堂空气是人无法居住的。我很快又跌跌撞撞回到了我的老巢，像以前一样过起浮夸的生活，并且相信自己不再可能得到一个向导将自己领向自己应该去的地方。

但是，让我们离开这些名利的受害者吧，让我们怀抱新的希望吧，让我们以更有价值的冲动，来重新审视自然是如何保证诗人忠诚于他所承担的以美的事物宣布和证明的职责，而这种美一旦得到表达，就会变成全新的、更高的美。自然将自己的一切生物都作为画面语言向他呈现。一旦被作为一种典型，物体所表现出的次要的奇妙价值，也变得比原有的价值好多了。就如木匠的弹性准线，如果你将耳朵贴得足够近，你就能听见微弱的乐音。“事物比每一种形象都更奇妙，”杰姆里楚斯说，“但又都必须通过形象来表达。”事物允许被用作象征，因为自然就是一个象征，从整体上说是如此，从每一部分来说也是如此。我们在沙地上所能划出的任何一条线都是表达。没有一个物体没有自己的精灵或天才。一切形式都是性格的一个结果；一切条件，都是生活本质的结果；一切和谐，都是健康的结果。因此，对美的感觉应是和谐的，或者说是只适合于善的。美是以必须为基础的。灵魂孕育肉体，就如智者斯宾塞教导我们的：

因此，每一个纯洁的灵魂，
都包含着很多的天堂之光，
美丽的肉体就想得到这光，
供自己栖息。快乐的风度
和可爱的外表，使它更加和谐。
因此，肉体是灵魂的形式，
灵魂是肉体的形式。

于是，突然间，我们发现自己不再进行批判地思考了，而是身处一神圣的所在，应该谨慎而敬畏地行走。我们站在世界的秘密面前，就在这里，存在转变为外表，统一转变为多样。

宇宙是灵魂的外在形式。无论在哪里，只要有生命存在，现象就会在他周围绽开。我们的科学是感觉的科学，因此它是肤浅的科学。地球和天体，物理和化学，我们都是凭感觉对待的，似乎它们都是自我存在的，但这些都是我们所拥有的存在的随从。“浩大的天空用自己的各种变形表现出明晰的思想感觉的辉煌形象，”普罗克洛斯[①]说，“并与思想本质的隐晦时期一起移动。”因此，科学总是与人公正的提升齐头并进，总是与宗教和玄学步调一致。或者说，科学的现状是我们自我认识的标准。既然自然中的每一种物体都对应着一种道德力量，那么，如果有什么现象仍然是没有理性

① 普罗克洛斯（410—485），希腊哲学家，新柏拉图主义主要代表，曾主持雅典柏拉图学园，系统整理并阐发新柏拉图主义，主要著作有《柏拉图神学》《神学要旨》等。——译者

的，晦涩不明的，那就是因为观察者相应的才能还没有活跃起来。

那么，如果说这些水深不可测，深得我们以宗教的眼光在水面盘旋犹豫，这也没什么值得奇怪的了。寓言之美证明了感觉的价值；对诗人来说是这样，对所有人来说都是这样；或者说，只要你愿意，每个人都是诗人，都能感觉到自然中的这些狂喜；因为人人都有自己的思想，而自然则是这思想的庆祝典礼。我发现迷醉就在象征之中。谁爱自然？谁不爱自然？难道说只有诗人，以及那些悠闲和有教养的人才与自然相伴吗？不！与她相伴的还有猎人，农夫，马夫，屠夫，虽然他们是在选择自己的生活方式时，而不是在选择言辞时表达了自己的感情，但他们都是自然的朋友。作家们感到奇怪的是马夫或猎人在骑马和驱狗时有什么价值可言。这不是什么表面的特性。当你与他交谈时，他对自己的生活方式也像你一样看不起。他的崇拜是值得同情的，他没有辨别力，但他一样被自然中的生命力所支配，他一样能感觉到这种力量的存在。这些事物的任何局限或表演都不能令他满意。他喜欢北风的真诚，也喜欢雨，石头和树木，铁的诚实。一种无法言说的美比一种我们能看到其始末的美更让人亲近。他以自己粗陋但真诚的仪式所崇拜的是作为象征的自然，是证明了超自然的自然，是充满着鲜活的生命的肉体。

这种依恋的本质和神秘驱使着每一阶层的人都使用象征。诗人和哲学家团体与大众一样迷恋于自己的象征。而在我们的政党派别中，也在计算着标志和象征。看看他们从巴尔的摩推到班克山的那只大球就知道了。在政治家的游行队伍里，洛威尔走在一架织布机里，林恩走在一只鞋子里，萨拉姆走在一艘船中。看看装满果汁的木桶，看看装满木柴的车厢，看看螺纹接合器，看看棕榈条以及所有关于党派的标志。看看国家象征物的力量。几颗星星，几朵百合花，一头豹，一轮新月，一头狮子，一只鹰，以及其他上帝知道怎样得到自己信任的形象，被点缀在一面又旧又破的旗帜上，在地球各个极端的一座座要塞里迎风飘扬，它们将使最原始、最平凡的外表下的血液沸腾。人们以为自己讨厌诗，而实际上他们都是诗人和神秘主义者。

除了象征语言的这种普遍性之外，我们还知道了万物这种高级用途的神圣性。世界就像一座神庙，它的围墙都是由象征、图画和神戒建成的。在这个庙宇里，自然中的任何事实都带有自然的全部意义，我们对事件和事物，对高和低，诚实与低俗所做的区分，一旦自然被当作一种象征，就统统消失了。思想使每一件东西都适于使用。一个无所不包的人会欢迎被文雅的交谈所屏弃的词汇。在一个污秽之人看来低俗甚至淫秽的词语，在一种新的思想联系中变得纯洁高尚。希伯来预言家的虔敬净化了他们的粗俗。诗歌有力量提升低俗和冒犯神灵的东西，割礼就是一个恰当的例证。渺小和世俗的东西同样可当作伟大的象征。用来表达一种法则的事物越渺小，它就越尖锐，而在人们的记忆里也就越持久；就像我们总是选择最小的箱子或盒子来装自己所需的工具一样。对一个富于想象力和容易激动的心灵来说，即使最简单的话也都是富有暗示性的，因为讲述的是与查塔姆伯爵有关之事，所以，当他准备在议会演讲时，他才习惯于阅读贝利的《万用英语词源词典》。最平凡的经历也足以表达各种思想。为什么渴望获得一种新知识和新事实呢？白昼和黑夜，房屋与花园，几本书，一些行为，都像一切贸易和景象一样为我们所用。我们还远远没有用尽我们在用的几个象征的意义，我们可以极其简单地使用它们。诗不必很长。每一个词都曾是一首诗。每一种新关系都是一个新词。我们也将错误和残缺用于神圣的目的，我们明确表达了自己的这种观点，即世界上所谓的罪恶，只是在有罪之人看来才是罪恶。在古代神话中，神话学家认识到，错误都可归咎于神性，如火神伍尔坎是瘸子，爱神丘比特盲目，等等，缺陷都用来表示繁荣与生机。

因为既然是远离和冷淡神圣的生活才造成事物的丑陋，诗人就将万物重新归属于自然和整体，他甚至以自己深刻的洞察力将人工制造的东西和对自然的冒犯都重新归属于自然了，他可以非常轻松地处理最令人不愉快的事实。诗歌的读者看到了工业化的农村和铁路，就认为风景诗被这些东西损坏了，因为这些艺术作品至今还没有献给它们的读者，但诗人已经看到它们已降落在伟大的秩序里了，这秩序就像蜂巢或蜘蛛那完全符合几何学的蛛网一样。自然很快将它们纳入自己充满生气的循环之中。她像爱自己战车滑行的痕迹一样爱它们。除此之外，在一个被作为中心的心灵里，你表现出多少机械发明并没有多少意义。虽然为人类提供了数以百万计的机械发明，而且都是让人十分惊奇的发明，但这些东西都没有丝毫的价值。精神上的事实仍是无法改变的，至今还没有人如此做过。就像没有一座山高到能达到苍穹的弧线一样。一个机灵的农村孩子第一次到城市，自鸣得意的城市人对他小小的好奇并不满意。这并不是因为他没有看到所有漂亮的房子，而且知道自己以前从未看过这些，而是因为他太容易处理自己看到的一切了，就像诗人在诗中处理铁路那样容易。新事实的主要价值是提高生命的伟大而永恒的事实，而后者则会使任何或者说每一种环境相形见绌，而钱串和美国的商业都是这种环境。

世界就这样被隐藏在名字和动词之下，而诗人则是能够明确表达这个世界的人。因为生活是伟大的，迷人的，充满魅力的。虽然一切人都理解自己所命名的象征，然而他们却不能第一个运用它们。我们就是象征，我们就生活于象征。工人，工作，工具，词语和万事万物，这一切都是象征；但我们与象征是息息相通的，而且迷醉于事物的经济用途，我们不知道它们是思想。诗人凭借着自己内在思想的感觉，赋予它们一种力量，使人们忘掉它们过去的用途，使每一个沉默和无生命的物体有了眼睛和舌头。他察觉到：思想是不依赖于象征的，思想是恒定的，而象征则是偶然的、转瞬即逝的。就如阿尔戈英雄里诺克斯据说可以看透地层一样，诗人也将整个世界翻卷到镜子之前，向我们展示一切事物的正确顺序和行列。因为通过一种超越常人的感觉，他也比常人离万物的距离更近一步。他看到了事物的流动和变形，并且察觉到思想是多重的；在每一种生物的形式里，都包孕着一种驱使他提升到一种更高形式的力量；他用自己的眼睛追踪着生活，并使用表达那种生活的形式，这样，他的言论就与自然之流一起流动了。一切畜牧经济，性，营养，消化，出生，生长，都象征着世界进入人的心灵的通道，都是为了经受这个世界的变化，并促使出现一个新的更高的事实。他根据生活，而不是根据形式来使用象征。这才是真正的科学。只有诗人懂得天文学，化学，植物学和动物学，因为他不会在这些事实面前驻足不前，而是将它们作为象征来运用。他知道为什么地球上的平原或草地被我们称作太阳、月亮和星星的东西点缀着；知道为什么大自然伟大的内心充满着各种动物、人和神，因为在他说的每一个词中，他都像驾驭着思想之马一样驾驭着它们。

借助于这种科学，诗人成了命名者或者说是语言的制造者，他有时根据物体的外表命名，有时又根据它们的本质命名，他赋予每一种物体以特有的名字，而不会将属于这一事物的名字给了另一事物，从而愉悦了才智，而以超然或界限为乐。诗人制造了所有词语，因此语言成了历史的档案馆，而且，如果我们不得不说的话，也可称其为缪斯的一种坟墓。于是虽然我们大多数词语的起源已经被忘掉，但每一个词最初都是天才的一次灵感闪现，然后得以流行，因为对第一个说出这个词的人和听者来说，它当时象征了世界。词源学者发现，即使那些早就不用的词语最初也表达了一个辉煌的画面。语言是诗歌的化石。就像陆地的石灰石是由无数的一群群微生物的壳组成的那样，语言也是由无数的比喻或转义构成的，而这些次要的意义现在经过漫长的时代已经不能使我们记起它们最初诗意的起源。但诗人之所以为事物命名，是因为他看到了它，或者说比别人更接近这一事物。这种表达或命名不是艺术，而是第二种自然，是从第一种自然中衍生出的自然，就像树上长出的树叶。我们所谓的自然只是某种自动调节的动作或变化；自然一切都靠自己的手来做，她从来不让其他任何人为自己命名，她完全是自己为自己命名。而这又要通过变形来完成。我记得某个诗人这样为我描绘过自然：

天才只是修复腐败的事物的活动，不论这种物质和有限的事物是整个都坏了，还只是部分出了毛病。自然通过自己的整个王国来证明自身。没人着意栽种可怜的真菌，因此她从无数伞菌的一个孢子里摇落无数菌褶，只要其中有任何一个菌褶保留了下来，说不定明天或后天就会再生出数以百万计的菌褶。此时的新菌褶具有老菌褶所没有的机会。这个种子的原子被扔到了一个新地方，而在两尺远的地方，它的父母已被什么偶然因素毁灭掉了。她创造了人，并将他培养成熟，一旦这样，她就不再冒失去惊奇的危险，而是留给他一个完整的自我，而这一自我将能免除他所遇到的偶然事件的伤害。因此，当诗人的灵魂达到思想的成熟时，她就离开了他，并给他送来自己的诗或歌——这是一种无畏的、永远清醒的、不朽的后裔，它不会被令人厌倦的时间王国的偶然事件所影响；它是一个毫无畏惧的、活泼的后代，长着翅膀（这就是它们赖以产生的灵魂的美德），迅速地把那种诗与歌带到远方，并永恒地深植于人的心灵里。这些翅膀就是诗人灵魂的美。而从它们终有一死的父母那里飞出的永恒的歌，却在飞行途中受到嘈杂和责难的追踪，它们成群结队，吵吵嚷嚷，威胁着要吞吃掉这些灵魂的歌，但这些后来的东西没有翅膀。它们只能猝然一跃，随后又落到地面，它们从自己赖以产生的灵魂中没有得到美丽的翅膀。但诗人的歌曲不断上升，不断跃升，最后穿过了无限时间的深处。

吟游诗人一直在用他那自由的言辞教导我。但自然在产生新的个体时具有比安全更高的目的，也即飞升，或作为灵魂进入更高形式的通道。我年轻时认识一位雕塑家，他在公共公园雕刻的一个年轻人塑像现在还在。在我的记忆里，他并不能直接说出什么使他高兴，什么使他不高兴，但凭着一种奇妙的间接领悟，他却能说出来了。一天，他按照老习惯在黎明前起了床，看到晨曦绽露，一种静谧的伟大从这晨曦中透出，显示着某种永恒的宁静，在随后的许多天里，他都努力想表达这种宁静，看哪！他的凿子在大理石上凿出了一个美丽的年轻人塑像，他就是启明星。凡是看到这尊塑像的人，都会立刻安静下来。诗人也在他的沉思面前完全忘我了，那使他激动的思想现在已用一种全新的方式得到表达了。这种表达是有机的，或者说是事物本身在被解放时所具有的那种新形式。就如在太阳光的照射下，物体会在视网膜上投下自己的形象一样，他们也在分享整个宇宙的灵感的前提下，希望在他的心灵上为他们自己的本质画上一幅更加精致的副本。就如事物的变形成为更高级的有机形式，他们的变化也成了诗歌。在每一件事物之上，都站着它们的精灵，或者说灵魂，而且，就如物体的形式反射到眼睛中去一样，物体的灵魂也在诗歌中得到了反映。大海，山脉，大瀑布，每一个花床，都是事先存在的。它们就像空气中的香气一样四溢，当一个耳朵足够敏感的人从旁边走过时，他无意中会听到它们的声音，并试图将它们写成曲调，而不会冲淡或腐化它们。此中包含着批评的合法性问题，人的心灵相信诗歌是自然界某些原本的讹用改写本，而人们本应使它们与原本保持一致的。我们十四行诗中的某一韵律应该比贝壳重复的摆动，或一丛花类似的差别一样令人愉快。小鸟的配对是一首短诗，与我们的诗歌一样美妙。一场暴风雨是一首粗犷的颂歌，没有丝毫错误或喧嚣；夏季是成熟、收割和储藏的季节，它就像一首史诗，包含着不知多少高贵的部分。为什么调节着这些部分的对称和真理不应该流入我们的灵魂，从而使我们参与自然的创造呢？

这种认识通过我们所谓的想象得到了表达，这是一种高级的看，并非靠研究得来，而是靠其中包含的才智以及它的所见所闻而得到，靠通过形式参与事物的道路和循环获得。事物的道路之上是寂静的。它们会容忍一个说话者与它同行吗？它们不会容忍一个间谍的；一位诗人，一位爱人，他们是自己本质的超然存在——它们能容忍他。对诗人来说，要做到命名准确，前提条件是他自己必须屈服于通过形式呼吸、并始终与形式同在的神圣气味。

每一个聪明人都能很快领悟的是秘密，除了他有能力得到自己现有的能意识到的才智外，他还能得到一种新能力（一种双倍于原力量的能力），但他必须屈服于事物的本质。除了他作为个体所具有的力外，他还可以吸收一种伟大的公共之力，前提是他必须冒着一切危险打开自己人性的大门，忍受以太之流滚动着、循环着从他身上经过。随后他也就卷入宇宙的生命之中了，此时他的话语就像响雷，他的思想就是法则，他的言辞就像植物与动物一样人人明白易懂。只有当诗人有点粗野地说话，或者说“带着心灵之花”说话，而不是用被当作一种喉舌的才智说话，而是用摆脱了一切服役、直接从自己天堂的生命获得自己方向的才智说话时，他才能充分表达自己。或者就如古代人一样，他们不是只用才智表达自己，而是用神饮之酒迷醉过的才智表达自己。就像迷路的旅人信马由缰，相信马的本能可为他指点迷津，我们也必须信任神圣的动物带着我们走过这世界。因为，从任何角度来讲，如果我们能够刺激这种本能的话，我们面前就会打开一条通向自然的大道；心灵之流蜿蜒流入，并且通过了最坚硬、最高的部分，这时变形就成为可能了。

这就是为什么吟游诗人爱酒、草地、麻醉剂、烟草，以及其他任何能引起动物性兴奋的东西。所有人都尽己所能利用这些媒介，在自己正常能力的基础上，再加上这些兴奋剂的超常之力。为了达到这一目的，他们注重交流，音乐，绘画，雕塑，舞蹈，剧院，旅行，战争，暴动，大火，游戏，政治，或爱，或科学，或动物性的沉迷——它们是真正美酒的几种稍微粗糙或精致些的半机械的替代物，是更接近事实的才智的狂喜。这些是人的离心倾向的辅助物，也是他通向自由太空的通道的辅助物，它们帮助他摆脱监禁其肉体的幽闭室，摆脱将他紧紧束缚住的个人关系的囚房。因此，许多这样的东西都成了美的专门表现者，就像画家、诗人、音乐家和运动员比他人更想过一种快乐生活和放荡生活一样。只有不多几个人收到了真正的美酒，因为这是他得到自由的错误方式，因为这种解放得不到来自天堂的自由，而只得到更粗俗之地的自由，所以他们因自己所赢得的这种优势而受到了惩罚，那就是放荡和堕落。但阴谋诡计永远不能从大自然中得到什么特权。世界的精神，造物主伟大安静的存在决不会被毒品或酒的魔法召唤出来。最高的幻象总是出现在洁净、贞洁肉体中的纯洁而质朴的灵魂之中。毒品或酒得到的不是灵感，而是麻醉，是某种假装的兴奋和愤怒。弥尔顿说过，抒情诗人可以喝酒，也可以过奢侈的生活，但史诗诗人，因为他向人们唱的是众神以及众神之子之歌，所以他必须只能喝木碗里的清水。因为诗不是“撒旦之酒”，而是上帝之酒。这就像我们对待玩具的态度一样。我们给幼儿园里的孩子准备了各种各样的玩具，洋娃娃呀，小鼓呀，小马呀，却没让他们看到单纯的面孔和足够的自然之物，看到太阳，月亮，动物，水和石头，而这些才应该是他们的玩具。因此诗人的生活习惯应该保持低调，使一般的影响也能使自己快乐。他的快乐应该是阳光的恩赐，空气就应能满足他灵感的要求，他应该迷醉于水。那种能充分满足安静心灵需要的精神似乎来自每一个干草堆，每一根松树干和每一块被三月的阳光懒洋洋地照着的半裸的石头，应该来自贫穷的饥寒交迫的人，以及诸如此类趣味简单的人。如果你的头脑里充满了波士顿和纽约，充满了各种时尚和贪婪，你将用酒和法国咖啡刺激你迟钝的感觉，你将永远不会在被人忘掉的孤独的松树林里看到智慧的闪光。

如果说想象令诗人沉醉，想象在其他人身上也并非如死水一潭。变形在旁观者身上激起一种快乐的感情。象征的运用对所有人来说都具有一种解放和兴奋的力量。一根指挥棒似乎都能让我们深深感动，在它的指挥下，我们快乐地舞蹈，奔跑，像孩子一样。我们就像从洞穴或地下室一下子走到晴天白日下的人。这是诗歌、寓言、奇迹以及一切诗意的形式对我们的影响。诗人就这样解放了神。人们获得了一种真正的新感觉，并且在自己的世界里发现了另一个新世界，或者说一个各种世界聚合的巢。因为一旦我们看到了变形，我们就预言它永不会停止。我现在不准备讨论这赋予了代数学和数学多少魅力，因为数学也有自己的歌，而且从它的每一条定义中都能感觉到。如亚里士多德曾将“太空”定义为一种恒定不动的容器，世界万物都包含在这个容器里；柏拉图将“线”定义为一个流动的点，将“图形”定义为一个平面的组合；还有很多类似的定义。当维特鲁威[①]宣布了古代艺术家的观点，即建筑师若不懂得解剖学就建不好一所房子时，我们获得了一种多么快乐的自由感呀！当苏格拉底在《查密迪斯篇》中告诉我们灵魂之病可用某些咒语治愈，并且这些咒语都是美丽的理性，灵魂的节制就衍生于这些

① 维特鲁威，公元前1世纪，古罗马建筑师，所著《建筑十书》在文艺复兴时期、巴洛克及新古典主义时期成为古典建筑的典范。——译者

理性时；当柏拉图称世界是一只动物，提姆斯证明植物也是动物，或证明人只是天堂里的一棵树，它的根就是它的头，并且一直往上长时，我们也是多么快乐呀！就如乔治·肖邦根据提姆斯的观点所写的诗：

> “我们人之树也是这样，他的根系
> 长在他的头上。”

当奥菲斯将灰白的头发说成是“标志着年事已高的白色花朵”时；当普鲁克洛斯称宇宙为才智的雕像时；赞美“教养”的乔叟将平庸环境里的充沛生命力比作火，这种火虽然被带到了从这里到高加索山之间的一所最黑暗的房子里，它也会履行自己天生的职责，燃烧得像由万人同时点燃了它一样；当基督教《圣经·新约》中的《启示录》中的约翰看到了世界因自己的罪恶而被毁灭，星星从天空坠落，犹如无花果树过早摇落自己尚未成熟的果实一样时；当伊索通过鸟兽们寓含人们日常生活中的一切关系时，我们得到了关于自己的本质以及其各种各样的习惯和逃避都是永恒的这种快乐暗示，就像吉卜赛人谈论自己时所说的：“吊死他们也没什么用，因为他们不会死亡。”

诗人就这样解放了神。古代的英国诗人被称作“在全世界都自由自在的人”。他们确实是自由的，而且他们创造了自由。一部想象力丰富的书最初可以给我们很多帮助，它可以促使我们欣赏它的韵律，但当我们完全理解了作者的用意之后，这样的帮助就少得多了。我认为一本书最大的价值就在于其超验的、超常的价值。如果一个人被自己的思想所迷醉和兴奋，以至于忘记了作者和大众，而只注意这把他变成了疯子的梦想，那么，我一定要读这本书，随便你们拥有一切的争论、历史和批评好了。毕达哥拉斯，帕拉切尔苏斯[①]，科尼利厄斯，阿格里帕[②]，卡丹[③]，开普勒，斯维登堡，谢林，奥肯[④]，或其他任何在自己的宇宙起源理论中引入了不可靠的事实的人，像天使、精灵、魔法、星象学、手相术、催眠术等等，与他们相连的一切价值都证明了我们远离了日常生活轨迹，而且我们还有一个新证据。将世界像一只球一样放在我们手里的也是那种最好的交流，是自由的魔力。这样看来自由似乎是多么廉价呀！当感情与才智交汇时，去研究耗竭了自然的力量是多么无聊呀！多么伟大的景象呀！民族，时间，体系，就像一张五彩缤纷的大挂毯上的线头，出现了，又不见了；一个梦将我们送到另一个梦，如果我们一直迷醉，我们最终会卖掉我们的床，我们的哲学，我们的宗教，卖掉我们的一切财富。

有很好的理由可以解释我们为什么应该赞美这种解放。在大风

① 帕拉切尔苏斯（1493—1541），瑞士医师，炼金家。发现并使用多种化学新药，促进了药物化学的发展，对现代医学作出了重要贡献，著有《外科大全》和关于梅毒的论文。——译者

② 阿格里帕（63？—12BC），罗马帝国皇帝奥古斯都的密友、副手和得力将领，历任执政官、护民官和宰相。——译者

③ 卡丹，16世纪发明了万向接头的发明家。——译者

④ 奥肯（1779—1851），德国生物学家、自然哲学家，认为生命的本质源于一种单纯用科学方法无从理解的生命力，提出生物进化的思想。——译者

雪中迷失了道路的可怜的牧羊人，可能就在离他的屋门几步远的地方被一阵风雪淹没，这就是他的命运，也是人生存状态的标志。在生活和真理之河的岸边，我们悲惨地躺着，奄奄一息。我们无法接近任何一种思想，但我们却在这思想之中，这真是奇妙的事情。即使你走近这思想又能怎么样！无论你离它最近，还是离它最远，你与它之间的距离都是一样的。每一种思想也都是一座监狱；每一个天堂也都是一座监狱。因此，我们爱诗人，爱发明家，无论他以何种形态出现，不论是在他的一首颂诗，一个动作，一个眼神或举止之中，他都会给我们一种新思想。他打开了我们的锁链，将我们领到一个新舞台。

这种解放关爱所有的人，而传递这种解放的力量，必须来自思想的更伟大的深处和更大的范围，它也是衡量才智的一种标准。因此，所有富含想象力的书都会流传，一切看到了自然中的真理，并以之作为自己的典型的书也会流传。包含着这种美的每一首诗或每一个句子也都将获得永恒。世界上的宗教是几个富有想象力的人灵魂的突然喷射。

但想象的本质是流动，而不是冻结。诗人不是在颜色或形式面前驻足，而是要读出它们的意义；他也不会只满足于这种意义，而是要让这同类的物体作为他新思想的典型。诗人和神秘主义者的区别就在这里，后者将一种象征对应于一种意义，这种意义在当时是正确的，但很快就变得陈旧、错误了。因为一切象征都是暂时的，一切语言也都是作为媒介和过渡物存在的，对表情达意来说，它就像摆渡船和马一样，是有用的，但对家宅来说，它则不能像农场和房屋一样，发挥自己的作用。在雅各·伯麦看来，早晨的红霞是最美的大气现象，在他看来这就代表了真理与信仰；他相信，对每一位读者来说，这也代表着同样的真实。但第一位读者同样自然地选择母亲和孩子的象征，或一个园丁和电灯泡，或一个擦着珠宝的珠宝商作为象征。对那些看重它们的人来说，它们都同样地好。只不过它们需轻拿轻放，并且心甘情愿被改变成别人所用的意义相同的术语。你必须果断地告知神秘主义者：你所说的一切用不用冗长乏味的象征都同样是真实的。让我们懂得一点代数学，而不是这种陈腐的修辞学——让我们拥有普遍的象征，而不是这些具体村庄的象征。我们将是双倍的赢家。僧侣统治的历史似乎表明：一切源于宗教的错误都在于把象征变得过于刻板，过于赤裸，最终使象征只变成了语言器官的一种毫无节制的行为。

斯维登堡，以及近代以来的所有人，都是将自然转变为思想的突出代表。我不知道历史上有人始终只将事物看作词语。各种变形在他面前不停地表演着。他的目光落到哪一种物体上，哪一种物体就会遵从道德本质的冲动。无花果只要他去吃，就会变成葡萄。当他的一些天使证明了一种真理时，他们手里所持的月桂树枝就会开花。远远传来的像咬牙切齿和重击的嘈杂的声音，一旦近了，才发现不过是争辩者的声音。在天堂之光下看，不同人的各种幻象看起来就像黑暗中的一群龙，但对他们彼此来说，大家则都是人。当来自天堂的光线射进他们的房屋时，他们一边抱怨黑暗，一边却不得不关上他们可以往外看的窗户。

他具有一种洞察力，就是这种洞察力使诗人或观察者成为敬畏和恐惧的对象，也就是说，同一个人或团体可能会在自己和同伴面前表现为一种面貌，而在更高的理解力面前则会表现出一种不同的面貌。某些牧师，在他看来是在一起博学地交谈，而在不远处的孩子们看来，他们则像一群死马，还有许多类似的例子。心灵立刻就会探询这些桥下的鱼，远处草原上的牛，庭院里的那些狗，是否永远都是鱼，牛和狗，或者说是否只在我看来它们是鱼、牛和狗，而对它们自己来说则可能是直立的人；探询我在所有眼睛面前是否都是人。有学问有教养的人物以及毕达哥拉斯早就提出了这同一个问题，如果哪个诗人见证过变化，他无疑会发现这种变化与各种各样的经验是一致的。我们在麦子和毛虫身上已看到过相当多的变化了。他是诗人，他将以爱和恐惧吸引我们，他透过流动的外表，看到了坚实的本质，并且能宣布这种本质。

我徒劳地寻找我现在描述的这种诗人。我们没有足够的坦率或足够的深奥向生活袒露我们自己，我们也不敢反抗我们的时代和社会环境。如果我们的生活中每天都充满勇敢精神，我们就不应害怕欢庆每日的生活。时间和自然为我们生产了很多礼物，但却没给我们生产适时的人，新的宗教，以及万物都在等待的协调者。但丁的伟大在于他敢用不同寻常的暗示写下自己的自传，或者说写下某种普遍性。我们美国还没有产生这样的天才，他长着一双严峻的眼睛，他知道我们无与伦比的物质的价值，并且在各个时代的野蛮和物质主义中看到他非常敬畏的《荷马史诗》中的同一类神的另一种狂欢。然后是中世纪，再往后是加尔文教派的出现。银行和税务，报纸和决策委员会，方法论和实利主义，对单调之人来说，这些也都是单调的、平凡的，但它们与特洛伊城和特尔斐的阿波罗神殿这些奇迹的基础却是一样的，都是转瞬即逝的。我们滚动的木头，我们的树桩讲台和他们的政治，我们的渔业，我们的黑人和印第安人，我们的船只和遗弃之物，流氓无赖的愤怒和老实人的卑怯，北方的商业贸易，南方的种植业，西方的大开发，俄勒冈和得克萨斯，都还没被歌唱过。然而，美国在我们眼里就是一首诗了，它幅员广阔的疆域眩惑了想象，它不会长久等待诗歌的韵律将自己谱唱。如果我在自己的同胞中找不到我所寻找的那种天才的结合，那么，不时阅读夏尔默所编的“五百年英国诗人诗集”也无助于我确定诗人的思想。这些都是智者，而非诗人，虽然他们中间也有诗人。但当我们要坚持诗人的理想时，我们发现，即使在弥尔顿和荷马身上也很难发现这种理想。弥尔顿太书卷气了，而荷马则太过于缺乏想象力，过于关注历史。

但我的才智不足以发动一场全国性的批评，我还必须稍微延长一下运用陈旧批评术语的时间，以卸掉我从缪斯向诗人传递艺术信息的使命。

艺术是创造者走向自己工作的道路。这种道路或方法是理想的，永恒的，虽然没有几个人曾见过它们。艺术家本人也不会多年间，或一生都一直是艺术家，除非他获得了艺术的条件。画家，雕塑家，作曲家，狂诗作者，演说家，他们都有同一种愿望，那就是对称地、丰富地，而不是比较渺小地、支离破碎地表达他们自己。他们创造或使自己置身于一定的条件，如画家和雕塑家站在某些给人印象深刻的人物形象面前，演说家走进群众的集会，每一个走进这种场合的人都发现自己的才智变得兴奋起来，每一个人都很快感到一种新的渴望。他听到了一种声音，他看到了一种召唤。接着他奇怪地被告知，是什么精灵将他叫进去的。他无法再休息，他对一个老画家说："上帝作证，这个精灵就在我身上，它必须从我身上出去。"他追求一种半遮半掩的美，这种美就在他眼前飞舞。诗人的每一次独处都会喷涌出诗歌的潮水。无疑，他所说的大多数东西都是平凡的，但逐渐地，他说出了某些独特的、美丽的东西。这使他着迷。他除了这种东西不再说别的了。我们在谈话时习惯说"这是你的，这是我的"，但诗人非常清楚这不是他的，这对他来说与对你来说一样，都是奇怪的、美丽的。他愿意详细地听到同样的雄辩。一旦他体味到了希腊神血管里的这种不朽的灵液，他就不能拥有足够的灵液了，因为在这些智力活动中存在着一种值得尊敬的创造力，所以最重要的是将这些东西都说出来。我们所知的一切中，说出来的是多么少呀！我们的科学之海中，才有几滴水被舀出来呀！当有这么多秘密沉睡在大自然中时，这些东西被显示出来是多么偶然呀！因此我们需要演讲和歌曲，因此我们需要演讲家的演讲，在集会的门前体会脉搏的跳动和心跳，到最后，思想就会像理念或言词一样喷涌而出。

噢，诗人呀，不要怀疑，只需坚持。说“它就在我身上，将要出来了”。就站在那儿，沉默不语，举步维艰，吞吞吐吐，跌跌撞撞，被责骂着，被呵斥着，但就站在原地，坚持着，努力着，直到最后愤怒和热情将你身上的那种每个夜晚都表明属于你的梦想力量激发出来。这是一种超越了一切局限和秘密的力量，靠着这种力量，人才成为整个电流的指挥。每一个行走着的、爬行着的、生长着的或存在着的东西都会作为他的意义的阐释者重新出现并行走在他面前。他走向这种力，他的天才不再容易枯竭。一切成双成对的生物涌进他的心灵，犹如当初涌入挪亚方舟，一个新世界重新出现在人们面前。这就像大气层是为了我们呼吸，或为了我们壁炉的燃烧，我们需要的不是多少加仑的空气，而是整个空气。因此，丰富的诗人，像荷马，乔叟，莎士比亚和拉斐尔，他们的工作显然没有什么限制，他们只有生命的限制，他们就像一面从街上扛着经过的镜子，时刻准备着反射出每一种创造物的形象。

噢，诗人呀！小树林和草原都被赋予一种新的崇高，而不再是城堡或剑刃才显得高贵。条件是艰苦的，但是平等的。你将离开这个世界，并且只认识缪斯。你将不再知道什么时间、习俗、礼节、政治或人们的观点，而是一切都取自缪斯。因为城镇的时间是靠丧礼曲在世界上敲响的，但在自然中，通用的时间则是靠一列列、一队队动物和植物来计算的，是靠一个接一个快乐的生长来计算的。上帝也愿意你放弃一种多重的或双重的生活，希望你会满足于别人为你说话。别人将成为你的仆人，将代表着你所有的礼节和世俗的生活。别人也会做那些伟大和强烈的行动。你将悄悄地紧贴着大自然的怀抱躺着，而不会被送到国会大厦或交易所。世界充满着放弃和教养，这些才是你的。你必须长期被当作一个傻瓜和低贱者。这些都是大神潘用以保护自己喜爱的花的屏幕和护套，你应该只知道你自己，而他们则会用最温柔的爱来安慰你。你不能在自己的诗中复述你朋友的名字，在神圣的理想面前，这是一种古老的耻辱。这就是你的报偿，理想对你来说应该是真实的，而关于现实世界的印象应该像夏雨一样倾盆而下，虽然暴烈，但对你不会受到伤害的本质来说，则并不讨厌。你应该将整个大陆作为你的花园和庄园，将整个大海用来沐浴和航行，而不必付税，也没有嫉妒。你将拥有河流和树林，你将拥有别人只是承租人和搭伙人的一切。你是真正的地主！海王！大气之王！哪里有雪花飘，哪里有水流，哪里有鸟飞，哪里有白天和黑夜在黄昏的交汇，哪里有蔚蓝的天空飘浮着朵朵白云、点缀着点点星辰，哪里有界限分明的形式，哪里有通向太空的入口，哪里有危险、畏惧和爱，哪里就有美，像雨水一样充沛的美，这美将为你抖落，即使你走遍整个世界，你也找不到一种自己不适合或感到卑贱的环境。

文 化

目前一个具有广泛影响的词是文化。当整个世界都在追求权力，追求作为权力的手段的财富时，文化修正了关于成功的理论。人就是自己权力的囚徒。一种有关时事的回忆把他变成了一本年历，一种辩论的才能把他变成了一个论辩者，而谋取财富的能力则把他变成了一个守财奴，也就是说，一个乞丐。文化通过借助于其他力量来反对这种占主导地位的能力，并求助于将权力分成不同的等级而削弱了这些炎症。文化警惕着成功。为了成功，自然毫无同情之心，不惜牺牲成功者来得到成功，使他得浮肿病或中耳炎。如果她想要一根大拇指，他愿意以胳膊或双腿为代价得到它。某一部位力量的过度使用常常引起临近部位的病变。

我们的效能主要取决于我们的专心，那种自然常常出现在诞生著名人物的地方，她用偏见压垮他，牺牲他的对称来获得工作能力。据说一个人只能写一本书，如果一个人犯了错误，这错误将在他所有的行动上留下痕迹。如果她创造了一个像福士这样的警察，那他就是由各种怀疑及防止这些怀疑的计划构成的。“空气中充满着匕首”，福士说。一位叫桑克托瑞斯的外科医生用毕生精力发明一台天平来称自己的食物。库克爵士盛赞乔叟，因为他的故事说明了反对炼金术的法令。我见过一个人，他相信英国主要的危害来自对音乐会的沉迷。不久前，一个共济会成员动身向这个国家解释说：乔治·华盛顿之所以能成功，主要原因是得到了共济会的帮助。

但比反反复复只弹奏一根琴弦更坏的是，自然通过欺骗个人过高估计自己在整个体制中的重要性而确保了个人主义。社会的害虫就是利己主义者。利己主义是一种病，就像流感一样，弥漫于所有的机构之中。在外科医生称作舞蹈病的疾病中，病人有时转着圈跑，有时在一个地方慢慢地转圈。利己主义是这种疾病的一种先验的变形吗？人围着自己的才能制造的圆圈奔跑，并渐渐沉迷于此，最终失去了与世界的联系，这是所有心灵的一种倾向。其中一种讨厌的疾病形式就是渴望同情。得这种病的人炫耀着自己的悲哀，从伤口上撕下软麻布，展示自己表明病情的罪恶，这样你就会同情他了。他们喜欢疾病，因为身体的痛苦会强迫旁观者表示出同情，就如我们看到的一些孩子那样，若大人进来时没注意他们，他们就会咳嗽，咳嗽得近于窒息，来引起大人的注意。

这种疾病使天才经受折磨——包括艺术家、发明家和哲学家。著名的唯灵论者没有能力将自己的行为和言词置于自身之外，并勇敢地视之为毫无价值。当心那个说“我就要展露我自己的”人，他很快就会为这句话受到惩罚，因为这种习惯使人迁就它，会温柔地对待病人，结果把他关在了狭隘的利己主义的囚牢里，而使他脱离了上帝创造的易犯错误的快乐男人和女人组成的世界。当我们可以独处时，就让我们独处吧。宗教文学中已有著名的例子。而且，如果我们翻阅一下我们自己的诗人、批评家、慈善家和哲学家的名单，我们就会发现他们也传染过这种浮肿病和象皮病，而我们应该已经得过这些病。

利己主义的这种甲状腺肿胀病经常在有名望的人中间发作，这使得我们必须从它所服务的自然中推理出某些强烈有效的必需品，我们在性吸引力中看到了这种必需品。物种的延续就是这种必需品的一个关键点，为了确保这一要点，自然冒着一切危险，甚至冒着永久犯罪和混乱的危险，通过超大负荷地使用激情，才保证了这一点。这样，利己主义就深深地植根于根本的必须之中，而就是靠着这种必须，每个人才是他现在这个样子。

这种个性不仅与文化协调一致，而且还是文化的基础。每一种有用的自然都凭自身的力量得到了这种文化，听我们讲课的学生必须有一种他的文化战无不胜的天生智力——这种文化运用一切书籍、艺术、工具和交际的雅致，但却从不屈服于它，迷失于它。他只是一个样子好看、目标明确的人。文化的目的并不是要去摧毁他，上帝饶恕！而只是要通过教养消除一切障碍和混杂，并只留下纯粹的力量。我们的学生必须得有一种风格和目标，必须成为他自己特长的主人。但若这样，他就必须拒绝考虑自己。他必须具有宽容的力量，一种能自由地、心平气和地观察每一个对象的力量。然而，私利和自我成为他们的核心目标，因此，若有人寻找一个只将对象纯粹看作一个对象，而不带任何偏爱或纯粹只为自己所用的人，他将发现几乎没有人能令他满意。一旦有什么东西与他们的偏爱毫无关系，多数人都会害上冷淡和冷漠的毛病。虽然他们也在谈论着面前的对象，但他们想的却是他们自己，他们的名利之心在设着小小的陷阱，以期得到你的尊敬。

但也有这样一些人，他们发现在自己的个人历史上，他为人类利益所做的贡献受到了限制之后，他仍与自己的家庭，或者一些朋友，或者他所居街区的半打名人交流。在波士顿，整个生活问题实际上就是八或十个人的名字问题。你曾见过奥斯通先生、卡明博士、阿达姆先生、威伯斯特先生、格林诺夫先生吗？你听过埃维艾特、葛瑞森、泰勒牧师、塞道·帕克的讲演吗？你与特宾威尔先生、塞密勒尔先生和拉考夫瑞皮斯谈过话吗？那么，你完全可以死而无憾了。在纽约，这个问题也是另八个，或十个，或二十个人的问题。你看到过一些律师、商人和经纪人——两三个学者，两三个资本家，两三个报纸编辑吗？纽约是一只被榨干了汁的橙子。当我们摆脱了构成我们美国人的存在的十几个人——不管他们是自产的还是进口的——时，一切交流也就结束了。我们也不要指望有人不是这几个英雄的模糊的翻版。

生活是很狭隘的。十年后再把一些聪明人组成一个俱乐部或协会，如果其中有某个具有广泛影响力和冷静处世能力的人能使他们坦诚相待，那时将会出现一种多么疯狂的自白呀！我们为之作出牺牲的一切“因”：关税，民主，辉格党原则、废除黑奴运动、禁酒法或社会主义都会像痛苦的根和暴怒的龙一样表现出来；我们的人才会遇到危险，似乎他们都被某种猎鸟掠夺而去，并迅速将他带离财产、真理、诗人组成的友爱的团体，这只猎鸟就是某种热情、某种偏见，只有当他现在变得头发花白了，镇静了，它才松开自己的爪子，他才恢复了冷静的感觉。

源自某种最好的思想的文化表明一个人具有广泛的社会关系，通过这种关系，他能调节任何占支配地位的主旋律，使其变得稍微悦耳动听，而在他的音阶里，这种单调的旋律一直占主导地位，这种社会关系将帮助他反对自己。文化重新恢复了他的平衡，并将他置身于彼此平等、同样优秀的人中间，并且警告他将面临的独处和遭排斥的危险。

只与人谈论马、轮船、剧院或饮食、书等并不是一种敬意，而是一种蔑视，`无论他何时出现，你都要周到地将话题转到他所喜欢的小孩子身上。在我们祖先的斯堪的纳维亚天堂，雷神的房子有五百四十层高，人的房子也有五百四十层高。雷神比人的优越之处只在于他容易通过许多彼此相连的点而适应和转变成广泛的对比和极点。文化消灭了他的夸耀，消灭了他因自己的村庄或城市而感到的自高自大。当我们带着良好的动机和意识到街上与人见面时，我们必须将自己的宠物留在家里。任何行为都不值得丧失一般原则。我们为某些所谓的精致艺术和哲学已付出了残酷的代价。在北欧的神话传说中，所有的神都不能饮米密尔（北欧神话中守卫智慧之泉的巨人）的泉水（智慧之泉），除非他发誓眼望着别处。这儿有一个不能展露自己的缺点，也不能隐藏因话不投机而被最优秀者打断时的愤怒的学究。就是他以自己的个性使我们痛苦。对学者来说，若每一个人都以为他在自己的团体中故意行为丑恶，那实在是很偶然的事。把他从这个烦躁的地狱里拉出来吧，用健康的血液清洗他焦干的皮肤吧。你使他发誓转离米密尔之泉的眼睛恢复原样。如果你是自己行为的受害者，那么谁在乎你做什么？我们可以原谅你的歌剧，你的报纸，你的化学分析，你的历史，你的诡辩。天才人物要为自己的特立独行付出昂贵的代价。他的头跑到了塔尖，他不是一个健康、快乐的聪明人，相反，他倒是一个有点疯狂的传教士。自然是不管什么个人的。当她一心要带走他们时，她就带走他们。涉禽在沼泽和海滩涉水，这是它们这些鸟的命运，它们的身体结构就是专门为适应这些地方而生的，所以它们就被限制在那些地方了。每一种脱离了自己的生活习惯的动物都会饿死。对外科医生来说，每一个男人，每一个女人，都不过是一个器官的扩大。士兵、锁匠、银行职员、舞蹈演员，是不能彼此交换各自的作用的。因而，我们都是适应性的受害者。

治疗这种肌体性的利己主义的良药是诱惑物种类要多，范围要广。这种药，可通过与世界交往，与善良之人，与社会各阶层，与旅行，与著名人士，与哲学、艺术和宗教的宝贵资源：书、旅行、社会和独处的交往来获得。

最坚定的怀疑论者是那些看到过驯服的马，校正好的指针的人，或者说是那些参观过动物展览或“勤劳的跳蚤”展览的人，他不会否认教育的效用。柏拉图说：“男孩子是一切野兽中最堕落的。”古代的英国诗人盖斯科因[①]与柏拉图持有相同的观点，他说：“男孩子最好不出生，出生了最好不要受教育。”城市产生出自己特有的说话方式和行为方式，落后的农村则会产生完全不同风格的说话方式与行为方式，大海是另一种方式，军队则产生了第四种不同方式。我们知道一支可靠的军队要靠纪律来建成，在有系统的军纪的约束下，所有人都能变成英雄。拉尼元帅曾对一位法国军官说：“知道吗，上校，只有胆小鬼才会夸口说自己从不害怕。”大部分勇气是事先做好某事的勇气。在一切人类的行动中，只有

① 盖斯科因（1525—1577），英国诗人，剧作家，善于引进外国文学体裁并加以革新，作品集有诗集《百花集》、无韵讽刺诗《明镜》等，还写有悲剧《乔卡斯塔》，并最先将意大利喜剧《猜想》译成英语。——译者

那些被运用的才能才有力量。罗伯特·欧文[②]说过："给我一只老虎，我会将它教好。"既然改进是自然法则，那么，让人相信教育的力量就是不人道的。人的价值，完全是根据他表现出的前进力量或改进力量来确定的。另一方面，胆怯实际上就是认识到了自己处于一种不可救药的劣等地位。

没有能力改进社会是唯一可以治愈的疾病。有人从不理解一首诗，或你的语言或幽默中蕴涵的任何潜藏的或延伸的意义；在听了七八十年的音乐、诗歌、修辞学和妙语之后，他却仍是一个拘泥于字面意义的人。外科医生或牧师是帮不了他们的。但即使这些人也能理解草把或火神的怒吼！我曾注意到这一阶层的人都不喜欢地震。

让我们的教育成为勇敢教育和预防教育。政治只是马后炮，是一种可怜的补救方法。我们总是姗姗来迟，晚那么一步。罪恶已经发生了，法令已经通过了，我们为了撤销那些我们早就应该预先阻止的立法而开始了艰难而热烈的讨论。将来的某一天，我们应该学会通过教育代替政治。我们所谓的彻底改革，如废除奴隶制、战争、投机、放纵，都只是用药治病，治标不治本。我们必须在教育中提高自己。

② 罗伯特·欧文（1771—1858），英国空想社会主义者，合作社运动的先驱，早年在苏格兰经营纱厂，后提出社会改革方案，曾去美国试办共产主义新村"新和谐社区"，结果失败，著有《新社会观》。——译者

我们的技术和工具应交给能使用它们的人用，这个人应比新手具有一种优势，那就是通过使用这些技术和工具，他似乎将自己的生命延长了十年、五十年或一百年。我认为，为每一个优秀的灵魂提供这种文化是非常有意义的，这样，在三十或四十岁时，他就不会说："噢，这件事我本该做好的，但因为缺少武器，所以流产了。"

但人们也承认我们的许多教育实际上是毫无效果的。所有的成功都是危险的，也是宝贵的，我们大量的花费和痛苦都白费了。自然接手了这件事，而且，虽然我们一定不能忽略我们体制的任何环节，但我们很少能确定这种体制产生了多大效果，或者说，其他不同的体制也不会自然而然地产生出多大效果。

书籍因为包含着人类智慧的最高纪录，所以一直被包含在我们的文化概念之中。历史上曾有的最优秀的人物，如伯里克利、柏拉图、尤利乌斯、恺撒、莎士比亚、歌德、弥尔顿都是被广泛阅读的、受过普遍教育的人，他们这样的聪明人也从不低估学问的价值。他们的观点很有影响，因为他们有办法了解相反的观点。我们看到，伟人都应该是个好读者，或者与自发的力量相称，他应该是一种吸收文化的力量。好的批评少之又少，并且一直很宝贵。我一直很高兴遇到那些意识到莎士比亚超越了其他所有作家的人。我喜欢那些喜欢柏拉图的人，因为这种爱不包含自负的成分。

但只有当一个男孩子准备好读书时，书才是好东西。他有时准备得很慢。你把自己的孩子送给校长，但教育你孩子的却是学生。你将孩子送到拉丁语学校，但他所接受的教育却多数是在上学路上的商店橱窗里学到的。你喜欢严厉的校规校纪，喜欢学期越长越好，而他却发现自己最好的教育却是在他独自一人走在偏僻小路时获得的，他拒绝任何人与他同路，他只走自己选择的路。他讨厌语法和格律词典，却喜欢枪、钓鱼竿、马和船。好吧，我认为孩子是对的，如果你的教育理论忽略了体育教养，那你不适合指导他的教育。射箭、板球、枪、鱼竿、马和船都是教育者，都是使他得解放的东西；跳舞、服饰和街头闲谈也是如此。假如男孩只有这些东西，同时还有一种高贵而灵活的气质，那么，这些东西对他的作用绝对不亚于书。他学习下棋、惠斯特（类似桥牌的一种游戏）、跳舞和舞台表演艺术。父亲注意到另一个男孩在同样的时间已经学会了代数和几何。但第一个孩子学到的东西远远不止于他学会的那些可怜的游戏。他一连数周迷恋于惠斯特和围棋，但他很快就发现，你也会发现，当他从自己过于迷恋的游戏中清醒过来时，他觉得自己脑子里一片空白，忧郁可怜，看不起自己。从那以后还发生了很多事情，在他的人生经验中都起到了应有的作用。这些微不足道的技巧和成就，例如跳舞，都是他将来进入人类的花楼的通行证。要做这种年轻人的老师，需要使年轻人作出自己明智的判断，特别是对那些他很容易受陈腐偏见影响的东西作出判断。兰多说：“我糟糕的舞姿带给我的痛苦，比我一生中遭受的不幸和痛苦加在一起还多。”假如这个孩子一直是孺子可教（因为我们不打算为一个小流氓塑像），足球、板球、射箭、游泳、滑冰、登山、击剑、骑马，都是培养技艺能力的教育，这些就是他的主要课程。特别是骑马，赫伯特爵士在谈到骑马时就这样说过："一个骑在一匹良马背上的好骑手优越于他人，也优越于他自己，他们在他面前，就像在整个世界面前一样。"除此之外，枪、鱼竿、船和马，所有运用它们的人，就构成了秘密共济会。它们似乎属于同一个俱乐部。

这些技艺也有消极作用。对年轻人来说，它们的主要作用不是娱乐，不是为他提供嫉妒的机会，而是被了解。我们充满怀疑。每一个阶级都只关注自己所没有的优势。文雅的羡慕原始的力量，民主主义者关注的是出生和繁衍。大学教育的一个益处是向学生表明自己实在没多大用处。我认识一个最主要的城市中的一个领袖人物，他曾决心去大学接受教育，结果却与大学失之交臂，结果他总是感到与自己受过大学教育的哥哥们无法平等。他在大量专业人士面前很容易产生优越感，但这也无法补偿他这个想象中的缺陷。球类运动、骑马、酒会和台球对一个家境贫寒的人来说是优美的、浪漫的，因为他无法参加这些活动；如果可能，允许他随意参加一两场平等的足球比赛，只要不欺骗他，他所获得的快乐是他所付出的代价的十倍。

我并不特别拥护旅行，我注意到，人之所以跑到别的国家，只是因为他们在自己的国家并不如意，而他们后来之所以又跑回自己的国家，只是因为他们在新地方一无所获。只有性格轻浮的人才到处旅行。那些没有什么牵挂，因而跑到别国去的人都是什么人呢？我知道有很多人认为，关于旅行，我说过很多强词夺理的话。但我只是公平评判此事。我认为我们缺乏性格的人民有一种不安定性。所有受过教育的美国人，总的来说，都去欧洲了，这或许是因为那是他们精神上的家园，这也是我们这个国家表现出的一种病态的习惯。一位女子学校的资深教师说："女子教育的核心就是：她怎样才适合去欧洲。"我们难道永远不能从我们同胞的脑子里清除掉这条害虫吗？他们清楚地看到了等待自己的命运如何。在国内找不到合适岗位的人也不能到国外去。他到那里，只是要在更多的人中隐藏自己的一无用处。你难道不认为，你在国内从未见过的东西，你到国外也找不到吗？一切国家的本质都是一样的。人们不烫洗牛奶锅，不用襁褓包裹婴儿，不烧灌木丛，不烤鱼，这样的国家，你认为有吗？在此地千真万确的，在彼地也一样。让他去自己愿去的任何地方，他在那里发现的美或价值，最多与他带去的一样多。

当然，对某些人来说，旅行可能是有用的。热爱自然的人，探险家和水手都是天生的。有些人生来就适合做信使、交换器、使者、大使、调度员，另一些人则生来适合做农夫和工人。如果一个人性格轻浮，喜欢交际，而且自然的目的就是创造一个有腿有翅膀的生物，使他生来就适合旅行，那我们必须听从她的暗示，给他提供那种使其流行的出身，并且就像对待赋予其价值的东西一样小心谨慎。但我们不要迂腐，让他尽兴旅行好了。在农场长大、从未离开过农场的孩子据说留在农场“没有机会”，所以这种环境中的男孩子和成年人就渴望到铁路部门或城市里的百货商店去工作，并将此视作机会。佛蒙特州和康涅狄格州的贫寒的农村孩子以前将自己所拥有的知识归因于自己赴南方诸州的无关紧要的旅行。加利福尼亚和太平洋沿岸现在就是这些人的大学，而在过去，他们选择的则是弗吉尼亚。“碰碰运气”是他们的口头禅。“认识世界”这句话，或去旅行，在所有人看来就等于优越和优势。无疑，对一个聪明人来说，旅行确实提供了优势。他会多少种语言，有多少朋友，会多少技艺和贸易，他就有多少次成功的机会。外国只是他据以判断自己的一个对比点。旅行的一个用处就是介绍自己国家的书籍和作品——我们到欧洲去被美国化，而到另一个国家则是为了发现人。因为就像自然在不同的纬度生长不同的水果，每隔一个纬度都有新水果一样，她在远方之人身上蕴涵的知识与良好的道德品质也是这样。因此，我们每个人都渴望在同代人出现的六七个老师中，常常能有一两个生活在世界的另一边。

而且，当星星静静地闪烁在我们精神的天空时，每一种构造都出现了自己的一个至点；当需要某种改变或取舍来阻止停滞时，某种急需的外力就出现了。而且，若作为一种药物治疗方法，旅行似乎是最好的一种。就如见证了乙醚减轻痛苦的奇效，担忧过受伤、癌症、破伤风这些偶然病痛的人会为杰克逊医生的良性发现欢欣鼓舞一样，看过巴黎、那不勒斯或伦敦的人也会说：“如果我被赶出自己的家乡，在这里，我的思想至少可以因这里历经数代人发明和积聚起来的最奢侈的享乐和消遣而得到安慰。”

与到外国旅行的益处相似，铁路的审美价值就是将城市与农村生活的优势连接起来，因为我们哪一种生活都不能缺少。人应该住在城市，或住在大城市临近的地方，不管他能力如何，他在城市中所得到的才能与他所失去的才能几乎一样多。在城市里，所有市民的全部诱惑总的来说就是征服每一种反感和拒斥，直到某一年的某一天，他能将自己原先最不可能抓到手的小甜饼拉到自己的院墙之内。在城市里，他能找到游泳学校、健身房、舞蹈教练、射击馆、歌剧、剧院、巡回画展、药房、自然历史博物馆、精美艺术展览馆、名扬全国的演说家、外国旅行者、图书馆和自己的俱乐部；而在农村，他则能找到独处和阅读、繁重的劳动、便宜的生活和自己的旧鞋子、可做游戏的荒野、地质学家喜欢的山陵、孩子们流连忘返的小树林。奥布里[①]写道：“我听托马斯·霍布斯[②]说过：德文伯爵在德比郡的一所房子实际上就是一座很好的图书馆，里面的书应有尽有，足够他读的，里面贮藏着所有他认为应该买的书。但缺少好的交流却是他遇到的大麻烦，虽然在想象中他将自己的思想组织得与别人一样好，然而他还是发现了一个大缺陷。在农村若住得

① 奥布里（1626—1697），英国文物收藏研究家、作家，皇家学会会员，以为同时代人撰写人物小品而出名。——译者

② 托马斯·霍布斯（1588—1679），英国政治哲学家，机械唯物主义者，认为哲学对象是物体，排除神学，从运动解释物质现象，拥护君主专制，提出社会契约说，主要著作有《利维坦》《论物体》等。——译者

时间太长，因为缺少好的交流，人的理解力和创造力就缩小成了一块地衣，就像果园里的一块旧木栅。”

城市给了我们冲突。据说，伦敦和纽约消除了人的一切无价值的行为，和一切愚蠢的胡言乱语。我们的教育很大一部分是同情教育和社交教育，男孩、女孩从出生到长大成人，一直是由见多识广，地位优越的人抚养教育的，他们的举止表现出一种无法估计的优雅。富勒[①]说：“德国纳塞公国的伯爵每脱一次帽，就从西班牙国王那里赢得一个臣民。”你认识了一个出身教养良好的人，就不能不认识他所属的那整个团体。他们彼此都努力保持着自己这个团体的风尚。特别是女人。为了得到一个斯塔尔夫人，就需要许许多多有教养的女人——沙龙里满是漂亮、优雅、读过很多书的女人，她们习惯于悠闲和精致，习惯于场面、画展、雕塑、诗歌，习惯于优雅的社会。商业协会的领袖，或者说律师或政治家的领袖被迫每天都与成群结队从农村各地涌来的人打交道，因为他们也是社会的主动轮，是各种层次的商业人士。人们几乎不能向一个聪明人提出一种更具探索性的文化。除此之外，我们还必须记住数以百万计的人民获得更高的社会地位的可能性。伦敦今天提供给想象的最好诱饵是：在这么多各不相同的人和环境之间，人可以相信其中总有自己的容身之地，相信它们总适合性格浪漫的人居住，诗人、神秘主义者和英雄也可以希望在这里遇到与自己惺惺

① 富勒（1608—1661），英国教士，学者，编著《英格兰名人传》《神圣之国》及《不列颠教会史》等。——译者

相惜的人物。

我希望城市教给他们最重要的一课，那就是举止安静。美国年轻人特有的一个小缺点是：矫揉造作。而世界之子的标志就是不矫揉造作。他不公开演讲，对自己的工作保持低调，回避一切浮夸，自称小人物，衣着朴素，从不空许诺言，做得多，说得少，坚持真理和事实。他总是以最卑微的态度谈到自己的工作，因而招致了那些最恶毒的舌头向他喷射最刻薄的毒言。他的谈话不离天气和新闻，然而，他却任凭自己被思想所震惊，可以随意展露自己的学识与哲学。某个隐姓埋名、像穿着粗布衣衫的国王那样从我们身边走过的伟人的轶事是多么刺激我们的想象呀！他就像在豪华的宴会上老是爱穿粗布衣服的拿破仑，或像彭斯、司格特、贝多芬、惠灵顿或歌德，或任何具有超验力量、却被人看作小人物的人，或像伊巴米浓达这样“从不说话，而只会听”的人。还有歌德，他在与穿着破衣烂衫的陌生人交往时，总是选择微不足道的话题以及普通的言辞，并且稍微表现得比他本人更任性一些。旧帽子和旧直统大衣也有它们的好处。我听说我们整个国家都崇尚质料好的绒面呢，但衣服做得有点拘谨，人们就不会穿它们。但直统大衣就像酒，它打开了人舌头上的锁，使人说出心里想说的话。一位古代诗人这样说过：

> 到远方去，节俭地生活，
> 因为你将发现一条真理：

你越表现得贫穷和低贱，
你看到的东西就越多。

在《谦卑的女人》中，米尔恩斯也表达了几乎同样的意思：

对我而言，人就是人，
他们与我在一起时，没戴面具。

奇怪的是，我们的人民脑子里不是脑浆，而是一些气体。一位敏锐的外国人在谈到美国人时这样说："他们无论谈到什么，都带有一种演说的味道。"在盎格鲁-撒克逊人的书中，最独特的特点就是一种自我轻视的习惯。可以肯定，在落后的、人口密集的农村，在使一只好外套显不出什么特别之处的一百万只好外套中间，你能找到幽默家。在一个英国人的聚会上，你遇到一个人，他没有特别的容貌和举止，他的脸就像一个红面团，但你没料到他却表现出才智和学识，而且话题无所不包，他本人还认识世界各地的优秀人物，直到此时你才意识到自己遇到了一个卓越人物。美国的森林能使即将灭亡的皮克特人的原始风尚——喜爱红羽毛，喜欢念珠和金银饰品——的种子重新恢复生命吗？意大利人喜爱红衣服，孔雀羽毛和绣制品。我记得在一个雨天的早晨，在意大利西西里岛首府巴勒莫的大街上，我看到满街都是红雨伞的红光。英国人趣味纯朴。王公贵族的装饰佩戴也都是简朴的。华贵的服饰表明一种新的、尴尬的城市处境。皮特先生[①]，就像皮姆先生[②]认为“先生”这个称号比欧洲的任何国王的称号都还好。他们夸耀自己是在又黑又暗、又简单又寒酸的下议院的议员休息室里的炉火前统治着全世界。

当我们希望城市作为中心能使我们找到世界上最好的东西时，城市实际上也在通过夸大微不足道之事来羞辱我们。农村人发现城镇成了小饭馆、理发店。他已看不到宏伟庄严的地平线上那些庄严肃穆的山峰、平原了。他走进一群谄媚的、油嘴滑舌的人中了，他们活着就是为了炫耀，并且屈从于流行的观点。生活堕落成可怜的大惊小怪和灾难的大杂烩。你说上帝应该尊敬那些只为自己生活的人。但在城市中，他们辜负了你，并使你陷入一大堆毫无价值的烦恼之中：

他们去与迈密登[①]比赛
就像与上帝比赛一样，
都是极端的不平等。
我们繁殖，繁殖一个又一个迈密登，

---

① 这里指英国历史上的两位首相，即老皮特和小皮特。老皮特（1708—1778），两次任英国首相，为英国赢得7年战争（1756—1763）的胜利，使英国成为北美和印度的霸主。小皮特（1759—1806），老皮特的次子，曾改组东印度公司，改革财政和关税制度，组织反法联盟，进行反对法国大革命及拿破仑的战争。——译者

② 皮姆（1583？—1643），英国议员，内战前反对国王查理一世的下院领导人，曾迫使国王接受未经议会同意不得解散议会的法令，是国王企图逮捕的五位议员之一。——译者

① 迈密登，跟随阿喀琉斯去特洛伊作战的塞萨利人。——译者

今天该我们去作战了！我们指挥着
朱庇特，将整个地球都交到
迈密登手里，交到迈密登手里。

什么令人讨厌？什么吵闹不休？谁在尖叫？谁在悲叹？是那些风向标一直指向东方的人，是生来就只知道吃饭的人，是派人去叫医生的人，是娇生惯养的人，是在注册登记处坐立不安的人，是在狂风中想方设法要保住一张有衬垫的椅子和边角的人。让他们开始计算他们的弱点吧，在他尚未数完最后的数目时，太阳就已落山了。就让这些小事使我们不再喜欢微不足道的舒适吧。对一个忙碌的人来说，霜花只不过是一种颜色。雨呀，风呀，当他走进来时，他就将它们全忘了。让我们学会过粗劣的生活，学会穿简朴的衣服，学会睡硬地面。不控制鉴赏力的习惯有一种不易估计的作用。我们也不会被迫接受一种节俭的生活方式。偏食是一种迷信，因为一切最终都是由同样的化学元素构成的。

追求伟大的人自己的需要也大。当你考虑着机械和工人是多么没价值时，你怎么会注意饮食、床、衣服、行礼、赞美、你在和什么人交往、财富，甚至传递东西的这些物体呢？在我看来，华兹华斯在威斯特摩兰郡之所以受到赞颂，就是因为他为自己的乡村邻人表演了如何在不炫耀的情况下，过一种有教养的、舒适的家庭生活。一个戴着破旧的帽子和穿着过时的大衣的温和的小伙子可以获得大学中惹人觊觎的位置和图书馆中的权利，他是按照某种目的来培养的。在城市和乡村都有很多贫穷的中产阶级，在他们的房子里发生着很多很多的自我克制和果断行为，这些东西都还没有在文学作品中得到表现，而且也永远不会被表现，但就是这些使世界变得甜美。这些人省下了多余之物，将时间和财力都用在关键的地方。他们可以穿得破旧，但却不放弃对孩子的教育；他们卖掉了马，却去建造好学校；他们起早摸黑地工作，在工厂里可以同时操作两部织机、三部织机、六部织机，去还清父亲农场的抵押款，随后又快乐地回去工作。

我们不能出让城市的主导社会利益，它们必须为我们所用，但必须用得谨慎和高贵。对那种完全可以不用它们的人，它们可以产生出最好的价值。让城市永远充满诱惑吧，但应该养成休闲轻松的习惯。独处，平凡之人的保护神，对天才来说，就是一个严厉的朋友，是冷静而模糊不清的保护屏，在这里，它换了新羽，将他送到比太阳和星辰还远的地方。那个应该激励并领导自己种族的人一定不能与他人的灵魂一起旅行，一定不能在他们平庸、陈旧的观念的重轭下生活、阅读和写作。“在早晨，就是独处。”毕达哥拉斯说。自然会与想象交谈的，因为她从不与人相伴，她最喜爱的人或许会与那些专注于严肃而抽象的思想的神圣力量结识。我们可以非常肯定地说：柏拉图、柏罗丁、阿基米德、赫耳墨斯[①]、牛顿、弥尔顿、华兹华斯，都没生活在人群中，但却时不时以施惠者的身份出

① 赫耳墨斯，希腊神话中众神的使者，并为掌管疆界、道路、商业以及科学发明、辩才、幸运、灵巧之神，也是盗贼、赌徒的保护神。——译者

现在人群之中。聪明的教育者应该将这一可靠之点教给年轻人，教会他们如何处理时间，如何安排自己的生活，如何掌握独处的周期和习惯。公共生活的最高优势常常纯粹只是机械似的优势，每人一个房间和壁炉，当然，这是我对它的称呼。父母亲会毫不犹豫地允许自己的孩子去剑桥大学读书，但并不认为待在家里有什么必要。我们说独处标志着一个人思想状态的特性，但这种孤独若能在两人，或两个以上的人中间分享，那就更快乐，而且丝毫也不会因此减少高贵的色彩。“我们四人，”尼安德给他高尚的朋友写信说，“将会在哈勒享受独处的秘密幸福，它的基础永远是友谊。我越了解你，我越不满意，而且必须不满意我平常所有的朋友。他们的出现使我感觉麻木。他们平庸的理解力脱离了一切存在的中心。”

独处摆脱了当前各种胡搅蛮缠的压力，更广泛和人道的关系将会出现。圣人和诗人都追求隐居的生活方式，而力避最社会化、最普遍的生活。我们文化的一个秘密就是吸引人的社会性而不是他的隐匿性。这儿有一首新诗，它在报纸、杂志和交谈中引发了很多争论。从这些争论中，我们很容易归纳出读者对这首诗的定论，那就是说，总的来说，它不受欢迎。这位诗人，也可称作诗匠，只感兴趣于别人对他的赞颂，而对别人的指责，他却不感兴趣，虽然这些指责是公正的。这位可怜的小诗人只听得进赞扬，而却拒绝批评家的批评，并且说这些批评只证明了批评家的无能。但这些有教养的诗人则成了两个公司的股东——也就是说，一个是凯夫尤公司，一个是人性公司。在后一个公司时，凯夫尤公司遇到的挫折使他欢欣鼓舞，因为他在前一个公司的利益使他对凯夫尤公司的挫折感到快乐，因为凯夫尤公司的货币贬值只是表明他在人性公司的股票获得了巨大的升值。一旦他与批评家一起快乐地反对自己，他就是一个有教养的人了。

我们所有的特性和行动都必须有理性，否则它们就一钱不值了。我一定会有孩子，我必须有事做，我必须有社会地位和历史，否则我的思和说就缺少了实体和基础。但若要赋予我的这些附属品什么价值的话，我就必须将它们看作我偶然的财产，而且是相当浮华的财产，它们对别人的价值要比对我的大得多。我们在学者身上看到了这种理性，这是理所当然的事；但我们若在一个普通人身上看到这种理性，它会为他增加多大的魅力呀！拿破仑就像恺撒一样，都是理性的人，都能就事论事，不带个人感情。即使一个极端的利己主义者，他也能根据一般的观点批评一出戏、一幢建筑，或一个人，并且作出公正的评判。一个以前只是在政治和商业领域出名的人，若我们发现他有某种思想的趣味或能力，那他就会赢得我们更大的尊敬。如当我们了解到费尔法克斯[①]，这长期议会的将军，还对文物研究充满激情时；当我们了解到法国的弑君者卡诺[②]表现出杰出的数学天才时；当我们了解到一个活跃的银行家在诗歌领域也取得成功时；当我们了解到一个党派性很强的记者痴迷于禽

① 费尔法克斯（1612—1671），英国内战时新模范军总司令。——译者

② 卡诺（1753—1823），法国大革命时期的战略家，以“胜利的组织者”著称，曾任督政府的督政官，反对拿破仑终身执政，波旁王朝复辟后，亡命国外。——译者

学时，我们都会肃然起敬。因此，若在阿肯色或得克萨斯沉闷的荒野旅行时，我们应能观察到邻座的一个人在读贺拉斯，或马提雅尔[①]，或卡尔德隆[②]，我们恨不得去拥抱他。

当我们说文化开启了人的美感时，我们只是说法不同，但基本含义则是一样的。一个生来只是为了有用的乞丐，无论他在社会机器上是作一根针，还是作为铆钉，都不能说他达到了自制。我每天都因感觉不到人们的美感而痛苦。他们不知道每一个时刻、每一个物体都可以用美加以润饰，即那种举止的美、自制的美、仁慈的美。宁静和快乐是绅士的标志，而宁静则是能量的宁静。希腊的战争诗篇是静穆的。英雄们无论参加什么激烈的行动，都始终保持一种宁静的面貌。就像我们说尼亚加拉大瀑布是没有速度一样。一张快乐、聪明的面孔就是文化的目的，也是文化最大的成功。因为它指明了自然和智慧所能达到的目的。

当我们某些高级本能处于活动状态时，我们是温顺的，尴尬与不适让位于自然与适意的活动。人们注意到：对伟大时期和天文学上的重大发现的关注可以引起对灵魂的尊敬和对死亡的蔑视。美丽风景的影响，站在山前的震动，都可以平息我们的愤怒，提高我们友谊的质量。甚至一个高贵的圆屋顶，一个内部装饰华贵的大教

① 马提雅尔（40？—104？），罗马诗人，生于西班牙，主要作品为警句诗1500余首，其作品常为后人引用和模仿，成为现代警句诗的鼻祖。——译者

② 卡尔德隆（1600—1681），西班牙剧作家，其著作比较著名的是喜剧、宗教剧、哲理剧等100多部，代表作为《人生是梦》。——译者

堂，对人的举止也都会产生明显的影响。我曾听说，拘谨的人当身处屋顶很高的房子里，或宽敞的客厅里时，也会减少一点尴尬。我认为雕塑和绘画的一个作用就是教会我们如何举止静穆，从而消除我们的忙乱和紧张。

但是，文化的最主要的作用是从更高级的源头汲取力量，从而加强我们在修辞、政治、贸易和使用技艺方面的技能。整理和调整细节的思想和力量具有某种玄虚色彩，这只能来自对它们整体关系的透视。曾经看见过按神圣秩序排列事物的演说家永远不会看不到这一点，并且将从一种更高的标准来看待事物。虽然他不会谈什么哲学，他在处理这些事物时却完全是得心应手，游刃有余，决不会神魂颠倒，也不会惊恐万状，这与那些代理人或代理商的处理方式迥然不同。一个与像华盛顿这样的政党领袖保持着良好关系的人，在读报纸上的谣言和狭隘的政治家的胡乱猜疑时，他能敏锐地判断出每一种说法是对还是错，他能非常清楚地看出所有这一切将会有什么结局。阿基米德一眼就能看穿康涅狄格州的机器是怎么回事，并且判断出它的优劣。一个聪明人不但了解柏拉图给他带来的东西，而且也了解圣约翰向他显示的一切，他知道得越多，他就越容易将自己所处理的事物提升到某种高贵的地步。柏拉图说伯里克利之所以伟大，主要归功于阿那克萨哥拉[①]的教育。伯克[②]在可能影

① 阿那克萨哥拉（500？—428？BC），古希腊唯物主义哲学家，创立了宇宙论，并发现日食、月食的真正原因，其著作《论自然》现仅留存少许片段。——译者

② 伯克（1729—1797），英国辉格党政论家、下院议员，维护议会政治，主张对北美殖民地实行自由和解的政策，反对法国大革命。——译者

响高层事务之前，也来自一个较高的地位。富兰克林、亚当斯、杰斐逊、华盛顿都将完美的人性作为自己执政的基础，在他们面前，当今参议院的喧闹都只不过是小酒馆里的政治。

但文化还有更高级的秘密，它不是为学徒准备的，而是供专家使用的。这些秘密都是为勇敢者准备的课程。我们必须了解我们的那些戴着丑陋的面具的朋友。灾难就是我们的朋友。本·琼生[①]在献给缪斯的诗中特别提到这一点：

> 任凭他长期遭人妒忌，
> 任凭他备受不公平的遭遇，
> 只要还有友谊在，
> 他就仍受人尊敬。
> 让他失去所有的朋友吧，
> 或许更糟，
> 他可能失去了一切通向幸福的途径；
> 你给我带来一个比你更好的缪斯，
> 你还给我带来，对贫穷的祝福！

我们希望通过死记硬背学习哲学，希望拿英雄主义作为消遣。但更聪明的上帝说：接受耻辱吧，贫穷、酷刑和孤独属于诚实者。

① 本·琼生（1572—1637），英国剧作家，诗人，评论家，剧作有《炼金术士》《巴托罗缪市集》等。——译者

试试喝脏水吧，就像喝净水一样。脏水可以教给你值得知道的教训。当国家处于混乱状态时，个人素质比平时更起决定作用。不要害怕革命，它强迫你将一年当作五年来过。不要害怕不时树敌，对敌人不要心太软。有时要自愿到考文垂去[①]，让那里的人向你表示最冷酷的轻蔑吧。世界上的完人必须每次只吃一个苹果。他也必须将自己的憎恨控制在自己手臂够得到的地方，并且会忘掉怨恨。他既没有朋友也没有敌人，而只是将人看作力量的通道。

目标高远者一定惧怕安适的房子和流行的举止。天堂有时用笨拙和耻辱阻碍不同一般的人，就像用栅栏保护果实一样。即使有什么伟大而美好的东西为你留存着，它也不会因你一两声呼唤而走到你身旁，它也不会有什么时髦的形状，也不会是安闲舒适，也不会是城市里的客厅。流行是玩偶们的游戏。“通往上帝的道路险峻而陡峭。”普尔夫瑞说。打开你的《马可·奥勒利乌斯[②]》吧。按照古人的观点，他是一位伟人，他不屑于哗众取宠，他敢反抗命运的不满。他们喜欢在风急浪高的时候，乘坐自己华贵的船航行，他们解去船的索具，卸掉船的装备，与风浪搏斗，最后，在大海的陪伴下，他们在招展的彩旗和礼炮的欢呼声中驶进了港口。只要花重金，任何社会上的物品都可以买到，而纯粹的友好是不能与崇高的目标和自给并列的。

---

① 在英语中，若说将某人送到考文垂，意味着将某人逐出社交圈子。——译者

② 马可·奥勒利乌斯（121—180），罗马皇帝，新斯多葛派哲学的主要代表，宣扬禁欲主义和宿命论，对外经年用兵，对内迫害基督教徒，著有《自省录》12篇，死于军中。——译者

歌德的母亲责备贝提那太不注意装束，贝提那的回答是：“在我们可怜的法兰克福，如果我不能做自己想做之事，我什么都做不好。”年轻人必须真实地评价当地观点的变幻无常。我们活的时间越长，我们越必须忍受男人、女人的基本生存，每一颗勇敢的心都必须将社会视作一个孩子，永远不允许它发号施令。

“所有那些严厉的、有限制性的优点，”伯克说，“对人性来说几乎都太昂贵了。”谁希望严厉？谁希望为了贫穷、低贱和无礼而拒绝优秀和礼貌？敢这样做的人中，谁能保持自己温和的性情和欢乐的精神呢？高尚的美德并不是快乐的，但它最后以自己的勤苦得到了补偿。我们给那些坚定地反对自己同代人观点的人带去了什么样的月桂林和人类的眼泪呀！一个人是否可称作主人，标准是：二十年后，他能不能成功地使所有人都赞成自己的观点。

我在这里要说的是：文化不能开始得太早。在与学者交谈时，我观察到他们童年时代的那些伙伴的观点对他们已不起作用了，而这些观点本可以赋予富于想象力的文学作品一种他们所尊重的宗教性和无限性。我发现，鉴赏家的儿子的鉴赏力最容易提高，而要想将现在这些长大成人的孩子变成最好的学者，不仅仅已晚了很多年，而且是已晚了两三代人的时间。我认为，对一位学者来讲，这种动机是说得出口的，就如在过去的社会中，人们常常看到，一位出身高贵的业主，在经过了青春期的第一次激荡后，常常变成了一位细心的丈夫，他也产生一种人们惯有的愿望，那就是希望财产在自己手里不受到什么损害，并且希望将财产传给下一代时，它们还像当初自己继承时那样原封不动——因此，一位细心周到的人会将自己看作那种世俗改进的对象，而就是靠着这些世俗改进，我们人类才得到安慰、治疗和提升；他将拒绝将自己的力量浪费在享乐或利益上，因为这将使这种社会和世俗改进处于危险之中。

通过对化石层的分析，我们知道了自然是以发展不完全的形态开始的，后来这些形态发展得越来越复杂，地球也适合它们生存了。随着高级形态的出现，低级形态的生物灭亡了。我们中几乎没人可以说是发展完整的人。在我们身上，仍残留有以前那些低等四足生物的某些特征。我们称这些数以百万计的生物为人，但他们还不是人。人脸朝黄土背朝天，笨拙地抓着，扒着，想得到自由，他们需要所有的音乐来解除自己的痛苦。如果爱，热烈的爱，带来了眼泪和快乐；如果匮乏带来了自己的惩罚；如果战争带来了自己的炮轰；如果艺术带来了自己的代表人选；如果基督教带来了自己的仁慈；如果贸易带来了自己的金钱；如果科学带来了自己可以穿越时空的深处的电报机，使他沉闷的神经咚咚跳动；蝶蛹硬背上响亮的敲击声可以打破它的外壳，让新生物站立起来，获得自由——让开路，并为他唱赞歌吧。四足动物的时代就要结束了，大脑和心的时代就要来到了。当我们所知的低等形态不再能成为有机体时，这个时代也就来了。人的文化不会放过任何东西，它需要一切。它将把一切障碍转变成工具，将一切敌人转变为力量。可怕的灾害只会造成更多有用的奴隶。如果人们看到，人的将来都暗示在用于发展和改进的有机自然之力中，以及趋向人类更美好的未来的冲动之中，那么，我们将大胆断言：没有什么是他克服不了、改变不了的，最后，文化将消化掉混乱和地狱。他将把复仇女神转化成缪斯，把地狱变成天堂。

英雄主义

天堂就在剑影之下。

——马哈美

红葡萄酒被无赖啜饮，
糖喂肥了奴隶，
玫瑰和葡萄叶用来装饰小丑，
雷电则是朱庇特的花彩，
低垂的可怕的花环，用光电编织而成，
环绕在他的颈间。
英雄不靠甜美滋养，
他每天只食自己的心；
伟大者的居所就是监狱，
东风正适合盛大的航行。

在以前的英国戏剧家中，主要是在博蒙特[①]及弗莱彻[②]的剧本中，总是将承认高贵的出身作为始终不变的主题，似乎在他们那个时代的社会里高贵的举止就像我们美国人的肤色那样很容易就能辨别出来。当什么罗德力格、彼德罗或瓦莱奥进来时，虽然谁也不认识他，公爵或总督却欢呼雀跃："来了一位绅士。"接着就是无休无止的客套、礼节。但其余的一切则都是炉渣、废物。与从这种个人优越感中获得的快乐相一致，在他们的剧本中还包含某种带有英雄主义色彩的个性和对话，像在《博杜卡》《索福克勒斯》《疯狂的恋人》《双重婚姻》中就是这样。在这些剧本中，说话者说得那样热烈、那么真诚，并且具有那么深的性格基础，结果，在情节中只作为最微不足道的附加成分的对话，自然提升为诗歌了。这样的例子举不胜举，我们只需看下面这一文本。罗马的马休斯征服了雅典，却无法征服雅典公爵索福克勒斯，以及他的妻子多丽尹的战无不胜的精神。多丽尹的美色点燃起马休斯的爱情，他试图拯救索福克勒斯，虽然此时索福克勒斯只需一句话就能救自己，但他却不惜自己的生命。两人之间的情节是这样进行的：

瓦勒琉斯：向你的妻子告别吧。

索福克勒斯：不，我不会离开。我的多丽尹，看那远方的天空，在阿里阿德涅的王冠周围，我的灵魂将在那里翱翔。请，快

① 博蒙特（1584—1616），英国剧作家，与弗莱彻密切合作，创作剧本10余部，独自创作及与人合作的剧本共52部。——译者

② 弗莱彻（1579—1625），英国詹姆斯一世时期的剧作家，与博蒙特合作创作剧本，尤以悲喜剧著称，主要有《少女的悲剧》等。——译者

一点。

多丽尹：等一等，索福克勒斯——好好看看我的眼睛；不要让温柔的心这么容易被改变，丢掉她那温和的女性的仁慈，让我看着我的主人流血。好了，这很好；在我的索福克勒斯面前，太阳下的一切，都将在我面前失去踪影。再见了；现在去教给罗马人如何去死。

马休斯：难道我不知道什么是死？

索福克勒斯：你不知道，马休斯，因此，也不知道什么是生。死就是新生的开始。它结束了一个陈旧、迂腐、厌倦的工作，而开始了一个更新、更好的工作。这是把骗人的无赖留给神和善的社会。而你自己最终也必定离开你所有的花环、快乐和胜利，那时，你的坚毅将证明自己还有何用。

瓦勒琉斯：但是，放弃自己的生命，你难道不悲伤、苦恼吗？

索福克勒斯：将我送至我一向最爱的人们中间，我能有什么悲伤和苦恼？现在我跪下了，但我的背向着他们；这是这个伟岸的身躯能为神尽的最后的义务。

马休斯：放开他，放开他，瓦勒琉斯，否则，马休斯的心会跳到他的嘴上。这里是一个男人，一个女人。亲吻你的主人吧，过你想过的任何生活吧。

噢，我的爱！你给了我双重的影响，美德和美的影响。奸诈的心，在你冒犯了怜悯之前，我的手将很快将你扔进我的坟墓。

瓦勒琉斯：什么在折磨着我的兄弟？

索福克勒斯：马休斯，噢，马休斯，你现在已经找到征服我的方式了。

多丽尹：噢，罗马之星！你这样高尚的行为，我不知怎样表达我的感谢才合适。

马休斯：这个可敬的公爵，瓦勒琉斯，他对命运和死亡的蔑视，俘获了他自己，也已俘获了我，虽然我的手将他的身体带到这儿，他的灵魂却征服了我的灵魂。

以罗穆卢斯[①]的名义，你是一切的灵魂，我就这样想；
他没有血肉，而灵魂是不能戴上镣铐的，
所以我们什么也没有征服；他是自由的，
马休斯现在是戴着镣铐行走了。

我很难回忆起我们的出版社在最近几年出版过与上面这段对话具有同一种调子的什么诗歌、剧本、讲道、小说或演讲。我们有很多长笛和六孔竖笛，但却不常有任何生命的声音。然而，华兹华斯的《雷欧德迈娅》《狄翁颂歌》，以及一些十四行诗，都包含着某种高贵的音乐。司各特有时会使人精神一振，就像柏利的巴弗为伊凡德乐公爵所画的肖像。托马斯·卡莱尔具有一种自然的趣味，可以感觉到性格中勇敢无畏的东西，然而，从他的自传像和历史画像中，却看不出在他最喜爱的东西中有什么英雄主义的特性。更早时候，罗伯特·彭斯曾给过我们一两首歌。在有关哈利父子的各种杂集中，曾描述了卢兹之战，值得一读。西蒙·奥克莱的《撒拉森

① 罗穆卢斯，战神玛尔斯之子，罗马城的创建者，“王政时代”的第一个国王。——译者

人[1]史》描述了个人英雄创造的奇迹，就叙述者的角度而言，他崇拜一切英雄事迹，而且，他似乎认为他在基督教牛津派中的地位要求他对憎恶表示适当的抗议。但如果我们考察一下英雄主义的文学作品，我们很快就会注意到普鲁塔克，他是英雄主义文学的鼻祖和历史见证人。布拉斯达斯、狄戎、伊巴斯密达、大西庇阿都受益于他，而我也认为我们得益于他的比得益于一切古代作家的都要多。他的每一个“生命”，都是对我们的宗教和政治理论家的懦弱与失望的有力驳斥。一种野蛮的勇气，一种非学院派的而是源自血液的禁欲主义，闪耀在每一件轶事上，从而赋予全书一种不朽的声名。

我们需要的是这种辛辣的有宣泄作用的书，而不是那种政治科学和私人经济方面的著作。生命只是在智者看来才是一次欢宴。而从谨慎的隐秘的角落和烟囱的边缘看去，生命则长着一张危险而粗糙的脸。我们的祖先及同代人对自然法则的冒犯也已在我们身上得到了报应。我们周围的疾病和残缺已经证明了自然的、思想的、道德的法则受到的侵犯，而一次又一次的侵犯最终导致了如今这种深沉的悲哀。使人的头低垂到脚后跟的破伤风，使他对自己的妻儿咆哮如雷的歇斯底里，使他吞吃玻璃的疯狂，战争、瘟疫、霍乱、饥饿，都表明自然中的某种暴行。这种暴行因为已经找到了人类犯

① 撒拉森人，古希腊后期及罗马帝国时期叙利亚和阿拉伯沙漠之间诸游牧民族的一员。——译者

罪的这一入口，也一定要在人类的痛苦中找到自己的入口。不幸的是，现在没有一个人不在某种程度上亲自成为罪孽中的一个股东，因此使自己理应分享应受的惩罚。

我们的文化因此一定不能忽略对人的武装。让他及时听到他生而处于战争状态，全体国民以及他自己的利益都要求他不应在和平的草地上跳舞，而应保持警觉和镇定，既不反抗雷电，也不惧怕雷电，让他将生命和名誉紧握在自己手里，并以绝对的文雅，以自己表达的绝对真理和行为的正直，勇敢地面对绞刑架和暴徒。

人人内心都有一种嗜战的态度，都倾向于战争这种永恒的罪行，他想以此证明自己单枪匹马就能对付敌人的千军万马。对人灵魂中的这种战争倾向，我们称之为英雄主义。它最野蛮的形式就是对和平、安全的蔑视，而这就造成了战争的魅力。是轻视谨慎的抑制的自信以自己无穷的能量和力量修复了自己可能遭受的伤害。英雄就是心灵平衡的人，任何干扰也动摇不了他的意志，他只是文雅地，可以说是愉快地伴随着自己的音乐进发，在可怕的警报声中、在普遍的放荡中、在弥漫着的酒醉金迷的欢笑中，他都是这样。英雄主义中没有任何哲学的东西，也没有什么神圣的东西；它似乎并不知道其他灵魂与它是同一种质地。它也有自己的骄傲，它是个人主义的极端形式。然而，我们必须发自内心地尊敬它。在伟大的行动中，似乎有一些东西不允许我们进一步探究它。英雄主义只凭感觉，却从不推理，因此它总是对的。虽然不同的出身、不同的宗教以及更伟大的思想行动会修正或甚至推翻整个特殊的行动，然而，对英雄而言，他所做之事都是最高尚的行为，是不允许哲学家或神学学者审查的。只有那种没受过学院教育的人才会信誓旦旦地说在自己身上发现了一种素质，使他能够忽略消费、健康、生命、危险、憎恨和指责，并且知道他的意志比一切实际的和可能的敌人更高，更杰出。

英雄主义与人类的呼声是矛盾的，有时还会与伟人和善良者的声音相矛盾。英雄主义是对人性格中的某种秘密冲动的屈从。现在，它的智慧只对他显现，而却不会对别的任何人显现，因为每个人在适合自己的道路上都会比其他任何人看得远一些。因此，公正的聪明人都会为自己的行为生气，直到过去一小段时间之后才会平息，随后他们才看到自己与自己的行动一致起来了。一切谨慎的人都明白：与感觉的繁盛相反，行动是纯洁的，因为每一种英雄行为都要通过自己对某种永恒之善的蔑视而衡量自己。但他最终发现了自己的成功，随后，谨慎者也会赞美他了。

自信是英雄主义的本质，它是战时的灵魂状态，其最终目标是对谎言和谬误的最后抵抗，是忍受一切可被罪恶的因素影响的事物的力量。它说出了真理，它是正义的、慷慨的、友好的、温和的，它嘲笑一切精打细算，也嘲笑被人嘲笑。它坚忍不屈。它是一种无畏的勇敢和永不枯竭的坚定。它嘲笑的对象是日常生活中的渺小。那种点缀于健康和财富之上的错误的谨慎只是英雄主义的笑柄和嘲笑的对象。英雄主义，就柏罗丁所说，几乎耻于自己的肉体。那么，它对小糖果、猫的摇篮、厕所、赞美、争吵、卡片和牛奶蛋糕这些折磨着整个社会的才智的东西又会怎么说呢？善良的本性为我们这些可爱的生物能带来什么快乐呀！伟大与渺小之间似乎没有什么区别。当精神不再是世界的主宰时，它随后就成了自己的欺骗者。然而，渺小之人受到那么大的欺骗却一无所知，他那么轻率，那么易信，他生来是红色的，死时却成了灰色的；他打扫着自己的洗手间，照顾着自己的健康，品尝着美味的食物和烈性酒，专心致志于一匹马或一支枪，因一些小小的谣言或小小的赞美而快乐，伟大的灵魂除了对这种真诚的无所事事加以嘲笑外别无选择。“实际上，这些谦卑的考虑使我不再爱伟大了。记下你有多少双丝袜，也就是说，记下这些或那些是桃红色的袜子；或记下你衬衫的存货清单，说这件是多余的，那件是有用的，这些对我来说是多大的耻辱呀！”

市民们根据算术法则来考虑在自己的火炉旁接待陌生人的不便，狭隘地计算时间的损失和不寻常的炫耀；高品质的灵魂将不合时宜的经济扔回到生活的拱亭之下，并且说，我将服从上帝，他将提供牺牲和火。伊比恩·郝克拉是阿拉伯的地理学家，他说在布哈拉人的殷勤好客中包含着一种极端的英雄主义。“我在布哈拉时，看到过一座巨大的建筑，像一座宫殿一样，它的各个大门始终敞开着，都用大钉子固定在墙上。我问其中的原因，有人告诉我，无论白天还是黑夜，这座建筑物从来没关过门，这样已有数百年了。陌生人无论有多少人，也无论在什么时候，都可以随意进去；房子的主人有足够的房间接待客人以及他们的牲畜，若客人在此逗留一段时间，这是主人最开心的事。而在其他任何国家，我都从未看到过类似的事情。”高尚的人非常了解那些为陌生人提供时间或金钱或庇护的人——他们这样做只是出于爱，而不是为了卖弄和炫耀——似乎上帝也对他们负有义务，宇宙的补偿法则就是如此完美。通过某种方式，他们似乎已失去的时间得到了补偿，他们似乎忍受的痛苦也报答了他们自己。这些人煽旺了人类爱的火焰，并且提升了人类的文明道德标准。但好客一定是为了服务，而不是为了炫耀，否则它就会摧毁主人。勇敢的灵魂冒险太大，因而不能凭着自己的桌子和衣饰而提高自己的价值。他付出自己拥有的东西，而且是所有的东西，但他自己的庄严却可以借给燕麦和导流罩一种更好的优雅，而他们用于城市的盛宴时却没有这份优雅。

英雄的节制原因也是他不想玷污自己已拥有的价值。但他爱节制并非因为它的优美，也不是因为它的严肃。他似乎不值得费神去故作严肃，并严厉地拒绝食肉喝酒，拒绝抽烟，抽鸦片，饮茶，穿丝衣，戴银饰。一个伟人几乎不知道自己如何吃饭，如何穿衣，但没有了阻拦或精确，他的生活则是自然的、充满诗意的。约翰·艾略特，这印度的改革家，他喝水，却也谈到了酒：“这是一种高贵、大度的液体，我们应谦卑地感谢它，但是据我所知，水是在它之前制造出来的。”大卫王的节制更值得一提，他将自己的三个武士冒着生命危险带来给他喝的水倾倒在贵族面前的地面上。

据说布鲁图斯[①]在菲利皮[②]之战后自杀时，曾引用了欧里庇得斯的一句台词："噢，美德！我一生都在追随你，我最后却发现你原来只是一个幻影。"我不怀疑英雄会因这句话而遭到诽谤。英雄的灵魂不会出卖自己的公正和高尚。它不求吃好睡暖。伟大的实质就是感觉到美德足够了。贫穷就是它的装饰品。它不需要丰富，并且可以很好地避免自己的损失。

但英雄阶层最引起我遐想的是他们所表现出的好性情和狂欢。能够出色地完成共同的责任，能够严肃地忍受困苦，进行冒险，这是人生的一个顶点，但这些可贵的灵魂将舆论、成功和生命看得如此之轻，以至于他们不会因敌人的恳求，或悲哀的表示而安慰他们，而是始终保持自己惯有的伟大。西皮罗被控盗用公款，虽然他手里就拿着为自己辩护的状纸，却拒绝等待可以证明自己无罪的辩护，他认为这是奇耻大辱，于是就当着陪审团的面将辩护状撕得粉碎。苏格拉底也谴责自己一生都保持着在城市公共会堂里的一切荣誉，而托马斯·莫尔爵士幽默地对待绞刑架，也是出于同样的性情。在博蒙特和弗莱彻的《海上旅行》中，朱勒塔告诉勇敢的船长和他的同伴：

---

① 布鲁图斯（85—42BC），罗马贵族派政治家，刺杀恺撒的主谋者，后来逃到希腊，集结军队对抗安东尼和屋大维，因战败自杀。——译者

② 菲利皮是希腊马其顿地区的古城，今已毁。公元前42年安东尼和屋大维在此战败布鲁图斯和卡斯苏斯。——译者

朱勒塔：为什么，奴隶们，我们有权力吊死你们。

船长：很可能是这样。于是，我们也就有权力被你们吊死，并且蔑视你们了。

这些回答是正确的，完整的。运动就是完美健康的开放和闪光。伟大的意志不会屈尊重视任何东西，一切都一定像金丝雀的歌声一样快乐，虽然这数千年以来一直阻碍着地球上古老而愚蠢的教堂的消失或城市的兴起。单纯的心将这个世界的一切历史和习惯都抛至脑后，天真地反抗着世界的“蓝色法规”[①]，玩着自己的游戏。如果真能这样，我们就能看到人类聚集在幻象之中，虽然整个人类的眼睛都看到他们穿着高贵而严肃的工作和影响的外衣，但他们就像在一起嬉笑的顽童。

这些美好故事对我们的吸引力，浪漫传奇故事对男孩子们的魔力——他们在学校将这些被禁之书藏在长凳之下偷偷地阅读——还有我们对英雄的喜爱，是对我们有意义的主要事实。所有这些伟大而超凡的特性也都是我们所有的。如果我们睁大了眼睛来看希腊人的力量、罗马人的骄傲，我们会发现自己已经表现出了同样的感情。让我们在自己的小房间里为这个伟大的客人留出一席之地。我们要想获得价值，第一步将是纠正我们与时间和空间、数目和形状

① 蓝色法规是美国历史上殖民地时期清教徒社团颁行的法规，包括禁止星期天营业、饮酒等世俗活动，这一法规源自印在蓝色纸上的关于安息日规定的报道，美国独立战争后大部分州废除了此项法规。——译者

之间的迷信联系。为什么雅典、罗马、亚洲、英国这些词天天在我们耳旁回响，使我们激动不已呢？心灵所处之地，也即缪斯所居之地，众神逗留之所，决不在什么闻名之地。马萨诸塞州、康涅狄格河、波士顿海湾，你认为这些都无足轻重的地方，你的耳朵喜欢外国的名字，喜欢历史上值得纪念的地方。但我们就在这里。而且，如果我们愿意多逗留一会儿的话，我们会慢慢认识到这里是最好的。只要保证你留在此地，艺术和自然，希望和命运，朋友，天使和神灵都将不会离开你所住的房间。勇敢而充满柔情的伊巴米浓达在我们看来似乎并不需要为天国而献身，似乎也不需要为叙利亚的阳光而献身。他现在就安息在自己应居之地。新泽西这一优美之地足可以使华盛顿闲庭散步，伦敦的大街小巷也够弥尔顿走的了。伟人在人们的想象中将自己所处之地变得温和可亲，使这里的空气变成一切优美的灵魂所深爱的因素。有最高贵的心灵居住的国家就是最美丽的国家。在读到伯里克利、色诺芬、哥伦布、拜亚尔①、锡德尼、汉普登②的英雄行为时，我们想象中充满的各种画面使我们懂得了我们的生活是多么渺小。根据我们生活的深度，我们不应该仅仅用庄严或民族的辉煌来装饰我们的生活，并且依循在我们的一生中都能吸引人和自然的原则行事。

① 拜亚尔（1473—1524），法国军人，屡建战功的英雄，被封为骑士，人称“无畏无瑕骑士”，最后战死在意大利战场。——译者

② 汉普登（1594—1643），英国国会领袖之一，税务专家，曾在下院激烈反对国王查理一世擅自征税，英国内战中指挥埃奇希尔战役（1642），翌年在同王军作战中受重伤而死。——译者

我们已经看到过或听说过许多与众不同的从不成熟的年轻人，或者说他们的行为在实际生活中并不与众不同。当我们看到他们的风度和态度时，当我们听到他们谈论社会，谈到书，谈到宗教时，我们崇拜他们的优秀；他们似乎蔑视我们整个的政治形态和社会状态；他们俨然一副被送来发动革命的年轻巨人的做派。但他们进入了一种积极活跃的职业，而正在成形的巨人则缩小成普通人的模样。他们所用的魔法就是理想的倾向，而这种方法总使实际变得可笑。但当他们将自己驾驶太阳的马用来耕种农田时，强硬的世界就已在报复了。他们没有找到榜样，也没找到什么同伴，他们的心变得微弱了。随后会怎么样呢？他们在自己最初的雄心壮志中给出的教训依然是真实的，一种更好的勇气和更纯洁的真理终有一天会重新组织起他们的信仰。否则，为什么一个女人应将自己比作历史上的某个女人呢？为什么她认为，因为萨福[①]，或塞维尼侯爵夫人[②]，或德·斯塔尔夫人，或居于修道院中的有天才和教养的灵魂不能满足想象和安详的特弥斯[③]，所以就没人能——肯定她也不能呢？为什么不能呢？她有一个新的、从未尝试过的问题要解决，这或许是一直繁盛的最幸福的自然。让这个女人，以坚毅的灵魂，安详地走在自己的路上，接受每一个新经历的暗示，反复探究一切吸引着她的眼睛的东西，这样她就可以领悟到她的新存在的魅力和力

① 萨福（约612？—？BC），古希腊女诗人，作品有抒情诗9卷，哀歌1卷，仅有残篇传世。——译者

② 塞维尼侯爵夫人（1626—1696），法国女作家，唯一作品《书简集》，其中收有同女儿的通信，反映路易十四时期的宫廷生活与社会生活，具有较高的文学价值。——译者

③ 特弥斯，希腊神话中掌管法律和正义的女神。——译者

量，这是在太空深处绽露的一个新的黎明。漂亮的女孩子常决然而骄傲地选择自己的影响源，并以此反抗干涉，但却如此无视地取悦于人，如此固执，如此高傲，并且诱使每一个旁观者都多少注意到她自己的高贵。安静的心鼓舞着她，噢，朋友们，永远不要因恐惧突然下帆！要么极夸张地驶进港口，否则就与上帝一起驶向大海。不要虚度此生，因为每一个从旁边闪过的眼睛都会为这景象而欢呼，而变得文雅。

英雄主义的特性就在于其持久性。人人都有游移不定的冲动，慷慨大方也都是间歇性的。但一旦你选择了自己的角色，那就要遵守它，而且不要软弱地试图与世界妥协。英雄不能成为普通人，而普通人也不能成为英雄。然而，我们都有劣根性，那就是总希望在那些行动中得到别人的同情，而这些行动的卓越之处在于：它们已超越了同情，而求助于一种迟缓的公正。如果你为自己的哥哥服务，那是因为你适合为他服务，当你发现谨慎之人并不赞扬你时，你也不要违背自己的诺言。坚持自己的行动，而且，如果你已经做了什么奇怪之事、异常之事，打破了我们这个有教养的时代的单调，那就赞美你自己吧。我曾听人给一个年轻人提出了一个高尚的建议：“总做自己怕做之事。”一个质朴勇敢的性格，当他承认战争事件是快乐之事，而又不后悔自己没参加战争时，他就从不需要道歉，但他应以福基翁的冷静来思考自己过去的行为。

没有什么弱点和暴露是我们不能在思想中找到安慰的。这是我肌体的一部分，是我与自己的同类之间的关系与义务的一部分。自然与我约定过，说我永远不应处于不利地位，永远不应崭露头角吗？让我们慷慨对待自己的尊严以及自己的金钱。一劳永逸的伟大与舆论无关。我们之所以说出自己的仁慈，并不是因为我们因它们而受人赞扬，也不是因为我们认为它们有伟大的优点，而是因为我们行为正当。这是一种致命的错误，就如在别人列举自己的仁慈之举时，他所发现的缺点一样。

说实话，或者说得严重点，以严苛的节制生活，或者说以极端的慷慨生活，似乎是一种禁欲主义，而这种普通的善良性情应属于那些生活安闲富足的人，他们以此来表示他们感到自己与许许多多受苦的人之间具有一种兄弟般的感情。我们不仅需要通过承担节欲、债务、孤独和寂寞的惩罚来显露和锻炼我们的灵魂，而且聪明者还应勇敢地观察那些有时侵犯我们的罕见的危险，并且要使自己通晓疾病的各种隐蔽的形式，通晓各种咒骂的声音以及暴死的情景。

英雄主义的时代一般是恐怖的时代，但没有英雄主义的时代连太阳都不会闪耀。从历史的角度讲，人现在生活的环境在这个国家比以前任何时期都要好。我们的文化也更加自由了。现在不会一踏出成规一步就遇到亮闪闪的斧子了。但任何具有英雄主义精神的人始终都会发现自己的英雄之路总会遇到各种危机。人类的优点要求有人成为自己的先锋，也要求有人作出牺牲，迫害的审判始终未中止过。为了得到言论自由的权利，勇敢的拉夫乔埃用自己的胸膛迎接了一个暴民的子弹，在应该献出生命的时候死去了。

我没看到任何完全和平的道路可以供人遵循自己内心的劝告行路。让他放弃太多的联系，让他走回家中，在他所赞成的道路上安身立命。单纯但高尚的感情在模糊的责任中会持续不断地出现和保持，这使得人的性格更加坚忍，最终使他既可为荣誉而劳作，如果需要，也可在喧哗与骚动中工作，或在绞刑架上工作。无论人们遭受到什么暴行，这些暴行都还会再次降临到人身上。如果公众中出现什么宗教衰败的迹象，这种情况就更容易出现。青年人可以非常自由地认识到自己的心灵，拥有他所能有的温柔性情，并且调查他能多快地固定自己的责任感，只要宣布煽动性的言论能够取悦第二天的报纸和足够多的邻人，无论何时，他都愿勇敢地接受粗俗的谣言、火刑、油炸、兽咬、绞架这样的惩罚。

看到一个决心已定的人那么快地决定去承受最恶意的攻击，灾难给最敏感的心灵带来的恐惧会多少平静下来。我们迅速接近一个没有任何敌人能追踪而至的边缘。

任凭风吹浪打，
你自岿然不动。

在我们不知道将发生什么的阴郁日子里，在我们听不到更高尚的声音的日子里，谁会嫉妒那些已肯定地看到自己勇敢的行为的最终结果的人呢？那些看到了我们政治的渺小，但内心却祝贺华盛顿已被裹在尸衣之中，被温柔地放在坟墓之中，获得了永远的安全的人，人类的希望还没有征服他吗？谁不有时会嫉妒那些善良、勇敢者，他们不仅忍受着自然世界的暴行的折磨，而且还以别人难以理解的满足等待着他与无限自然的交流走向迅速的终结？然而，比阴谋更早被消除的爱已经使死亡成为不可能，并且证明了自己不但是不朽的，而且是绝对的、永不会消失的存在深处的土人。

历 史

对创造一切的圣灵来说，
世上的万物无伟大与渺小之分：
它走到了哪里，哪里就万物复苏，
而他无处不在。

我是宇宙的主人，
也是七星与太阳年的主人，
我有恺撒的手，柏拉图的头脑，
基督的心，以及莎士比亚的旋律。

一切个人都有一个共同的心灵。每一个人都是一个通向同一以及同一的一切的入海口。人一旦获得了理性的权利，他就成了一个可以在整个宇宙间自由活动的人。柏拉图想到的，他也能想到；圣徒所感觉到的，他也能感觉到；在任何时候发生在任何人头上的事，他都能够了解。无论是谁，只要能够接近这一普遍的心灵，他就参与了目前存在的一切，或是可能做到的一切，因为它是唯一且最高的媒介。

历史记载了这一普遍心灵的所有工作。它的天才可由全部的岁月来作证。要解释人，就必须解释他的全部历史。人的心灵从开始的时候就出发——不慌不忙，从不休息，把一切属于它的每一种天赋、思想、感情，都借助于适当的事件表现出来。但思想始终先于事实而存在，所有的历史事实都以法则的方式预先存在于心灵中。而每一种法则反过来又都是由当时左右社会的环境制造出来的，而自然界的限制又使它每次只能产生一种法则。一个人就是全部事实的百科全书。一颗橡果可以创造出一千个树林；埃及，希腊，罗马，法国，不列颠，美国，已经蕴藏在第一个人里面了。一代又一代，军营，王国，帝国，共和国，民主国，都只不过是他将自己多方面的精神应用在这个多方面的世界上而已。

这人类的心灵书写出历史，而它也必须读史。斯芬克斯必须解答她自己的谜语。如果整个的历史都藏在一个人身上，那么我们完全可以从个人的经验来解释一切。我们生活里的一个个具体时刻与时间组成的一个个世纪之间存在着一种关系。如我所呼吸的空气是从大自然这个巨大的贮藏室里取来的，如照在我书上的光来自一万万英里之外的一颗星，如我身体的平衡全靠离心力与向心力的均衡，因此一个个时刻也应接受一个个世纪的教训，而一个个世纪也可以用一个个时刻来解释。每一个人都是普遍心灵的又一次转世再现。它所有的特性都存在于他内心。他个人经验里每一件新的事实都反映出许多人曾共同做过什么，他自己生活的危机也反映了国家的危机。每一场革命最初都只是一个人脑子里的一个念头，当另一个人脑子里也出现了这同一种思想时，它就是这一时代的关键了。每一种改革最初都是一个私人的意见，等它又成为另一个人的私人意见时，它将成为解决那个时代的问题的答案了。别人叙述的事实必须与我内心一致，我才会认为它是可信的，或是可以理解的。当我们读书时，我们必须成为希腊人、罗马人、土耳其人、牧师与国王、殉教者与刽子手；我们必须将这些形象牢牢地拴在我们秘密经验里的某种实物上，否则我们就不能够正确地学到任何东西。发生在阿斯都巴和恺撒身上的一切，与发生在我们身上的一切，都同样是心灵的力量和堕落的一种证明。每一种新的法律与政治运动对你来说都有一种意义。站在它的每一个招牌之前，你说："在这面具之下隐藏着我多变的本性。"这弥补了我们太接近自己的这个毛病。这使我们能透过一定的比例观看我们自己的行为，就如螃蟹、山羊、蝎子、秤与水壶一样，一旦被当作十二命宫的标志，就不再是卑微的东西了；同样，在所罗门、亚西比德[①]与喀提

① 亚西比德（450？—404BC），古希腊雅典政客和将领。——译者

林[①]这些遥远的人物中，我也能看到我自己的罪恶。

赋予特殊的人与事以价值的就是这普遍的天性。包含着这种普遍天性的生命是神秘的，神圣不可侵犯的，我们用各种惩罚与法律来护卫它。因此一切法律都从中获得自己最终的存在理由；一切法律都多多少少明确地表示它们多少掌握着这种最高的无限的本质。财产也掌握着灵魂，也包含着伟大的精神事实，出于本能，我们起初用刀与法律，以及广泛而复杂的工具来掌握它。我们对于这一事实的隐隐约约的意识就是我们一生一世的一线光明，是我们最大的要求；是我们对教育、正义、仁慈的呼唤；是友谊、爱情、自力更生的基础。值得注意的是，我们阅读的时候总是不自觉地将自己看作超人。宇宙的历史，诗人，传奇作家，他们所描绘的最庄严的画面——祭祀和帝王的宫殿，意志或天才的胜利——从来不会使我们失去兴趣，不使我们感觉到我们正在侵入别人的领地，不使我们觉得这是给更优秀的人看的，而事实是：在他们宏伟的描写中，我们觉得最轻松自如。莎士比亚关于国王所说的一切，连坐在角落里读书的小男孩也觉得可以应用在自己身上。历史上的每一个伟大时刻，每一个伟大发明，每一次伟大的抵抗，都能引起我们的同情。因为自有人为我们制定法律，为我们在海上探险，为我们发现陆地，或为我们打击敌人，因为若我们处于那种地位也会这样做，或是鼓掌欢呼别人这样做。

---

① 喀提林（108？—62BC），罗马共和国贵族，因竞选执政官失败而发动武装政变，遭执政官西塞罗镇压，在率部反抗时被杀。——译者

我们对环境和性格具有同样的兴趣。我们尊敬富人，因为从外表看他们具有一种自由、权力与风度，而我们觉得那是人应该有的，我们都应该有的。同样，禁欲主义者或东方人或现代散文家对所谓的聪明人的描述，在每一个读者看来，也都只是描写了他们自己的观念，描写了他尚未达到但可以达到的自身。一切文学都描写了聪明人的性格。书、纪念碑、图画、谈话，都是画像，他在其中可以找出自己将要长成的容貌。无论是沉默寡言，还是口若悬河者，都将赞美他、招呼他，无论他走到哪里，哪里都有人不断提到他，这使他兴奋不已。一个真正的有志者因此从来不需要渴望别人在谈话中谈到自己，赞美自己。他听见人家在称赞，但不是赞美他，而是赞美他所追求的人格，而且语调更甜美，在人们谈论人格的字字句句里，他都听出了这种赞美，而且更有甚者，在每一件事实，每一种环境中——在奔淌的河流里，在沙沙作响的谷物里，也都能听见这种赞美。从沉默的大自然，从山与天空的光中，人们也都看到了赞美，看出甘心的臣服和爱的流动。

这些暗示，像是在梦中和黑暗中闪现给我们的暗示，让我们在完全清醒的时候利用吧。学生应主动地而不是被动地去阅读历史，他应将自己的生活视为正文，将书籍当作注解。这样，历史女神就将被迫说出圣言，而对于不尊重自己的人她从来不说圣言。无论什么人，如果他认为至今还为人颂说着的那些人在远古时代所做的事比他今天所做的事具有更深刻的意义，我不奢望这种人会正确地阅读历史。

世界之所以存在，就是为了教育每一个人。历史上，没有一个时代、一种社会状态或行为方式，不是与他生活里的某种东西相对应的。每一件事物都以奇妙的方式倾向于简略自己，而向他奉献自己的优点。他应当明白他在自己身上就能体验到整个历史。他必须坚定地安坐家中，不受那些国王或帝国的欺凌，但他要知道，他比世界上的一切地理、一切政府都伟大，他必须转变阅读历史的一般观念，从罗马与雅典与伦敦转移到他自己身上。他并不否认自己相信他就是法庭，如果英国或埃及有话对他说，他就审判这案件；如果它们没有话对他说，那就让它们永远缄默吧。他必须养成并保持一种崇高的见解，通过这种见解，一切事实都透露出它们的秘密的意义，而诗与历史的记载是类似的。我们利用历史上的重要记载，就可以知道心灵的本能、大自然的目标。时间把事实的坚固的棱角磨碎，使其化为闪烁的以太。无论什么铁锚、缆绳、篱笆，都不能将一件事实永远保持为事实。巴比伦，特洛伊，蒂尔，巴勒斯坦，甚至早期的罗马，都已在转变为传说故事了。伊甸园，太阳静止不动的吉比恩[①]，对所有民族的人来说，这些后来都成为诗歌了。当我们已经将事实化为一个星座挂在空中作为不朽的标志时，谁还会关心事实到底是怎样的？伦敦、巴黎与纽约必须走同一条道路。“什么是历史？”拿破仑说，“它不过是一个大家都认同的寓言。”我们的这种生命四周插着埃及、希腊、法国、英国、战争、殖民地、教堂、宫廷、商业，就像是插着许多花朵与或严肃或快乐

① 吉比恩，巴勒斯坦古都，位于耶路撒冷西北。——译者

的野生装饰品。我不想多说它们。我相信永生。我能在我自己的心灵中找到希腊、亚洲、意大利、西班牙与英伦三岛——每一个时代与所有时代的天才与创造性的原理。

我们永远是在我们的私人经验中遭遇到历史上显著的事实，并在其中证实它们。一切历史都成为主观的了，换句话说，实际上堪称是没有历史，只有传记。每一个心灵都必须学会这一课——都必须察看整个地域。凡它没有看见、没有体验过的，它就不会知道。前一个时代为了管理方便而将一件事提纲挈领地归纳入一个公式或是一条规则，依靠着那条规则围成的墙，我们的心灵将失去一切为自己证明这件事实的益处。在某时、某地，它将要求补偿这种损失，而且也会得到补偿，那就是由它自己来做这件工作。某人发现了天文学里的许多早已为人所知的事物，但这对他来说则是好处多多。

历史必须是这样的，否则它就毫无价值。国家制定的每一条法律都指出了人性中的一件事实，如此而已。我们必须在我们自身内看出每一件事实必要的理由——看出它能够怎样，必须怎样。你就应这样面对每一种公众行为和私人行为，面对伯克的演说，面对拿破仑的胜利，面对托马斯·摩尔爵士、锡德尼和玛穆杜克·罗宾逊的宗教殉难，面对法国的恐怖统治，和在耶路撒冷吊死女巫，面对巴黎或普罗维登斯狂热的宗教复兴和动物磁力。我们假定我们在同样的影响下也会受到同样的感染，做出同样的事情，我们的目的是要在精神上掌握每一个步骤，达到我们的伙伴，也即我们的替身所达到的同一种崇高或堕落。

对古代的一切研究，对金字塔、发掘出的城市、英国远古遗留下的巨大石柱群、印第安人史前在俄亥俄州修筑的土城、墨西哥以及埃及曼佛斯的古迹的所有好奇心，都是一种欲望，即要消灭这个野蛮的、原始的“那里”与“那时”，而以“这里”与“现在”来代替。意大利探险家贝尔桑尼在埃及忒拜城的木乃伊坑与金字塔里挖掘、测量，最终看出了自己与那种奇异的建筑之间并没有什么分别。当他在总体上和细节上都满意地确信创造它的人也是像他这样的人，都有同样的器具，都出于同样的动机，而他自己也可能为了同样目的而工作时，问题就解决了；当他的思想在整排的庙宇与斯芬克斯与地下墓穴中活动着，并满意地穿越这一切时，它们就都在他内心复活了，或者说成了“现在”。

一座哥特式教堂可以证实它是我们建造的，又可证实它不是我们建造的。当然它是人造的，但我们发现这些人不在我们中间，而我们却精通它产生的历史。我们将自己置身于建筑者的地位与状况。我们回忆住在树林里的居民、第一座庙宇，此后，随着国家财富的增加，我们一方面仍旧保持着它最初的原型，一方面又增加了许多装饰；木头一经雕刻立刻获得价值，这又导致整个教堂堆积如山的石头都被雕刻一遍。当我们温习了这一过程之后，再加上天主教，它的十字架，它的音乐，它的游行，它的圣徒纪念日与偶像崇拜，我们就似乎成了那建造大教堂的人；我们已经看出它是怎样造成的，它必须是怎样的。我们有充分的理由。

人与人之间的区别在于他们的联系事物的原则。有些人根据事物的颜色、大小与其他外表的偶然区别给物体分类；有些人是根据物体内在的相似点，或是根据因果关系给物体分类。智力的进步能更清楚地看清原因，而忽略了表面上的区别。对诗人、哲学家与圣徒来说，一切事物都是友好的，神圣的，一切事物都是有利的，一切日子都是神圣的，一切人都是神圣的。因为他们的眼睛凝视着生命，而忽略了环境。每一种化学物质，每一种在生长着的植物动物，都表明原因是一致的，而外表是不同的。

既然这创造一切的大自然，像一朵云或是空气一样柔软流动的自然，支撑着我们，包围着我们，我们为什么还要做这种刻板的腐儒，将仅有的一些形式夸大？为什么我们还要注重时间，或是大小，或外形？灵魂并不知道它们，遵从自己的法则的天才知道怎样玩弄它们，就像小孩和老人们玩耍，在教堂游戏一般。天才研究有因果关系的思想，在事物刚受孕成胎之时，天才就已看出从同一个日轮中射出的光线，在落下去之前已经分隔得无限远了。天才观察事物的各个单元时，透过它所有的面具，看到了它在大自然中的转世轮回。天才通过苍蝇、毛虫、蛴螬与卵，看到永恒的个体，在无数个体中看到了那固定的种，在许多种中看到了类，在一切类中看到那不变的典型，在一切有组织的生命的疆域中看到了永恒的统一。大自然是一朵变幻不定的云，它永远一样，又从不一样。它将同一个思想铸成无数形式，正如一个诗人将一个寓意写成二十个寓言。凭借事物的一种微妙的精神能随心所欲地将一切物体任意扭曲。坚硬的东西在它面前也化为柔软之水，但仍具有明确的形式；当我正在看着它的时候，它的轮廓与质地已被改变了。什么也没有形式最不耐久，但它从来不完全否认它自己。在人身上，我们仍旧可以发现我们视作奴役标志的下等动物的遗迹或是暗示，然而，他们却提升出了高贵与优雅。就像埃斯库罗斯悲剧《被缚的普罗米修斯》中冒犯了神而被变成了一头小母牛的伊俄，当她在埃及遇到了伊希斯和奥西里斯[①]时，她发生了多大的变化呀！她成了一位美丽的女人，不再有任何变形，只留下两只半月形的角作为其额上灿烂的装饰品！

历史的同一性同样是内在的，而差异性也同样是明显的。表面看来，事物的种类是无穷无尽的，但在这些事物的中央，却有一个单纯的因。不管一个人做出多少事，我们都可以在其中辨认出相同的性格。看一看我们关于希腊天才的知识来源。根据希罗多德[②]、苏西戴狄斯[③]、色诺芬与普鲁塔克[④]的叙述，我们了解了当时人们

① 奥西里斯，古埃及的冥神和鬼判，伊希斯的兄弟和丈夫。——译者

② 希罗多德（484？—430/420BC），古希腊历史学家，被称为历史之父，著有《历史》。——译者

③ 苏西戴狄斯，公元前5世纪古希腊历史学家，参加过伯罗奔尼撒战役。——译者

④ 普鲁塔克（46？—120？），古希腊传记作家、散文家，一生写有大量作品，其中最著名的是《希腊罗马名人比较列传》。——译者

的“文明史”，这些人详细描述了他们是什么样的人，做了些什么事。他们在自己的“文学”作品、史诗与抒情诗、戏剧与哲学里，同样为我们表现了同一个国家的心灵，形式非常完备。随后，在他们的“建筑”中，我们又获得了同样的收获——一种节制的美，局限于直线与方块之间的美——一种建造几何学。再往后，我们在“雕刻”中又有同样的收获，那“欲言又止的舌头”，动作极自由、但又不超出理想的静穆的大量的形体，就如信徒在诸神面前表演某种宗教性的舞蹈，虽然感到一阵阵痉挛性的痛苦，或必须参加有性命之虞的战斗，他们也从不敢破坏他的舞蹈的姿态与仪式。于是一种优秀的民族的天才就以四种方式表现给我们看，而对我们的感官而言，还有与下面这些东西不同的吗？——品达[①]的一首颂歌，一只大理石雕的半人半马的怪物，帕特农神殿的柱廊，福基翁[②]垂死前的动作。

每个人都一定曾观察到很多相貌与形体，它们并无任何相似的特征，但却给人同样的印象。一幅特别的画，或一册特别的诗集，即使它们并不能唤醒一系列同样的形象，也都会使人想到像山中小径那样的形象，虽然我们的感官并不能明确感知到这相似之点，但这种相似点是隐秘的，是我们所无法了解的。大自然只不过是寥寥几种法则的不停组合、重复而已。她哼着人所共知的古老曲子，穿

① 品达（518？—438？ BC），古希腊诗人，其诗歌最多最好的是颂歌。——译者

② 福基翁（402—318BC），雅典政治家、将军，实际统治者，民主制度恢复后被废黜，后遭诬告，以叛国罪被处决。——译者

过无穷无尽的变化。

大自然在自己所有的作品中都贯穿着一种崇高的相似，就像一家人似的；大自然最喜欢在人们最意想不到的地方，给出让我们大吃一惊的相像。我曾经看见过森林中一个老酋长的头，它使我立刻想起一座光秃秃的山峰的眼睛，其额头上的皱纹则使人想到岩石的地层。有些人的举止里天生具有一种庄严华美，就像帕特农神殿里那些简单而使人敬畏的雕刻，以及最早的希腊艺术的遗迹那样的庄严华美。在所有时代的书籍里，我们都可以找到具有同一种格调的作品。圭多[①]在罗马罗斯匹格里奥斯宫壁上画的《曙光女神》只是描绘了一个早晨的思想，正如画中的马匹只不过是早晨的一朵云。如果有人愿意不怕麻烦去观察他在某些心境中也想做的各种各样的动作，以及他不想做的各种各样的动作，那就可以看出其中相似的链条是多么紧密了。

一个画家告诉我：一个人，若不能多少先成为一棵树，他就不能画出一棵树；也不能仅只靠研究一个小孩的形体轮廓，而画出那个小孩——画家必须花费一段时间去观察他的动作、游戏，这样他就进入了他的天性，然后就可以随心所欲地画出他的每一种姿态。鲁斯[②]也是这样“进入了一只羊的天性的最深处”。我认识一个测

① 圭多（1575—1642），意大利著名画家，《曙光女神》为壁画，画的是女神在太阳神战车前撒花，今犹存。——译者

② 鲁斯，十七世纪德国画家，以风景画和动物画最著名。——译者

量公用设施的制图员，他发现，只有当别人先把岩石的地质构造给他解释过以后，他才能画那些岩石。许多非常迥异的工作却起源于同一种思想状况。相同的是精神，而不是事实。艺术家是靠着较深刻的了解，而不主要是靠辛辛苦苦获得的许多手工的技巧，才获得一种唤醒别人的灵魂去参与特定活动的力量。

有人说“平凡者用自己的所作所为来支付，高尚者用他们本身来支付”。为什么呢？因为一种审慎的本性用其行为、言语、注视和举止来唤醒我们身上与他们相同的力与美，即雕像和绘画陈列室表现出的那种力和美。

文明史或自然史、艺术史与文学史，都必须从个人史的角度来解释，否则它将永远只是文字而已。没有一样东西不是与我们有关的，没有一样东西不是使我们兴趣盎然的——王国、大学、树、马或是蹄铁——万物之根皆在于人。圣克罗齐教堂与圣彼得大教堂的圆顶都是根据一个神圣的模型仿制的。期特拉斯堡大教堂是斯坦巴赫人埃尔文的灵魂的实体副本。真正的诗都是诗人灵魂的表现，真正的船都是造船者。如果我们把人剖开，我们就能在他体内看到他的作品里每一道花饰、每一根卷须的缘由，正如蚌壳里的每一个壳针，每一种色彩，都预先存在于这动物的分泌器官里一样。整个骑士制度与武士制度都表现于礼节。一个举止优雅的人自会用与他的贵族头衔相称的所有修饰语说起你的名字。

日常生活的琐碎经验总能向我们证实某些古老的预言，并将我们无意中听到、看到的字句与迹象转化为实物。一次，我与一位女士同在树林里骑马，她对我说，她总觉得树林在等待着什么，好像树林里的精灵也都停止了活动，直到有行路者从中穿过。这种思想已经有诗歌宣扬过了，诗里说人类的脚步打断了仙人的舞蹈。在午夜看见过月亮冲破云层升起来的人，就好像是参与了创造光与世界的天使长。我记得在一个夏日，我的同伴在田野指给我看一条宽阔的云带，它可能有四分之一英里宽，与地平线平行，形状极像教堂壁画上的小天使——正中是一个云团，若给它加上双眼和嘴，它立刻会栩栩如生，两边由展开的对称的翅膀支撑着。在天空中出现过一次的东西可能会常常出现，它无疑是我们所熟悉的装饰品的原型。我曾在天空里看到过夏天的一串闪电，它立刻向我指出，希腊人所画的天神手持的雷电，正是大自然的忠实写照。我看见过一堵石墙两边的积雪，它们显然使人想起与一座塔毗连的普通建筑涡形饰品。

置身于最初的环境里，我们重新发明了建筑的程序与装饰品，因为我们看出每一个民族都只不过在装饰着他们原始的住所。多利斯型的庙宇保存着多利斯人住的小木屋的式样。中国的宝塔显然就是鞑靼人的帐篷。印度与埃及的庙宇仍然使人想起他们祖先所居的土堆的小屋与地窖。希伦在自己所著的《埃塞俄比亚研究》一书中说：“在岩石里造房屋与坟墓的习惯，非常自然地决定了埃及努比亚式建筑的主要特征——即具有庞大的形式。在这些天然大洞穴里，人们的眼睛看惯了巨大的形体与群体，因此当艺术来帮助自然时，若艺术只关注较小规模的对象，那它就仿佛是自贬身价。那些只有巨人才配坐在堂前做看门人，或倚在内室的柱子上守护的庞大的厅堂——普通尺寸的塑像，或整洁的走廊与房翼，如果与这种大建筑结合在一起，那会成什么样子呢？”

哥特式的教堂显然起源于将树林中枝叶繁茂的树木简陋地改造为节日或庄重场合用的拱廊，因为那些裂口柱子上的饰带依然代表着从前捆绑拱廊的绿色枝条。走在松树林中刚辟出的一条路上，任何人都会觉得丛林就像一座建筑，特别是在冬天，其他所有的树都是光秃秃的，这时更能看出撒克逊松树组成了一道低低的穹门。在冬日的下午，人们在树林里也可以很容易看出哥特式教堂里装饰着的五彩玻璃窗的起源——那就是在树林里纵横交错的枝丫之间所看到的西方天空的色彩。任何一个爱好大自然的人，当他走进牛津的一群群古老建筑物与英国的教堂时，都会感觉树林征服了建筑师的心灵，他的凿子、锯子、刨子仍是仿制了树林里的羊齿草、穗状的花、蝗虫、榆树、橡树、松树、枞树与针枞。

哥特式教堂是石头里开出的花，但人类对和谐不知满足的追求，则抑制了这花的怒放。花岗岩开成了一朵永恒之花，它具有植物美的轻盈、精细、完整，也有凌空的体形和视野。

一切公众的事实都应以同样的方式个人化，一切个人的事实都应普遍化。那么历史立刻就会变成流动的、真实的，而传记则变得深刻、崇高。就如波斯人用他们的建筑里的纤细的小柱与柱头来模仿莲花与棕榈的茎与花，同样，波斯宫廷在自己的伟大时代也从来没放弃自己野蛮部落的游牧生活，它在爱克巴塔纳过春天，然后从那里迁徙到苏萨过夏天，再到巴比伦过冬天。

在亚洲与非洲的早期历史里，游牧生活与农业是两种矛盾的事实。亚洲与非洲的地理使游牧生活成为必要的，但对那些拥有土地，或有市场的便利，因而建造了城市的人来说，游牧民族则是非常可怕的。因为游牧生活危害国家，所以务农就成了一种宗教性的训谕。在英国与美国这些新兴的文明国家，在国家与个人的内心，这些倾向仍像过去一样斗争着。非洲的游牧民族被迫流浪，因为牛虻的袭击逼得他们的牛群发了狂，这就迫使整个部落在雨季迁移，将牛群赶到较高的多沙区域。亚洲的游牧民族逐月跟从着有水草的地方转移。在美国与欧洲，游牧生活则出于商业目的与好奇心；当然，从阿斯塔巴拉斯的牛虻到波士顿湾的英国狂与意大利狂，这确是一种进步。古代的流浪者受到种种限制，他们必须定期到有些圣城进行宗教朝拜，或被某些倾向于加强民族联系的严酷的法律与风俗所限制；而长期定居的累积的好处，则限制了今天人们的漫游。这两种倾向的对立在个人身上也非常活跃，是爱冒险，还是爱休息，全凭当时哪一种冲动更占优势。一个体质强健、精神愉快的人能很快适应环境，坐着自己的马车，天南地北任逍遥，在哪儿都易有宾至如归之感。不论是在海上，还是在树林里，还是在雪地里，他照样睡得暖和，吃得有味，与人交往也很愉快，就像在自己家里一样。或许他的机敏有更深的根源，他的观察范围不断增加，这使他不论看到什么新鲜事物，都能引起自己的兴趣之点。靠畜牧为生的国家贫困、饥饿到了绝望的地步；而这种精神上的游牧生活若发展过度，就会使人把力量分散于各种杂乱的对象上，从而毁灭了心灵。从另一方面来说，那种深居简出的聪明人的智慧只是一种自制力，一种满足，它能在自己的土地里找到生活的一切元素，但如果它不接受外来的刺激，它自己就会遭遇单调与堕落的危险。

个人所看到的自己身外的一切都与他的心境相合，当他不断前进的思想将他引导到某一件事实或某一系列事实所属的真理时，一切反过来都成为他可以理解的了。

原始世界——即德国人所谓“前世界”——我自己可以跃身其中，并且要用探索的手指去探寻地底的坟墓、图书馆，并看看毁灭了的别墅中的破碎的浮雕有没有无头无臂的石像。

每个人都对希腊所有时期——从英雄时代，或荷马时代，一直到四五百年后雅典人与斯巴达人的家庭生活——的历史、文学、艺术与诗歌发生了兴趣。这种兴趣产生的基础是什么？只不过是因为每一个人本身都经历过“希腊时期”。“希腊状态”是“肉体自然”的时代，是感官完美的时代——精神自然与身体绝对一致地展现出来。这一时代生存着的那些美丽的人体，为雕刻家提供了模特，使他们能够据以雕刻出赫拉克勒斯、菲比斯与朱庇特；他们不像现代都市大街小巷充斥的那些雕像，面目模糊一团。他们形体对称，线条分明，清新自然，他们的眼窝结构独特，这样的眼睛根本不可能眯起来向这边那边悄悄斜视，要这样看就必须将整个头都转过来。那个时期的举止是简单有力的。人们敬仰的是个人的素质：勇气，谈吐，自制，正义，力量，敏捷，声音洪亮，宽肩乍背。他们不知道什么是奢华与文雅。由于人口稀少，物质贫困，这就迫使每一个人都得做自己的仆人、厨师、屠夫与兵士，而这种自给自足的习惯指导着他们的身体做出神奇之事。《荷马史诗》中的阿伽门农和狄俄墨得斯就是这样，色诺芬在《万人大溃退》中对自己以及自己同胞的描写也没有什么大的不同：“军队渡过了亚美尼亚的泰利波斯河之后，天又降大雪，部队悲惨地躺在白雪覆盖的地上，但色诺芬赤身裸体爬起来，他拿起一把斧头，开始砍柴，接着其他人也都爬起来照他的样子做了。”他的军队具有无限的言论自由。他们为战利品而争吵，每发出一个新的命令，他们都要与将军们争论。色诺芬与所有人一样伶牙俐齿，并且比其中的大多数更厉害，所以他授人以“伶牙俐齿”，也授人以“伶牙俐齿”。谁都能看出，这是一群大孩子，他们也都像大孩子一样，有他们自己的一套荣誉法典与松懈的纪律。

古代悲剧的高贵魅力，实际上也是所有古代文学的魅力——剧中人说话都很单纯，在内省的习惯尚未成为心灵的主要习惯之前，说话时他们都非常有见识，但他们自己却并不知道；我们崇拜古代，但并非崇拜古老的东西，而是崇拜自然的东西。希腊人不善内省，但他们的感官与健康都是完美的，而且具有世界上最完美的身体结构。成人的动作也具有儿童的质朴与优美。他们制造花瓶、悲剧与雕像，就如他们自己健康的感官要求他们所做的那样——也就是说，具有美好的趣味。每一个时代都在继续制造这些东西，现在也一样，无论在何处，只要有一个健康的体格存在，就有人在制造着这些东西；但是，作为一个阶级，他们优越的构造使他们超过了一切。他们将成人的精力与童年的可爱的天真结合起来。这些举止的吸引力在于它们属于人，在于每一个人都曾经是个孩子，因而都知道。除此之外，总有一些个人保留着这些性格。一个具有一种孩子气的天才与内在的力量的人仍是一个希腊人，他会重新激起我们对于希腊艺术女神的爱。我崇拜《菲罗克忒忒斯》[①]里表现出的对大自然的爱。读着那些优美的语句入睡，向着星辰、岩石、山和海浪诵读着这些语句，我觉得时间就像退潮的海水一样消失了。我感到了人的永恒，以及他的思想的本质。希腊人似乎拥有与我同样的伙伴。太阳与月亮，水与火。它们与他的心相遇，恰如它们与我的心相遇一样。于是，人们所夸耀的希腊与英国的区别，古典派与浪漫派的区别，似乎都显得浮浅和迂腐了。当柏拉图的一个思想成为我的一个思想时——当点燃了品达的灵魂之火的真理也点燃了我的灵魂时，时间就不存在了。当我觉得我们两人在一种知觉中相遇，我们两人的灵魂都染上了同一种色彩，而且似乎合而为一时，我为

① 菲罗克忒忒斯是希腊英雄，在特洛伊之战中，他用父亲赫拉克勒斯遗下的弓和毒箭杀死了特洛伊王子帕里斯。这里指索福克勒斯创作的以他为主人公的悲剧。——译者

什么还要测量纬度的度数，为什么我还要数埃及的年代？

一个学生用他自己的武士时代来解释武士时代，用他自己个人的类似缩编式的经验来解释海上冒险、环球航行的时代。对于世界的宗教史，他也有同样的一把钥匙。当远古的一个先知的声音在他听来只是他幼年时一种感情的回声，是对其青春时代的一种祈祷时，他随后就可以穿透一切传统的混乱与制度的歪曲，获得其中的真理。

每隔一段时期，就有一些珍贵的、超常的灵魂出现在我们身边，向我们揭示大自然中新的事实。我看到上帝的使者不时行走于人间，使最平凡的听众的心与灵魂都能感觉到他们的使命。因此，祭坛，祭司，女祭司，显然都受到了圣灵的感召。

耶稣使注重感官快乐的人感到惊奇，并且制伏了他们。他们无法把他与历史结合起来，或把他与他们自身调和起来。但当他们渐渐知道了尊重他们的直觉，并渴望过神圣的生活时，他们自己的虔诚就能解释每一个事实、每一个词句。

对摩西、琐罗亚斯德、梅纽和苏格拉底的自古以来的崇拜在心灵里那么容易就驯化了。我在他们身上找不到一点古代的痕迹。他们是你的，也是他们的。

我不必穿越大海或一个个世纪就看到了第一位僧人和隐士。不止一次，我看到面前出现了某个忽视了劳动和威严的沉思的人，一个以上帝的名义行乞的傲慢的受益者，而这将由十九世纪的柱头修士圣西门[①]底比斯和第一位嘉布遣会修士来补偿。

东方和西方教士的权谋，包括波斯的僧人，印度的婆罗门，古代不列颠的祭司，秘鲁的古代王族，在个人的私生活里都可以得到解释。一个严苛的形式主义者对一个小孩子有一种束缚性影响，会压制他的精神与勇气，会消解他的理解力，但这却并不会引起那孩子的愤怒，而只会使他畏惧、服从，甚至会对这种专制感到很同情——这是司空见惯的事实，当他长大成人后，他看出他年轻时的压迫者自己也是一个孩子，也被那些名字、字句与形式压迫着，而压迫者本人不过是它们影响年轻人的工具而已，这时他就什么都明白了。

再者，每一个深思熟虑的人都对自己时代的迷信提出抗议，在这种抗议中，他一步步重复着古代改革者的老路，在追求真理的途中，他也像古代改革者一样，发现了道德遇到的许多新危机。他再次领悟到需要多么强的道德力量来弥补迷信的束缚。紧随改革之后的总是一个放荡淫乱的时代。世界史上不知有多少次连当时的路德都不得不慨叹自己家庭里的虔诚也都减退了！马丁·路德的妻子有

① 圣西门（390？—459），叙利亚基督教修士，开创在高柱顶端苦修的先例，柱高15.24米，他在只能坐立的柱顶苦修30年，只通过长梯与人联系。——译者

一天对他说："博士，为什么我们在教皇统治时期祈祷的次数那样多，而且那样热诚，而现在祈祷的次数这样少，而且这样冷淡？"

永远进步的人发现文学是一个深不可测的宝藏——一切历史是如此，一切寓言也是如此。他发觉诗人并不是一个只描写奇异的不可能的画面的怪人，而是普天下的人都借他的笔写出一篇自白书，不但适用于一个人，而且适用于所有人。他发现自己非常奇妙地理解了他在诗句中发现的自己的秘密传记，这在他出世之前就写下来的传记，他在自己的个人冒险中一个接一个地遇到了伊索、荷马、海菲兹[①]、阿里奥斯托[②]、乔叟、司各特所讲的每一个寓言故事，并用自己的头脑与双手证实了它们。

希腊人美丽的寓言完全是想象力的创造，而不是幻想的产物，所以都是普遍的真理。普罗米修斯的故事寓意多么广阔，多么永久切当！它是欧洲历史的一章（这则神话勉强遮盖了真正的事实，机械工艺的发明，与移向殖民地的移民），除了这一主要价值之外，它也描绘了宗教史，那种与后世的信仰非常接近的宗教。普罗米修斯是古老神话中的耶稣。他是人类的朋友，他站在永恒天父

① 海菲兹，十四世纪波斯著名抒情诗人。——译者

② 阿里奥斯托（1474—1533），意大利诗人，代表作为长篇传奇叙事诗《疯狂的奥兰多》。——译者

的不公正的"公正"与人类之间，愿意为他们忍受一切痛苦。但这和宗教改革主义者的基督教略有出入，将普罗米修斯表现为天神的挑战者也与宗教有出入，这则神话在这里只代表一种精神状态，无论在什么地方，只要人们用原始的客观的形式宣讲有神论，很快就会产生这种精神状态。这似乎是人的自卫，以之抵制这样一种谎言，即：人们都不满意于一个上帝存在这个为人所信的事实，而且觉得敬仰上帝的责任是一件麻烦事。如果可能，他会偷来造物者的火，与上帝分庭抗礼，摆脱上帝。《被缚的普罗米修斯》是怀疑主义的浪漫传奇，这高贵的寓言的一切细节也都适用于一切时代。诗人们说，阿波罗曾经替阿德米忒斯牧羊。诸神降临人间时，是没有人知道的。耶稣就不是这样，苏格拉底与莎士比亚也不是这样。安泰①在将被赫拉克勒斯扼杀时，每当他碰到地母，他就又重新获得力量。人是衰弱的巨人，在他的衰弱状态中，他的身体与精神全靠与大自然沟通的习惯而获得活力。音乐的力量，诗的力量，似乎恣意翱翔在广阔的天空，并解答了奥菲斯②的谜语。哲学通过无穷无尽的形式的变化理解了同一性，这就使他能理解变化多端的海神普罗透斯。我不是普罗透斯是什么？昨天我笑了，或哭了，昨夜我睡得像个死尸一样，今天早上我则站着，奔跑着。无论我朝哪个方向看，所见芸芸众生岂不都是普罗透斯的转世？我可以用任何生物、任何事实的名字来象征我的思想，因为每一种生物都是人的代理人

① 安泰，希腊神话中的英雄，地母之子，力大无穷，力竭时着地就力量倍增，后与赫拉克勒斯决斗，后者使其无法着地，将其杀死。——译者

② 奥菲斯，希腊神话中著名的音乐家，他的音乐能使顽石点头，百兽驯服。——译者

或病人。坦塔罗斯（宙斯之子，因泄露天机，被罚立在齐下巴深的水中，头上有果树，口渴欲饮时，水即退去，腹饥欲食时，果子即被风吹去）在你我看来只不过是个名字。坦塔罗斯的意义是指我们无法饮到思想之水，而这水却一直在灵魂的视线内闪烁、波动。灵魂轮回说不是寓言，我倒宁愿它是一个寓言，但男人和女人都只是半人。农场里，田野里，树林里，地上和地下水中的每一种动物，都设法在人类中获得一个立足之地，并且在这个或那个身体直立、面向天空、会说话的人身上设法留下自己面貌与形体活动的痕迹。啊，我的兄弟，不要再让灵魂堕落了，不要让灵魂堕落回那些形体了，多年来你已不知不觉染上了他们的习惯。斯芬克斯的古老寓言对我们也一样接近，一样切合。据说她坐在路旁，向每个路过者问一个谜语。如果那人答不出来，她就活吞了他，如果他能解答谜语，斯芬克斯就将被杀死。我们的生活是什么？不过是长着翅膀的事实或事件的无休无止的飞翔。这在令人眼花缭乱的变化中，这些变化都来对人的灵魂进行诘问。那些不能用优越的智慧回答这些时代事实或问题的人，就要为它们服务。事实将拖累他们，控制他们，虐待他们，把他们变成循规蹈矩的人，“通情达理”的人；他们对事实的一丝不苟的服从，甚至于熄灭了他们身上那种使人之所以为人的每一个火花。但如果人忠实于自己更好的本能或感情，拒绝事实的统治，就像一个来自高等种族的人；他与灵魂紧紧相依，并且能够通晓原则，于是事实们自会适当地柔顺下来，并各得其所；它们认识自己的主人，它们中间最平庸者也能为他带来荣耀。

我们在歌德的《海伦娜》中看出了同样的渴望，那就是每个词都应是一件物。他会说，这些人物，这些客戎[①]呀，格里芬[②]呀，勒达[③]呀，海伦呀，对心灵都会产生某种特别的影响。迄今为止，他们还都是永恒的存在，在今天与在第一次奥林匹亚时一样都是真实的。他运用他们自由地写出了自己的风格，并将自己的想象吹进他们的肉体。虽然他写的诗像梦一样模糊奇异，然而，它却比同一个作者所写的剧本的某些非常普通的戏剧情节更有吸引力，因为它可以使人的心灵从循规蹈矩的生活中挣脱，得到一种奇妙的补偿。它可以靠自己格式的大胆自由，靠永不停止的一阵阵惊奇的效果来唤醒读者的创造力和幻想力。

对诗人渺小的天性来说，宇宙天性的力量太强大了，它坐在他的脖子上，用他的手写作。所以，当他似乎表达了一种纯粹的奇想或荒诞的浪漫故事时，实际上却完成了一则不折不扣的寓言。因此柏拉图这样说："诗人表达出了他们自己都根本不懂的伟大而睿智的东西。"中世纪的一切虚构的故事，都只是隐晦曲折地或以游戏的方式表达了当时严肃认真的人们渴望通过辛苦工作所获得的东西。魔法以及人们归之于身上的一切神奇之处，实际上只是对科学力量的一种深刻表达。疾走如飞的神鞋，削铁如泥的宝剑，征服五行的力量，利用矿物的秘密功能的能力，通晓鸟语的能力，这些都

① 客戎，希腊神话中半人半马的怪物，博学多智，以医技闻名，是阿喀琉斯、赫拉克勒斯的老师。——译者

② 格里芬，希腊神话中的狮身鹰首怪兽。——译者

③ 希腊和罗马神话中的斯巴达王后，宙斯化为天鹅与她亲近，生海伦。——译者

是心灵朝着正确方向的模糊的努力。英雄超自然的勇猛，永葆青春的神力，以及诸如此类的事，都是人类的精神企图“使事物的外表吻合心灵的欲望”。

在《皮尔斯大森林与艾米蒂·德·高卢》一书中，花环和玫瑰会在忠实的女人头上绽放，而在背信弃义者额上则会枯萎。在《男孩与披风》这一故事中，即使一位成年读者也会对温柔的维内拉斯的胜利感到惊奇，并且会流露出一线真诚的快乐。实际上，一切关于小精灵——精灵们都不喜欢这个名字——的历史记载都只是假设。他们的超凡能力都是变幻无常的，都是不可信的。寻找宝藏的人一定不能讲话，诸如此类。我发现在康科德身上如此，而在康沃尔或布瑞塔尼身上也同样如此。

最新的传奇故事是不是有所改变呢？我读过一部《拉默摩尔的新娘》。威廉·阿斯通爵士是一副代表着粗鄙诱惑的面具，拉温斯沃德·凯叟这样一个好听的名字则代表骄傲的贫困，国家的国外布道团只有一个假装为诚实勤劳的人的班扬。只要我们战胜了不公正与感官欲求，我们每个人都能射死会毁灭善与美的野牛。露丝·阿斯通是忠实的别名，她永远美丽，这个世界上哪里有灾难，她就总是出现在哪里。

但除了人的文明史与形而上学史外，还有另一种历史每日都在进行着——那就是外在世界的历史——人与这一历史也同样密切相连。人是时间的纲领，人也是大自然的相关物。他的力量就存在于他广泛的亲密关系之中，因为实际上他的生命是与有机物与无机物的整个生物链紧密缠结在一起的。在古罗马，从广场开始筑起的公路分别向东西南北延伸，一直通到了帝国每一省的中心，使首都的军队可以通行到波斯、西班牙与不列颠的每一个市镇；同样，从人的内心似乎也发端延伸出许多宽敞大道，通到了大自然中每一个物体的心里，使它屈服于人的统治。一个人是一束关系、一团根须，而他开出的花，结出的果，就是这世界。他的天赋与他身外的大自然有关，并能预知他将要居住的世界，正如鱼的鳍能预知水的存在，或是蛋壳中的小鹰的翅膀能预感到空气的存在。如果没有世界，人就无法生活。将拿破仑流放到一个小岛上的监狱里，使他的才能找不到人来指挥，使他没有阿尔卑斯山可爬，没有孤注一掷的机会，他所做的一切就会是徒劳，他也就会显得愚不可及。将他迁往广大的国土之中，使他生活于稠密的人口之中，让他处于复杂的利害关系与敌对关系之中，这时你就会发现：拿破仑这人——也就是说，你看到了那个具有拿破仑的身影与轮廓的拿破仑——并不是真正的拿破仑。这只是“阿尔勃特的影子”：[①]

他的本质不在这里。

因为你所看见的不过是

① 阿尔勃特是莎士比亚剧本《亨利六世》第一部的主角，他率英军与法国的圣女贞德作战，因援军后至而被俘、被杀。这里所引的是该剧第二幕第三景中一段对话，奥维尼伯爵审问他，而他则讥笑对方只能俘虏他“阿尔勃特的影子”，而无法获得其本质。——译者

人性最小的一部分，
比例最小的部分；
但如果整个形体都在这里，
那它是这样开阔，这样崇高，
你的房顶都无法容纳它。

哥伦布需要有一个地球来筹划他的航线。牛顿与拉普拉斯[①]需要无数的年代与密布着星球的天空。人们可以说牛顿心灵的本质已经预言了一种受重力吸引的太阳系。戴维[②]或是盖·吕萨克[③]的大脑自幼就开始研究微粒的相互吸引与排斥，也预示了机构定律。胎儿的眼睛难道不能预示光明？汉德尔[④]的耳朵不是预言了和谐声音的魔力？瓦特、福尔顿[⑤]、惠特默尔、阿克怀特[⑥]建设性的手指，岂不预知了金属可熔解可锻炼的坚硬的质地，以及石头、水和木头的质地？小女孩可爱的品质岂不预示着文明社会的优雅与装饰？这里也使我们想到人对人的行为。一颗心灵可能数年间一直在沉思着自己的思想，但他从中所得的自我认识，也许还没有爱的激情一天

---

① 拉普拉斯(1749—1827)，法国天文学家、数学家、物理学家，提出太阳系起源的星云假说。——译者

② 戴维（1778—1829），英国化学家、电化学的创始人之一，曾任伦敦皇家学会会长。——译者

③ 盖·吕萨克（1778—1850），法国化学家，发明气体膨胀定律，气体反应定律，即盖·吕萨克定律。——译者

④ 汉德尔（1685—1759），德国音乐家，为宗教音乐之祖，最著名的是《弥赛亚》。——译者

⑤ 福尔顿（1765—1815），美国发明家，将瓦特发明的蒸汽机原理应用于船上。——译者

⑥ 阿克怀特（1732—1792），英国人，发明了纺织机。——译者

教给他的多。一个人若从来没有因为某种暴行而震怒，从来没有听到雄辩的发言，从来没有参加过举国欢腾或人心惶惶的震荡，那他怎能知道自己？没有人能事先预料自己的经验，或猜测一个新物件将要展露哪一种功能或感觉，正如他今天无法画出明天初次见到一个人的脸一样。

我现在不想进一步探讨一般性的观点以研究其一致性。总之，只需知道，要想读史和写史，只需参照这两件事实：心灵为“一”，大自然与它息息相关，这就够了。

所以，灵魂采取了一切方式为自己的每一个学生都集中并生产着宝藏。学生也须经历整套经验，他要将大自然的光线聚集到一个焦点。历史将不再是一本枯燥乏味的书了。它将投生人世，每一个公正的聪明人都将成为它的化身。你不要为我一一列举你读过什么书，这些书是用哪一种语言写的，书名叫什么。你应该使我感觉到你体验过哪几个时期的生活。一个人应当是“名声的庙堂”。他走路时，应当像诗人所描写的女神一样，穿着一件画满了奇妙的事件与经验的长袍——他那表现出崇高才智的形体与五官就是一件五彩缤纷的衣服。我将在他身上发现史前世界，在他的童年时代中看到人类的黄金时代，知识的苹果，寻求金羊毛的阿尔戈英雄的远征，亚伯拉罕的召唤，圣殿的建造，耶稣的降生，黑暗时代，文艺复兴，宗教改革，新大陆的发现，新科学和人类学新领域的开创。人将要成为潘的祭司，他将晨星的祝福，以及有史记载的天地赐予人的一切福利，带到卑贱者的茅舍中。

这种要求是不是有点过于自负？那我就否决我所写的一切，因为假装知道我们所不知道的事有什么用呢？我们在着重表达一种事实时，又似乎必须歪曲另一件事实，这都是因为我们修辞学的错误。我很看不起我们的实际知识。听听墙壁里的老鼠，看看篱笆上的蜥蜴，看看脚下的菌、木上的苔。无论是从同情的角度还是从道德的角度，我对其中任何一种生命的生活世界知道些什么？这些生物与高加索人一样古老——也许还要更老；这些生物在人旁边保持着沉默，历史上从来没有任何记载说到它们曾通过话或打过手势。书上是否指出过五十种、六十种化学元素与历史时代的关系？不但如此，历史是否记载过人类的哲学年鉴？是否解释过我们隐藏在“死”与“生”这两个名词下的种种神秘？然而，每一种历史都应用一种智慧写成，这智慧能预言人的关系范围，并能将事实看成象征。我羞于看到所谓的历史变成了浅薄的村野故事。我们不知有多少次说起罗马、巴黎、君士坦丁堡！罗马会知道什么老鼠与蜥蜴？奥林匹克运动会与执政时代和老鼠与蜥蜴这些相邻的生命系统有什么关系？不但如此，它们可有什么食物或经验或救济提供给猎海豹的因纽特人，给小船上的南洋群岛的土人，给渔民，给装卸工，给脚夫？

如果我们要更真实地表现我们占核心地位的、关系广泛的天性，而不是仅仅表现我们已经阅读得太久的自私与骄傲的古老编年历史，我们就必须将我们的历史写得更博大更深刻——不但要写道德改革，也要写那永远新鲜、永远具有医疗性的良心的不断注入。对我们来说，这一天已经来临了；就在我们不知不觉之间，它已照耀在我们身上，但科学与文学的道路并不是通向大自然之路。愚人、印第安人、小孩与未受过教育的农家子与那可用来阅读大自然的光明的距离，倒比解剖学者或文物学家更近些。

超验主义者

我们首先必须要谈的是目前新英格兰地区流行的“新观念”。我们称之为“新观念”，实际上它们并不新，而只是将最陈旧的思想投射到了新时代的模子里。光的结构成分总是一样的，但它却照射到了众多不同的物体上了，因而具有了不同的反光。所以我们从它所得到的启示并不是统一的，因为它没有统一的形式，而是各有千秋，形式不拘。同样，思想只出现在它归为一类的物体之中。如今我们普遍称为“超验主义”的理论，实际上是唯心主义，自它在1842年诞生起就是一种唯心主义。作为思想者，人类一直分为两种派别，即唯物主义者与唯心主义者。前一派人以经验为基础，后一派则注重意识。前一派依据感官经验进行思考，后一派则领悟到感官并非终极的，并且说：感官虽然向我们提供事物的再现形式，但却无法说明事物本身。唯物主义者坚持相信事实、历史与环境的力量，以及人的动物性欲望。而唯心主义者强调的是思想、意志的力量，强调的是灵感、奇迹，以及个人文化。这两种思维模式都是自然的，但唯心主义者辩称，他的思维方式属于高一层的自然。他也承认其他方式所证明的一切，他承认感官印象，也承认感官的一致性、感官的作用和美。随后他质问唯物主义者：你们为什么肯定自己的感官印象就是事物的本身？但他又说："我证明的是不受感官幻觉影响的事实，是与感觉器官相同的自然事实，这些都是不容置疑的。"这些事实第一次出现在我们面前时，它们比物质存在更具有天生的优越性，但因为它们也是首先为人议论纷纷的，所以最终沦落为一种语言，变成了唯一需要摆脱感官体验的事实。每一个唯物主义者都可成为唯心主义者，但唯心主义者却永远不会退化为唯物主义者。唯心主义者在谈论事件时，总把它们当作精神事件。他并不否认感性事实，他决不会这样做，但他也不仅仅看到这些。他不否认这张桌子、这把椅子以及屋子四壁的存在，但他把这些东西看成花毯的反面，是另一个终端，而每一个这样的终端都是某种与他本人密切相关的精神事实的延续或补充部分。这种看待事物的方式实则将每一个自然的对象，从一种独立不规则的地位转变为一种意识。甚至连唯物主义者孔蒂拉克——他或许是最有逻辑地阐释唯物主义的理论家——也曾被迫这样说："虽然我们应该升上高空，虽然我们应该沉入深渊，但是我们却无法走出自身。我们理解的永远只是自己的思想。"唯心主义者对此还能说什么呢？

唯物主义者满足于感官的确定性，便嘲笑那些精心编织的理论、星象观察家与梦想家，并且相信自己的生活很实在，至少不会想当然地迷信任何东西，而是确切知道自己身处何处，所做何事。然而我们可以那么容易地证明他本身只不过是一个在幻影中忙忙碌碌的幻影，他只需要提出一两个超出日常生活的问题，就能发现他那坚实的宇宙在他的感官面前变得昏暗难辨了。对于一个坚定的资产者来说，无论他将自己的银行或交易所多么牢固地建立在昆西镇的花岗岩基础上，他终究不应把自己的建筑物建在一个与之对应的多角立体物上，而应建在巨大而坚固的无名物质之上，它们的核心可能是沸腾或白炽的岩浆，外围则形成一个近乎完美的球体，被柔软浮动的空气所环绕，以每小时几千英里的速度承载着银行与银行家们在宇宙中运行。他不知道它奔向何方。它就像一颗时而发亮、时而无光的子弹，飞速穿过一片小小的立体空间，它的边缘则是无法想象的无底深渊。在这个失去控制的气球上，资产者建立起他全部的冒险生意，而这个气球恰恰正是他本人地位与职能的象征。“至少有一件事是肯定的，”他说，“至少有一件事不会让我头痛。它就是从不撒谎的数字。迄今为止，乘法表被认为是颠扑不破的真理。另外，如果我把一尊金鹰雕像放入保险柜，明天我还能找到它，但对于这些思想，我却的确不知它们来自何处。”思想是变化易逝的。但若问他为什么相信始终不变的经验依然始终不变，或者他对数字的信任建立在什么基础之上，那他将会发现，他的思维组织与令他骄傲的石头大厦一样，也是建立在同样奇怪而又震动的基础之上的。

从思想的顺序来看，唯物主义者从外部世界出发，结果就把人看作是这个世界的一个产物。而唯心主义者从意识出发，因而将世界看成一种表象。唯物主义者重视那些明白事理的民众、社交界、政府、社会性艺术与奢侈品，看重每一种社会机构、每一个社会群体——无论其人数众寡、范围大小、目标多少——以及每一次社会行动。唯心主义者则是另一种思辨式的标准，即事物本身在他意识中的地位，而根本不考虑事物的大小与外表。思想是唯一的真实，而人与其他自然物体只不过是这一真实较好或较差的反映而已。自然、文学、历史仅仅都只是主观现象。虽然人的行动受制于行动法则，并因此而热衷于与人合作，甚至把别人看得比自己更重要，可是当他客观冷静地谈话，或经过逻辑推理之后，他将被迫把人降至真理代言人的地位。他不尊重劳动，也不尊重劳动的成果，也即财产，而最多把它当成一种具有多种含义的象征物，一种体现着存在法则的种种忠实美妙的细节的象征物。他也不尊重政府，除非政府能顺应他心灵的法则。他也不理会教会、慈善机构与各类艺术本身的价值。但他远远地站在一旁倾听它们的声音，似乎他的意识正通过一台哑剧向他说话。他的思想，就是宇宙。他的经验使他倾向于把人们称为世界的那些连贯的事实，看成是不停地从他灵魂深处涌出的一股无形的意识。他的灵魂既是他自己，也是这些事实的中心。这促使他把一切事物都视为一种主观存在或客观存在，所谓客观存在是相对于上述他本人的未知中心而言的。

经过从世界到人类意识的这一转换，人通过心灵观察一切的方法很自然地配合了他的全部伦理观念。这使得人更容易独立。人的高贵和尊严就在于自立自足，在于不需要赏赐和外力。社会只有在不危害我的情况下才是好社会，但当社会最利于人独居时，它才是最好的。一切真实的事物都是独自生存的。一切神圣的东西都分享着神灵的自我存在。构成世界的万物都是构成你自身的物质的影子，都是创造你思想的永不枯竭的动力，也是构成那些依赖或独立于你个人意志的事物的力量。不要为了修补改善将来的事情而无谓操劳，自我束缚。让灵魂坚强一些，一切都会顺利进行。你认为我是环境的产物，我却把自己变成了环境。让我的思想与动机不同于他人，这种差异便能改变我的条件与经济状况。我——这种思想就称作“我”——是一具模型，世界像融化的蜡一样倾注于其中。模型是肉眼看不见的，但世界却显示出它的形状。你可把这称作是环境的力量，但实际上却是我的力量。我与我自己和谐吗？对你们来说，我所处的位置是公正而有力的。我是邪恶的吗？是疯狂的吗？在你们看来我的财产是寒酸的，而且越来越少。我就是这样的人，我也将去交与我同类的朋友，去进行活动。恺撒的历史将描画出恺撒的形象。耶稣之所以那样做，是因为他想那样做。我并不希望忽略或否认任何现实。我说了我自己创造的环境，但你若问我：你究竟从哪里来？我的感觉与其他人一样，我觉得自己与生命的事实的关系是无法说明，也无法确定的，甚至是无法思考的，但它存在着，并将一直存在下去。

超验主义者采纳了有关精神学说的全部理论。他相信奇迹，相信人的灵魂永远是对智慧与力量的新潮流开放的。他相信灵感，相信狂喜。他希望人们能容忍精神原则，让它始终在人的一切可能的状态下得到体现，而不容许任何非精神的事物加入进来，也就是那些肯定的、教条的、个人的东西。这样，灵感的精神尺度就是指思想的深度，而决不取决于是出自谁之口，而且他也同样抵制一切要把其他规则与尺度强加给精神的企图。

在行动中，超验主义者易于招致唯信仰主义的罪名，因为他发誓说，既然他拥有立法者的地位，他就可以心安理得地不仅忽视，而且违反每一种明文记载的戒律。在《奥赛罗》一剧中，濒临死亡的苔丝狄蒙娜向她的女仆爱米丽亚说她赦免了自己丈夫的谋杀罪。后来，当爱米丽亚指控奥赛罗犯了杀妻罪时，奥赛罗喊道：

> 你亲耳听见她自己说我不是凶手。

爱米丽亚答曰：

> 她越像善良天使，你就越像黑心魔鬼。

关于这一精彩剧情，超验主义道德家雅各比在给费希特的答复中连同其他平行的情节一起进行了发挥利用。雅各比拒绝除了个人精神意愿之外的所有善恶标准。他说，没有哪一种罪恶不在某种情况下含有美德。他说：“我是个无神论者，我不相信任何神，是专门同那种想象的计算原则作对的。我会像垂死的苔丝狄蒙娜那样撒谎，会像扮演俄瑞斯特斯的皮雷兹那样说谎，会像蒂默里昂那样谋杀，会像伊巴米浓达与约翰·德·维特一样发假誓。我会像小加图[①]那样决意自杀，像大卫那样犯下亵渎罪。是的，在安息日摘下玉米穗来吃并不为别的，就是因为我快要饿昏了。我所以如此，是因为我确信自己在严格按照戒律原谅这些过错时，人已施行了造物主赐予他的自主权利，而他为自己所受的天恩盖上了自己天性的印记。"

同样，假如人类的思想或品德中出现某种伟大而勇敢的成分，或出现某种对于巨大未知事物的依赖，或形成某种预感，某种信仰方面的过度热诚，精神主义者都会尽量将之视为最合乎天性的东西。东方人的思想一向倾向于这种宏大境界。佛教就是它的一种表现。佛教徒不感谢任何人，他会说"不要奉承你的恩主"，但他相信一切善行终将得到善报，因而他也不需要假装受惠过多来欺骗施主。这样的佛教徒就是超验主义者。

通过上面的描述你们会明白，并不存在一个什么超验主义政党，也没有什么纯粹的超验主义者。我们所知道的仅仅是这种哲学的预言家与先驱。而所有那些对天性怀有强烈偏见、却又倾向于唯心主义理论的人，却无法实现自己的目标。我们有许多前驱与先

① 小加图（95—46BC），古罗马政治家，斯多葛派哲学信徒，支持元老院共和派，反对恺撒，因共和军战败而自杀。——译者

锋，但就纯粹的精神生活而言，历史尚未提供榜样。我的意思是说，我们迄今还没有一个人能够完全依据他的个性行事，不食人间烟火；也没有一个人能够完全凭感情用事，发现生活遍布奇迹；也没有人在完成世界性的工作而得到报偿时，他也不知道如何得到报偿；也没有人知道如何获得食物、衣服、住房与武器装备，除非他亲自动手。我们只有在低等生物的本能行为中才能发现获得其方法的某些启示，某种我们无法理解的东西。松鼠囤积坚果，蜜蜂酿制蜜糖，但它们并不理解自己在做什么，因此也就在无私与无愧的条件下供养了自己。

那么，我们是否可以说，超验主义是信仰的狂欢或放纵呢？信仰的预感只适合品格完整的人，而只有在当人不完整的服从阻碍了他满足自己的愿望时才多余呢？自然本身是超验的，它的存在是基本而必需的，它不停地在运作和进化，却绝不为明天劳神。人拥有生命的尊严，这种尊严就在他周围跳动，就在化学反应、树木与动物身上跳动，也在他自己肉体的不自觉活动中表现出来。然而，当人自己试图进入这个迷人的、一切都是毫不堕落地完成的生命圈中时，他却遇到了阻力。而天才与美德却注定让人忽略他的个人利益，让他向环境屈服，与每一种美与力量的性格和能力结合起来。

这种思想方式在罗马时代造就了斯多葛派的禁欲主义哲学家；

在君主专制时代，它诞生了爱国者大加图[1]和小加图与布鲁图斯；在愚昧时代，它哺育了先知和预言家；在教皇统治时代，它诞生了新教徒与苦行僧，以及那些反对教条主义的布道方式、鼓吹信仰的牧师；到宗教分离时代，它则导致了清教徒与魁克教派分离；到了唯一神教和商业时代，它产生了我们所知的具有特殊色彩的唯心主义。

众所周知，今天的唯心主义被称为超验主义，最早使用这一术语的是孔尼斯堡的伊曼纽尔·康德，他们回答了洛克的怀疑主义哲学，而洛克则坚持认为，一切知识最初都来自感官经验。康德却表明，有一类非常重要的思想和绝对必要的形式并不来自经验，相反，人们则是通过它们获得了经验，它们是心灵本身的直觉，康德称之为“超验的形式”。康德思想的异常深刻与精确已经使得他的这一专门术语变得时髦起来，在欧洲与美洲，无论何种思想，只要属于直觉性的思想，人们都习惯地把它们唤作今天所谓的“超验”。

就如我们刚才所说，尽管世界上并不存在纯粹的超验主义者，但是那种要尊重直觉、并且要求我们至少在自己的信条中给予直觉以压倒经验的全部权威性的倾向，却给我们如今的讨论与诗歌打上了深刻的烙印。这些时代的天才与宗教的历史，尽管并不纯粹，而且至今还没有体现到任何强有力的个人身上，但它仍会成为这种倾

① 大加图（234—149BC），古罗马政治家、作家，曾任执政官，维护罗马传统。——译者

向的历史。

连最粗心的观察者都已清楚地看出，我们时代的一个标志是：许多聪明人和教徒退出了普通劳动生涯，放弃了在市场和政治会议上的竞争，而投身于一种孤独而富有批判性的生活方式，这种生活方式迄今尚未产生任何成果能证明他们这种脱离是否合理。他们至今仍处于孤独状态：他们深感自己的能力不适应承担现在的工作，他们宁愿去乡间漫游，并在厌倦中死去，因为城市能够向他们提供的慈善与成功机遇已经蜕变了。他们是在进行罢工，是在哭喊着要求某种值得他们去做的工作！他们之所以做现在的工作，仅仅是由于他们处在无所不在的人性包围之中，所以不得不做。他们同意做这种工作，是因为它正好对他们开放——尽管与他们伟大的梦想相比，写作《伊利亚特》或《哈姆雷特》，或创建城市或帝国的工作似乎单调乏味。

现在，每一个人都必须做自己这种类型的人应做的工作，无论他是条毒蛇还是个天使，都必须这样做。聪明人或研究现代史的学生则会问：这是一种什么类型呢？实际上，在基督教会上，我们付出了很大努力去了解诺斯替教派、艾思因教派、摩尼教派、改革教派信仰什么，因此我们要了解本国情况不会感到特别困难，比如我们的同伴与同代人在想着什么，做着什么，至少这些思想和行为看上去并不是偶然的或个人化的，而是普遍的，是时代之树结出的不可避免的花朵。我们承认，我们美国的文学与精神史正处于一种进行状态。然而谁又能知道，这些沸腾的大脑，这些可敬的激进分子，这些不合群的崇拜者，这些能使日月无光的雄辩大师会相信这种异端邪说汹涌而过，而不留下自己的痕迹呢？

他们是孤独的。他们的著作和谈话的精神也是孤独的。他们厌恶影响。他们回避世俗的社会。他们喜欢将自己关在属于自己的小房间里，宁愿隐居乡间也不想身居闹市，并且在孤独中寻找自己的工作与娱乐。社会肯定不喜欢他们这样。它会说：一个单独走路的人，肯定在诅咒全世界。他会说全世界无人可与之为伴，这是非常反文明的，不，是侮辱人的。社会将要对此进行报复。与此同时，这种归隐角色并不是这些隔离者一时的怪念头。但若有人愿意费心与他们交谈，他会发现隐居者的角色一半是其性情的选择，一半是其理性的选择，当然其中也含有一些不情愿的成分，就像在两种坏事中选择相对不太坏的一种那样。因为这些人并非天生就是阴沉的、刻薄的、自我封闭的——他们并不庸俗或野蛮，而是快乐、敏感、热情的人，他们比其他人更渴望被人爱。就像年轻的莫扎特，他们愿意每天哭上十遍，一遍遍追问“你是否肯定爱我？”不，如果他们把全部想法都告诉你，他们就会坦白地对你说，爱是大自然给予他们的最后的，也是最高贵的赠礼。他们在心中每天都为自己的存在而感谢着——他们或许不认识自己感谢的人的面孔，但他们的声誉与精神却渗透于隐居者的寂寞生活之中——他们正是为了这些人，才愿意生存下去。为了观赏另一个性格的美——这性格使我们对自己的性格产生了新的兴趣；为了看到生命中存在的美，带着这种快乐的理解，我被迫立即回家追问这样一个问题：我本人是否残缺不全；为了观察别人身上自己肯定的爱的表现——这种肯定也使我看到自己除了卑贱之外所遭受的一切可能的创伤——它们可以反映出人类幸福的程度，因为爱的多少决定幸福的高低。他们忠诚于这种情感，而这种情感却使他们厌倦普通交往。他们所渴望的，要么是公正平等的交往，要么什么也不要。他们不可能和你一起谣诼惑众，因为他们是诚挚而信教的，他们也不会去满足你所欣赏的任何纯粹的好奇心。他们就像仙女一样，不希望被人谈论。“爱我吧，”他们说，“但请不要问我的侄子和叔叔是谁。假如你不需听我谈论自己的思想，因为你能从我的表情和举止中了解我的思想，那么我将花一整天的时间来向你诉说。假如你不能预言它，你也不会理解我说的话，我不会为了你而折磨自己。我也不希望自己被亵渎。”

然而，因为他们对人性提出了过高的要求，看来似乎是这种孤独，而不是这种爱将在他们当中流行下去。这确实为他们的画像添加了一种新特征，即他们是最苛求，也是最强求的批评家。他们碰见谁就和谁争吵，这并不是因为他们和这人不同类，而是由于他的感情程度。这人感情程度不够——这是他唯一的过错。这样，他们就等于延长了自己童年的特权。他们自己无所事事，但却对功名录上的那些斗士提出极多的要求。他们令我们感到一种奇怪的失望，而这种失望笼罩着每一个年轻人。这么多前途似锦的年轻人，却没出现过一个完人！深沉的个性将获得一种野蛮而粗糙的外表，而细致柔弱者必将显得浅薄，或成为敏感情绪的牺牲品。成就大业者必然要犯大错误，就如每片雕塑品都有裂纹一样。这听起来有点奇怪，但这件艺术精品是如此精心雕琢的成果，以至于这位少年身上最难为人察觉的缺点都会让最有抱负的天才为难，并毁掉这件作品。去与一个水手谈谈干他这一行的生活磨难吧，他会问你："那些老水手都去哪儿了？难道你没看见这里都是年轻人吗？"在这人类思想的汪洋大海上，我们也同样可以问："以往的那些唯心论者都上哪儿去了？那些向上一代人抛出了奢望、并经由几位快乐的热心人向我们转述这种希望的哲学家又在何处？"看看这个由法律、权力与财富组成的阶级，再看看生活于谨慎与琐碎无聊之中的土地保护人，人们不禁要问：那些代表着天才、美德以及不可知的神圣世界的人都在哪里？难道他们全都死了——就像古代智者对他们命运的预言那样，因为早熟而被神灵收回到天堂了？还是他们丧失了高尚的思想，只留下腐臭的肉体充当自己的坟墓及铭文，并向所有人宣告：那些天国的神仙，那些曾赋予他们美的神仙，早已离开人间？新一代人是否会变得更好一些？我们可以向任何一位进入这个名册的候选人预告一个更加美好的未来，但我们太轻浮虚饰了，我们仅仅依照低下的标准和不好的榜样做自己能做之事，结果便葬送了自己的希望。然后这些年轻人将给我们送来一种粗率却有效的援助。他们公开表示不满我们的贫穷以及人际关系的无聊乏味。人是一种可怜、有限的施惠者。他应当施与大量的恩惠——也即产生重大的影响，但这种影响应决不会导致他的兄弟出走，而应当不断地用新的美德来更新他原有的品性。这样，虽然他并不在我身边，但他却永在我的心中，他的名字永远会挂在我的嘴上；但是，如果大地在我身旁裂开，或在我生命奄奄一息之际，我也会向着宇宙默默祈祷他的姓名。然而，根据我们的经验，人是卑贱的，友谊也缺少深层的意义。朋友不在身边时，我们假装依然与其毗邻相处，可实际上并非如此。只要不再见到他们做事说话，收不到他们的信件，我们就会忘了他们。这些苛刻挑剔的孩子们大肆宣扬我们的缺陷。他们绝不会赞美我们，也不会和颜悦色与我们谈话。他们只给你献上一句恭维话，一种不可满足的期望。他们雄心勃勃，又极其严谨，如果他们只坚守在瞭望塔上，不断提出新的要求，从不退让，无休无止，那么他们就是可怕的朋友，会使在场的诗人和牧师茫然无措，心惊胆战；哪怕他们只餐云饮风，也不能说他们对人类毫无贡献吧。

因为他们有这种追求伟业与奇迹的激情，所以我们不会奇怪他们受到人性卑劣及无聊的抵制。他们对自己说，与其和坏人为伍，倒不如独来独往。他们确实渴望与人为伴，即渴望找到怀有同样梦想与信仰的伙伴，这种渴望也确实需要予以满足——正是这种希望促使他们回避所谓的社交圈。他们觉得，当自己放弃了俗人，全身心投身于友谊时，真是太适合交朋友了。一幅画，一本书，或是山谷树林里的一处美景——他们都可以在这里呼朋引伴，欣赏美好而有价值的新奇创造，都能经常给他们带来十分鲜明的友谊形式，每当此时，这种友谊便显得是真实的，而社会则犹如幻觉。

可是，他们的孤芳自赏与过分挑剔的举止不仅使他们耻于与人交谈，而且还让他们放弃了人世间的劳动；他们不再是好公民，不再是好的社会成员，因为他们不愿意承担自己应当承担的公共责任与私人责任。他们不愿意与人分享公共慈善义务、集体宗教仪式、教育事业、海内外传教工作、废奴以及戒酒等公益活动。他们甚至不喜欢投票选举。慈善界人士就问，超验主义是否就是懒惰的代名词。他们宁愿听说自己的朋友死了，也不愿知道他成了一个超验主义者。因为一旦如此，这位朋友必定麻木无力，再不能为人类做任何益事了。善良的人们叫道：这位天才人物有什么权利放弃工作，只贪图自己的安逸？文学界的流行信条似乎是："我是超凡出世的才子，因此我不必参与劳动。"但天才就是能更好、更容易地劳动的人。让你不枉天才的名声吧，去赞美它吧。善良与聪明的人离群索居，冷眼旁观别人的庸俗与邪恶。他们似乎以为，只要自己稳坐太师椅，那些掮客、法官、议员们就会看到他们行为的过失，就会蜂拥而至，向他们请罪。但是，善良和聪明的人必须学会去行动，学会拯救下界肮脏的角斗场上的战士和煽动者。

至于这些孩子们应当承担的职责，答案是：生命以及他们的能力似乎都是非常珍贵的礼物，决不能将它们浪费在你建议他们去做的琐事上。而你们所谓的根本性制度，你们的所谓伟大神圣事业，对年轻人来说只不过是些伟大的谬误，若再近些去看，就会发现这只是些微不足道的小事。每一桩所谓的"事业"，比如说废奴运动、戒酒运动，比如说卡尔文教派或唯一教派活动，都已迅速地变成了一个个小商店，在里面，那些一开始那么庄重和严肃的文章现在被人们用作方便易携带的包裹糕饼的工具，并且小批量向顾客零售。你可以非常随意地使用“伟大”和“神圣”等字眼，但对他们来说则几乎从中看不出什么伟大或神圣的痕迹。没有多少人能以自己伟大的品质去感召别人。慈善与布施团体倒有某种江湖郎中的味道。至于普遍的生活方式与人们的日常工作，他们却难以从中看到什么美德，因为他们本身就是这一邪恶圈子的组成部分；另外，因为人们没有远大的目标，所以他们所做的工作也毫无任何高尚可言。而且，他们曾做过一次实验，发现从最自由的职业到最粗鄙的体力劳动，从学院和大学的高雅礼仪到舞厅习俗及早晨请安的规矩，处处都弥漫着一种卑怯的妥协与虚伪精神，这就暗示出一种可怕的怀疑精神，一种没有爱的生活，以及一种没有目的的行为。

若行动并无必要，若行动并不适度，我决不会采取行动。我不愿意将一件事重复做两次。我不喜欢例行公事。一旦把握了原则，那么，实施四次或实施四万次都同样容易。一位伟人会满足于以最不起眼的方式表明对自己时代的主导思想的看法，而将数不胜数的例证留给那些喜欢其观点的人。当他击中靶心后，其余的人就会粉碎整个靶子。一切都在告诫我们：漫长的生命是多么不必要。英雄的每一时刻都会提升我们，使我们兴奋激动，因为他所过的十二个月相当于一个世纪。英勇的夏克图斯从战场上回家时带回的只是一个记忆，就是在猛攻萨莫斯城时，“正当激战进入白热化时，伯里克利斯对我笑了一下，接着又将这笑传给了另一支部队”。在这里，真正有意义的是此时的质量，而不是日子、事件与人物的多少。

我们承认，自己的处境决不是值得高兴的：假如你需要我们劳动的帮助，我们本身更需要劳动。我们的无所事事使我们感到悲惨。我们闲得要死，锈迹斑斑，但我们依然不喜欢你的工作。

“那么，”世俗之人说，“给我们看看你的工作。”

“我们没有任何工作。”

“那你们打算干些什么？”世俗之人大叫。

“我们在等着。”

“要等多久？”

“直到全世界的人都召唤我们去工作。”

“可是这样等下去，你会变得衰老无用。”

“老就老吧。我可以坐在角落里消亡（就如你所说的那样）。但我在接到最高命令之前，绝不会动一动。即使那召唤数十年没来，几百年没来，我也知道世界的缺憾正是我的禁欲所维持的信仰的证明。你那所谓的美好计划不会让我开心。我知道将来的一切会让我兴奋。如果我无法工作，至少我不需要撒谎。一切需要今天明确支付的账不是去撒谎。在其他地方，其他一些人已经经历了严厉的考验，他们表现得很好。烈士们被肢解处死，或者被活活地悬吊在卖肉的钩子上。难道我们就不能将自己的勇气凝聚成耐心与真理，毫不抱怨地，甚至是以乐观幽默的心情，去等候来自最高决策者的下令行动的转机吗？”

然而，当我们趋近观察这些人的秘密时，我们必须说，对他们来说，回答世俗者的反对意见是十分容易的，但要打消他们本身的疑虑与抵触却不那么容易。他们的精神不断受到质疑发问，这使他们习惯于经受各种逆境，经受最勇敢的英雄所面临的考验。当我问及他们的私人经验时，他们的答复大致是这样的：无可否认，我的信仰与其他人的信仰之间有着某种深刻的差异；我的信仰是某种短暂经验，它会在高速公路上、市场上，在某个地方或某个时刻令我大吃一惊——天知道它是来自体内还是来自体外！——它使我意识到，我一直是在欺骗着傻子，但规则既是为我存在，那也是适合于所有人。信赖，那种孩子般的信赖与服从，以及思想的崇拜属于我，我不应再做傻子了。可是，可能只隔了一个小时，我又从这种认识高度跌落下来；我又故技重演，成为这个自私社会中自私的一员。我的生命是肤浅的，它并没有在世界深处扎下根来。我问道，我何时才会死去，并被免除观看这个对我毫无用处的世界的责任？我希望把这种闪电般的信仰换成绵延不绝的白昼，把这股狂热情绪换为一种温和的气候。

这两种思想状态每时每刻都在发生分歧，而且对比鲜明。对那种习惯于从这些大彻大悟的时刻看待生活的人来说，似乎他在提心吊胆地生活，似乎他在世上扮演着一种卑贱、无能而又低下的角色。这是一桩他没有能力去做但又不得不做的工作，又是一桩他不会表达、别人则能更好表述的工作。他躺在一旁，手里拿着什么消遣的东西，直到又轮到他去应付一番。我们的许多阅读，我们所做的许多工作，似乎都只是等待而已。这不是我们活着的目的。其他任何人都能做好这些事情，甚至会做得更好。这些工作所需要的技艺微乎其微，几乎与高尚的精神生活全无瓜葛，以致无论我们做什么，推磨也好，骑马也好，或是奔跑、赚钱、治理国家，与我们所做的一切都几乎没多大关系。这种双重意识最坏的特征是：我们所过的理智生活与心灵生活彼此之间确实没表现出多少相互的联系，它们也绝难相互吻合或相互衡量对方。此时这种倾向占了上风，一切都乱哄哄的，热闹非凡；彼时另一种倾向流行起来，又闹得山摇地动，日月变色。随着生活的进展，这两种倾向并没有找到更好的调和方法。可是我的信仰是什么呢？我是谁？难道我只是一种沉静和独立的思想，只是苍穹里的一处寓所？云幕很快就会四合，而我们依然相信，我们编织的这张小小的网络最终将被投入高空，与蔚蓝的天幕交织在一起，而那一时刻将永存史册。这么说我们需要耐心等待了，难道不是吗？忍耐，还是忍耐。摆脱了这个否定的冰冷世界，我们很快就会进入某种新的无限，我们会高兴地回忆道：虽然我们缺少美德和安慰，但我们不喜欢贫穷，并且也从未试图以虚伪或任何假装的热情来弥补这种贫困。

然而，如果我们忘了说明这些人都是美的热爱者和崇拜者，那我们就未能充分地描绘出他们的特征。在真、善、美组成的永恒的三位一体中，其中任何一种因素的完美都得包含其他两种因素，但它们倾向于把美当作最重要的标志。在当代所有的道德说教运动，以及各种宗教慈善事业中，也出现了某种类似的趣味。它们具有一种自由主义的，甚至是一种唯美的精神。在传统的宗教人士听来，他们关于运动美的言论无疑有些空洞可笑。在政治方面，当他们处理有关公正的问题时，如果他们能守住个人利益的界线，他们往往能应付自如。如果他们答应赔偿，那也是出于审慎。但是他们如今为黑人、乞丐和酒鬼们呼吁正义，则是为了美——不是为了这些受难者，而是出于呼吁者的一种精神需要。我是说，这只是一种倾向，还没有成为现实。我们的美德还在蹒跚学步，四处游逛，走得还不够稳健。它的代表们神色严峻；他们说教着，指责着。他们还不够公正无私，风度还不够优雅。他们仍易于沾染上一些滑稽喜剧的色彩，而在我们这个奇怪的世界上，往往是狂热分子才有这种色彩。圣人应当像眼中的瞳仁那样可亲可近。而我们却受到笑的诱惑，我们逃离工作，去与沉思的改革者做伴，以便躲避那同一种轻微的喜剧色彩。想想这些嘲弄与批评的时刻吧！我们把美奉为至上之物，是因为它是最中庸的，可以避免善的过时，以及真的无情——他们也都是热爱大自然的人，都在不可改变的世界秩序里找到了一种恢复被摧毁的秩序和人的优美的办法。

毫无疑问，对这些人的所说所为，有大量有根有据的反对意见，我们已经挑出他们的一些特点；无疑，他们也容易受到批评和讥笑，坊间也会流传关于他们的可笑故事，这些故事与其他人的故事没什么区别。将会出现伪善和虚伪，也会出现巧妙的言辞和空话。这些人具有非凡的力量，但并非都能发达起来。他们抱怨说：自己周围的一切都应该予以否定。假如他们势单力薄，在能够开始过自己的生活之前，他们必须耗尽所有的力量进行否定。严肃的老年人坚持尊敬这种制度，那种用法；坚持尊敬陈旧的历史、某些职业、大学、古老礼仪、受惠者、慈善事业以及早晨或晚上拜访的习惯——他们抵制着这一切，似乎它们与己无关。但这却导致了许多不眠之夜，导致背弃与怀疑——他们在此问题上殚精竭虑，但这些老朽的卫道士却绝不改变观念。对此他们只有一个念头，即认为安东尼脾气乖张——他本来完全可以坚持自己的权利，拒而不做那些他认为是愚蠢的事情，并且控制自己的脾气。他内心无法不对不义之事做出反应。他兴奋不安，夸张做作。一切自由和横溢的才华，一切机智的妙语箴言，一切天生的嬉笑玩闹都是不可能的。他若是能够避免扯谎、不义行为和自杀，一切就会很好。没有时间让人去欢闹、去讲究优雅。他的精力和精神都浪费在拒绝上了。但那些坚强有力的人可以不费吹灰之力地征服他们周围的芸芸众生。他们的思想和感情像潮水一般奔涌而来，这使他们可以在很大程度上免遭那些刻薄批评家的注意。他们快乐地听从上天的指引，仅仅是含蓄地拒绝时下的喧嚣的空谈。严肃的老者向聋人说话，教会与古书不知所云地为一个十分忙碌、无暇顾及别人的激进人物举行着宗教的仪式，因此它们非常幸福地赢得了时间，而且从一开始就选择了正确的道路。

我对这些人的评价仍不充分，他们都是新皈依的信徒，他们只不过是指出了人们在具备了更健康、更勇敢的心灵时所应该走的道路。让他们去体会自己责任的尊严，获得更强大的力量吧。他们的心脏是保存着火种的挪亚方舟，这火种将要燃成燎原大火，蔓延整个宇宙。让他们去服从处于最狂热的冲动时的天才吧，在他率先走向那荒无人烟的思想与生活的沙漠时追随他吧，因为只有英雄跋涉的道路才是对人类健康和利益有益的康庄大道。除了那种通过自身的力量而把自己与永恒事物联结在一起的坚持不懈的精神，人类本性的优势和尊严又是什么呢？

社会对这一群人也负有责任，必须以慈悲之心待之。从他们身上也可能自然生长出一些对国家有益的东西。在我们这个机械师共济会里，不仅应该制造桥梁、犁铧、木工刨床与烤箱，还应该能生产一些更为精巧的仪器，比如晴雨表、温度计、显微镜等等；在社会里，除了该有农夫、水手和织工之外，也应该专门保留一些诚实纯真之人作为人性的标准尺度和测量仪表；他们具有优异的探察直觉，在充当旁观者时，难免会流露出轻微的幽默和情感。社会或许也可能为那些可以激励他人与训诫他人的人留下一席之地，也为那些有能力向他人传播电流的收集天火者留有一席之地。或者可以说，当一艘在风浪中起伏的小船向巡洋舰或定期邮船发出信号，询问航道情况时，它也并非毫无优势可言，那就是我们不时会接触到一些罕见而又有才能的人，来比较我们精神罗盘上的指针，并参照高精度的经纬仪来纠正自己的位置。

处在这种世风日下、万物媚俗的社会，时值万人一心呼吁新的公路或新的改革法令或股票认购，要求新的订货、改进服饰、改善牙医、建造新舍、开办大企业、组建政党或是分割地产，此时你是否能容忍一两个孤独的声音说出那些既不能买卖，也不会消失的思想与原则呢？这些物质上的改善与机械上的发明很快就会被别的东西取代；这些生活方式很快就会为人遗忘；这些城市会被战争，被新的发明、新的贸易中心或地理变化毁灭：一切都将荡然无存，正如今天散落在海滩上的白色殖民地时期的贝壳一样，永远在更新，也永远在被毁灭。但这几位隐士或以沉默或以言语宣讲的思想，不仅体现在他们以往的行动上，而且体现在他们决心要做的事情上，这些思想仍将体现于美与力量之中，仍将在大自然中重新组合，仍将在或许比我们更有能力更幸福的人身上重新萌发，并且将与周围的环境更加和谐。

（1842年1月在波士顿共济会发表的演说）

人即改革者

会长以及诸位先生，我希望贡献一些意见供各位考虑。题目是：人，作为改革者，他的特殊与普遍关系。我敢说这协会的每一位年轻人都有崇高的目标——一个理性的心灵所有的目标。我们承认，我们过的生活是平庸而卑贱的，也承认造物主创造我们主要是为了某些职务与功能，而且这些职务与功能在社会中已经变得非常珍贵，以致我们只有在古籍和模糊的传统中才保留一些回忆。我们如今不再是先知和诗人那种完美的人，甚至见都没见过那一类人。某些人类智慧的源泉，在我们这里几乎没有，也没人知道。我们生活于其中的社会简直无法忍受有人这样对他们说：你们每一个人都应当敞开胸襟迎接狂喜的情境，或神灵的启发，我们每个人都应该每天都与精神世界交流，从而提高自己。即使我们承认这些，我想听众中没有一个人会否认，我们应当在我们中间确立各种风纪与方式，以使我们获得指导，与精神世界建立更清楚的交流。更进一步来说，我不愿打消我的希望，即每一个听众都能感受到内心的感召，觉得自己应抛弃一切恶习、怯懦和限制，应立足于他的本职，做一个自由而有用的人，做一个改革者，一个造福大家的人；而不甘心像个脚夫或间谍那样从这世上悄悄溜走，全凭自己的机警与道歉躲过人生的许多坎坷。我们要做一个勇敢正直的人，他必须发现或开辟一条通向世界上一切美好事物的捷径，而且不仅自己要光明正大地走过去，而且使一切跟着他的人也都能更容易地正大光明地走过去，并从中获益。

在世界史上，改革的教义从未像现在这样辐射范围广大。路德派教徒、赫恩赫特教派①、耶稣会会士、僧侣、贵格会教友、诺克斯、卫斯理、斯维登堡、边沁，这些人虽然控诉社会，却仍敬重某些东西，比如教会或国家、文学或历史、地方习俗、市镇、餐桌、钱币。但是现在所有这些和其他的一切全都听见了号角的召唤，都冲过去听候审判——基督教、法律、商业、学校、农场、实验室都是这样。没有一个王国、城市、法律、仪式、职业、男人或女人没受到这种新精神的威胁。

攻击我们制度的种种抗议也许本身是极端的、空想的，改革

① 赫恩赫特教派，基督教摩拉维亚教派之一，1722 年受迫害时移到德国，并建赫恩赫特村，该教派因此得名。——译者

者都倾向于理想主义，但这又有什么关系呢？这只表明将心灵驱向另一极端的过度滥用才智的危害。只有当过分的虚妄使事实与人物变得虚幻或荒诞时，学者就逃往观念的世界里，企图用那源泉来滋补和充实大自然。一旦各种观念在社会上重新确立了它们的合法地位，人生就会变得美丽而富有诗意，学者们就将欣然做恋人、公民和慈善家。

古老国家、流传数百年的法律和上百座城市的财富与制度都是建立在别的基础上的。但这并不能保障它不受新思想的侵袭。革新的魔鬼有一条秘密渠道通向每个制定法律者、每个城市居民心中。某个新思想新希望在你胸中诞生了，这件事实本身就告诉你，在同一时刻里，一种新的光正破晓而出，照耀着上千个人的心灵。你愿意保守这一秘密，但只要你走到门外，啊！门槛上站着的一个人会告诉你同样的话。即使是饱经风霜、被生活磨炼得异常敏锐，专门会搞钱的好手，一听到新思想唤起的问题，没有不畏缩、颤抖的，这几乎会让你目瞪口呆。我们以为他总会有一些似是而非的理由为自己辩护，至少是不会屈服，但他畏缩了，逃走了。随后学者说：“城市与马车再不会把我吓倒了。因为你看，我每一个梦想都正在迅速实现。我有过一个梦想，因为怕你嘲笑，迟疑着没说出口。现在那些掮客、律师、市场上的小贩四处都说着同样的话。若是我多等一天才说，那就太迟了。看呀，国会街也在思想着，华尔街开始怀疑了，并且开始预言了！”

当我们想一想善良的年轻人前面充塞着多少实际障碍时，再看到社会内部处处反省恶习，我们就不会感到多么惊奇了。青年人踏上人生时，他就会发现挣钱工作的道路早已被各种恶习封闭了。经商方法变得越来越自私，几乎等同于盗窃，它逢迎得接近（如果不超过）欺诈。商务活动并非本质上不适合于人，或是有碍于人类天赋能力的发展。但现在它们在普遍运行中，却被人们默认的玩忽职守与滥用污损了，以致我们不能希望年轻人有足够的精力与智慧在这种局面中匡正自己。他被淹没其中，无力自拔。他有天才和美德吗？如果有，他将更加发现自己不适宜在这种环境里生长。如果他要在这环境中发展，他就必须放弃自己在童年和青年时代做过的所有美好的梦想；他必须忘记他儿时的祈祷，而且必须给自己套上例行公事和逢迎拍马的羁绊。如果他不愿这样，那就别无他法，只有重新开辟一个新世界，就像那些为了得到食物而用锹挖地的人一样。当然，这一指控将我们全都牵连在内。只需要问几个问题，问问商品怎样从生长它们的田地里来到我们家中，我们就会明白，我们吃的、喝的、穿的都是欺诈和谎言，它们以数百种商品的形式出现。有多少日用消费品是西印度群岛提供的？但据说在这些属于西班牙的岛屿上，政府官吏的贪污受贿已成惯例，运到我们船上的货物没有一件没被欺诈玷污。在西班牙所属的群岛上，每一个美国经纪人或代理人，除非他是领事，都要宣誓自己是天主教徒，或是找一个神父代为宣誓。废奴主义者已向我们指明，我们已经欠了南方黑人多么可怕的债务。在古巴岛，除了奴隶制惯有的罪恶之外，那些种植园只购买男奴隶；这些悲惨的单身汉，为了给我们生产蔗糖，每十个人里一年就会死去一个。至于我们的海关怎样处理人们的宣誓，我将此事留给熟悉内情的人去解释。我不准备调查压迫水手的情形；我也不计划去探究我们零售行业的习俗。我只满足于这样一个事实，即我们商业的一般制度（那些比较黑暗的习性除外——我希望这是一切有声誉的人都会加以谴责，也并不参与的例外）是一种自私自利的制度。它不受人性的高尚情操支配，不以互惠互利的严格法则来衡量，更不是用仁爱与英雄气概来衡量的，而是一种猜疑、隐秘而又极其贪婪的制度；它不是要付出，而是要占便宜。这类事不是一个人乐于向自己高贵的朋友表白的。人在恋爱和充满野心的时候，决不会快乐而自满地默默沉思，而是将这一切丢到脑后，只显示那光辉灿烂的成果，以花钱为自己赚钱的方式赎罪。我不谴责商人或生产者。我们商业的罪行并不单单属于某个阶级或某个人。一人采集，一人分派，一人吃。所有人都参与，所有人都忏悔——脱帽跪下，自愿地忏悔，然而没有一个人觉得自己应该负责。他并没有制造这种陋习，他也不能改变它。他是谁？他不过是个毫不起眼的小人物，必须挣钱谋生。这才是罪恶。没有一个人觉得他应当以“人”的身份来行动，他只是人的一部分。因此，一切真挚的人都会感到自己内心有种不可压抑的追求高尚目标的冲动，他们天性的法则决定他们要采取天真的行动，他们发现自己适于经商之道，于是就退出商业。这类事例每年都在增多。

但你即使放弃了经商，也没有把自己洗刷干净。人类每一个盈利的职业与行业中都留有罪恶的痕迹。每个行业都有自己的不正当之处。在每个行业里，只要人还有温顺聪慧的良知，他就没有成功的资格。每个行业都要求自己的从业者对恶习熟视无睹，随波逐流，灵活多变，接受成规，完全泯灭慷慨与仁爱的感情，放弃个人见解和高贵诚实。不止于此，邪恶的风俗伸展到了整个财产制度里，以致我们建立并用来保护这制度的法律，似乎也不是爱与理性的自然流露，而是出于自私的目的。假定有人不幸天生是一个圣人，他有敏锐的感觉，却又有一副天使般的爱与良知，而他又必须在这世上谋生，他发现自己被摒斥于一切赚钱的行业之外。他没有农田，也无法得到农田；为了弄到买田地的钱，他就必须专心致志赚钱，这就等于把他自己典当出去几年。对他来说，现在的时光如同未来的时光一样神圣不可侵犯。当然，只要有一个人还没有田地，我对我田地的所有权，你对你田地的所有权就都是有污点的。这种罪恶的枝蔓似乎缠绕了每一个人，而我们因为建立各种联系，因为要供养妻子和儿女，因为利润和债务，我们似乎在其中越陷越深。

诸如此类的考虑，已促使众多慈善家与有识之士注意到了这一点，即主张将体力劳动作为青年教育的一部分。如果上一代人积累的财富沾上了这种色彩——不管给我们留下了多少这种财富——我们就必须开始考虑：如果我们放弃这些财富，使自己同泥土和自然建立更根本的联系，戒绝一切不诚实不洁净的事物，并且每个人都勇敢地用自己的手参与到这世界上的体力劳动中去，并尽自己的一份责任。这种态度是否更加高尚？

但有人会说："什么！难道你要放弃劳动分工制度带来的巨大好处，让每个人都去制造自己的鞋子、橱柜、刀子、货车、风帆和针吗？这不等于让人类自动返回到野蛮世界吗？"我看不会立刻发生一场道德革命。然而，我承认，如果我们偏信农业生活能较容易发挥人的基本职责，那么，即使由此引发的革命会使我们丧失社会上的某些享受或便利，我也不会感到痛苦。谁不愿意看到高贵的良知与更为纯粹的趣味对年轻人选择职业发挥合理的影响？并减少商业、法律和政治工作中竞争的人数。我们不难看出，那些不便之处只会短期存在。这将是件伟大的行动，而伟大的行动总能打开众人的眼睛。等许多人都这样做了，等大多数民众都认识到改革所有这些制度的必要性时，这些流弊就将被克服，道路会重新被开辟出来，劳动分工的优越性会再次显露出来，人们又可以选择最适合自己特殊天资的职业，且不需要妥协。

当前的时代强调"社会的体力劳动应由一切社会成员承担"这一观念，但除此之外，每个人都有适当的理由说明为什么他不应被剥夺这一权利。体力劳动的作用是永远不会过时的，而且适用于每一个人。为了自身的修养，一个人应当有一座农场或学会一门手艺。我们更高级的成就及细致的娱乐——诗与哲学，必须以我们双手的劳作为基础。我们各种各样的精神功能，也必定要在这粗犷的世界里有一种敌对的力量，否则它们就不会萌发出来。体力劳动是对外部世界的研究。发财的人仍能感觉到财富的好处，但其后代就感觉不到了。当我带着一把铲子走进花园，并挖出一个花床时，我是那样兴奋与健康，结果我发现我一直在欺骗着自己，让别人替我做我自己应做之事。这工作不仅使人健康，而且有教育含义。我只需每三个月签一张支票给某家公司，我就会得到大量的糖、玉米、棉花、木桶、陶器和信纸。我要过上安逸生活，这些从远方而来的产品都是必不可少的；大自然让我需要这些是故意要我去工作，运用我的功能，但我这样能得到适当的运动吗？是那个商人自己、他的脚夫、经纪人和制造商，是那些水手、运输商、肉商、黑人、猎人与种地的人提取了糖中的糖、棉花里的棉花。他们得到了教育，我却只得到货物。如果我是因故必须不在现场，像他们一样在忙着自己的工作，那就没关系，因为我可以相信自己的手脚；但现在，在我的樵夫和厨师面前，我却感到惭愧，因为他们都能设法自给自足，没有我的帮助他们也照样一天天、一年年地过下去，但我却要依赖他们，我还没有获得运用我的手脚的权利。

让我们再进一步考虑一下第一个财产拥有者与第二个之间的关系。每一种财产都会被它自己的敌人损害，比如铁会生锈，木材会腐烂，布会被蛀坏，食物会发霉变味或生虫，钱会被盗，果园会生虫灾，耕地会长满杂草，或被人畜践踏，家畜会遇上饥荒，道路会被风雪侵蚀，桥梁会被洪水冲毁。无论谁占有了这些财产，他要负起保护它们免受成群结队的敌人侵害的责任，或始终保养它们。一个只提供自己所需要的东西的人，他会造一只打鱼用的木筏或小船，他也会发现自己很容易把船上的漏洞填起来，为船安桨座，或修理尾舵自然也不难。他所尽快获得的东西都是自己所需要的，所以他丝毫不觉得有什么为难，也不至于为了照应小船而晚上失眠。但当他需要把自己年复一年积聚的财产传给儿子的时候，房屋、果园、耕地、家畜、桥梁、铁器、木器、地毯、衣服、食粮、书籍、金钱可以给他的儿子，但收集制作这些物品时所获得的技术与经验，以及它们在他生活中的作用和意义，他却无法传给儿子，儿子将会发现自己为此手忙脚乱——不是忙着使用它们，而是忙着照管它们，忙着保护它们免受天然敌人的侵害。对他来说，它们不是工具，而是他的主人。它们的天敌不会放过破坏的机会：铁锈、霉斑、害虫、暴雨、阳光、洪水和火，都分头掠夺自己的俘虏，使主人充满烦恼，并把他由主人变成一个看守人或一条看门狗，看守着这些新财旧产。这是多么大的变化啊！他不再有父亲那种镇定自若的自信与幽默，不再有父亲那种权威及丰富的智慧，不再有父亲那有力而灵巧的双手，锐利而历练的眼睛，也不再有父亲那一颗伟大高尚的心灵，大自然爱父亲，怕父亲，雨雪、河流、土地、野兽和鱼类全都熟知父亲，但到了儿子这里，这一切全都不见了，只留下一个软弱可怜、需要保护的家伙。他四周围绕着墙壁和帘幕，火炉和软床，马车和仆人，他与天地隔绝，他自幼所受的教养使他依赖这些东西，任何会危害这些财产的东西都令他烦恼不堪，他不得不花费大量时间去保护它们，竟致看不到了它们原有的用途，即帮助他实现自己的目标，去恋爱，帮助朋友，敬仰上帝，扩充知识，服务祖国，满足自己情感的需求。他现在只是个所谓的富人，也即他的财富的奴隶。

所以发生了这样的情况：历史的全部利益都系在穷人的命运上。知识、品德、权力是人克服贫困的战利品，是人力向控制全世界的进军。每个人都应该有一个机会，来为自己征服这个世界。只有这样的人才令我们感兴趣，斯巴达人、罗马人、撒拉逊人、英国人和美国人，他们在贫困的利爪下傲然挺立，用自己的智慧和力量将自己解救出来，使“人”获得胜利。

我不想夸大这种劳动学说，或坚持人人都应当是农夫，或人人都应去编纂词典。一般来说，务农是最原始、最普通的职业。在人尚未发现更适合自己的工作之前，务农可能是较好的选择。但农场的意义仅在于此，每个人都应当与世界上的劳作保持基本的联系，他应当自力更生，即使他口袋里恰好有只钱包，即使他自幼受教于某种不名誉的有害的职业，他也不该因为这些偶然性的事件而放弃自己的职责，理由是：劳动是上帝对人的教育。只有学习到劳动的秘密的人，只有以自己真正的才智夺得大自然的统治权的人，才能成为主人。

我也不会堵上耳朵，拒不理睬诗人、神父、立法者与一般读书人这些知识阶级的申辩。这个知识阶级以自己全部的经验提出，为了养家糊口而付出的体力劳动使人不再有能力或不再有资格进行智力活动。我知道常有，或者说是始终发生着这样的事，即当一个人发现自己的本质非常好，适于诗和哲学时，他就发现自己不得不竭力服侍自己的思想，去花费几天的时间去获得一天的价值与荣耀。

适度而优雅的运动，例如在田野里散步、划船、滑冰、打猎，实际上比农夫、工匠们单调的劳动对他更有教益。我不会忘记埃及神话里的至理名言，它说："人有两双眼睛，上面的一双在观看时，下面的一双必须闭上；上面的一双合上时，下面的一双必须张开。"然而，我要建议：一个先知如果脱离了劳动，他就会多少损失一些力量和真理；我也毫不怀疑，我们搞文学和哲学的错误与罪恶，它们过度的精致、优柔和忧郁，都可归因于文艺工作者的毫无生气和病态的习惯。我们与其希望一本书好，倒不如希望书的作者更能干、更好——不要再让作者和他所写的东西构成可笑的对照。

但是假定我们要达到如此神圣而亲切的目标，我们就应该有一点休闲。我认为，如果一个人强烈地向往诗歌、艺术与沉思的生活，并吸引他专心致志，从而使他不能很好地从事农业，那么这个人就应当尽早作好打算，就要尊重宇宙的补偿法则，就应养成艰苦的生活习惯，把自己从经济责任中解脱出来。为了保留如此稀有而又庄严的特权，他应该不吝支付一大笔税款。如果必要，他可去做僧侣和乞丐，甚至独身。让他学会站着吃饭，学会品尝清水与黑面包的滋味。他可以任由别人去享受豪华的家用便利器具，让别人去大摆宴席，款待宾客，让别人拥有各种艺术品。让他觉得自己的天才就是款待，创造艺术的人不必去收藏艺术品。他必须安居斗室，压制自己的欲望，预先警告和武装自己，使自己免受天才们常遇到的那种不幸——奢侈享乐的嗜好。这是天才的悲剧——他企图驾着一辆由一匹天上的马和一匹地上的马拉着的马车，沿着太阳轨道奔驰，结果只会导致不协调，只会导致马车与驾车人一起倾覆毁灭。

每个人都有遵守自己誓言的义务，都应该要求社会机构考虑并审查它们是否适合于人，如果我们检查一下自己的生活方式，这一责任就显得更加重要。我们的家务劳动是神圣高尚的吗？它是能提升并鼓舞我们呢？还在只会牵累我们，使我们步履维艰？我应当承担家务的每一部分，每一种功能，也应当承担所有社会功能，承担自己的经济、宴乐、选举和交际。但这一切几乎全都与我无关。习惯替我做了这一切，不给我任何权力，却迫使我负债累累。我们将收入都花费在油漆、纸张以及我说不出名的无数琐碎杂物上，而不是花在一个“人”的真正需求方面。我们的消费几乎完全是为了服从世俗。我们为了糕饼而负债，而真正昂贵的实际上是智力、良心、美与信仰。人为什么一定要富有？为什么他一定要有骏马、锦衣、豪宅，以及出入公共场所和娱乐场所的权利？这只是因为他缺少思想。若往他的头脑里加进一种新形象，他就会逃到一个冷僻的花园或阁楼上去享受它，拥有这一梦想对他来说比田地的收成更使他富有。但是我们最初是因为缺乏思想，接着才发现自己一无所有。我们最初是因为耽于享乐，随后才想到要发财。我们在家待客时，因为不敢相信自己的才智能让朋友感到愉快，所以才去买冰激凌。他用惯了地毯，而我们的性格魅力却不足以让他在我们家里时忘掉地毯这样的东西，所以我们在屋里铺上地毯。我们倒不如把房子变成拉塞地蒙[1]的复仇女神的庙宇，使所有人都感到畏惧和神圣，除了斯巴达人，任何人都不得进入这庙宇，甚至看都不许看上一眼。一旦有了这种信仰，一旦有人附和，那将只有奴隶才会要糖果和软垫。花费将更有创造性与英雄气概。我们要吃粗粮，睡硬床，我们要像古罗马人那样住在狭窄的帐篷里，而我们的公共建筑也要像古罗马的那样，要与风景的比例相称，与谈话、艺术、音乐和崇拜的气氛相称。为了追求远大目标，我们将是豪爽慷慨的，只有在追求自私的目标时，我们才是贫穷的。

那么，现在怎样才能补救这些缺陷呢？那种仅有一技之长的人，又怎样才能诚实地得到一切生活的便利？我要不要我口说我心——或许只能依靠自己的双手。假定他不善于采集或制作它们，但他从中接受了教训。如果他连这一点也做不到呢？那么他或许不用这些东西。这一过程蕴涵着巨大的智慧与财富。与其花费昂贵代价得到一件东西，倒不如不要的好。让我们来认识节俭的意义。若节约是为了一个伟大的目标，或是出于爱好俭朴、向往自由、爱情、奉献等动机，那它就成了一种高尚的人道的事务，一种神圣的仪式。我们在许多人家看见的许多节俭却是出于卑鄙的动机，我们最好闭目不看。“为了周末晚上吃烤鸡，今天吃烤玉米”的节俭是卑鄙的。但若能吃上烤玉米，且有陋室可居，且能使我免除一切烦恼，使我能够静心温顺地听从心灵的命令，随时准备完成求知或善良愿望的使命，这就是神与英雄的节俭了。

① 拉塞地蒙是斯巴达在历史上的另一名称。——译者

难道我们不能学会自助吗？社会上充斥着软弱的人，他们不断地召唤别人来侍奉他们。他们处心积虑，利用一切方法和手段来完善自己享受的条件。沙发、软垫、火炉、葡萄酒、猎取的禽、香料、香水、马车、剧院和娱乐——所有这些他们都想要，也都需要。除此之外，无论什么东西，只要是人所能想出来的，他们也都渴望得到，好比渴望得到可使他们解饥的面包一样；如果他们错过了其中任何一件东西，他们就懊悔不堪，好像自己成了世界上最受亏待、最凄惨的人。人必须从小就与他们一起出生、长大，才会知道怎样为他们见多识广的肠胃预备一餐饭。同时，他们绝不会动一根指头来帮助别人，他们不是那种人！他们要为自己做的事情太多，无暇他顾。他们也从未察觉出自己生活中的残酷笑话，但他们变得越是丑怪，抱怨、渴望的声调就越响。如果自己只有少许的需要需满足，而多给别人留下一些，且并不时时准备去攫取，这难道不是非常高尚优雅的举动吗？自给自足要比豪华享受更受人尊敬，在今天的少数人看来这也许不太优雅，但对所有人来说，它是一种永久性的优雅。

我并不想提倡荒唐可笑的改革。我不想对自己周围的事情做出过激的批评，那会逼我自杀的，或是与文明社会的一切进步完全隔离的。如果我们突然捶胸顿足地说：在我弄清什么东西是否清白之前，我决不吃、不喝、不穿、不摸，也决不与任何人交往，除非他的生活方式是完全清白合理，否则我宁愿站住不动。谁的生活方式是完全清白的？我的不是，你的也不是，他的也不是。但我以为我们每个人都必须通过回答一个责问来为自己辩白，即我们是不是将全部精力都真心献给了公众福利，从而换来我们今天的面包？我们必须不断地矫正昭彰的积弊，每天摆正一块石头。

但现在开始激动社会的那种观念范围很广，已经超出了我们的日常工作、家庭与财产制度。我们将要去修补我们整个的社会结构，以及国家、学校、宗教、婚姻、商业和科学，并在我们的天性中发掘它们的基础。我们要让这世界不只适合古人，更要适合我们自己。任何一种习俗，只要未在我们心灵中扎根，我们都应将其清除。人到底为何而生？只是为了做一个改革者，做一个重新改造前人产品的创新者，一个谎言的否定者，一个真理与美的恢复者。他模仿那包容一切的大自然，那从不守旧从不在过去驻足的大自然，它时时矫正自己，日新日日新，每天早晨都给我们新的一天，每一次脉搏的跳动都蕴涵着新生命。让改革者否定一切他认为不真实的东西，让他追溯自己一切行为的最初意图，拒绝每一件与世无益的事情。因为我们已如此摧残削弱我们自己，所以，即使在我们前行的道路上到处是阻碍以及所谓的毁灭，为了重新恢复日常行为与神圣而神秘的生命之间的隐秘联系，我们也会在馨香中悠然死去。

一切改革的努力都有一种力同时作为其发条和调节器，这种力量就是一种信念，相信人身上有一种无限的价值，等候命运的召唤而现身，它相信任何专门的改革都是为了除去某些障碍。难道我们最高的责任不是在我们身上保持人的尊严？我不应该让任何地主在我面前感到他的富有。我应该使他觉得我即使没有他那些财产也照样过得很好，觉得我不能被收买——舒适收买不了我，骄傲也收买不了我——虽然我完全是身无分文，且要从他手里接受面包，我也要让他在我面前自觉是个穷人。如果同时还有某位妇女或儿童发现了一种虔诚的情感，或是一种比我更为公正的思想方式，我也应当恭敬而顺从地承认，虽然这将改变我整个的生活方式。

美国人拥有许多美德，但他们没有信仰与希望。我不知道这两个词的意思是否完全被忽略了。我们使用这两个词，就仿佛它们和“赛拉”与“阿门”一样陈腐。然而这两个词的含义却是最宽泛的，即使对今天的波士顿而言也绝对适用。美国人几乎没有信仰，他们依靠的是金钱的力量，却对情操充耳不闻。他们认为谈什么提高社会情操就如劝说北风不吹一样容易，而学者和知识阶级比其他人更没有信心。现在，如果我同一个真诚的聪明人谈话，或与某个朋友，某个诗人，或者某个思想活跃、尚未受到社会习俗约束的有良心的年轻人谈话，我会立刻看出现在这一代没有信仰的人是多么可怜，而他们的制度又是多么脆弱，犹如用纸牌搭起的房子。我也会立刻看出，一个勇敢者，或是一种伟大的新思想，将会产生多么大的影响。我看出，那些讲究实际的人之所以对一切理论都持怀疑态度，就是因为他们没能力理解我们凭以工作的工具。“看呀”，他说，“看看这些你们用来创造世界的工具吧。借助于最好的木匠或工匠的工具，再加上化学家的化验室和铁匠的熔炉，你们也不可能造出一颗有空气、河流与森林的行星。同样，你们也绝对不能用你们所知的这些愚蠢、病态、自私自利的男女来制造你们所鼓吹的那种天堂般的社会。”但信仰者不但看到这个天堂是可能的，而且看出它已经开始存在——组成这个新社会的并不是受政治家操纵的人与材料，而是那些被正义的力量改造过、提高过的人们。对于正义来说，确实可能会有某种东西将超越一切作为权宜之计的力量。

在世界编年史上，每一个伟大而关键时刻的产生，都是因为某一热情获得了胜利。穆罕默德之后阿拉伯人的胜利就是一个例证，他们在短短几年内，从一个微小而卑贱的开端，建起了一个比古罗马帝国疆域更大的帝国。他们做了自己都不知道的事情。裸身的勇士德拉在马上为信仰而战，一人独抵一队罗马骑兵，仍然稳操胜券。他们的妇女像男子一样战斗，最终征服了罗马兵。他们的装备极其简陋，给养严重匮乏。他们是戒欲的军队，他们根本不需要用白兰地和肉给自己提高士气。他们以大麦为食，征服了亚洲、非洲和西班牙。看见峨玛王[①]的手杖的人感到比看见别人的剑更害怕。而他的食物只是大麦、面包，调味品是盐，而且常常因为斋戒，连盐也不吃。他的饮料是清水，他的宫殿由泥土筑成。当他离开麦迪那去征服耶路撒冷时，他的坐骑是一匹红骆驼，鞍上悬着一只木碗，外加一瓶水和两只口袋，一只装着大麦，另一只装着风干的果脯。

① 峨玛王（591—644），伊斯兰教第二代教主，曾征服耶路撒冷，后遇刺身亡。——译者

但是，在我们的政治上，在我们的生活方式上，不久将会绽现一种博爱精神的曙光，它比阿拉伯人的信仰更加高尚。这是补救一切邪恶的唯一良药，是大自然的万试万灵的仙丹。我们必须爱他人，爱会使不可能之事立刻成为可能。我们的时代和历史，几千年来并非仁爱的历史，而是自私的历史。我们相互不信任的代价非常昂贵。我们花费在法庭与监狱上的钱很不值得。我们因为不信任别人，从而造就了窃贼、强盗和纵火犯，并用我们的法庭与监狱把他们变成了终身的罪犯。若一切基督教国家都接受了这种博爱精神，用不了几个月，就能使那些罪犯和无赖流着泪来到我们身边，贡献出他们全部的能力为我们服务。看看这个由劳动着的男女组成的广阔社会吧。我们任由劳动者侍奉我们，却不与他们同住，在街上遇见他们甚至连招呼也不打。我们不赞美他们的才能，不为他们的好运气感到喜悦，不培养他们的希望，也不在人民的集会上投有利于他们的选票。这样，从世界奠定基础起，我们就扮演着自私自利的贵族与国王的角色。看吧，这棵树永远只结出同一种果实。在每个家庭里，都是仆人的恶意、狡诈、懒惰与争吵破坏了一对夫妇的和平。任何两个主妇相遇，你会发现，她们的谈话很快就会转入这一话题，即我们所说的佣人引起的麻烦。在一群劳动者之间，一个富人总觉得气氛不够友善，而在投票处，他更是发现穷人结成一个集团与他公然作对。我们抱怨说群众的政治受别有用心者操纵，以致他们违背公理与公共福利，甚至违背自己的利益。但人民并不愿由愚蠢而卑劣的人做他们的代表，或者统治他们。他们选这些人，仅仅因为这些人用仁慈的言语和外表恳求他们。人民不会长期投他们的票，他们必然选择那些聪明正直的人。借用一个埃及的比喻，人民不愿意总是“抬高野兽的利爪，按压圣鸟的头颈”。让我们将爱涌向我们的同伴，那么，在一天之内就能引发最伟大的革命。要改造旧体制，阳光总比风的效果更好。国家应当照顾穷人，一切声音都应该为他们说话。每个孩子生来就必须获得吃饭的平等机会。我们改善有关财产的法律，起点必须是富人的让步，而不是穷人的抢夺。让我们从养成施与的习惯开始吧。我们要理解，公正的法则是：任何人都只能得到自己应得的那份，不能更多，不管他多么富有。让我感到我要做一个爱他人的人。我要保证世界将因我而更美好，这件事本身将是我的报偿。爱会给这疲倦的旧世界换上一副新面孔；在这世界上，我们像异教徒和仇敌一样生活得太久了。政治家的手腕、陆军与海军，以及各种防线，很快就将弃置不用，而将由爱心——这手无寸铁的儿童——来代替，看到这一切，我们的心定会温暖起来。仁爱将无处不在，走不进去的地方，它就爬进去，并在人们不知不觉中完成工作，因为它就是自己的杠杆、支柱与力量——而暴力永远做不到这些。你没看到吗？在树林里，在那深秋的早晨，一只可怜的真菌或蘑菇——这种植物一点也不坚实，也就是说，看上去只不过像一团面糊或果冻——它竟靠着不断的、竭力的、柔弱得难以想象的挤压，打开了一条路，穿透结霜的硬土，实实在在地在头上顶起一块硬壳。这就是仁爱力量的象征。这条原理本可以运用到人类社会的重大利益关系中，但现在却被人认为过时了，被忘记了。在历史上曾有过的一两次著名的事例中，爱获得了显著的成功。我们这个庞大、到处蔓延却名存实亡的基督教世界，至少仍在纪念耶稣的名字。而耶稣是个爱全人类的人。但总会有那么一天，人们将彼此相亲相爱，一切灾难都将消融在普照的阳光之下。

你肯不肯让我在这个人，也即改革者的画像上再添一笔？人的精神世界和现实世界的协调者应该具有一种伟大的富有远见的沉稳。一位阿拉伯诗人这样描写他的英雄：

在冬季里
他是阳光，
而在仲夏
他是阴凉。

人若要帮助自己和别人，他就不应当毫无规律、断断续续，全凭一时冲动去行善。他应该是一个克制、持久、坚定不移的人。我们曾见过几个这样的人，他们散布在时间的长河里，为世界祈福。这些人的天性里有一种沉稳的品质，它类似磨坊里的飞轮，把动作平均传输到每一个转轴上，防止发生突然的不平衡与破坏性的震动。同样，快乐也应当均匀地分给每一天，成为一种力量，而不要集中起来变成充满危险的狂喜与反应。有一种最宝贵的审慎见解，这是我们所知道的最高的人性，它相信一个广大的未来——比我们现在所看到的还要大——相信整个生命比现在的时刻更重要，禀赋比才能更重要，人格比特殊的结果更重要。正如商人乐于从收入中拿出一部分进行投资那样，伟人也非常愿意丧失自己特别的能力与才干，以便提高自己的生活价值。精神感觉一旦开放，人们将愿意做出更大的牺牲，放弃自己显著的才能，以及最有助于他们取得现在的成功、现在的权力和名声的工具和技能——他们将这一切置于脑后，因为他们渴望与神灵沟通，永不知满足。作为这种牺牲的报偿，他们将获得一种更纯洁的声誉，一种更伟大的能力。这样我们的收获就又变成了种子。就如农民把最好的谷播进地里，将来会有那么一天，我们也将不吝啬任何东西，把我们现有的一切，甚至比我们现有的更多，都转换成工具和能力，那时，我们情愿将太阳和月亮也当作种子播下去。

（1841年1月25日在波士顿机械师学徒图书协会的演讲）

拿破仑，或世界之子

在19世纪的著名人物中，拿破仑是最著名的，也是最有权势的。他出类拔萃是因为他能忠实地表现思想和信仰的基调，即活跃的大众和有教养者的目标。根据斯维登堡的理论，每一种器官都是由同类的粒子构成的，或像有时所说的那样，每一个整体都是由类似的部分构成的，也就是说，肺是由无限的小肺构成的，肝是由无限的小肝构成的，肾是由无限的小肾构成的，等等。依此类推，如果有人被发现具有广大人民的力量和感情，如果拿破仑就是法国，如果拿破仑就是欧洲，那是因为他摆布的人都是一个个小拿破仑。

在我们的社会里，在保守阶层和民主阶层之间，在已发财致富的人和要发财致富的青年和穷人之间，在死劳动（即很早以前就已在坟墓中的人的劳动，这种劳动现在已经被埋葬在游手好闲的资本家所拥有的股票、土地和建筑物里）的利益和活劳动（它企图自己拥有地产、房产和股票）的利益之间存在着一种持久的对抗。第一个阶层胆怯、自私、狭隘、憎恨革新，死亡不断使其人数减少。第二个阶层也自私，富有侵略性、大胆、自力更生，总比对方人多势众，每时每刻都在诞生新人以增加其人数。它渴望打开每一条竞争渠道，而且还想增加渠道——美国、英国、法国和整个欧洲的商业阶层，以及工业技术阶层都属此类。拿破仑就是其代表。整个中产阶级处处表现出来的积极、勇敢、能干的本能已经指定拿破仑为民主人士的化身。他有他们的善，也有他们的恶；最重要的是，他有他们的精神或目标。那种倾向是物质性的，旨在取得感官方面的成功，并且利用最丰富最多样的手段去达到那一目的；精通机械，智力高超，学识渊博，技艺精湛，但把一切智力和精神力量用作手段，来获得一种物质上的成功。成为富人就是目的。《古兰经》说："真主给每个民族一个讲本民族语的先知。"巴黎、伦敦、纽约，商业精神、金钱精神、物质力量，也要有它们的先知；拿破仑有资格，就被派来了。

数以百万计阅读拿破仑的轶事、回忆录和传记的读者，每个人都喜欢这些内容，因为他们是在其中研究自己的历史。拿破仑完全是个现代人，他在处于命运的最顶峰时，就具有那种现代报纸的精神。用他自己的话说，他不是圣徒，"也不是嘉布遣会修士”[①]，他也不是高尚意义上的英雄。普通人在他身上找到了别的普通人的品质和力量。普通人发现拿破仑就像自己一样，从出身来讲是一个市民，但从一些非常明显的优点来看，则达到这样一种统治地位，即他可以沉迷于普通人所拥有的一切趣味，但又不得不掩饰和否认。好的社会、好的书籍、快速旅行、礼服、晚宴、无数的仆人、个人的力量、自己观念的施行，以施恩者的态度和姿态对待自己周围的所有人，对绘画、雕像、音乐、宫殿、传统荣誉能精细地欣赏——这恰恰投合了19世纪每个人的心灵，而这个强有力的人具备了这一切。

的确，像拿破仑这样确实适应他周围群众心态的人不仅仅成了一个代表，而且实际上成了其他心灵的垄断者和篡夺者。米拉波就是这样剽窃了在法国说出的每一种优秀思想，每一句好话。杜蒙说他曾坐在国民议会的楼座上听米拉波演说。听着听着，杜蒙突然灵机一动，觉得自己可以配上一段结束语，于是他就立即用铅笔写下来，并给坐在他身旁的埃尔金勋爵看。埃尔金勋爵表示同意，晚上杜蒙又把这段话拿给米拉波看。米拉波读了之后，大声叫绝，并宣称要将这段结束语加到他明天在国民议会做的长篇演说之中。“这不可能，”杜蒙说，“因为不幸的是我已让埃尔金勋爵看过了。”“即使你已让埃尔金勋爵看了，也让旁边的五十个人看了，明天我还是要讲它。”在第二天的演讲中他真的这样做了，并且效

① 嘉布遣会，其正式名称为嘉布遣小兄弟会，为天主教方济各会的一支，该会会服附有尖顶风帽。——译者

果很好。因为具有超强个性的米拉波觉得，因自己的出场而激发出的这些东西就跟他自己的一样，似乎自己说过一样，于是他采用了这段话，且增加了它们的分量。在法国，米拉波之后，与米拉波同样有名，但比他突出得多的那个人则更专制、更集中了。的确，像拿破仑这样的人几乎就不再有私人的言论和观点了。他是那样广纳博收，而且又处于那样一种地位，所以他就变成了贮存那个时代、那个国家的一切智慧和力量的橱柜。他战无不胜，他制定法典，他制定度量衡体系，他铲平阿尔卑斯山，他修筑公路。所有杰出的工程师、学者、统计学家都向他报告，同样，各行各业的所有有识之士也都向他汇报。他采取了最好的方式，在上面盖上他的印记，不仅在上面这些方面是这样，而且在每一个快乐难忘的语句上都这样。拿破仑说的每一句话，他写的每一行字都值得一读，因为它是法国的意识。

拿破仑是普通人的偶像，因为他具有超凡的普通人的品质和能力。深入政治的最底层尚令人满意，因为我们摆脱了伪善与虚伪。拿破仑与他所代表的那个广大的阶层一样致力于攫取权力和财富——只不过拿破仑更不择手段，更无顾忌而已。在追求这些目标的过程中困扰人们的种种感情，他都置之不顾。在他看来，那都是女人和孩子之情。1804年，丰塔内代表参议院向拿破仑致词时表达了拿破仑自己的感受："陛下，对完美的渴望是一直折磨人的心灵的最坏的疾病。"自由和进步的倡导者是"思想家"——这是他常挂在口上的一个贬义词——"内克是一个思想家。""拉斐德是一个思想家。”

一则家喻户晓的意大利谚语说：“若想成功，就万不可太善良。”在某些情况下，抛弃虔诚、感激、慷慨这些感情的支配确是一种好处，因为对我们来说是不可逾越的障碍，对别人尤其如此，而这些障碍却可以变成实现我们目的的有力武器；就像一条河流，它原是一种可怕的障碍，但冬天却把它变成了最平滑的大道。

拿破仑一生反对感情用事，他宁愿依赖自己的双手和大脑帮助自己。对他来说，不存在什么奇迹，也决没有什么魔法。他是个工人，操劳的是铜、铁、木、土、道路、建筑、金钱和军队，而且是个坚忍不拔、聪明勤劳的老师傅。他决不软弱，也不书生意气，而是凭着自然力一般的坚定和准确行动。他没有丧失自己天生的感觉和对万物的同情，在这样一个人面前，人只能让步，就像在自然事件面前让步一样。当然，沉湎于事物的人多的是，如农民、铁匠、水手和机械工人，一般都是这样。我们知道，这些人在学者和语法学家面前是多么实在、可靠，但一般来说，这些人缺乏组织安排能力，就像没有头的手一样。可拿破仑在这种矿物和动物力量之上增加了洞察力和概括力，因此，人们在他身上看到了自然力和智力的结合，仿佛大海和陆地有了血肉，开始计算一样。因此，陆地、海洋似乎预料到他。他主动来了，它们接待了他。这个计算工知道自己在做什么，也知道产品是什么。他知道金与铁的属性、车轮和船的属性、军队和外交家的属性，并要求各尽其能。

战争艺术对他来说只是演习算术的游戏。按照他的观点，在攻击敌人或者被敌人攻击的地方，都要集中优势兵力压倒敌人；他的全部才能就是在不断地调防和演变中被调动起来的，他总是从敌人的侧翼发动进攻，并且分而击之。很显然，一支很小的部队，要进行巧妙而神速的调防，以便在交战中永远处于二对一的优势，如果人数多得多，那就是一场力量悬殊的战斗了。

时代，他的性格以及他早年的生活环境，这些因素结合起来培养出他这个典型的民主主义者。他具有他那个阶层的德性以及他们活动的条件。那种常识，与其说它尊敬什么目的，不如说它发现了达到目的的手段，那种运用手段的乐趣，那种选择、简化、结合手段的乐趣，他的工作的直接和彻底，那种洞察万事万物的谨慎以及完成一切任务的力量，使他成为那种我几乎可以根据其范围称之为现代党的天然喉舌和头脑。

在每一次成功中，大自然一定起着最大的作用，在他的成功中也是这样。需要这样一个人，这样一个人就出生了。他是一个钢筋铁骨的人，能在马背上连续坐十六七个小时，可以连着好几天不休息，不吃饭，饿了就趁空随便吃点什么，他行动起来快如风、猛如虎。他是一个肆无忌惮的人，结实、迅捷、自私、谨慎，他有一种知觉，这种知觉不容许别人的任何虚假、任何迷信或他自己的紧迫作风的妨害或误导。他说："我的铁手不是长在我的胳膊上，而是直接与我的头相连。"他尊敬自然和命运的力量，并将自己的卓越归因于它，而表示不像低等人那样刚愎自用，与自然对抗。他最喜爱的格言都在暗示他的星座，当他自命为“天之骄子”时，不仅他自己满意，人民也满意。他说：“他们指控我犯了弥天大罪，而像我这类人是不会犯罪的。没有比我的高尚更简单的事了，将我的崇高归咎于阴谋或罪恶是徒劳的，它应归因于时代特性，归因于我与我国的敌人英勇战斗的声名。我总是与广大群众的意见一起前进，和事件一起前进。那么，罪恶对我有何用呢？”在谈到自己的儿子时，他又说：“我的儿子代替不了我，我也不能替代我自己。我是环境的产物。”

在没非常理解自己的行动之前，他从不采取行动，一旦行动，就直截了当。他是一个现实主义者，一切夸夸其谈者和不明真相的糊涂虫都觉得他可怕。他能看清事情的关键之所在，并全力以赴，直击反抗的核心要点，而不大顾虑其他。他的方式正确，也就是说他靠的是洞察力，所以才强大。他从来不是碰巧取得胜利，而是在战场上获胜之前，就已在头脑里打了胜仗。他的主要手段都在他自己身上。他从不向别人讨教。1796年，他写信给督政府：“我打这一仗没有征求任何人的意见。如果我被迫附和别人的意见，我就不会做得这么好。我已经战胜了占有优势兵力的敌人，而且，在几乎是弹尽粮绝的时候，因为相信你们信赖我，我的行动就像我的思想一样敏捷。”

整个的历史，从古到今，都充满着国王和统治者的愚蠢行为。

他们是一个更应被可怜的阶层，因为他们不知道自己应做什么。纺织工人为面包而罢工，国王和他的大臣们却束手无策，就用刺刀对付他们。但拿破仑理解他的职责。这是一个在每一时刻、每一紧要关头都知道下一步该做什么的人。这不仅对国王的精神，而且对平民的精神，都是一种极大的安慰和恢复。很少有人有什么下一步，他们忙着吃喝拉撒，毫无计划，总是处于山穷水尽的边缘，每一行动之后，都等待着来自外部的冲动。如果拿破仑的目标纯粹是为大众的，那他堪称世界第一人。因为他是世界第一人，所以他以自己行动的高度统一激起了信心与活力。为了实现自己的目标，他坚定、自信、克己、先人后己、肯牺牲一切——金钱、军队、将领，也包括他自己的安全。他不像一般的冒险家那样，往往被他自己的宏伟手段引入歧途。“偶然事件不应当控制决策，”他说，“而政策应当控制偶然事件。”“被每一件事弄得忙忙乱乱，就是由于根本没有政治制度。”他的胜利只不过是很多很多的门，在眼花缭乱、喧闹嘈杂的眼前情势中，他一刻也没有忽略向外突击的路线。他知道该做什么，就向目标飞奔。为了达到他的目标，他会将一条直线缩短。毫无疑问，从他的历史中我们不难搜集到他为了成功不惜一切代价的可怕的轶事；但我们切不可因此而把他看成残酷之人，而是只可把他看作一个不知道自己的意志有什么障碍的人；他不是嗜血，也不是残酷——而是无论什么人、什么物，若挡其道就必遭不幸！他不嗜血，但也不惜血——堪称无情。他只看到目标，障碍必须让路。“陛下，克拉克将军无法与朱诺将军汇合，因为奥地利的大炮太厉害。”——“让他把大炮拿下来。”——“陛下，每个接近重炮队的团队都牺牲了，陛下，有什么命令？”——“前进，前进！”炮兵上校塞律里埃在其《战争回忆录》中这样粗略描述了奥斯特里兹战役之后的一幕。——“当时，俄国军队正在结冰的湖上艰难但秩序井然地撤退。拿破仑皇帝策马全速向炮兵赶来。‘你们在浪费时间，’他喊道，‘向那些人群开炮；一定要把他们吞没，向冰上开炮！’过了十分钟，命令仍未被执行。我和几个军官被派到一个小山坡上去督战，但仍毫无效果：炮弹和水雷滚落在冰上，但还是无法把冰炸开。看到这种情况，我试用了一种简单的办法，就是把轻榴弹炮升高。重型炮弹几乎垂直落下，这样才达到了预期的效果。邻近的炮群也立即采用了我的办法，瞬息之间，我们就把数以千计的俄国兵和奥地利兵葬入湖底。”

因为他足智多谋，所以每一个障碍似乎都在他面前消失了。“不会有阿尔卑斯山。”他说，于是他就在这山上建起了自己的康庄大道，用阶梯式的地道爬上了最陡峭的山崖，直到意大利最后就像法国的任何一个城市一样，都是条条大路通巴黎。他用自己的筋骨锻造成他的皇冠。他一旦决定要干什么，就会全力以赴去做。他甘冒一切危险，不惜一切代价，无论是弹药、金钱、军队、将领，还是他自己。

我们喜欢看到每一件东西都能各尽其能，各司其职，不管它是一头乳牛，还是一条响尾蛇。如果战争是调解国内矛盾的最佳方式（大多数人似乎都赞成这种观点），拿破仑将战争付诸实行就是正确的。他说，战争最重要的原则就是一支军队要日日夜夜、时时刻刻准备进行它能进行的一切抵抗。他从来不节约他的弹药，而是在敌人阵地上倾泻钢铁的洪流——炮弹、实心弹、葡萄弹——以消灭所有的防御。遇到任何抵抗的地方，他都会集中优势兵力，直到把敌人彻底消除为止。在耶拿战役的前两天，他在洛本斯泰因对一狙击骑兵团说："我的小伙子们，你们一定不要怕死；一旦士兵勇敢无畏，不怕牺牲，他们就把死亡赶进了敌人的队列。"在激战中，他都将自己的生死置之度外。他总是将自己的可能性发挥到极限。显而易见，他在意大利做了自己力所能及的一切。有好几次他都濒于千钧一发的绝境，他自己也几乎命丧沙场。在阿科拉，他陷入沼泽。混战中奥地利军队把他和他的部队冲散了，后来他才被人奋不顾身地救出来。在罗纳托，以及其他一些地方，他差点儿做了俘虏。他身经六十次战斗，但却从来都觉得还没有打够。每一次胜利都是一种新武器。"如果我不用新的成就支持我的权力，那它就会垮台。是征服造成了我这样一个人，我必须征服。"他与每个聪明人一样，都感到生命宝贵，同样需要创造。我们总是处于危险之中，总是处于恶劣的困境，恰如处在毁灭的边缘，只有靠创造和勇气才能得到拯救。

这种活力需要由最冷静的谨慎和精确来保证和锻炼。进攻时他快如雷电，防守时他固若金汤。他的进攻决不是勇气的一时灵感，而是精心计算的结果。他认为最好的防守就在进攻的一方。他说："我的野心是大的，但我内心是冷静的。"在和拉斯卡斯的一次谈话中，他说：“至于道德勇气，我很少遇上凌晨两点的那种，我是指那种毫无准备的勇气，在出乎意料的场合，那是必要的；但即使是最预料不到的事件，它也留有进行判断和决定的充分自由。”他毫不迟疑地宣布他自己被突出地赋予了这种“凌晨两点钟的勇气，”并且宣布，在这一方面，他很少遇到能与他抗衡的人。

一切都取决于他结合的精确，星星也不比他的计算更准确。他自己有时竟屈尊去过问最琐碎之事。“在芒泰贝洛，我命令克勒曼带领八百骑兵进攻，在奥地利骑兵的眼皮底下，他就用这八百骑兵冲散了匈牙利的六千掷弹兵，而此时奥地利骑兵就在三英里之外，只需一刻钟就能进入阵地，我已经说过，总是这一个个一刻钟决定着一场战役的命运。”“在投入战斗之前，拿破仑很少想如果成功，他应当做些什么，而主要是想万一失败了，他该怎么办。”他的一切行为都带有这同样的谨慎和冷静。他在杜伊勒利宫对他的秘书所做的指示值得回忆。“夜里尽可能少到我卧室里来。若有什么好消息要报告，不要叫醒我，那种事不用着急。但若你带来的是坏消息，立即把我唤醒，因为这样的事刻不容缓。”他在意大利做将军时，他采取了同样古怪的经济手段来处理烦琐的来往信件。他指示布尔里埃纳三个星期内不要拆任何信件，然后他满意地说，大部分信件就这样自行处理了，所以也不需要回信了。他处理事务的成就极大，扩大了人类的已知能力。历史上曾有过许多优秀的国王，从尤利西斯到奥兰治的威廉，但他们之中谁也没有完成此人成就的十分之一。

除了这些天赋，拿破仑还有另一个优势，那就是出身寒门。在晚年，他有了想在他的皇冠和徽章上加上贵族标记的弱点。但他知道自己受益于严格的教育，所以毫不掩饰他对世袭国王的轻蔑，他粗鲁地称波旁王族成员为“世袭的蠢驴”。他说：“他们在流放中什么也没学到，什么也没忘记。”拿破仑在各级军事机构都服过役，但在做皇帝之前他也不过是个平民，因此熟知平民的权利和义务。他的言论和判断揭露了中产阶级标准的正确。那些不得不与他打过交道的人发现是不能将意见强加给他的，他是能像别人一样准确计算的人。这一点表现在他在圣赫勒拿口述的《回忆录》的各个部分里。当皇后的花销、家务支出、宫殿的花销累积起成一大笔债务时，拿破仑就亲自审查债权人的账单，发现了多开的账款和差错，减少了一笔数目可观的开支。

他将自己宏大的武器，即他指挥的百万大军，全归功于他所具有的代表性。他之所以令我们感兴趣，是因为他代表法国，代表欧洲；只要革命或勤劳的群众的利益发现他是一个喉舌和领袖，他就会作为名将和国王存在。在社会利益方面，他知道劳动的意义和价值，所以自然依赖那个方面。我喜欢他的一个传记作家提到的发生在圣赫勒拿的一件小事。“他正和巴尔科姆夫人一起散步，几个仆人扛着沉重的箱子从路上走过，巴尔科姆夫人非常愤怒地要他们退后，拿破仑干预说：‘考虑考虑他们肩上的重物吧，夫人。’”在帝国时期，他很注意首都市场的改善和装饰。他说：“市场就是老百姓的卢浮宫。”他在自己身后留下的主要工程就是他建造的那些宏伟的大道。他用自己的精神武装了部队，在他和军队之间发展出一种自由和友谊，而他的宫廷礼仪是决不许在他和军官们之间建立这种关系的。他们在他眼皮底下做了别人做不了的事。能说明他跟部队这种关系的最好材料是奥斯特里兹战役当天早晨的公告。在这一公告里，拿破仑答应部队自己将保持在炮火射程之外。这一公告跟将领和君王们在大战前夜通常做的事正相反，它足以说明军队对自己领袖的忠诚。

但是，虽然在具体事情上拿破仑和人民大众之间保持着这种一致，但他真正的力量却寓含在他们的这种信念中：他的天才和目标使他成为他们的代表，不仅在他讨好他们时是这样，而且在他控制他们，甚至当他签署征兵令将他们大批大批送去当炮灰时也是这样。他像法国的任何雅各宾党人一样非常清楚怎样对自由和平等进行哲学探讨，当有人暗示因杀害杜甘公爵才导致流淌了数百年的宝贵鲜血时，他表示："我的血也不是污沟里的死水。"人民感到，极少数正统的王位继承人，由于同大地的子民完全隔绝，还坚持着早就被人们遗忘了的社会形态的观念和迷信，所以他们不再能占有王位，也不再占有他们可以吸收所需养分的土地。他不是那种吸血鬼，而是人民中的一员，当他入主杜伊勒利宫时，他所持有的知识和观念就像他们自己的一样，当然也为他们和他们的孩子敞开了一切力量和信赖的场所。那种昏昏欲睡的、自私自利的政策不断缩小着年轻人的机会和手段，这样的时代结束了。一个扩张和需求的时代到来了。一个提供给人的一切能力和成果的市场开放了，灿烂的目标在年轻人和天才的眼里熠熠闪光。古老、顽固、封建的法兰西变成了一个年轻的俄亥俄或纽约，那些在这位新君主直接的严厉统治下感到痛苦的人，现在也原谅了他，也把那些严厉措施视作是驱逐压迫者的军事制度所必需的手段。甚至当大多数人开始问，当他们的新主人把人、财征集殆尽时，他们是否还真能得到什么东西时，整个国家的优秀人物，不分关系亲疏，不论地位高低，全部都支持他，都把他作为天然保护神来捍卫。1814年，当有人建议拿破仑依赖上流社会时，拿破仑对身边的人说："先生们，处在我现在的境地，我唯一的贵族就是巴黎市郊的群氓。"

拿破仑满足了这种自然的期望。他所处的地位必然礼贤各类有德有能之才，也要求他得到广泛的信任。他的感情与这一政策是相辅相成的。像每一个高级人士一样，他无疑也感到渴望人才和志同道合者，希望通过其他大师来衡量他的能力，而对傻瓜和走卒则毫无耐心。在意大利，他到处寻找这样的大师，可一无所获。"天哪！"他说，"人才多难得啊！意大利有一千八百万人，我好不容易才找到了两个——丹多洛和梅尔兹。"到了晚年，随着阅历的更加丰富，他对人类的尊重却并未增加。伤心之余，他对自己的一位老朋友说："人只应得到他们在我心中激起的轻蔑。我只要在我的善良的共和主义者的衣服上加上一道金边，他们立刻就会变成我希望他们变成的样子。"然而，对轻率的这种不耐烦，却是对赢得其敬重的能人们所表示的婉转的敬意，不仅在他发现他们是朋友和助手时是这样，而且在他们违抗他的意志时也是这样。他不会把福克斯、皮特、卡尔诺、拉斐德、贝尔纳多特与他宫廷中的追随者混为一谈，尽管他那有系统的自我主义对随他一起征服和为他征服的伟大将领们有所贬损，但他仍对拉纳、迪罗克、克莱贝尔、德塞、马塞纳、缪拉、内伊和奥热罗深表感谢。他感到自己就是他们的恩主，是他们命运的缔造者，因为他说："我用泥捏出了我的将领。"但他却难以掩饰在接受他们付出的与他的伟业相称的支持时的满足之情。在俄国战役中，内伊元帅的大智大勇给他留下深刻的印象，因此他说："如果我的金库里有两亿之资，我要把它们全给内伊。"他所描绘的自己几位元帅的性格是有差异的，虽然他们并不满意法国军官无法满足的虚荣，但这些性格无疑基本上是正当的。实际上，在他的统治之下，每一种优点都被发现并被发扬光大。他说："我知道每一位将军的水之深浅。"自然的能力在他的宫廷里肯定会被重用。在他的时代，有十七个人从普通士兵升为国王、元帅、公爵或将军；他的荣誉军团的十字勋章是奖励勇敢个人的，而不是给家族派别的。"当士兵经受过战火的洗礼时，他们在我眼中级别都一样。"

当一个天生的国王变成一个空有名义的国王时，人人喜欢，个个满意。革命使巴黎圣安东尼郊区的强大的平民大众，使每一名马童和军营中搬火药的少年都有资格把拿破仑看成自己的肉中之肉，看成他这党的产物，但在伟大天才的成功中有某种东西引起了普遍的同情。因为在感觉和精神压倒愚蠢和腐败时，一切有理智的人都有一个兴趣；当物质力量被精神力量推翻时，作为理智动物，我们感到空气也被电击净化了。一旦我们脱离了地域和偶然的偏见，人就会感到拿破仑是在为己而战，这些都是真正的胜利，这个强大的蒸汽机做了我们的工作。凡是通过超越人的能力的一般界限而诉诸想象的东西，都使我们深受鼓舞，并使我们得以解放。这个硕大的头脑，一直有效地运转并处理着统治中的诸多烦琐事务，激动着众多的力量，这只眼睛看穿了欧洲，这是一个及时的发明，这是一个永不枯竭的源泉——多么伟大的事件！多么浪漫的画面！多么奇怪的情景！当在西西里海的夕阳下侦察阿尔卑斯山时，当看见金字塔时，他马上整好队伍准备战斗，并对部队说："从这些金字塔顶上，四千年岁月在俯看着你。"渡过红海，涉过苏伊士湾，在普特罗迈海岸上，宏伟的计划使他心潮澎湃："如果攻陷阿克，我就该改变世界的面貌。"在奥斯特里兹之战的当晚，他的部队——那天正是他登基做皇帝的周年纪念日——献给他一束四十面在战斗中夺来的战旗。也许这有点儿孩子气，但他乐于做这些鲜明的对比，就像在提尔西特、在巴黎、在埃尔富特，他叫国王们在他的接待室恭候时，他也感到开心一样。

在人们普遍的愚蠢、犹豫、懒惰中，我们还不能因为有了这位坚强机敏的行动者奔走相庆，他勇敢地抓住机会，并向我们表明：只凭着人人都拥有的那种程度较小的美德的力量，即准时、个人的注意力、勇气和彻底，就可以成就多少事业。他说："奥地利人不知道时间的价值。"我倒认为他在早年是一个谨慎的典范。他的能力并不表现在任何狂野或超常的力量上，也不表现在穆罕默德那样的任何热情上，也不表现在非凡的劝说能力上，而是表现为在每个紧急关头都能运用常识，而不循规蹈矩。他教给人的教训也是活力常给的教训——总给它留有机会。人的生命不是那一堆堆怯懦的怀疑的答案。当他出现时，所有军人都相信，战争中不会有什么新东西，就像今天的人们相信：在政治、教会、文学、贸易、农业，或我们的社会方式和习俗中没有什么新东西一样，就像在所有的时代社会都相信世界被耗尽了一样。但拿破仑知道得比社会清楚，而且他知道这一点。我认为所有的人知道得都比他们所认为的还要清楚，我知道我们如此赞不绝口的制度都是婴儿学步和小玩意儿，但他们不敢相信他的预感。拿破仑依赖他自己的感觉，别人有什么感觉他毫不在意。世界对待他的新花样就像对待每个人的新花样一样——彻底反对，设置一切障碍。但他对此嗤之以鼻。他说：“陆军司令的职业造成的最大困难就是必须喂饱那么多的人和马。如果他听任军需官的摆布，他就寸步难行，他所有的远征都将一败涂地。”其常识的一个例证，可看一年冬天在翻越阿尔卑斯山时他说过的一段话，而所有的作家都异口同声认为他这段话是不切实际的。拿破仑说：“冬天并不是最不利于翻越崇山峻岭的季节。因为那时雪硬，天气晴朗，根本不用担心雪崩，而雪崩才是阿尔卑斯山上令人恐惧的唯一的、真正的危险。在这些高山上，12月常常天高气爽，干燥清冷，空气极其宁静。”再读读他关于制胜之道的宏论吧。“在所有的战斗中，当最勇敢的部队竭尽全力之后，感到想跑时，这时时机就到了。那种恐惧源于他们对自己的勇气缺乏信心，要恢复他们的信心仅仅需要一个微小的机会，一种借口。艺术就是要创造机会，制造借口。在阿尔科拉，我用二十五名骑兵就打了胜仗。我抓住了那个倦怠的时机，给每个人发了一只军号，用这一小股人赢得了胜利。你知道，两军相遇，犹如两个身体相遇，都是要竭力吓倒对方。一旦恐慌的时刻出现，这一时刻一定会变成有利的时机。但人身经百战之后，他可以毫不困难地识别那种战机，容易得就像一加一一样。”

这位19世纪的代表在自己的天赋之上又增加了一种思辨一般问题的能力。他喜欢涉猎实际的、文学的和抽象问题领域。他的见解总是独到的、中肯的。在去埃及的旅途中，他喜欢在饭后挑选三四个人支持一个命题，再选数目相同的人去批驳它。他提出一个主题，于是讨论便围绕宗教问题、各种各样的政府和战争艺术展开。这一天他问：星球上是否住有人？另一天他则问：世界的年龄有多大？然后他建议考虑地球毁灭的可能性，是毁于水呢，还是毁于火。还有一次，他建议考虑预感的真理或谬误，以及对梦的解释。他非常喜爱谈论宗教。1806年，他跟蒙彼利埃的主教富尼耶谈论神学问题。他们在两点上意见不统一，一个是地狱问题，一个是教会范围之外的救赎问题。皇帝告诉约瑟芬，他在这两点上寸步不让，全力争辩，但主教也毫不让步。一切被证明是反对把宗教当作人和时间的作品的观点，他都乐于交给哲学家，但他就是听不进去唯物主义。一个月明星稀的夜晚，在甲板上，在唯物主义的喧闹声中，拿破仑指着星星说：“先生们，你们想谈多久就谈多久，但是谁创造了那一切？”他喜欢科学家的谈话，尤其喜欢蒙田和贝托莱的谈话，但他看不起文学家，认为他们是“语句制造商”。他也爱谈医学，并且最爱跟他最敬重的医生交谈。在巴黎他与科维扎尔交谈，在圣赫勒拿他与安通诺马尔基交谈。“请相信我，”他对后者说，“我们最好把这些药都停了，生命是一座堡垒，你和我对它都一无所知。为什么要妨碍它的防卫呢？它自己的手段比你实验室里的所有设备都要高级。科维扎尔坦率地同意我的观点，你所有的肮脏的混合物都毫无用处。医学只是一堆不可靠的处方，总的来说，它们的效果对人类与其说是有益的，不如说是致命的。水、空气、清洁是我的药典中的主要条目。”

他在圣赫勒拿向蒙特隆伯爵和古尔戈将军口述的回忆录具有很高的价值，虽然人们都猜测，因为人人皆知他为人不够诚恳，该回忆录的准确性应该有所保留。他具有温厚的力量和自觉的优越。我敬佩他对战役所作的简单明了的叙述——像恺撒的叙述一样优美；他在描述维尔姆泽元帅和其他对手时表现出的温厚而深深的敬意；他作为作者对自己多变的主题的一视同仁。该回忆录中最让人赞同的部分是关于埃及战役的叙述。

他有思想和智慧的时刻。在闲暇的间隙，无论是在军营里还是在宫殿，拿破仑都俨然是一位天才，在抽象问题上指引人们对真理的天生兴趣，并压制自己在战争中常表现出的对夸夸其谈的厌恶。他能欣赏每一部创新剧，每一部浪漫传奇，每一句格言，以及战争中的策略。他喜欢在一个灯光幽暗的房间里使约瑟芬和她的女友为恐怖小说着迷，而他的声音和戏剧表现能力则给这些小说增添了不少恐怖气氛。

我称拿破仑为现代社会中产阶级的代理人或代言人，也是充斥于现代世界的市场、商店、账房、工厂、船只中一心想发财的群众的代理人。他是鼓动者，传统的破坏者，内部的改良家，自由主义者，激进分子，手段的发明者，门户和市场的开启者，垄断和陋习的颠覆者。当然，富人和贵族不喜欢他。英国，这资本的中心，罗马和奥地利，这传统和血统的中心，都反对他。沉闷保守的阶级噤若寒蝉，罗马教会秘密会议上愚蠢的老头子、老太婆惊恐万状——他们在绝望之余孤注一掷，什么都要抓，甚至会抱住烧红的烙铁——鼓吹中央政府统治经济者徒劳地想取悦他、欺骗他，奥地利皇帝徒劳地想贿赂他。随处可见的年轻、热情、活跃的青年人的本能把他挑选出来作为中产阶级的巨人，使他的历史灿烂而威严。他拥有支持他的广大选民的善，他也拥有他们的恶。我很遗憾这幅灿烂的图画也有它的反面。但那是我们在追求财富中发现的致命品质，它是阴险邪恶的，是以感情破裂和感情脆弱为代价换来的；我们不可避免地要在这位战士的历史上发现同样的事实，他只是为自己选择了一个辉煌的职业，而为了实现这一目的，他可以不择手段。

拿破仑非常缺乏慷慨的感情。他是世界上最文明的时代和人口中地位最高的人——他没有那种一般的诚实和真诚。他对自己的将领不公正；他自私自利、独断专行；卑鄙地窃取克莱尔曼、贝尔纳多特[①]的伟大行动的荣誉；他施阴谋诡计，使忠诚于他的朱诺彻底破产，只为了将他赶出巴黎，因为他言行随便，触犯了皇帝的新尊严。他是个彻头彻尾的谎言大师。官方报纸，即他的《导报》，以及他发布的一切公报都是信口雌黄，都是想让人相信他希望叫人相信的东西。更坏的是，在提前步入老境后，他坐在那座孤零零的岛上，不动声色地歪曲事实、日期和人物，使他的历史富有一种戏剧性的光彩。与所有的法国人一样，他也热衷于戏剧效果。具有慷慨气息的每一个行动都被这种老谋深算毒害了。他的命星、他对荣耀的热爱、他的灵魂不朽说全是法国式的。“我必须使人眼花缭乱、瞠目结舌。要是我给了出版自由，我的权力就维持不了三天。”他最得意的绝招是制造耸人听闻的噪声。“伟大的声誉就是一种耸人听闻的噪声：喧闹声越凶，传播得就越远。法律、制度、纪念碑、国家，统统倒下了，但噪声还继续存在，数代之后仍袅袅不绝。”他的不朽说就是名声说。他的影响理论并不讨人喜欢。“要移动一个人需要两个杠杆——利与惧，爱是一种愚蠢的迷恋，依赖它吧。友谊只不过是一种名义。我谁都不爱，我甚至不爱我的兄弟，也许有点儿爱约瑟夫，但也只是出于习惯，因为他是我的哥哥；还有杜罗克，我也爱他。但为什么呢？——因为我喜欢他的性格。他严厉而果断，我相信，他从未掉过一滴眼泪。至于我，我非常清楚我没有真正的朋友。只要我仍还是我现在这个样子，只要我乐意，

① 贝尔纳多特（1763—1844），法国名将，拿破仑帝国元帅，曾坚决支持法国大革命，后成为瑞典和挪威国王。——译者

我想要多少假朋友就有多少。把敏感留给妇女吧，但男人的心肠和目的都应当坚定，否则他们就跟战争和统治无缘。”他完全是肆无忌惮。他会偷窃，会诽谤，会暗杀，会将人溺死，会下毒，全凭其兴趣而定。他没有慷慨，只有粗俗的仇恨；他极其自私；他背信弃义；他打牌时设骗局；他到处散播流言蜚语；他私拆信件，喜欢他那些臭名昭著的警察。当他偷听到与自己周围的男女有关的消息时就高兴得手舞足蹈，吹嘘自己“什么都知道”；他干预妇女服装的裁剪方式，他微服私访，隐瞒身份，到街上去听人们的欢呼和奉承；他举止粗俗，对妇女态度放肆猥亵，当情绪好时还有揪女人耳朵，抓女人脸的习惯，他有时还有揪男人的耳朵、摸他们的胡子的习惯，还与他们胡打乱闹，这些习惯一直延续到他的垂暮之年。但他并没在钥匙孔里偷听过，或至少在偷听时没被人抓住。总之，当你已经戳穿这些权力和辉煌的圆圈时，你最终会发现与你打交道的不是一位绅士，而是一个骗子和恶棍，他绝对配得上“无赖天神”，或“流氓天神”这一称号。

现代社会分成两个政党——民主党和保守党，在描述这两个政党时，我说过，拿破仑代表民主党，或者商人党，反对静止党或保守党。当时我忘了说，我这种说法的本质即是指出两党的区别仅仅在于一个年轻，一个年老。民主党是一个年轻的保守党，保守党是一个年老的民主党。贵族是成熟且腐朽了的民主党——因为两党都站在财产具有最高价值的一块地盘上，一个党试图将之夺过来，一个党则竭力要保住它。拿破仑可以说代表了该党的整个历史，代表了它的青年和老年。是啊，他还以理想的赏罚报应，以他自己的命运代表了党的命运。反革命，反对党仍在等着自己的喉舌和代表，这个代表应是一个热爱真正公开、普遍的目标的人。

这里有一个在最有利的条件下做的没有良心的智力实验。从来没有一个领袖具有那样的天赋，具有那样的武装，从来没有一个领袖发现过这样的助手或随从。而这种巨大的才能和力量会导致什么结果，这些庞大的军队、焚烧的城市、挥霍的钱财、杀戮成千上万百姓的结果是什么？这个陷入混乱的欧洲的结果是什么？没有什么结果。一切都像他的大炮里冒出的青烟一样消失得无影无踪。他使法国比他发现时更小、更穷、更弱，整个为自由的斗争将又重新开始。这种努力从理论上讲是自取灭亡。法国给他生命、手足、财产，只要它认为自己的利益和他的一致，但当人们看到胜利之后还是战争，部队溃灭之后又重新征兵，拼命辛劳的人却永远得不到报酬——他们不能花自己挣来的钱，不能在自己的羽绒床上休息，也不能神气活现地走进他们的别墅——他们抛弃了他。人们发现他那吸纳一切的自我主义对其他所有人来说都是致命的。它就像水雷，谁抓住它就要遭受一连串的震动，产生阵阵痉挛，使手上的肌肉收缩，因此人就伸不开手指了。那头动物会予以这个受害者新的更猛烈的震动，直到他麻痹无力，然后就杀掉这个受害者。因此这种过度的自我主义者缩小、吸纳并吞噬了为他服务者的力量和存在。1814年欧洲和法国的普遍呼声就是：“他做得够多了！”“让拿破仑见鬼去吧！”

这不是拿破仑的错。他做出自己力所能及之事，去毫无道德原则地生存、发展。阻碍和毁灭他的是事物的本性，是人和世界的永恒法则，即使做千千万万次实验，结果也将是相同的。每一种实验，不管大家一起做还是个人做，若只有一种感官、自私的目的，就会失败。平和的傅立叶将会像邪恶的拿破仑一样无能为力。只要我们的文明本质上还是一种财产的文明、防守的文明、排他的文明，它就会受到幻想的欺骗。我们的财富会使我们患病，我们的笑声中会有苦涩，我们的酒会烫我们的嘴。只有善对我们有益，我们可以敞开家门尽情品尝，它为一切人服务。

伟人的作用

相信伟人是自然而然的事。如果我们童年时期的同伴最后成了英雄，而且过着帝王一般的豪华生活，那也不会让我们感到惊奇。一切神话都以半神半人开始，环境高尚而诗意盎然，也就是说，他们的天才是至高无上的。在关于乔达摩的传说中，初民们吃的是土，而且发现它非常甘美。

大自然似乎就是为优秀人物而存在的。世界是由好人的诚实所维持的，他们使大地充满生机与活力。与他们生活在一起的人发现生活快乐而富有滋养。只有我们相信那样的社会，生活才是甜蜜的、可以忍受的，在实际生活中，或在理想中，我们都设法和优秀的人生活在一起。我们用他们的名字命名自己的孩子和地方。他们的名字被用作语言中的动词，我们的房子里放着他们的作品和肖像，今天发生的一切都使人回忆起他们的某一件轶事。

追随伟人是青年的梦想，是成年人最严肃的事业。我们跋山涉水远赴异域只是为了找伟人的作品——如有可能，还想一睹他的尊容。然而，命运却使我们无限拖延下去，消磨时光。你们说，英国人讲求实际，德国人殷勤好客，西班牙的巴伦西亚气候宜人，美国的萨克拉门托的山里蕴藏着金子。不错，但我不愿万里迢迢去找舒适、富有、好客的人，或明朗的天或价值连城的金锭。然而如果有什么磁铁能指出那些内心富有、强大的人所在的地区和住宅，我宁肯倾家荡产把它买来，而且今天就上路。

人类就是基于他们的信誉才得以发展的。知道在自己所居住的城市里有一个人发明了铁路，这就提高了全体市民的声誉。但密集的人口如果都是些乞丐，那就令人讨厌，他们就像流动的奶酪，像一堆堆的蚂蚁或苍蝇——人越多，事情越坏。

我们的宗教就是对这些恩主的爱戴。寓言故事中的神就是伟人最光彩的时刻。我们把自己所有的器皿都投进一个模子。我们的犹太教、基督教、佛教、伊斯兰教的庞大神学都是人类心灵的必要的、建设性的活动。学历史的学生就像一个走进一家商店买布料或地毯的人。他以为自己有了一种新商品。如果他进了工厂，他将发现他的新商品仍然重复着底比斯金字塔内墙上的漩涡饰和圆花饰。

我们的一神论就是人的心灵的净化。人所能画，所能做，所能想的只有人。他相信伟大的物质因素源自他的思想。而我们的哲学发现了一个集中或分散的本质。

如果现在我们开始探察我们从别人那里得到了什么样的帮助，我们必须警惕现代研究的危险，尽量从基础开始。我们决不能与爱作对，也不能否认他人的实际存在。我不知道我们会遇到什么事情。我们有社会的力量。我们对别人的爱创造出一种优势或价值，这是什么也无法提供的。我可以借助于另一个人做我一个人不能做的事。我可以给你说我起初无法对自己说的话。他人就是透镜，通过他们，我们可以了解我们自己的心灵。每个人都在寻求与自己品质不同的人，但这种人和他一样好，也就是说，他追求他人以及与自己最不相同的东西。天性越强，反应越大。让我们拥有纯粹的品质。先不要管那一点点天才。人与人之间的一个主要区别就是他们是否关心自己的事情。人就是那种高贵的内生植物，像棕榈一样，从内向外生长。他自己的事务，虽然别人不可能办到，他却能够非常敏捷、轻松地做好。对糖来说，甜是容易的，而对硝石来说，咸却是容易的。我们煞费苦心地拦劫、诱捕那些会自动落入我们手中的东西。谁生活在一个更高的思想境界，我们就称谁为伟人，因为别人历尽艰辛才会升入这种境界，他只是将眼一睁，就把事物以及其广泛的关系看得清清楚楚，而别人则必须辛辛苦苦地更正，谨防各种各样的错误。他对我们的帮助就属于类似的情况。一个美人可以不费吹灰之力就把她美丽的形象描绘在我们的眼上，然而这种恩惠是多么辉煌呀！一个聪明人也会同样不费吹灰之力就把自己的品质传达给他人。每个人做自己最得心应手的事都是最容易的，所谓“事半功倍”。谁是率性自然的人，谁从来没有使我们想到他人，谁就是伟人。

但他一定与我们有关，我们的生活必须从他那儿得到某种解释性的许诺。我说不出我会知道些什么，但是我已经观察到有这样一些人：他们用他们的性格和行动回答了我没有能力提出的问题。一个人回答了他的同时代人没有一个能提出的某些问题，他就被孤立起来了。过去和现行的宗教和哲学回答了其他一些问题。有些人使我们觉得他们前途无量，但对于他们自己，对自己所属的时代却毫无帮助——他们所做的也许只是在空中发号施令的本能的游戏——他们不能满足我们的需要。但伟人近在咫尺，我们一见就认出了他们。他们满足了期望，并且适得其所。好的总是有效的，有生殖能力的，能为自己准备空间、食物和伙伴。一只健全的苹果能产生种子——杂种苹果却产生不了。如果人能各得其所，他就是建设性的、有繁殖力的、有吸引力的、充满目的的，而且也都能实现。河造就了自己的岸，每一种合法的观念都创造了自己的渠道，并受到人们的欢迎——提供食物的收获，进行表达的体制，用于作战的武器，解释它的信徒。真正的艺术家以行星做自己的基石，冒险家奋斗多年得到的东西还没有自己的鞋子大。

我们观众的议论重视伟人的两种作用或帮助。直接的馈赠符合人们的早期信仰，直接给予物质或形而上学的援助，如给予健康、青春永驻、敏锐的感官、医术、魔力和预言，都是受人欢迎的。孩子们总相信有一位老师可以把智慧卖给他们。教会相信被推到自己身上来的功绩。但是，严格地讲，我们并不很了解直接的帮助。人是内生的，教育就是他的展现。我们从他人那里得到的帮助，同我们身上的自然发现相比，是机械呆板的。这样学到的东西在施行时是令人愉快的，效果也会永存的。正确的伦理道德是中心，而且是从灵魂向外发展。天赋与宇宙法则正相反。服务他人就是服务自己。我必须自己为自己开脱。“管好你自己的事，”精神说，“花花公子，你要搅乱天空还是想搅和他人？”间接的帮助被人遗弃了。人们天生具有一种鲜明的或有代表性的品质，并且用才智帮助我们。伯赫曼和斯维登堡就看到事物是有代表性的。人也是有代表性的：首先代表事物，其次代表观念。

就像植物把无机物转化成动物的养料一样，每个人都把自然界里的某种原材料转变为可供人用的东西。火、电、磁性、铁、铅、玻璃、亚麻布、丝绸、棉花等的发明者，工具的制造者，十进制记数法的发明者，几何学家，工程师，音乐家——这少数的几个人通过不可知的，甚至是不可能的混合为所有人打开了一条方便之门。每个人都通过某种神秘的喜好与自然的某一区域发生联系，而他就成了这一领域的代理人和解说者，如林奈是植物的代理人，休伯是蜜蜂的代理人，弗里斯是地衣的代理人，范·蒙斯是梨的代理人，道尔顿是原子形态的代理人，欧几里得是线段的代理人，牛顿是流数的代言人。

对大自然来说，一个人就是一个中心，他通过每一件事物贯穿自己的关系之线，无论是液体的还是固体的，物质的还是元素的。地球在旋转，每一块泥土和岩石都来到了子午线周围，同样，每一个器官、功能、酸性、水晶、尘埃，都跟大脑有关。它要长期等待，但总会轮到它的。每一种植物都有自己的寄生物，每一种创造出来的事物都有它的喜爱者和诗人。蒸汽、铁、木头、煤、磁石、碘、粮食、棉花已经得到了公正的对待，但我们的技艺所利用的物质还是多么少啊！大量的生物和性质仍然隐藏着，期待着我们的开发和使用，就像童话故事中中了魔的公丰一样，似乎每一种都在等待一个命定的解救人。每一种都必须被解除魔力，以人的模样熬到出头之日。在人类的发现史上，成熟的、潜伏的真理似乎为自己制造了一个大脑。一块磁石在一般的心灵能够接受它的力量之前，必须按某个吉尔伯特[①]、斯维登堡，或奥斯特[②]的样子创造成人。

如果我们将自己局限于最初的优势上，矿物和植物界就会获得一种庄重的恩惠，在其最鼎盛的时刻，它们是作为自然界的魅力出现的——晶石的闪光，亲和力的肯定，角的精确，光明与黑暗，热与冷，饥饿与食物，甜与酸，固体、液体和气体，就用欢乐的花

① 吉尔伯特（1544—1603），英国物理学家，研究电学与磁学的先驱，提出地球是一有南北两极的大磁体的理论，是把物质分成带电的和不带电的两种的第一人。——译者

② 奥斯特（1777—1851），丹麦物理学家，化学家，发现电流的磁效应，磁场强度单位奥斯特即以他的姓氏命名。——译者

环将我们围绕，并以它们令人愉快的争吵，消磨了人生的时光。眼睛每天都重复着对事物的最初颂歌——“他看见它们都很好。”我们知道到哪儿能找到它们，这些演员经历了一番小小的假装的竞赛后，越发招人喜爱了。我们也有权利享受更高的利益。任何东西，只有被赋予人性时，才会成为科学。对数表是一回事，而它在植物学、音乐、光学、建筑当中的重要作用又是另一回事。数学、解剖学、建筑、天文学上的有些进步，刚开始几乎不为人所察觉，但当与智慧和意志联为一体时，就上升到生活中来，并且在会话、性格、政治中再现出来。

但我们以后再谈这种情况。现在我们只讲——讲我们在它们自己的领域内与它们结识的情况，以及它们用来迷惑、吸引某个天才终生都致力于某一件事情的方式。可能的解释就是观察者与被观察的具有同一性。每一种物质都有其神圣的一面，都可以通过人性转化到精神和必然的领域，在那里它与其他东西一样扮演着一种颠扑不破的角色。万物不断升华，就是要达到这样的一些目标。气体聚集成固体的天空；化学物质到了植物那里，就会生长；到了动物那里，就会走路；到了人那里，就会思考。然而选区居民也决定了代表的选票。他不仅是代表，而且是参加者。物以类聚，人以群分，只有同类了解同类。他之所以了解他们，是因为他属于他们，他刚刚从自然中走出来，或者说他刚刚不再是那种事物的一个组成部分。有生命的氯气了解氯气，化为人形的锌了解锌。它们的性质造就了他的事业，他可以用各式各样的方法展现它们的美德，因为他就是由它们构成的。人由世界的泥土构成，他并没有忘记他的出身，一切没有生命的东西终有一天要说话，要思考。未曾显露的自然将会讲出自己全部的秘密。我们是不是可以说那座石英山会研成无数的韦尔纳[①]、冯·布什和博蒙特？大气的实验室熔解了我不知道的柏济力阿斯和戴维发现的各种元素？

这样，我们坐在炉火旁，却把握着地球的两极，这种近乎无处不在的知识弥补了我们处境的愚蠢。在那些神圣的日子里，总有那么一天会天地相连，互相装点，可惜的是，这样的日子我们只能过一次，这似乎是太少了。我们真希望有一千个头，一千个身体，这样我们才可以用很多方式，在很多地方歌颂它那无限的美。这是奇思怪想吗？不，我们的代表使我们成倍地增多了。我们是多么容易地采用了他们的劳动！来到美洲的每一艘船都是从哥伦布那儿得到的航海图。每一部小说都受惠于荷马。每一个用刨子刨东西的木匠都借用了一个被遗忘了的发明家的天才。生活的四周都被科学的黄道圈包围着，而这是已经归于泥土的人们的贡献，他们把自己的光芒加给我们的天空。工程师、经纪人、法学家、物理学家、道德家、神学家，以及每一个人，只要他有一点科学知识，他就是我们生活处境的经纬的测定者和地图绘制者。这些铺路者在任何一方面都丰富了我们。我们必须扩大生活的范围，增多我们的关系。我们在古老的地球发现一笔新财富与获得一个新星球所获得的收益是一样多。

① 韦尔纳（1866—1919），瑞士化学家，获1913年诺贝尔化学奖。——译者

我们在接受这些物质的和半物质的援助时太消极了。我们千万不要做酒囊饭袋。通过我们的同情，我们每提升一步，就能得到更好的帮助。活动是有感染力的。看别人所看的地方，与同类的东西交谈，我们就捕捉到了引诱他们的魅力。拿破仑说：“你切不可与同一个敌人过多交战，否则你会把你的全部战争艺术教给他。”多跟任何一个思想活跃的人交谈，我们很快就养成从同一个角度观察事物的习惯，在任何一种情况下，我们都能预见到了他的思想。

通过自己的才智和感情，人是有助于别人的。我发现其他形式的帮助是一种假象。如果你假意给我面包和火，我觉得我为此付出了足够的代价，到最后我发现自己与以前没什么两样，没有更好，也没有更坏，但一切精神的与道德的力量却是一种肯定的好处。它从你那儿来，不管你愿意与否，却使你从来没想到过的我受益。若没下新的决心，我甚至连任何一种个人力量、任何伟大的表现力量，都听不进去。我们渴望人所能做的一切。塞西尔是这样评说沃尔特·罗利爵士的：“我知道他极能吃苦。”这真是惊人之论。克拉伦登对汉普登的描绘也如出一辙：“他勤奋而机警，即使最艰难的工作也累不倒他，也不能使他筋疲力尽；他有完美的素质，即使最狡猾、最精明的人也骗不了他；他具有一种与他最好的素质完全匹配的个人勇气。”他对福克兰的描述是：“他是那样严肃的一个真理的崇拜者，让他掩饰自己，他宁愿轻易允许自己去偷窃。”阅读普鲁塔克我们不会不热血沸腾，我接受中国孟子的名言：“圣人，百世之师也。故闻伯夷之风者，顽夫廉，懦夫有立志。”

这就是道德的传记，然而死者要触动像我们自己的伙伴那样的生者并非易事，因为他们的名字不会永垂不朽。我从未想到过的那个人是谁呢？在每一个孤僻之处都有那些用神奇的方式激励我们、援助我们的天才。爱有一种力量，可以使另一个人的命运比那人自己所能想象的还好，而且可以通过英雄主义的鼓励，使他坚持自己的工作。友谊有非凡之处，可以使我们身上的任何美德都能产生崇高的吸引力。我们决不要再低估我们自己，低估人生了。我们被激励着要达到某个目的，铁路上挖掘者的勤奋再也不会使我们感到羞愧了。

在这种人的身上，我想还有那种非常纯洁的敬意，这种敬意，是各个阶层向时代英雄，从科里奥拉努斯、格拉古兄弟到皮特、拉斐德、威灵顿、韦伯斯特、拉马丁等所表示的那种敬意。听听街上的呼喊声吧！人们把他看不够。他们喜爱一个人。这里就是一个首脑和一个骨干！多英俊的面孔！多美丽的眼睛！阿特拉斯式的肩膀，整个的仪态多么英武！与驱动着整台伟大机器的内在力量不相上下！在他们的个人经验中，这种充分表达的快乐常常受到钳制和阻碍，而这正是读者在文学天才身上感到快乐的秘密。没有什么是可以阻挡的。火大得足以熔化一座矿山。莎士比亚的主要优点可以从下面这句话中表现出来：他，这人中的精华，最懂英语，最能畅所欲言。然而这些畅通的表达渠道和闸门只不过是健康或幸运的体格。莎士比亚的名字使人联想到其他的纯粹才智型的美德。

元老院和君主们尽管有奖章、宝剑、饰有纹章的外套，但却得不到把来自某种高度的思想传达给一个人、并预测他的智慧那样的赞美。这种赞美在人与人的交往中一生难得遇到两次，天才却能永远获得这种赞美，在一百年内，如果这种好处能不时被接受，人就会很满意了。物质价值的指示者被贬成一种以观念的指示者的外表出现的厨师和糖果师傅。天才是超感觉地区的博物学家或地理学家，并绘制了这些地区的地图，他让我们认识了新的活动领域，以此冷却我们对旧事物的喜爱。这些新领域立即被当作现实接受下来，而我们已经进行交流过的世界则仅仅成了现实的表象。

我们到健身房和游泳池去看身体的力与美，而观赏各种各样的智力技艺也会有同样的快乐和一种更高的收益。如记忆的窍门，数字组合的技艺，伟大的抽象能力，想象的变化，甚至多样性、专一性。因为这些行为揭露了看不见的心灵的器官和组成部分，而它们跟身体的各个部分一一呼应。因为，我们就这样进入了一个新健身房，并且按照柏拉图的教导，学会根据人们最真实的成绩来选择人："选择那些不用借助于眼睛和其他感官，就能得到真理和存在的人。"这些活动中最重要的是想象力造成的筋斗、魔力和复活。但这一点觉醒时，一个人的力量似乎可以增加十倍或千倍。它打开了对不明物体的美妙感觉，激发起了一种冒险的心理习惯。我们像火药的气体一样伸缩自如，书中的一个句子，谈话中脱口而出的一个词，都会解放我们的想象力，我们的头脑立即会沉浸在光彩夺目的星系之中，我们的双脚会立即踩到地狱的下面。这种利益是实实在在的，因为我们有资格获得这些扩展，一旦我们超越了界限，我们就永远不会再是可悲的迂腐者了。

智力的高级功能联系得如此密切，以至于某种想象力常出现在所有杰出的心灵里，甚至是一些第一流的算术家心灵里，尤其是在具有直觉思想习惯的深思者的心灵里。这一个阶层为我们服务，因此他们能感知同一性，也能感知反应。柏拉图、莎士比亚、斯维登堡、歌德从来不会对这些法则闭上眼睛。对这些法则的知觉是一种心灵标尺。渺小的心灵之所以渺小，就是因为看不见这些法则。

甚至这些快乐也有过度的时候。我们对理性的爱好蜕化为对先驱的盲目崇拜。特别是在一个方法性很强的心灵已经指导人的时候，我们就会发现苦闷的实例。亚里士多德的统治，托勒密的天文学，路德、培根、洛克的声名。在宗教中，僧侣统治的历史、圣徒的历史，还有以创建者的名字命名的派别，都属于这一类。唉！每个人都是这样的一个受害者。人的低能总是招致了力量的厚颜。庸才的乐趣就是使观望者觉得眼花缭乱，扑朔迷离。但真正的天才却设法保护我们不受它的伤害。真正的天才不会陷人于贫困，而是解放人，并为他增加新的感受。如果一个聪明人出现在我们村子里，他会打开跟他交谈的人的眼睛，使这人看到自己尚未观察到的优势，然后他会在这人身上创造出一种新的财富意识。他会创造出一种稳定的平等感，并保证我们不会受骗，以便让我们安静，因为每一个人都会觉察到自己处境的制约和保证。富人会看到他们的错误和贫困，穷人会看到他们的逃路和财源。

但自然在适当的时候造成了这一切。循环就是它的灵丹妙药。灵魂对大师们不耐烦了，它渴望着变化。管家们这样谈及一个很有价值的佣人："她跟我一起生活的时间够长了。"我们是倾向，或者不如说是征兆，我们谁都没有完成。我们随触随走，呷着许多生命的泡沫。循环是自然的法则。当自然除去一个伟人时，人们会寻遍天涯海角，找到第二个继承人；但没人来，也不会有人来。他这一类人跟他一起同归于尽了。在其他一个截然不同的领域里，下一个人会出现，他不是杰斐逊，不是富兰克林，先是出现一个伟大的推销员，随后是一个道路包工头，后来是一个研究鱼类的学生，再后来是一个猎野牛的探察者，或者是一个近于野蛮的西部将军。这样我们就会挺身而出，反对我们的粗鲁的大师了，但与优秀人物作对还有一个更好的补救办法。他们交流的力量并不是他们自己的。当理念使我们兴高采烈时，我们并不把此事归功于柏拉图，而是归功于理念，因为柏拉图也是它的受惠者。

我们一定不要忘记我们应特别感谢一类人。生活是一把刻度尺。在一级一级的伟人之间有巨大的差距。在一切时代，人类都使自己从属于少数人，这些人或是由于他们所体现的那种观念的性质，或者由于他们兼容并蓄、心胸阔大，所以他们有资格占据领袖和立法者的地位。他们将我们本性的特点教给我们——允许我们进入事物的构造之中。日复一日，旦复旦兮，我们畅游于一条虚幻之河，空中的楼阁和城镇使我们喜不自胜，而我们周围的人们都是被它们愚弄的人。但生活是一种真诚。在清醒的间歇，我们就说：“给我打开一扇进入实在的门吧，这顶愚人帽我已经戴得太久了。”我们将会知道我们的经济和政治的意义。给我们数字，如果人和事都是一种天国仙乐的曲谱，那就让我们读出它的旋律。我们的理性已被欺骗，然而仍还有头脑清醒的人，他们享受着一种富足、相关的生活。他们所知道的，都是为了我们才知道的。每出现一个新的心灵，就会泄露自然的一个新的秘密，不到最后的一位伟人出世，《圣经》是不会被合上的。这些人纠正了野蛮精神的狂妄，使我们变得会体谅他人，把我们吸引到新的目标和力量上去。人类的崇拜把这些人选到至高无上的位置上。看一看每座城市、每处乡村、每家每户和每艘船上那些使人回忆起他们的天才的无数雕像、绘画和纪念碑吧——

他们的幽魂一直浮现在我们面前，
他们是我们非常高贵的兄弟，而且同宗同族；
无论是在睡榻上，还是在餐桌旁，
他们都用好听的言辞，俊美的面庞
主宰着我们。

如何说明观念的独特益处，即那些把道德真理引进到一般心灵中的人所做的贡献呢？我在一生中一直受到价目表的困扰。如果我在自己的花园里干活，修剪一棵苹果树，我就感到怡然自得，我就能够把这一类工作永远继续下去。但我想到一天就这样过去了，我终于做完了这种可贵的无关紧要的事情。我到波士顿或纽约去，东奔西走，忙碌着自己的事务，这些事被加紧干完了，但这样也是过了一天。一想到为一点小小的好处所付出的这种代价，我就苦恼万分。我记得那张“驴皮”[①]，谁坐在上面都应当有自己的欲望，然而每实现一种愿望，就要失去一块皮。我去参加一个慈善家的会议。我已尽力，但眼睛还是离不开那只钟。然而，如果在这一群人中出现某个温文尔雅的人，他不大了解人或集会，不大了解卡罗莱纳或古巴，可是他宣布了一条处理这些具体事务的法则，因此向我证明了一种公平：谁比赛作弊就击败他，谁追求私利就使他破产。他还通知我：我独立于任何国家、任何时间或任何人类团体之外——那个人解放了我，我忘了那只钟。我摆脱了痛苦的人际关系。我治愈了我的伤痛。我知道自己拥有永不会腐败的东西，因而我也变得不朽了。贫富之间存在着一种激烈的竞争。我们生活在一座市场上，那里只有那么多的小麦、羊毛、土地，如果我多得一些，别人一定就少得一些。我似乎不破坏规矩就得不到任何好处。没有人会为别人高兴而感到高兴，我们的体制就是一种斗争体制，就是一种有害的优势体制。每一个撒克逊民族的孩子接受的教育就是凡事要争第一。这也是我们的制度，人用他的竞争对手的懊悔、妒忌、仇恨来衡量他的伟大。但在这些新领域里却留有余地，这里没有自负，没有排除异己。

① 巴尔扎克的小说《驴皮记》中写了一张神奇的驴皮，谁要是拥有了这张驴皮，谁就会拥有一切，但其生命也会属于驴皮，每满足一个欲望，驴皮将随着人的生命同时缩小。——译者

我崇拜各种层次的伟人，那些代表事实、又代表思想的人。我喜欢粗糙，也喜欢平滑，喜欢“上帝的鞭笞”，也喜欢“人类的宠儿”。我喜欢恺撒一世，西班牙的查理五世，瑞典的查理十二世，英国金雀花王朝的理查，法国的拿破仑。我称赞一个干练的人，一个称职的官员、船长、部长、议员；我喜欢一位稳如泰山的大师，出身高贵、富有、英俊、能言善辩、充满优点、魅力无穷，他用自己的魅力将所有的人吸引过来，成为其力量的追随者和支持者。刀剑与权杖，武力或文治，进行着世界的事业。但如果一个人不顾别人而引进这种理性的成分，并把这种敏锐的力量，不可抗拒的向上的力，引进我们的思想，摧毁了个人主义，这种力量太伟大了，以至当权者变得一无所有，他从而能够消灭自己，消火一切英雄，这时我发现他更加伟大了。随后他就成了一位把宪法交给自己的百姓的君主，成了一位宣扬灵魂平等的教皇，使他的仆人免除了粗俗的效忠，成了一位能够宽恕他的帝国的皇帝。

但我打算稍微详细地说明两三点贡献。自然从来没有容许鸦片或忘忧药，但无论她在哪里用畸形或缺陷损害了她的创造物，她就在自己受害者的伤痕上敷上大量的罂粟。受害者高高兴兴地耗尽了生命，却忘记了祸从何来，也无法看见它，尽管全世界每天都在对它指手画脚。那些卑微的、令人厌恶的社会成员的存在本身就是一种社会公害，但他们却始终认为自己是世间最受不公正待遇的人，并且永远也克服不了他们对同时代人的忘恩负义和自私自利表现出的吃惊。我们的星球不仅在英雄和天使身上，而且也在谣言传播者和保姆身上都发现了自己隐藏的善。把适当的惰性，那种保存、抵抗的能力，对被唤醒或改变的愤怒，存入每一个造物之中，这难道不是一种罕有的发明吗？完全与一个人的智力无关是一种骄傲的观点，证明我们是对的。就连最衰弱的老奶奶和只会做鬼脸的白痴也会利用仅剩的一星知觉和官能的火花，还要因自己对其他人的荒唐的看法而自鸣得意。他们与我的区别就是衡量荒唐的尺度。没有一个人担心自己错了。使事物与这种最牢固的黏合剂结合起来难道不是一种聪明的思想吗？但就在这种自我庆幸的笑声中，某一个身影从旁经过，就是瑟赛蒂兹[①]也会爱他、崇拜他。这是在我们前行的道路上给我们领路的人。他的帮助是永不会结束的。没有柏拉图，我们几乎不再相信还会有可能出现一本讲道理的书。我们似乎只需要一本书，但我们确实需要一本。既然我们的接受能力是无限的，那我们喜爱与英雄人物交往，因为与伟人在一起，我们的思想和作风也容易变伟大。我们人人智力超凡，但缺乏的是精力。一群人中只需要一个聪明人，结果所有人就都聪明起来了，传染得是那么迅速。

伟人因而是一种洗眼剂，可以洗掉我们的自利主义，使我们能够看见别人和别人的成绩。但世界上还有整个人类及所有时代都避免不了的邪恶和愚蠢。人们更像自己的同时代人，而不是自己的祖先。人们观察到：老夫老妻，或者在同一所房子里住了多年的人，

① 瑟赛蒂兹，荷马史诗《伊利亚特》中的一名最丑陋、最会骂人的希腊士兵，在特洛伊战争中因嘲笑阿喀琉斯被杀。——译者

都长得有些近似；如果他们生活在一起的时间足够长，我们就无法把他们区别开了。自然憎恶这样一些殷勤：它们威胁着要把世界融成一块，并急于消除那些感伤的黏结。同样的相似性也存在于一个城镇、一个教派、一个政党的人们之间；时代的观念在大气中弥漫，所有呼吸到这种空气的人都受到感染。从任何一个高处俯瞰，这里的纽约市，那边的伦敦市，西方文明，都好像是疯狂的一团。我们互相关心，相濡以沫，也相互竞争，从而加剧了时代的疯狂。防备良心谴责的盾牌就是我们同时代人普遍的习俗。另外，要做到与你的同伴一样聪明善良是非常容易的。我们可以毫不费力，几乎通过毛孔就能了解我们同时代人所知道的东西。我们是通过同情来理解的，或者就像一个妻子达到了她丈夫的智力和道德高度一样。但我们就停留在他们的智力和道德水平，很难再前进一步。伟人都是掌握自然、超越时尚的人，他们依赖自己对普遍观念的忠实，把我们从这些联合的错误中拯救出来，保护我们免受同时代人的伤害。在千人一面的地方，他们就是我们所需要的例外。一种外来的伟大是神秘主义的解毒剂。

这样，我们受到天才的滋养，我们曾与同伴们谈话过多，现在恢复过来，为他指引我们所到的那个方向上的天性的深刻而欣喜若狂。一个伟人对于芸芸众生是一种多大的补偿啊！每一位母亲都希望有个儿子是天才，其余的都应当是平庸之辈。但若伟人的影响过大，就会出现一种新的危险。他的吸引力会使我们偏离自己的位置。我们已经变成了附庸，结果造成思想上的自杀。啊！

远方的地平线上有我们的救星，其他的一些伟大人物，他们具有新的品质、新的平衡力，而且彼此互相制约。我们吃腻了每一种特殊的伟大的蜜。每一位英雄最终都让我们讨厌。伏尔泰或许心肠并不坏，可他竟然这样说到善良的耶稣："我求求你，别再让我听到那个人的名字。"乔治·华盛顿的功德被人称颂，但可怜的雅各宾党人对他的全部评价和批驳就是这样一句话："该死的乔治·华盛顿！"但这是人性必不可少的防卫。向心力增大了离心力。我们使人与他的对手保持势均力敌，这种状态是否良好只取决于跷跷板。

然而，英雄人物的作用却受到了迅速地限制。每一位天才都受到保护，免得被大量无法利用的东西接近。他们魅力四射，从远处看好像是我们自己的英雄，可是当我们要接近他们时，却发现通向他们的道路全被封死了。我们越受到吸引，就越遭到排斥。在为我们所做的好事中有某种不坚实的东西。发现者将最好的发现留给了自己。但对他的伙伴来说，这种发现却具有某种不实在的东西，除非他也使它实体化了。这就好像上帝给他送到自然界的每一个灵魂都穿上了无法转让给别人的美德和力量的衣服，如果送它去在存在的循环里再转一圈，他就在这些灵魂之衣上写上"不可转让""只限此行"。心灵的交流有某种骗人的色彩。边界是无形的，但却永不相交。给予的愿望是那样好，接受的愿望也是那样好，但每一方都有变成对方的危险。但个性的法则集中了它的秘密力量：你是你，我是我，我们仍然是我们。

因为大自然希望每一件事物都永远维持原状，而每一个个体却竭力要发展、排他，排他、发展，最后达到宇宙的极限，并把自身的法则强加于每一种其他的生物。大自然的目标也是坚定不移，那就是保护每一个个体免受其他任何一个个体的伤害。每一种物体都有自卫能力。在这个世界上，没有任何东西比个体用来防卫个体的力量更为显著的了；在这个世界上，每一个施惠者都很容易变成恶棍，只要他将自己的活动延伸到自己不该去的地方就行了；在这个世界上，儿童似乎完全任凭他们愚蠢的父母的摆布；在这个世界上，几乎所有的人都太有社会性，太有干涉性了。我们谈到孩子们的守护神，是非常恰当的。他们摆脱了恶人、俗人、蠢人的庸扰，这是多么优越啊！他们把自己丰富的美洒到他们所见到的物体上。因此他们就免受我们这些成人所扮演的蹩脚的教育者的摆布。即使我们吓唬、责骂他们，他们也很快忘得一干二净，并且获得一种自助能力；如果我们纵容他们去做蠢事，他们则知道了别的地方的限制。

我们不必害怕过度的影响。我们要允许一种更大度的信任。为伟人们服务。别顾虑屈辱。要竭尽全力。做他们身体的四肢，做他们口里的气息。放弃你的自我中心主义。只要你能变得更开阔，更高贵，谁还会在乎这些呢？不必介意对鲍斯威尔主义[①]的嘲讽，忠诚很容易比只知防护自己衣裙的可怜的自尊更伟大。做另外一种

① 鲍斯威尔（1740—1795），英国作家，与当时的文豪约翰生关系密切，曾著《约翰生传》，详细记述了约翰生的日常言行，当时有很多人嘲讽他追随名人。——译者

人：不是做你自己，而是做一个柏拉图主义者；不是做一个灵魂，而是做一名基督徒；不是做一名博物学家，而是做一名笛卡尔主义者；不是做一名诗人，而是做一名莎士比亚主义者。趋势的车轮永远向前，一切惰性、恐惧或自爱的力量也不会停滞不前。向前，永远向前！通过显微镜我们可以观察到在水中循环的纤毛虫中有一种单细胞生物，或称车轮虫。不久，这个动物身上出现了一个圆点，接着圆点变大，成了一个裂缝，并变成了两个完整的动物。这种不断进行的分裂在一切思想和社会中也绝不少见。孩子们认为没父母他们就活不下去，但在他们意识到之前，那个黑点已经出现了，分裂也已经发生了。任何偶然的小事都不会向他们揭示出他们的独立。

但伟人这两个字是有害的。有没有等级？有没有命运？对德性的许诺怎么样了？有思想的青年悲叹大自然的异期复孕。他说："你的英雄慷慨英俊，但看看那边那个可怜的爱尔兰人，他的国家就是他的手推车，看看他的整个爱尔兰民族。"为什么自古以来老百姓总是充当牺牲、炮灰？观念使少数领袖有了威严，他们也有感情，有见解，有爱，有献身精神；他们使战争和死亡变得神圣。但他们所雇佣、杀死的可怜虫们又是为了什么呢？人的低贱是每日都有的悲剧。别人的低贱与我们的低贱同样都是一种确实的损失，因为我们一定要有社会。

如果说社会是一个裴斯泰洛齐[1]式的学校，所有的教师和学生都轮换当，这是不是对这些建议的一种回答呢？我们接受和付出都同样是在接受服务。懂得同样一些事物的人彼此并不能长期做最好的伙伴。给每一个人带来一个经历不同的聪明人，那就好像你挖了一个低坑将水从湖里放出来一样。这好像是一种机械的益处，对每一个谈话人来说都大有裨益，因为他现在能向自己描绘出自己的思想了。我们个人的心情会很快从自尊变为依赖。如果有人似乎从来没坐过椅子，而一直只站着伺候，那是因为我们在相当长的时间里，看不到同伴要求进行角色完全轮换的缘故。至于我们所谓的群众和普通人，实际上没有什么普通人。所有的人最后都是同一类型，只有相信每一种才能在某个地方会被奉若神明，才有可能出现真正的艺术。公平的竞争，公开的场地，为每一个获胜者戴上最新颖的桂冠！但上天为每一个生物都保留了一种平等的机会。每一个人只有等到能将自己个人的光辉射向那凹面的天体，并且看见他的才能也达到了崇高的绝顶，他才会安心。

一时的英雄只是相对的伟大，但成长得也比较快。或者说，他们是这样一种人：在成功的时刻，他当时所需要的一种品质是成熟的。换个日子，则会要求其他的品质。某些光辉一般观察者的眼睛是看不到的，它们要求一只非常适应的慧眼。问问伟大人物是不是再没有更加伟大的人了。他的伙伴们就是，不是稍稍伟大，而是更

① 裴斯泰洛齐（1746—1827），瑞士教育家，认为教育的目的在于全面和谐地发展人的天赋力量，曾创办实验学校。——译者

加伟大，伟大得社会都看不见他们的伟大了。大自然每给这个星球上送来一个伟人，就一定把秘密吐露给另外一个灵魂。

从这些研究中出现了一个令人愉快的事实：我们的爱真的在提升。19世纪的威名总有一天会被用来证明它的野蛮。人类的天才是真正的主体，他的传记写进了我们的编年史。我们必须更多地推断，填补记载中的许多空白。宇宙的历史是征兆性的，而生活则是记忆性的。在名人的花名册中，没有一个人是我们所寻求的那种本质、那种理性和说明，而只不过是在某个方面的新的可能性的一种展示。要是我们最终有一天能完成由这些明显的点构成的巨幅图像该有多好呀！许多个体的研究引导我们进入一个基本领域，在这里，个人消失了，或者说，在这里，人人都达到了自己的顶点。在这里喷薄而出的思想和感情，任何个性的樊篱都无法阻挡。这是最伟大的人物的力量的关键——他们的精神会自动扩散。心灵的一种新品质从一发源就开始在一个个同心圆里日夜旅行，并以种种不为人所知的方法表露自己，所有心灵的联合似乎非常密切，可以为一个心灵所接受的东西，也无法拒之于别的心灵大门外。无论在何处，哪怕只获得一点点真理或能力，对灵魂的联邦也都有极大的好处。当个人就在必须完成每个个人前程的那一段时间内被看到时，如果才能和地位的差异消失了，那么貌似的不公正甚至会消失得更快，这时我们就上升到了一切个体的同一中心，并且知道他们是由注定的、有创造作用的物质构成的。

人类的天才就是历史的正确观点。品质永存，表现出这些品质的人有时表现得多些，有时表现得少些，然后就消失了，而品质仍然留在另一个人的额头上。再没有比这更熟悉的经验了。一旦你看见了凤凰，它们就不见了，世界并不因此而失去了魔力。你在上面看到神圣符号的器皿后来证明只是普通的陶器，但那些图画的意义却是神圣的，你仍然可以看到转移到世界之壁上的那些图画。有一段时间，我们的老师亲自为我们服务，就像前进的计量器或里程碑一样。一旦他们成了知识天使，他们的身材就顶天立地。随后我们走近他们，看见了他们的手段、文化和局限，于是他们把自己的位置让给别的天才了。如果仍有少数几个名字高高在上，使我们即使走近也无法看见，而且时代和比较也没有抹去他们的一丝光辉，这对我们来说真是幸运。但我们最终要停下来在人身上寻求完善，并且将对他们的社会性和代表性感到满意。尊敬个人的一切都是暂时的、未来的，就像个人本身一样，他正在超越自己的局限，进入一种普遍的存在。只要我们相信任何天才都是一种原动力，我们就永远不会从他们身上得到真正的、最好的利益。当他不再作为一种原因帮助我们时，他就开始作为一种结果更多地帮助我们。到那时，他就作为一个更加博大的心灵和意志的讲解者出现。不透明的自我，经了这“初始因”的光的照射，就变成透明的了。

然而，在人类教育和力量范围之内，我们可以说，伟人之所以存在，是为了有更伟大的人出现。有机自然的命运是进化，谁能说清它的范围呢？人应当驯服混乱，只要他活着，他就要在每一个方面都播撒科学和诗歌的种子，这样，气候、谷物、动物、人，就会变得更温和一点，爱和利益的胚芽就可以大量增加。

哲学家柏拉图

在现世的著作中，只有柏拉图配得上奥马尔对《古兰经》的狂热赞美："把图书馆统统烧掉，因为它们的价值都在这一本书里。"柏拉图的著作包含了世界各国文化，它们是各个学派的基石，是各种文学的源泉。它是逻辑、算术、趣味、对称、诗歌、语言、修辞、本体论、道德或者实用智慧方面的一种戒律。从来没有这样一种思辨范围。思想家们现在仍在撰写、争论的一切事物，都来自柏拉图。他给我们的创造性造成了极大的混乱。我们已经到了一座山前，所有这些碎石巨砾都是从那儿来的。二千二百年来，他的著作始终是学术界的"圣经"，那些对每一代的难驾驭的人循循善诱的、活跃的年轻人——波伊提乌、拉伯雷、伊拉斯谟、布鲁诺、洛克、卢梭、阿尔菲耶里、柯勒律治——都多少读过柏拉图，同时又十分聪明地把他书中的精华部分译成了本国语言。甚至更优秀的人物也由于追赶这位令人筋疲力尽的概括家而造成了自身的不幸（我可以这么说吗？），因此他们的伟大也不得不打一定的折扣。圣·奥古斯丁、哥白尼、牛顿、伯麦、斯维登堡、歌德，都同样受惠于他，也必须跟着鹦鹉学舌，因为他们相信：这位最广阔的概括家所拥有的从他的论题中可推知的一切细节都是合理的。

柏拉图就是哲学，哲学就是柏拉图——这既是人类的光荣，也是人类的耻辱，因为撒克逊人或罗马人都不能为他的范畴增加任何概念。他没有老婆，没有孩子，一切文明国家的思想家就是他的子孙后代，都带有他的思想色彩。大自然不停地从黑夜里送出多少伟大人物作自己的追随者——柏拉图主义者！亚历山大时代天才群集，伊丽莎白时代也毫不逊色：托马斯·莫尔爵士、亨利·莫尔、约翰·黑尔斯、约翰·史密斯、培根勋爵、杰里米·泰勒、拉尔夫·库德沃斯、西德纳姆、托马斯·泰勒、马尔西利奥·费奇诺和皮科斯·米兰多拉。加尔文主义就在他的《斐多篇》里，基督教也在其中。穆罕默德教从柏拉图那里吸取了它的全部哲学，写进了它的《道德箴言录》。神秘主义在柏拉图的著作中找到了自己的一切文本。这位希腊城邦的市民不是村夫，也不是爱国者。一个英国人读过说道："多么英国化呀！"一个德国人读过会说："多么有条顿特色呀！"一个意大利人读了会说："多么有罗马、希腊风味呀！"据他们所说，阿耳戈斯的海伦具有那种普遍的美，每个人都觉得与她有关系，同样，对一名新英格兰读者来说，柏拉图是一位美国天才。他宽阔的人性超越了一切地域界限。

柏拉图的这种范围启发我们怎样考虑与他受到争议的作品有关的那个令人头疼的问题——什么是真作，什么是伪作。奇怪的是，无论我们在哪儿发现一个人比他的同时代人高出一头，我们肯定要怀疑他的真作是什么。荷马、柏拉图、拉斐尔、莎士比亚，都是这样。因为这些人迷醉了自己的同时代人，所以他们的同事就会为他们做他们自己从来做不到的事；伟人就这样生活在几个肉体里，通过许多手来写作、绘画、工作，过了一段时间，就不容易说清哪些是大师的真作，哪些仅仅是他的学生的作品了。

柏拉图也像每一个伟人一样吞噬了他自己的时代。什么是伟人，他只是一种巨大的亲和力，他把一切艺术，科学，一切知识，都当作自己的食物吞进肚里，除此之外，他还能是什么呢？他什么也不会饶恕，什么他都能处理。对美德无益的东西，对知识却有用。因此他的同时代人指责他剽窃。但发明家只知道怎样去借鉴，社会却乐于忘记给这位建筑师工作过的无数劳工，而只将自己所有的感激都献给他。当我们称赞柏拉图时，我们仿佛在赞扬从梭伦、索费伦和菲罗洛著作中摘出的语句。就算是这样吧。每部书都是一部引文，每一座房屋都是从所有的森林、矿山、石场摘引来的，每一个人都是从他所有的祖先那儿摘引来的。而这位攫取一切的发明家让所有的国家都来进贡。

柏拉图吸收了他那个时代的知识——斐罗洛、蒂迈欧、赫拉克利特、巴门尼德等等，随后是他的老师苏格拉底。他还发现自己具有一种更大的综合能力——前无古人、后无来者的能力——他旅行到意大利，吸取了毕达哥拉斯的观点；然后又到了埃及，或许还向东走了更远，把欧洲所缺乏的其他成分输入欧洲人的头脑。这种广度使他巍然成为哲学的代表。他在《理想国》里说："哲学家这样的天才必然、也习惯于使它的各个部分聚集于一人，但却很少能做到这样，但其不同部分一般出现在不同人身上。"每个人要想把任何事情做好，都必须从更高一点的地方去做。一个哲学家不仅仅是一个哲学家。柏拉图具有诗人的能力，也站在诗人的最高峰，但（虽然我怀疑他缺乏抒情表现的根本天赋）他主要并不是诗人，因为他只是选择运用这种诗歌天赋达到一种隐秘不宣的目的。

伟大的天才的传记最短。他们的兄弟也给你讲不出关于他们的任何东西来。他们就活在自己的作品中，因此他们的家庭生活、社会生活就无足轻重、平淡无奇。如果你想知道他们的趣味和长相，最崇拜他们的读者与他们最像。尤其是柏拉图，他更没有著作以外的生活可传。即使他有过恋人、妻子和孩子，我们却一无所闻。他把它们都研成了颜料。就如一座好的壁炉连烟都会烧掉一样，一位哲学家也能将自己的全部财产的价值都转化为智力活动。

柏拉图生于公元前427年，与伯里克利之死大致同时，他的家庭是当时该城的贵族。据说他早年喜欢打仗，但在二十岁时，他遇见了苏格拉底，随后就受了他的劝阻，很容易就放弃了早年的爱好，而成了苏格拉底的学生，受业十年，一直到苏格拉底去世。随后他去了麦加拉，接受了狄翁和狄奥尼索斯的邀请，到了西西里宫廷；他曾三次到过那里，虽然受到的待遇变幻无常。他畅游过意大利，接着去了埃及，并在那儿待了很长时间，有人说三年，有人说十三年。据说他还去过更远的地方，如巴比伦，但这种说法并不可靠。回到雅典后，他在学园里为慕名而来的学生讲学。现在我们一般认为他是在写作时去世的，终年八十一岁。

但柏拉图的传记是内在的。我们应当说明这个人在我们人类思想史上至高无上的崇高——人们越有文化，越愿意当他的门徒，这是怎么回事？犹太人的《圣经》在欧美各民族里已家喻户晓，无论男女，无论老幼，尽人皆知，就这样，柏拉图的作品迷住了每一个学派，每一个热爱思想的人，每一个教会，每一个诗人。在某种程度上甚至可以这样说：不通过他，人们就不可能思考，这是怎么回事？他伫立在真理与每个人的心灵之间，几乎语言和思想的基本形态都打上了他的烙印。在阅读他的作品时，他那富有极强的现代特色的文体和精神将我深深地打动了。这就是我们所熟知的，欧洲在漫长的艺术和权力史上的萌芽。在柏拉图的心灵里，欧洲的一切特征都已清晰可辨——而在他之前，却没有任何人具有这种能力。自诞生以来，柏拉图的思想已进入到一百种历史之中，但并未增加任何新的因素。这种永久的现代性是衡量每一件艺术品价值的标准，这是因为这些作品的创造者没有被任何暂时的或狭隘的东西引入歧途，而是坚持追求真正、永久的特色。柏拉图是如何就这样变成了欧洲和哲学，还几乎变成了文学，这是一个尚待解决的问题。

如果没有一个健康、真诚、气度宽容、人能够同时尊重理想的、心灵的、命运或自然秩序的法则，这种情况就不会出现。民族发展的最初阶段，就像每个人的最初阶段一样，是无意识的力量占主导地位的阶段。孩子们一生气就又是哭，又是叫，又是跺脚，但还无法表达他们的愿望。一旦他们会说话，能说出自己的需要和需要的理由，他们就变文雅了。成人时期，当他们的感知还处于朦胧阶段时，男男女女还会兴高采烈、夸张放肆地谈话，甚至还会大声吵闹，他们的举止还肆无忌惮，他们的言谈充满誓言。一旦有了文化，事情就清楚一点儿，他们看见他们不再是一团一伙，而是准确地分别开来，他们放弃了那种软弱的激情，开始详细地解释他们的意思。如果他们还不会用语言表达自己的思想，人就仍然是森林里的一头野兽。在更高的层次上，同样的软弱和缺陷每天都出现在对热烈的青年男女的教育中。“啊！你不懂我的意思，我从来没有遇到一个理解我的人。”于是他们又叹息，又哭泣，写诗赋词，孤独漫步，这表明他们还没有准确表达自己意思的能力。过了一两个月，借助于自己出色的天才，他们遇到了一个关系非常亲密的人，来帮助他降伏那火山爆发式的激情，良好的交流一旦建立起来，他们从此以后就成了好公民。历来如此。所谓进步，就是从盲目的力量向准确、熟练、真实的发展。

在每一个民族的历史上，总有那么一个时刻，人的感知力会从这种粗糙的青春期走出来，达到自己的成熟期，但还没有达到洞察秋毫的程度。因此，在这一时刻，人虽然已经发育完善，但双脚仍然陷入无边无际的黑夜的力量中，虽然他四下求索，但仍无法脱身，结果他只好借助于自己的眼睛和头脑同太阳和星星的世界交谈。这是其成熟健康的时刻，也是能力的顶峰。

这就是欧洲各个方面的历史，这也就是欧洲的哲学史。这一历史的早期记录，几乎已荡然无存，仅存的也都是关于亚洲移民的记录，这些移民带来了野蛮人的梦想，带来了道德和自然哲学的各种粗糙观念的混乱，这些概念后来通过一个个导师的不完善的洞见，才慢慢澄清。

在伯里克利之前就有“七贤”；有了几何学、形而上学、伦理学的开端，紧随其后就是片面论者——或从流水中，或从空气中，或从火中，或从心中，推断事物的本原。万事万物与这些本原相混就导致神话般的图景。最后，分配者柏拉图出现了，他不需要粗糙的图画、文身或喊叫，因为他能界定。他把最大最好的东西留给了亚洲，他标志着精确和理智时代的到来。“对我来说，谁能正确地划分和界定，谁就像神。”

这种界定就是哲学。哲学就是人的心灵为自己所做的关于世界构造的说明。世界上永远存在着两种基本事实：“一”和

“二”——1. 统一性或同一性；2. 多样性。我们之所以能将万物统一起来，就是因为我们发现了普遍存在于万物之间的那种法则，就是因为发现了表面的差异和深层的相似。然而，每一种精神活动——这就是对同一性或“一”的知觉——都辨别出了事物的差异。一和他（oneness and otherness），如果不领会这二者，我们就不能说和思。

心灵被迫去为许多结果寻找一个原因，然后再去寻求那种原因的原因，然后再去寻求原因的原因的原因，就这样它不停探微穷幽了。它自信自己一定会获得一种绝对而充分的“一”——一种必定要成为一切的“一”。“太阳中间是光，光中间是真，真中间是不灭的存在。”《吠陀》如是说。一切哲学，无论是东方哲学，还是西方哲学，都有同样的向心作用。在一种相反的必然的驱动下，心灵又从“一”返回到那不是“一”而是“他”或“多”的事物中来。从因回到了果，并证明了多样性的必然存在，以及两者的自我存在，虽然两者彼此互相牵连。分离和调和这些严格混合的成分属于思想要解决的问题。它们的存在是相互矛盾、相互排斥的，而每一个又是如此快地滑入另一个之中，因此我们永远也说不上什么是“一”，什么不是“一”。当我们沉思着物质表面和极端中的“一”、真、善时，普罗透斯[1]在最高处和最低处都一样灵活。

① 普罗透斯，希腊神话中的海神、预言家，他能随心所欲改变自己的面貌，后以此指多变的人或物。——译者

在所有的国家中，都有一些倾向于停留在根本的统一概念中的心灵。祈祷的狂喜和虔诚的迷醉使一切存在消失在一个“存在”里。这种倾向在东方的宗教作品中得到了无以复加的表现，主要体现在印度经书中，如《吠陀》《福者之歌》和《毗湿奴往世书》中。这些作品除了包含着这些观念外几乎再无其他内容，而在颂扬这种观念时，它们用的都是纯洁高尚的笔调。

“同一”，“同一”，友与敌都由同一种质料造成；扶犁人，犁和犁沟，也属同一种质料。质料就是这样，又是这样众多，因此形式的变化多端也就无关紧要了。（至尊的黑天对一位圣人说）：“你适合领悟你与我并没有区别。我就是你，你就是我，也就是这个世界，包括它的众神、英雄和人类。人沉思着种种区别，因为他懵懂无知。”“‘我’和‘我的’这种词语就构成了无知。什么是万物的伟大目的，你现在就要跟我学。它就是灵魂——一切肉体上的‘一’，普遍、统一、完善、卓越，凌驾于自然之上，免除了生、长和衰，它无处不在，由真知构成，独立，与虚构毫无关系，与名称、种类以及其他的一切都毫无关系，在过去、现在和未来都是这样。知道这种本质上是“一”的精神就在自己身上，也在其他一切人的身上，这就是一个知道万物统一的人的智慧。就如一股四处扩散的空气，穿过笛子的孔眼，就被看成一个音阶上的音符，‘伟大精神’的性质也是这样独特的，虽然它的形式多种多样，但都源自行为的后果。一旦覆盖一切的形式——如神或其余的形式——的差异消失了，也就没有什么区别了。”“整个世界只不过是毗湿奴的一种表现形式，毗湿奴与万物同一，聪明人应当认为他与万物没有什么不同，而是完全相同的。我不来，也不去，我也不住在任何一个地方，你不是你，他也不是他，我也不是我。”他似乎这样说过：“一切都为了灵魂，灵魂就是毗湿奴；动物和星辰都是瞬息即逝的图画；光是白色的粉末；永恒是骗人的把戏；形式就是禁锢；天堂本身就是诱人的圈套。”灵魂所追求的就是一定要成为超越形式的存在，就是脱离塔尔塔罗斯（指地狱），脱离天国，从自然解放出来。

如果沉思就这样倾向于一种容纳万物的可怕的统一，那么行动就针锋相对，倾向于多样。前者是心灵的进程或倾向，后者则是自然的力量。自然是多种多样的。统一吸收、溶解或缩减。自然开放，创造。这两种原则在一切事物、一切思想中不断再现和融合；一是一，一是多。一个是存在，另一个是才能；一个是必然，另一个是自由；一个是静，另一个是动；一个是权力，另一个是分配；一个是力量，另一个是快乐；一个是意识，另一个是定义；一个是天才，另一个是本领；一个是认真，另一个是知识；一个是占有，另一个是交易；一个是等级，另一个是教养；一个是国王，另一个是民主。如果我们敢进一步这样概括，且把二者的最后趋向说出来，我们可以说，一个的目的就是逃脱组织——纯科学；另一个的目的就是最高的手段，或手段的最高运用，或负管理之责的神祇。

每个学生都可以根据自己的气质和习惯追随心中这些神灵的第

一种，或者第二种。根据宗教，他倾向于统一；根据智力或感觉，他倾向于多样。过于迅速的统一和对部分或细节的过分利用，是沉思的孪生危险。

各国的历史都符合这种偏向。亚洲是统一的国家，是制度稳定的国家，是喜欢抽象的哲学的大本营。这种国家的人无论在教义上还是实践中都忠于一种耳聋的、无法乞求的、无边的命运的观念，它在社会等级制度中实现了这种信仰。欧洲的天才则是积极主动的、富有创造性的，它以文化对抗等级制度。它的哲学是一种戒律，那是艺术、发明、贸易、自由的园地。如果说东方喜欢无限，西方就喜欢界限。

欧洲文明是才能的胜利，是体系的延伸，是敏锐的理解力，是适应的技艺。它喜欢形式，喜欢展示，喜欢可以理解的结果。伯里克利、雅典人、希腊人一直带着天才的欢乐在这一方面工作，这一欢乐尚未由于预见到一种过度的弊病而被冷却。他们没在眼前看到险恶的政治经济；也没看到倒霉的马尔萨斯；也没看到巴黎或伦敦；也没看到无情的阶级划分——制针匠的命运，织工的命运，裁缝、袜匠、卡片工、纺纱工、矿工的命运；也没看到爱尔兰；也没看到欧洲正想方设法要推翻的印度的种姓制度。理智健康而旺盛，艺术辉煌而新奇。他们劈开彭代利孔山的大理石，似乎山就是雪，他们在建筑和雕刻方面的完美作品仿佛是水到渠成，并不比在梅德福船坞造一艘新船或在洛厄尔建几座新厂困难。这些事情是自然而然、理所应当的。罗马的军团，拜占庭的法典，英国的贸易，凡尔赛的沙龙，巴黎的咖啡馆，蒸汽磨坊，汽船，火车，都可以正确地看到；市政会议、投票箱、报纸和廉价出版物，也是如此。

柏拉图在埃及和东方朝圣期间同时吸收了一神观念，万物都被吸纳进这同一个神里。亚洲的统一、欧洲的细节；亚洲灵魂的无限，喜欢定义、热爱结果、制造机器、追求表面、爱听歌剧的欧洲，这两者被柏拉图合而为一了，而且还通过两者的接触，增强了每一方的力量。欧亚两洲的精华都在他的脑子里。形而上学和自然哲学表现了欧洲的天才，而亚洲的宗教，则被他当作了基础。

总之，一个平衡的灵魂诞生了，它看到了这两种成分。要伟大和要渺小都一样容易。我们之所以不能立即相信令人钦佩的灵魂，是因为他们不在我们的经验之内。在现实生活中，他们太稀少了，因此令人觉得难以置信，但主要是因为：我们不仅没有理由推定他们不会出现，而且也没有最有力的理由推定他们一定会出现。但是，不管声音在天空里是否被听到，不管他的父母是否梦见那个男婴就是阿波罗的儿子，不管一窝蜜蜂是否落到了他的嘴唇上，一个能看见一件事物的两个方面的人诞生了。这种奇妙的综合在自然界是司空见惯的，天神的奖章的上下两面，不可能的事物的结合，在每一个物体上重现，它的真实的和空想的能力，现在也都全部转移给一个人的意识了。

平衡的灵魂出现了。如果他爱抽象的真理，他要自救，就要提出所有的原则中最流行的原则，即绝对的善，这种绝对的善统治统治者、审判审判官。如果他做出了超验的区分，他就从能言善辩之辈、巧舌如簧之徒所不齿的来源——从母马和小狗那里，从罐子和汤勺那里，从厨子和叫卖者那里，从陶器店那里，从马医、屠夫、鱼贩子那里——获得自己的一切例证，从而使自己更加强大。他不能饶恕自己的偏颇，但他决心已定，要让思想的两极出现在他的陈述之中。他的论据和结论都是自我平衡的，是圆形的。两极出现了；不错，而且变成了两只手，去抓获、占有属于它们的东西。

借助于综合，每一个伟大的艺术家都是如此。我们的力量是过渡性的，交替性的；或者，我要说，是一根分成两股的线。所谓海岸，从岸上看就是海，从海上看就是岸。彼此接触的两种金属的感受，一个朋友的到来或离去时我们扩大了的力量，诗的创造力待在家里是体会不到的，在旅行之中也不会出现，而是在从一种情况向另一种情况过渡时出现的，而这些过渡必须巧妙掌握以提供尽可能多的过渡面。对两种因素的这种驾驭一定能说明柏拉图的能力和魅力。艺术借助于差异表现“一”或同一。思想寻求在统一中了解统一，诗歌却通过多样性来表现统一，也就是说，总是借助于一个物体或象征来表现统一。柏拉图在身边保存着两个瓶子，一个瓶里是以太，一个瓶里是颜料，而且总是两个都用。作为统计材料，文明史加给事物的事物，就是存货清单。作为语言使用的事物则无限迷人。柏拉图不断翻转着天神的奖章的正反两面。

举例来说，自然哲学家们已经用自己的天才把他的每一种世界论、原子论、火论、流体论、精神论、机械论和化学论都勾勒出来了。柏拉图是一位数学大师，他研究了一切自然法则和起因，并且觉得这些都是次要起因，都不是世界理论，而只纯粹是清单。因此，他在自然研究之前加上了这样一种教条："让我们宣布导致'最高的神创造和构成宇宙的起因'是善良的，而善良的人是没有妒忌之心的。没有妒忌之心，他就希望万事万物都尽可能像他自己。在智者的教导下，无论是谁，只要承认这就是世界起源和基础的基本起因，他就获得了真理。""一切皆为了善，这是每一种美的事物的起因。"这种教条使他的哲学充满生气，并且人格化了。

形成他的心灵特点的这种综合在他所有的才能里都出现了。在充满才智的地方，我们常常发现在活人身上很容易结合、在描述中却似乎不可调和的种种优点。柏拉图的心灵不是靠一份中国式的一览表就能展示清的，只有具有独到之处的心灵运用自己的独特力量才可以理解。在他身上，最自由的放任与几何学家的精确合为一体了。他大胆的想象使他能更坚定地把握事实，就像飞得最高的鸟具有最强壮的翅骨一样。他那贵族的高雅、本质的优雅，再加上一种尖刻、敏锐、令人震惊的反讽，使他的体格最健壮、最有力。古语说得好："即使天神降临尘世，他也会以柏拉图的风格讲话。"

除了这种宏伟的气派之外，还有一种认真，这是他的好几部作品的直接目标，并且是贯穿于一切作品的要旨，在《理想国》和《斐多篇》里，这种精神发展为一种虔诚。他被指责在苏格拉底死时装病。但从那个时代流传下来的轶事证明他为了维护自己老师的利益曾在众人面前进行了果断干预，因为甚至议会对柏拉图的粗野叫喊也都保留下来了。他对大众政府的愤怒，在许多文章中则表现为一种个人的愤怒。他具有一种正直，一种对正义和荣誉的天生的崇敬，一种使他对人民的迷信也温柔体贴的人性。除此之外，他还相信诗歌、预言、高超的洞察力都来自一种人无法掌握的智慧，他相信众神从来不进行哲学探讨，而只通过一种神圣的狂热，这些奇迹就创造出来了。他骑在这些飞马身上，飞过晦暗的区域，访问了肉体无法进入的世界；他看见了痛苦中的灵魂，他听见了判官的最终判决；他看见了应受处罚的灵魂的转生；他看到了拿着纺线杆和大剪刀的命运女神；他听到了她们的纺锤发出的令人陶醉的嗡嗡声。

但他的谨慎从未遗弃过他。人们会说，他已经看到了布西莱内大门上的题词是："大胆"；第二道大门上的题词是："大胆、大胆、永远大胆"；随后他停在了第三道大门口，上面写着："不要过于大胆。"他的力量就像一个下落的行星的冲力，他的谨慎就像他那预定的完善的曲线的回归——他对界线的希腊式的爱和界定的技巧是那么杰出！人在读对数时，还没有跟柏拉图飞行时的把握大。当他想象的闪电划破长空时，什么也没有他的头脑冷静。在他将自己的想象交给读者之前，他就已经结束了思考，他像一位文学大师那样充满惊人之笔。他富有财产，这使他在每一个转折关头都可以得到自己正好需要的武器。因为富人所穿的衣服、所驱使的马、所居住的房间并不比穷人多，但适用于当时需要的就只有那一套服装、一驾马车或一套工具。柏拉图也是这样，他虽然富足，且从不受限制，但只能用那个适当的词语。诚然，在才智的所有武器库里，没有一样武器不为他所有、为他所用——史诗、分析、狂热、直觉、音乐、讽刺、反语，一直到习惯和礼貌。他的阐释就是诗，他的玩笑就是阐释。苏格拉底声称的助产术就是高明的哲学，他发现高尔吉亚[①]的作品中就连“烹饪法”和“拍马术”这样的词都进了修辞学，这种发现至今仍对我们有实质性的帮助。实际上，若论谁起的绰号好，没有一个演说家能与他比。

在一阵阵雷声中，他的雷声是那么温和，那么克制，那么低调！他已经把反对学派的话和善地对廷臣和公民说尽了。“因为，如果有人非常谦虚地摆弄哲学，它就是一种优雅的东西；但是，如果谁把它熟悉得过了头，它就要使谁腐败。”谁能从太阳那样的中心和自己视力能及的地方获得一种明确的信仰，谁就完全能够做到丰富。他的感觉如何，他的言谈就如何；他玩弄疑惑，并对它尽量利用：他掩饰，他诡辩；过了不久，就出现了一个可以移山移海的判断。他那种令人崇敬的认真不仅不时出现在对话纯粹的是与否

① 高尔吉亚（483？—376？BC），古希腊哲学家、修辞学家，智者派代表人物，主张无物存在，即使有物存在，也不可知，即使人认识某物，亦不可言传，著作有《论非存在或论自然》。——译者

中，而且也出现在突发的领悟中。“因此，我，卡里克利，被这些理由说服了，并且考虑我怎样才可以在审判官面前展示我健康的灵魂。因此，由于忽视了大多数人所敬重的荣誉，一心向往着真理，我将努力公正地生活在真实之中，如果我要死了，也要死得光明磊落。我竭尽全力邀请别人，必然也邀请你，来参加这一竞赛，我敢肯定，它要超过这里的所有竞赛。”

他是一个伟大的平凡人，他用自己的能力在最好的思想上又加上一种匀称和平等，这样人们在他身上就会看到自己的梦想和看法已经实现，并显示出它们本来的样子。一种伟大的常识使他有理由、有资格成为世界的解说者。他像所有的哲学家和诗人阶层那样有自己的理由，但他也具有他们所没有的理由，那就是一种强烈的解决他的诗与世界的表象的协调问题的意识，他修建了一座从各个城市的各条街道通向亚特兰蒂斯[1]的桥梁。他从来都没有忽略这种分寸，可是却把他的思想从平原倾斜到一个入口，不管那边的悬崖是多么美丽如画。他从来不在迷醉状态下写作，也不把我们卷进诗意的狂喜中去。

柏拉图理解那些基本事实。他可以匍匐在地，蒙住双眼，崇拜那些不可数、不可量、不可知、不可名状的事物，那些可以肯定或否定任何事物的事物，那些“就是存在和不存在的事物”。他称

① 亚特兰蒂斯，柏拉图在《蒂迈欧篇》等著作中提到的大西洋中的一个岛，曾经是一个强盛的王国，后来陆沉海底。——译者

之为超本质。他甚至时刻准备着，就像在《巴门尼德篇》中那样，来证实这种存在超越了智能的范围。从来没有人比他更充分地承认过不可表述之物。好像是为人类膜拜过“无限”之后，他站了起来，并且替人类断言：“事物是可知的！”——也就是说，在他的心里，亚洲首先受到衷心的尊敬——那爱和力量之海先于形式，先于意志，先于知识，先于“同一”，先于“善”，先于“一”。现在，欧洲的本能，即文化，在这种崇拜的激发下，又重新恢复了活力，重新获得了力量，重新回归了自己的本原。他喊道：“事物是可知的！”它们是可知的，因为都是从一而来，事物都是一致的。有这样一种尺度：天和地一致，物质与精神一致，部分和整体一致，这就是我们的指南。有一种关于星球的科学，叫做天文学，有一种关于数量的科学，叫做数学，有一种关于质量的科学，叫做化学。同样，有一种关于科学的科学——我称之为“辩证法”——也即辨别真伪的智能。它依赖于对同一和多样的观察，因为进行判断就是一种物体与属于该种物体的概念联系起来。科学，甚至最高级的科学——数学和天文学——也都像猎人一样，有什么猎物就捕获什么，哪怕捉到之后毫无用途。辩证法必须传授它们的使用方法。“它属于这样一种类别：没有智者会为研究而研究，他只是为了在那唯一的一门包罗万象的科学中提升自己。”

“人的本质或特点就是理解整体，或者理解那种在变化多端的感情中能够包含在一种合理的统一之下的东西。”“从来没有感觉到真理的灵魂不能进入人体。”我向人，即“理智”宣告。我宣告被创造自然的精神所充溢的好处：这是一种利益，也就是说，它理解自然，它过去和现在都在创造自然。自然是好的，但理智更好，就像法律制定者先于法律接受者一样。我给你们欢乐，噢，人之子呀！真理是完全有益的，我们希望找出每一种事物的自我可能是什么。人的不幸就是被阻止看到本质，就是被塞满种种推测，但至高的善是实在，至高的美也是实在，一切美德，一切幸福都依靠这种关于实在的科学，因为勇气就只是知识，人所能得到的最大幸运就是在其灵魂的指引下找到真正属于自己的事物。这也是正义的本质——照顾他自己的每一件东西。不，如果不通过对神圣本质的直接观照，我们就达不到美德的概念。随后才是勇气！因为，“有这样一种信仰，我们必须寻求我们不知道的事物，我们有时也这样认为，我们不可能发现我们不知道的事物，寻找它也是徒然。与这后一种看法相比，前一种信念会使我们变得更好，更勇敢，更勤奋，两者根本不能相提并论”。他获得的这种地位，使他不受自己对实在的热情的控制，他之所以重视哲学，只是因为它就是与实际存在交谈的快乐。

这样，充满着欧洲的天才，他说是教养。他看到了斯巴达的制度，而且人们可以说，他比古往今来的任何人都更温和地承认了教育的希望。他喜欢每一项成就，喜欢每一种文雅、实用、真实的行为，尤其喜欢天才的壮举和智慧的成就。“噢，苏格拉底呀，”格劳克说，“他的一生，与智者在一起的一生，就是始终听这样的谈话，毫无限度。”他对才华的功绩，对伯里克利、伊索克拉底、巴门尼德的能力评价多高啊！而对这些天才本人的评价又是怎样更高呀！在他美妙的表演中，他把几种才能都称作神。他多么重视教育中的教养技巧。多么重视几何，重视音乐，重视天文，他赞美它们的抚慰和医疗能力，在《蒂迈欧篇》里，他指出了眼睛的最大用途。“我们断言，上帝发明并赐给我们视觉就是为了这样的目的——即当我们环视天上智力的圆时，我们可以适当运用我们自己心灵的圆；与其他相同的圆相比，我们心灵上的圆虽然显得纷乱，但与它们的循环仍然同出一源；认识到这一点，加上天生拥有一种正确的推理才能，我们就可以通过模仿神性的同一运转，来调正我们的偏离和错乱。”他在《理想国》中说：“借助于其中每一种教养，灵魂的某个器官被清洗干净，被重焕活力，而这些器官以前曾被另一种教养所迷惑、所蒙蔽，这种器官比一万只眼睛更值得保护，因为只有靠它才能看见真理。”

他讲到“教养”，但他首先承认教养的基础，并赋予天性以无限的优越地位。他的贵族趣味使他强调出身的差异。在对器官特征和性情的教义中存在着等级的起源。“知识之神在有些人的体格内溶入了金子，这些人就适合统治；溶入了银子，他们就适合于军事；溶入了铁和铜，就只适合当农民和手工业者。”东方世世代代在这种信仰中得到加强。《古兰经》则清清楚楚地体现了这种等级观念。“人们都有自己的金属，有的是金子，有的是银子。你们中间那些在愚昧之国有价值的人，一旦有了信仰，就成了信仰国有价值的人。”柏拉图的立场同样坚定。“在事物的五种等级中，只有四种能够教给大多数人。”在《理想国》里，他坚持认为青年的气质是重中之重。

在跟年轻的塞亚格斯的对话中有一个强调天性的更恰当的例子，塞亚格斯想接受苏格拉底的教诲。苏格拉底声称，如果有人因为与他交往而变聪明了，那也不应感谢他，那只不过是他们跟他在一起时，他们变聪明罢了，并不是因为他的缘故，他假装不知道其中的原因。“这对许多人是不利的，戴蒙反对的那些人不会因为与我联系而受益，因此我不可能和这些人生活在一起。然而他并不阻止我跟许多人谈话，因为他们根本没有从与我的联系中获益。塞亚格斯啊，这就是与我的交往情况。因为，如果这种交往取悦于神，你就会取得伟大而迅速的进步；如果不能取悦于神，你就不会取得进步。有些人对他们交给人们的好处有控制权，而我呢，他们是否受益，完全听凭自然，判断一下：接受前一种人的教导是否不比接受我的教导更保险。”他似乎说道：“我没有体系。我不能替你负责。你注定要成为什么，你就会成为什么。如果我们之间还存在着爱，我们的交流将美妙、有益得难以想象；如果没有爱，你就等于在浪费时间，你也只会使我烦恼。在你看来，我则似乎是愚不可及、徒有其名。这种隐秘的近似或排斥超越于我们，也超越你我的意志。我的一切优点都是有吸引力的，我教育人不是通过说教，而是通过做我自己的工作。”

他讲“教养”，他讲“天性”，他也没有忘记加上一句：“还有神灵。”在任何一个心灵里，没有一种思想不是很容易自我转变成一种力量的，不是组织成一种巨大的手段的。柏拉图热爱局限，也热爱无限，他看到了从真本身和善本身而来的扩大与高贵，并且好像代表着人类的才智，试图一劳永逸地向它表示适当的敬意——适合于阔大的灵魂接受的敬意，适合才智给予的敬意。他接着说："我们的能力奔向无限，并从无限返回到我们这里。我们只能确定一点儿路程，但有一个不可忽略的事实，一个对它熟视无睹就等于自杀的事实。万物都在一个范围里，在我们愿意的地方开始，上升再上升。万物都是象征性的，我们所谓的结果只是开始。”

柏拉图的方法和完整的关键就是他的二次分割线。他在举例说明了绝对的善与真与各种各样不可知世界的关系后说："这里有一条线，被截成了不相等的两部分。再把每一部分都分割成两部分。第一次分割成的两部分中，一部分代表可见世界，另一部分代表不可知世界。第二次截的两部分分别代表这两个世界的明亮部分和阴暗部分，这样，你就会发现：可见世界两部分中的一部分可以代表影像，即阴影和倒影；另一部分则是这些影像的实物对象，即植物、动物以及各种艺术品和自然物。然后可用同样的办法区分不可知世界：一部分是观点和假设；另一部分则是真理。”与这四个部分相应的，是灵魂的四种功能：假设、信仰、知性、理性。如同每一个水池都反映出太阳的影像一样，每一种思想和事物都向我们再现了最高善的一种影像和创造物。宇宙里纵横交错着数以百万计为它的活动而存在的通道。一切都在上升、再上升。

他的一切思想都有这种上升；他在《斐德若篇》里教导说，美是万物中最可爱的，不管它走到哪里，它都在宇宙间激起欢乐，激发出欲望和信心；在某种程度上，万事之中皆有它。但还有一种东西，它比美还美得多，就像美比混乱美得多一样；它就是智慧，我们神奇的视觉器官是达不到这种智慧的，但是，它一旦被看见，就会以它完美的真实使我们迷醉。他也把美看成艺术作品杰出的根源。他说："工匠在制作任何一件作品时，都时刻留心要按同一种样式制造，并且通过利用这一种模型，在他的作品中表现了他的理念和力量；那么必须这样说，他的产品应当是美的。但是当他看见了生与死时，它就远远够不上美了。"

一直以来，《会饮篇》都被认为是用同一种精神进行的教训，现在世界上的一切诗歌、一切说教对此都已非常熟悉，异性之爱是最初的爱，它象征着灵魂对自己活着要追求的那片浩渺的美的湖泊遥远的爱恋。对神性的这种信仰永远不会消失，它构成了他的一切教条的基础。肉体不能传授智慧——只有上帝才能。他以同样的精神不断宣称美德是不可传授的，它不是一种知识，而是一种灵感，最大的善是通过迷狂产生的，是通过一种神圣的天赋分配给我们的。

这把我们引向了那个中心形象，他已经把它树立为自己学园里的一个喉舌，通过它，每一种经过深思熟虑的意见都得以宣布，它的传记他也同样费尽心血写了，结果历史事实都在柏拉图心灵之光的照耀下化为乌有了。苏格拉底和柏拉图是颗双星，最有力的仪器也不会将它分开。苏格拉底有自己的特点和天才，他是构成柏拉图的非凡能力的那种综合的最好实例。苏格拉底出身低贱，却十分诚实，经历极其平常，为人却极其朴实，结果激发了别人的机智——或者不如说，他的开阔善良的天性和爱开玩笑的高雅趣味引发了很多俏皮的妙语，这肯定会得到回报的。演员在舞台上扮演他，陶工把他的丑脸刻在石罐上。他是个冷静的人，除了幽默之外，他脾气也极好，也熟知自己的对象，不管他与谁交谈，他的这些特点都使他的伙伴在任何辩论中都肯定失败——而他是毫不掩饰地喜欢辩论的。年轻人非常喜欢他，邀请他参加他们的宴会，而他到那里则是进行会话的。他也善饮酒，他是雅典酒量最大的人，等把在场的人都灌得酩酊大醉、东倒西歪之后，他便扬长而去，似乎什么都不曾发生，然后又跟某个清醒的人开始新的对话。总之，他是我们乡下人称之为“老家伙”的那种人。

他喜爱许多市民趣味。他近乎荒谬地喜欢雅典，他厌恶树木，从来不愿意越过城墙一步，他认识那些老式人物，尊重那些讨厌鬼和市侩，认为雅典的什么都比别的地方好。在习惯和言谈上，他朴素得像个贵格会教徒，他喜欢下流话，阐释道理时举的例子都是什么公鸡呀、鹌鹑呀、汤锅呀、桐木匙呀、马夫呀、钉掌铁匠呀，还有一些说不出名的东西——特别是在与高雅人士交谈时，他更是如此。他有一种富兰克林式的智慧。因此，他给一个害怕步行到奥林匹亚的人表示，那只不过是他每天在室内的漫步而已，只要坚持不懈，是很容易到达目的地的。

尽管他是个朴实的老伯伯，耳聪目明，谈起话来滔滔不绝，但传说他在跟比奥蒂亚作战时，有一两次曾表现出掩护一支部队撤退的决心。坊间还流传着这样一个故事，当他有一天碰巧在市政府任职时，他一副傻相，却表现出一种力排众议的勇气，这差点儿毁了他的前程。他非常穷，但当兵时却吃苦耐劳，靠着几颗橄榄就能活下去。从最严格的意义上说，他平常就是面包加白水，除非他朋友专门请他吃饭。他必需的花销非常少，没有人能够像他那样生活。他不穿内衣，他冬夏都穿一样的上衣，他光着脚走路。据说他喜欢取乐，而他最大的快乐是整天随意地与最优雅、最有教养的青年人谈话，为了得到这一快乐，他要不时地回到自己的店铺里雕刻或好或坏的石像出售。不管如何，可以肯定的是，他已经变得除了会话，再无别的什么兴趣了。他假装一无所知，却能攻击和驳倒雅典所有能言善辩之士和所有优秀的哲学家。不管是本地人，还是从小亚细亚和海外岛上来的外邦人，谁都无法拒绝跟他交谈，因为他十分诚实，真的急于求知。他这个人，如果没说实话，他就心甘情愿叫人驳倒。他也乐意驳倒他人，把虚假的东西指出来；不管他被人驳倒，还是驳倒了他人，他都是一样高兴；因为他认为不能让人们碰上像有关正义和非正义的错误见解那样事关重大的任何坏事。他是一个无情的辩论家，他只知道无人曾达到过的那种他战无不胜的智慧的范围。他性情冷静，他那可怕的逻辑总是胜似闲庭散步，从容不迫，像开玩笑似的。他总是粗心大意，莽莽撞撞，结果竟能解除最谨慎的人们的武装，并且用最愉快的方式把他们引进可怕的怀疑与混乱的境地。但他总知道出路何在，虽然他知道，却守口如瓶。没有逃路，他利用自己的困境逼他们做出可怕的选择，他玩弄大名鼎鼎的希庇亚斯[①]和高尔吉亚之类的人就像男孩玩弄皮球一样。他是个严酷的现实主义者！——美诺在大庭广众面前曾千百次地详细讲述美德，而且似乎自我感觉很好，但就在这样的时刻，他甚至说不出自己所讲的美德到底是怎么一回事——苏格拉底的这个电鳐鱼使他如此着魔。

这位头脑冷静的幽默家，他的奇思妙想、谈笑风生，令年轻的贵族兴高采烈。他的格言或双关语每天都传遍全城，结果他证明自己具有了一种像他的逻辑那样不可战胜的诚实，他或是疯疯癫癫，或至少以游戏为名，狂热宣传自己的宗教。当他在法官面前被人指控败坏通行的教义时，他却宣扬灵魂的不朽、未来的奖惩。而且由于拒绝认错，民众政府一时兴起，判他死刑，把他关进监狱。苏格拉底进了监牢，其间消除了监狱一切恶习，他苏格拉底在监狱的时候，监狱不应再是通常意义上的监狱。科力图贿赂了监狱看守，但苏格拉底不肯靠计谋出狱。“无论会发生多少不便，正义面前一切平等。这些事情我听起来像笛鼓一样分明，它们的声音使我对你的话置若罔闻。”这座监牢的名声，那儿发生的谈话的名声，那次饮酒之事，都是世界史上最珍贵的篇章之一。

---

① 希庇亚斯（？—490？BC），雅典僭主，保护诗人和手工艺者，在其统治下，雅典十分繁荣。——译者

小丑和殉道者、精明的市井小民和市场上争论不休的辩客，以及当时已名垂青史的最可爱的圣徒，都非常稀罕地恰巧集中在同一个丑陋的身体上，它深深打动了能包容这些明显的差异的柏拉图的心灵。苏格拉底这个人物出于某种需要，将自己置于突出的地位上，充当他必须交流的智力财富的最适合施予者。这位群氓中间的伊索和这位穿长袍学者竟能相逢，相辅相成，造成了彼此的不朽，这真是一件难得的幸事。苏格拉底性格中那种奇怪的综合覆盖了柏拉图心灵里的综合。而且，通过这种手段，他能够以直接的方式，毫无嫉妒地利用苏格拉底的机智和影响，毫无疑问，他从中受益匪浅，而其中最主要的优点又得自柏拉图的完美技艺。

还需要谈到的是：柏拉图能力方面的缺陷只不过是他的品质造成的必然结果。他的目的是智性的，因此采用了文学的表达方式。上天堂，下地狱，阐述国法、爱的激情、悔罪与分离的灵魂的希望——他是文学家，决不是别的。若说柏拉图的优点还有缺陷的话，可以说其作品唯一的缺陷是没有——毫无疑问，这也是他的作品的这种知性优势必然带来的东西——预言家的喊叫和不识字的阿拉伯人和犹太人的说教所具有的绝对权威。他的作品存在着一种间隔，要黏合，就必须接触。

我不知道该说什么来回答这种批评，但我们已经得到了事物本质的事实：一棵橡树不是一棵橘树。糖的性质属于糖，盐的性质属于盐。

其次，他没有一个体系。那些最亲密的捍卫者和门徒都感到困惑。他尝试建立一种宇宙论，他的理论既不完整，也不是不需证明的。一个人认为他是这个意思，另一个人则认为是那个意思，他在一个地方这样说，到另一个地方说的则恰恰相反。有人指责他没有完成从理念到物质的转变。这个世界像一个坚果一样健全、完善，没留下一丁点儿混乱，没留下一星点儿残渣余片，也没留下丝毫匆忙的迹象，没留下修修补补，也没留下重新考虑的余地，但这种世界论却是一件百衲衣。

最长的波浪很快消失在大海中。柏拉图也许乐意有一种柏拉图主义，一种对世界的人所共知的准确的表达，它应当是准确的。它必须是通过柏拉图的心灵世界，不能不这样。每一个原子都要有柏拉图式的色彩，你以前所知道的每一个原子，每一种关系，或者每一种性质，你都将在这里重新认识，再次发现，但现在都秩序井然了。它们不再是自然，而是艺术。你将感到亚历山大真的带着千军万马横扫过这个星球上的一些国家，但这些国家，以及构成这些国家的种种事物，多种因素，星球本身，星球的法则，人的法则都通过这个人，一如面包进入他的身体，但面包一旦进入他的身体就不再是面包了，而是身体了。同样，这些大量的美味佳肴也已经变成了柏拉图。他已经拥有了对这世界的版权。这是个人主义的野心。但这一口饭证明是量太大了。大蟒蛇吃它本是出于好意，但他的希望成了泡影，他的企图完全失败了。他只咬了一口就被噎住了，被咬的世界用自己的利齿死死地抓住了咬的人。他就在那里死去，未被征服的自然则继续活下去，并忘记了。所有人都遇到过这种情况，所以柏拉图也一定会遇到这种情况。从自然永恒这一角度讲，柏拉图最后证明自己只是做了一些哲学练习而已。他一会儿站在这一立场辩论，一会儿站在那个立场辩论。即使最爱戴他的门徒，即最敏锐的德国人，也永远说不清柏拉图主义是什么。的确，每一个重大问题的两方面都可以从他那里援引出最精辟的论述。

如果我们必须考虑柏拉图，或者任何一个哲学家论述自然的努力，我们就不得不说这些话，而其实自然是无法对付的。在解释“存在”这一问题时，即使天才也没有能力获得最微小的成功。它仍然是一个无人能解得清的谜。但若说柏拉图具有这种野心未免有欠公正。让我们不要轻率地对待他那可敬的名字。人们已根据自己的才智，承认了他那超验的要求。要认识他，就要将他与其他人加以比较，而不是将他与自然比较。多少时代已成过去，他仍然是不可企及的！人类智慧的一种主要结构，就像卡纳克、中世纪教堂或者伊特鲁里亚遗迹一样，需要人类的全部才能去了解。我认为，只有当我们怀着最大的崇敬去看时，我们才能看得最真切。越研究，他的意义就越大，他的优点就越多。当我们说：这里有一本精彩的寓言集时；或者说，当我们称赞风格或者常识或者算术的时候，我们像孩子一样在说话；而且，我们对辩证法的诸多不耐烦的批评，我想，并不见得好。

批评就像我们匆忙赶路时，对一英里一英里的路感到不耐烦一样，但一英里最好还是应当有一千七百六十码。大眼的柏拉图根据我们的生活风气，调整了光与影的比例。

柏拉图：新读物

波恩先生的“系列丛书”中出版了柏拉图作品的优秀译本，我们认为它是这一廉价出版社所做的主要贡献之一，它使我们有机会再一次对这颗恒星的高度和方位草草做一点记录，或者像学刊一样，增加一篇“最新柏拉图”简报。

通过自己概括的广度，现代科学已经学会借助于追溯种族的发展和提高为人类学者补偿个体的缺点，而且，还通过照亮广阔背景的简单手段，形成了一种自满和希望情绪。人类的身后有动物和植物。它的艺术和科学，也即人类头脑的轻而易举的产物，若由牛、鳄鱼和鱼那远不够发达的头脑来展望，的确灿烂辉煌。当大自然回顾自己后面的漫漫地质黑夜时，她发现，在五六千年时间里，自己只产生了五六个人，如荷马、菲迪亚斯、摩奴、哥伦布，对这一成果，她似乎并没有丝毫的不满。只要这几个标本就足以证实那棵树的价值了。这几个标本是三叶虫和蜥蜴的明显改进，而且也是进一步发展的良好基础。对这位艺术家来说，时间与空间都是廉价的，她对于你谈到的冗长乏味的准备毫无感觉。她安静地等待着古生物学的那些流动时期，等待着敲响人类到来的时钟。在人们可以预测到地球的运动之前，在本能和可培养的能力的地图被绘制出来之前，那些时期必须过去。但如同种族的连续一样，个人的连续也是命中注定的，也是美好的，柏拉图有幸在人类史上标志着一个时代。

柏拉图的声名并不建立于三段论法，也不取决于任何苏格拉底式的推理杰作，也不取决于灵魂不朽之类的学说。他不仅仅是一位专家，一位教育家，一个几何学家，或某一特殊预言的先知。他代表才智的特权，也即把每一种事实推向层层相连的高台，因此在每一件事实中揭示出一种扩张的萌芽的能力的特权。这些扩张就在思想的本质里。博物学家无法借助于对宇宙范围的任何发现来帮助我们了解这些扩张，但当他给已经分辨清楚的猎户座星云分类时，他就会像量一块地上的角一样可怜。但是，借助于这些扩张，柏拉图的《理想国》可以说需要、因而也就预见到了拉普拉斯的天文学。这些扩张是有机的。心灵无法创造它所看见的东西，就像眼睛创造不了玫瑰一样。我们宣布把这些扩张的功劳归功于柏拉图，我们只是说，这儿有一个更完美的人，他能够把感觉、知性、理性的全部尺度应用于自然。这些扩张，或者延伸，就存在于落到我们的自然视力范围内的精神视力的延续里。借助于这第二种视力，我们发现了向四面八方辐射的法则的长线。在任何一个地方，他都站在一条没有止境又不停地绕着宇宙转的道路上。因此，他的每一句话都成了大自然的阐释者。他无论观看什么，他看到的东西都会揭示出一种第二感觉和种种隐秘的感觉。他对相反事物产生的知觉，他对生来自死、死来自生的知觉——通过这种法则，自然界中的解体就是重新组合，腐化与霍乱只不过是一种新创造的信号；他在大中见小，小中见大；在公民中研国家，在国家中研究公民。这使人们怀疑他是否把《理想国》表现为一个关于个人灵魂教育的寓言。他对观念、时间、形式、图像、线条的美妙界定，有时候是以假设的方式提出的，就像他对美德、勇敢、正义、节制的界定一样。他对寓言的热爱，以及他的那些寓言本身，特罗福尼厄洞，巨人古厄斯的戒指，御车人和他的两匹马，金、银、铜、铁四种气质，图提斯和塔穆斯，对冥王哈得斯和命运三女神的种种想象——这些都是像黄道十二宫一样把自己印在人类记忆里的寓言。他的单形眼和双形灵魂，他的同化说，他的回忆说，他对保证了贯穿整个宇宙的刻不容缓的公正的回归或反作用的法则的清楚认识，真是处处可证，尤其表现在这样一种学说中，“我们从神那里得到的，仍将从我们这里回到神那里去”，以及在苏格拉底的这一信仰中——下界法则是上界法则的姊妹。

更引人注目的例子是他的道德结论。柏拉图肯定了知识与善的巧合，因为恶永远也不能了解自己和善，而善既了解自己，也了解恶。眼睛证明，只要正义有益，它就是至善。柏拉图则肯定正义自始至终都是有益的，虽然正义之士隐藏着自己的正义，不让神和人知道，但利益是固有的。忍受不公正之事总比行不公正之事好。罪人应当渴望惩罚。谎言比杀人更有害。无知或不自觉的谎言比不自觉的自杀危害更大。灵魂不愿意被剥夺了真正的见解。没有人愿意犯罪。自然秩序或进程是从心灵推广到肉体的。而且，虽然一个健全的肉体不能恢复一个不健全的心灵，而一个好的灵魂却可以通过自己的善使肉体尽可能变得最好。智者对愚民有一种权利，即教导他们的权利。对一个跑调者的正当惩罚就是使他按曲调演奏，拒绝统治的好人应交的罚金就是被一个坏人统治。他的卫士不可管理金银，而应当知道金银就在他们的灵魂里，灵魂将使人们愿意把灵魂所需要的一切都交给灵魂。

这种第二视力解释了我们为什么重视几何学。他看到：地球并不比超感觉的东西更合法、更精确；天体几何学在那里正得其所，就像线和角的逻辑在这里正得其所一样；世界是彻底数学化的，比例就是氧、氮和石灰的常数。正好有那么多的水、板岩和镁氧，比例也同样是道德因素的常数。

这位最年长的歌德，憎恨粉饰和虚假，喜欢以偶然为基础揭露真实，喜欢到处发现联系、继续和表现，憎恨孤立，他似乎是流浪汉屋里的财神，他碰到什么，什么就有了力量和能力。当柏拉图能写出下面这些话时，伦理学还是新生事物，还是一片空白：“在那些其观点至今还被当代人提及的所有人中，还没有一个人曾谴责过非正义，或颂扬过正义，他们只不过是尊敬源自正义的声名、荣誉和利禄。至于正义和非正义本身是什么，它们本身在拥有者灵魂中的力量何在，当神所不知、人所不见的时候，它们起什么作用，至今还没人在诗歌或散文作品中做过充分的调查——也就是说，没人调查过非正义如何成为灵魂的一切恶中的极恶，正义成为一切善中的至善。”

他为理念所下的定义，诸如什么是简单的，什么是永久的，什么是同一的，什么是自在的，都永远同知性的各种概念区别开来，而且标志着世界上的一个时代。他生来就能看到精神——这新结果的无休无止的发生器——的自我发展的力量，一种同时成为事物的集中性和消散性的关键的力量。柏拉图正处于核心位置，所以就完全可以省却他的一切教条。这样，知识和理念的事实就向他揭示了永恒的事实，而他提出回忆说，则是将之作为最有可能的特殊解释提出来的。即使称之为想入非非，那也无关紧要：我们的知识和存在的深渊之间的联系仍然是真实的，而解释也一定是宏大的。

他已经指出了思辨中的每一个要点。他按照心灵本身的比例进行写作，以便万物在他的写字板上都具有对称性。他不知疲倦地将过去都写了进去，还以他在自然界见到过的勇气深入细节之中。人们会说，他的先驱们已经在智力地理学上标出了每一座农庄，每一个地区，或者每一个岛屿，但却是柏拉图第一个画出了星球。他驯化了自然中的灵魂。人就是个小宇宙。可见的天空中的许多圆代表了理性的灵魂里的许多圆。没有一个没有法则的粒子，人的心灵活动中也决没有偶然的东西。事物的名称也是注定的，也都遵循着事物的性质。万神殿里所有的神都用自己的名字表明了深刻的含义。

众神就是理念。潘[1]就是言语或者表现，农神就是沉思，朱庇特就是国王的灵魂，玛斯就是激情，维纳斯就是比例，卡利俄佩就是世界的灵魂，阿格莱亚就是理智的阐释。

这些思想光辉灿烂，它们往往只显露给虔诚的和诗人的灵魂，但这位教养高贵、无所不知的希腊几何学家带着命令而来，即神圣的欧几里得，他把所有这些思想都排成了行列和次序，而且把自然的两部分结合了起来。他在所有人之前看出了道德情感的智力价值。当他在《蒂迈欧篇》中描绘一个神把事物从混乱领向秩序时，他也是在描述自己的理想。他如此确实地在中心点燃了一把火，结果使我们看见了这个被照亮的天体，并能分清两极、赤道、纬线、每一个弧度和交点。这是一种如此均衡、如此协调的理论，以至于你或许会说，各个时代的风都已横扫过这座有节奏的结构，而不会说那是一个短命文丐的即席涂鸦。因此，那一类非常显赫的灵魂，即那些喜欢通过显示一种仍合乎真理的隐秘目的，从而对每一种真理给出一种精神上的，也就是一种伦理-智性上的表现的人们，被说成是柏拉图化了。这样，米开朗琪罗在他的十四行诗里就是一位柏拉图主义者，莎士比亚写下面这样的话时也是柏拉图主义者：

> 改进大自然的工具不是别的，
> 恰正是自然本身。[2]

---

① 潘，希腊神话中人身羊足，头上有角的畜牧神，爱好音乐。——译者

② 莎士比亚的《冬天的故事》第四幕第4场。——译者

或者

谁要是能
忠心追随一个失势的主人，
谁就征服了那征服过他的主人的环境，
并在历史上赢得一席之地。[①]

哈姆雷特是一个纯粹的柏拉图主义者，只是因为莎士比亚特有的天才太伟大了，他才没被划为该派的最突出的人物。斯维登堡在他的散文诗《夫妻之爱》里，始终是一个柏拉图主义者。

敏锐的柏拉图把他推荐给了思想家。他受到普遍欢迎的秘密在于他那使人类觉得他非常亲切的道德目的。他说："智能是天地之王。"但在柏拉图心里，智能总是道德的。他的作品也有诗歌那种永恒的青春。因为它们的议论大多数都可以隐含在十四行诗里，而诗歌从来没有像在《蒂迈欧篇》和《斐德若篇》中那样高高翱翔。作为一名诗人，他也只是好沉思的。他没有像毕达哥拉斯那样与一种制度决裂。他在《理想国》里的一切描绘都必须被看作神话性的，而且有时还有一种强烈的色彩表现出他的思想。没有江湖骗子式的冒险，你就不会有所建树。

他赋予至善的绝对特权（为了强调，他以妇女的共性来表达至

① 莎士比亚的《安东尼与克莉奥佩特拉》第三幕第13场。——译者

善）是一种高超的计划，作为他对宏伟的鼓励。但有两种人被排除在外：第一种，是那些由于过失已经不值得保护的亡命之徒；第二种，是那些由于本性和美德的杰出，你的奖赏无法达到。就让那些人离开城市，凌驾于法律之上吧。我们把他们限制在他们自己的小天地里，只要他们愿意，让他们跟我们一起做事吧。不要让任何人擅自用乡村的标准来衡量米开朗琪罗和苏格拉底的出格行为。

在《理想国》第八卷里，他在我们眼前扔了一点儿数学灰尘。我十分遗憾地看见，在这些高贵优越的东西之后，他还允许统治者撒谎。柏拉图用一种更低劣的手法稍微玩弄了一下天意，就像人们玩弄自己的猫狗一样。

对神学院毕业班的演讲

在这个阳光灿烂的夏天，生命的呼吸已是奢侈。草木生长，花蕾绽放，草地上点缀着如火如金的鲜花，空气里充满着鸟鸣，弥漫着松树、香叶杨树和新草的甜蜜的芬芳。夜晚并非只给人心带来阴郁，人们欢迎它带来的阴凉。穿过明澈的夜空，星星倾泻着几乎是幽灵般的清辉。人沐浴其中，就像是孩童，而这个巨大的星球则好像一个玩具。清凉的夜晚像河流一样浸透了整个世界，睁大双眼去迎接又一个绯红的黎明。大自然的神秘从未如此快乐地展示过。稻谷和醇酒由一切生物自由地分享，而那个乐善好施的老人依然默默前行，没有只言片语的解释。人们被迫敬仰这个世界的完美，我们的感觉就在这个世界里得以交流。多么宽广，多么富饶，自然从自己的每一样财富中赋予人的各种才能对人是多么大的鼓励！富饶多产的土地，可供轮船航行的海洋，聚藏着金属和石头的山脉，所有的森林，所有的动物、化学元素、光、热、磁、生命的力量和轨迹，所有这一切都值得伟人以自己的全副身心和同情去征服和享用。耕耘者、机师、发明家、天文学家、城市建设者和船长们都将在历史上写下自己的荣耀。

但是，当心灵敞开，并揭示出宇宙的普遍法则，看清事物的真实面目时，巨大的世界立刻就会缩小成这个心灵的一个图解和寓言。我是谁？是什么？人的精神带着刚刚燃起的好奇询问着，这好奇永远不会消失。看看这些无限延伸的规律，我们有限的理解力只知道它们会这样，那样，却不知道它们为什么要这样。看这些无限的关系，这么相似，又那么不同；好像许多，却仍是一个。我愿意学习，我愿意知道，我愿永远探索。这些思想作品已成为人类世世代代的精神财富。

当人的心智向美德打开大门时，一种更隐秘、更甜美、更强大的美就会向他显示出来。此时，他就受到了上苍的启迪。他了解到他的生命是无限的，他是为善、为完美而生的，尽管他此时仍深陷于罪恶和虚弱之中。他敬慕的正是他自己，虽然他还没有意识到这一点，但他应该意识到。他知道那个伟大的词的意义，虽然他的分析并不能解释它。出于天真，或是出于理智的洞察，他会说——“我热爱公理。真理里里外外都永远是美的。美德，我就是你；拯救我，使用我；我为你服务，日日夜夜，无论位尊还是位卑，我可能不是有美德的人，但我要成为美德本身。”——这样，创造的目的就达到了，上帝也因此非常愉悦。

道德感是对某些神圣法则的尊敬和从中感到的快乐。它看清了我们在表演的这平凡的生活游戏表面似乎琐碎可笑，实际上包含着惊人的原则。玩具堆中的孩子会了解光、运动、地心引力以及肌肉的力量的运动；在人生游戏中，爱情、恐惧、正义、欲望、人和上帝之间关系错综复杂。这些法则不愿被充分地表达出来，既不会被写在纸上，也决不会被口头描述出来。我们苦思冥想也无法了解它们，但我们却时时刻刻在别人的脸上、行为中，在我们自己的悔恨中读到它们。道德的特征已融入每一种高尚的行为和思想之中。在谈话中，我们必须辛苦地列举大量具体事例来分辨、描述和暗示。而既然这道德感是一切宗教的核心，那就请允许我为你们举出一些表现出道德感的众多各类的事例，在这些事例中，你可以准确无误地观察到道德感的要素。

道德感的直觉是对心灵法则完善程度的洞察。这些法则自行其是。它们超越了时间，超越了空间，不受形势限制。因而，对人灵魂里的这种正义的回报是即刻性的，完全的。行善者立刻会变得高贵，作恶者立刻会变得渺小。抛弃不洁，便是增添了纯洁。一个人如果本质上是正义，那他便会因此而成为上帝。上帝的安全，上帝的不朽，上帝的权威都随着正义进入他的身体。一个人如果作伪、欺骗，那他是在欺骗自己，是在走向自己的对立面。一个看到了绝对善的人会满怀谦卑地崇敬它，如此向下迈出的每一步，都是向上的一步。背弃自己的人最终要回归自己。

我们现在看一看这种迅速地到处发挥作用的内在力量是如何消除谬误，纠正肤浅的现象，并使事实与思想相符。它在生活中的作用虽然人们很晚才能感觉到，但它最终像在灵魂中一样在生活中扎了根。凭此，人使自己成了自己的上帝，并施善于善，添恶于罪。性格总会为人所知，偷盗永远无法致富，施舍永远不会贫穷，谋杀必昭然于天下。最模糊的谎言——虚荣心，想给人留下好印象、好感的任何企图——立刻会自取其辱。做诚实的人吧，这样整个自然，全部神灵都会帮助你取得意料不到的进步。做诚实的人吧，这样一切有生命的东西或野兽都会做你的见证人，甚至那些地下的草根似乎也动起来，露出地面要为你作证。我们再看，当法则施用于爱，成为社会的法则时，它是那么完美。出于天然，物以类聚，人以群分，我们是什么样的人，就会有什么样的朋友，这是人的天性使然。于是，各随其愿，有些灵魂升入天堂，有些灵魂沉入地狱。

这些事实一直在向人暗示那个庄严的信条：这世界不是多种力量的产物，而是一种意愿、一种心灵的产物。这种心灵活跃在各处，它在每一束星光里，它在池塘的每一个涟漪里；与它抗争，每战必输。因为世事如此，别无选择。善良是肯定的，而邪恶是否定的，不是绝对的，这正如冷是由于缺乏热。一切罪恶充其量就是死亡或虚无。仁慈是绝对的，真实的。一个人有多少仁慈，就有多少生命，因为一切都出自这同一种神灵，这种神灵在不同场合以不同的名称出现，有时叫爱，有时叫正义，有时叫克制，正如海洋在它所冲击的不同的海岸被冠以不同的名称一样。一切皆出于这同一种神灵，一切又都与它密切协作。当人做善事时，他就会拥有大自然的全部力量，因此强大无敌。而若他偏离善途，他就剥夺了自己的力量和助手。他的生命将脱离所有的末梢经络，变得越来越少，成为一小堆，一个点，直至绝对的恶成为绝对的死亡。

对法则之法则的这种洞察在人心中唤醒了一种感觉，我们称之为宗教感，它给我们带来了最大的幸福。它吸引人、控制人的力量是奇妙的。它是山露，是世界的营养剂，是没药，是苏合香，是氯，是迷迭香。它使天空和山野壮观，它使星辰默默地吟唱。是它使宇宙变得安全，适宜居住，而不是科学或力量。思想可以使东西变冷，不透明，没有终极，没有统一。但美德感在心里的萌生才确保法则是一切自然的君主。世界，时间，空间，永恒，都因此而爆发出欢乐。

这种情感是神圣的，神化的。这是人的至福。它使人不可限制。通过它，灵魂首先为人所认知。它纠正未成年人的大错，即为了成为伟人而跟随伟人，并希望从别人那里获得优势——通过展示他是所有善之源，他和每个人都一样，只是通往理性深处的一个入口。当他说“我应该”时，当爱情温暖着他，当他接受上苍的警告选择善和伟大的行为时，最高的智慧将通过他的灵魂奏响深沉的乐章。此后他就能崇拜了，而他的崇拜又使他扩展自身，因为他永远不能背弃这种情感。在灵魂最崇高的飞升中，真理至上，爱情永存。

这种情感以社会为基础，并依次创造出各种形式的崇拜，崇拜的原则永远不会丧失。陷入迷信、陷入感官享受的人从未失去道德感的各种幻象。同样，所有这种情感的表达都与它们的纯洁一样是神圣而永恒的。这种情感的表述对我们的影响比其他任何作品的影响都大。最古老的句子，只要表达了这种虔诚，就仍是新鲜而芬芳的。这种思想总是深藏在虔诚、沉思的东方人的心灵最深处。它不仅在巴勒斯坦得到了最纯正的表达，而且在埃及、波斯、印度、中国，都是这样。欧洲总是从东方天才那里得到它神圣的冲动。这些圣人般的吟游诗人所歌唱的，是所有神智健全的人都会深感愉快并赞同的。基督给人类造成一种独特的印象，他的名字虽然不能在这个世界的历史上大书特书，但却是这种渗透一切的微妙美德的见证。

庙宇之门日日夜夜向每一个人敞开着，真理的神谕从未终止，与此同时，一个严苛的卫兵却始终在守卫着它，它就是一种直觉。它不能是转手货。说真的，我可以从另一个灵魂那里接受的不是指令，而是挑战。他所宣称的，我必须发现它在我身上也是千真万确的，否则我就将之抛弃。不管他是发号施令，或是我的顶头上司，不管他是谁，我什么也不接受。反之，若缺乏这种最基本的信念，那就是堕落。正如潮有涨就有落。假如失去了这一信念，它所说的话，做的事就会变成假的，有害的。然后，教堂、国家、艺术、文学、生活都将倒塌。若神圣自然的教义被忘却，那么疾病就会侵蚀和损害这个国家的肌体，妨碍她的发展。一旦人成为一切，他就会成为附属物和讨厌之物。因为那至高无上的精神是不能被完全抛弃的，其教义受此歪曲，神圣自然就将自己附于一两个人，而拒绝了其余所有的人，而且是愤怒地拒绝。神灵的教义丢失了，属于大多数人的粗俗的教义篡夺了灵魂教义的位置。奇迹、先知、诗、理想生活、神圣生活，就只是作为古老的历史存在着，人们不再有信仰，也不再有对社会的期望。但当它们被人提起时，又显得很滑稽可笑。生活是喜剧性的，或是可悲的。生命的崇高目标一旦消失，人就会变得鼠目寸光，就只会关心感官的快乐。

这些观点虽然很普遍，却从不产生矛盾，它们在宗教历史上，尤其是在基督教历史中，找到了大量的证明。在这种历史中，我们所有的人得以诞生，得到养育。真理就包含在其中。你，我年轻的朋友，现在就要开始教导别人了。作为崇拜，或对这个文明世界建立起来的崇拜，它对我们有伟大的历史影响。它那神圣的言辞一直是人类的慰藉。这不用我对你们说。此时，我将努力把我的责任转交给你们，同时指出在实施这种责任时常犯的两个错误，而从我们目前所持的观念看，这错误正变得日益明显。

耶稣基督属于真正的先知民族。他清楚地看到了灵魂的神秘。他为灵魂朴素的和谐所吸引，为它的美而陶醉。他生活在其中，并从中获得了自己的生命。在所有的历史里，只有他一个人评价了人的伟大。一个人的真实程度取决于他在你我身上存在的程度。他看到上帝将自己的形象赋予人，甚至进而重新占有了他的世界。在这种高贵感情的欢乐中，他说，“我是圣人。上帝通过我而行动，通过我而说话。若你想看上帝，就看我吧；或就看你自己，但要在你和我现在的想法相同时”。可他的教义和回忆在当时、在后来和以后的年代里遭到了怎样的歪曲啊。没有任何一种理性的教义可由知性去传授。知性从诗人嘴里捕捉到某首神圣颂歌，它就在下一时代说：“这就是耶和华从天堂降临。如果你说他是人，我会杀了你。”他这种语言习惯和修辞手段篡夺了他的真理的位置。教堂并非建立在他的原则上，而是建在他的比喻上。基督教成了神话，就像古诗里提到的希腊和埃及一样。耶稣谈到奇迹；因为他感到人生是奇迹，人的一切所作所为也是奇迹，并且他知道这每日的奇迹会随着其性质的升华而闪耀。但奇迹这个词由基督教堂说出来，就会给人一种错误的印象；它成了怪物，但并不是呼风唤雨的怪物。

耶稣敬仰摩西和先知，但对于他们迟至今天才将最初的启示变成人们心灵里永久的启示，他并没有不适当的多愁善感。因而他是真正的人。他看到我们身上的法则在统治着人，他不允许它被控制。他大胆地用手、用心、用生命宣告那是上帝。因此，我认为，他是历史上唯一了解人的价值的灵魂。

从这一角度来看，我们清楚地意识到历史上基督教的第一个缺点。历史上的基督教陷入了那种破坏一切宗教交流企图的错误。在我们看来，在世世代代的人看来，它都不是灵魂的教义，而是个人的夸张，绝对的夸张，仪式的夸张。它过去一直是，而且现在仍是以有害的夸张描述耶稣这个人。灵魂不认识任何人。它激励每一个人都伸展得像宇宙一样广大，并且没有偏爱，只有那种发自内心的天然爱。但这个用懒惰和恐惧建成的东方基督教王国，会将人的朋友变成人的伤害者。他的名字现在被许多词语包围着。一度被各种崇拜和爱的表示包围着的他的名字现在已堕落成为一种官衔，这毁灭了一切慷慨的同情和喜爱。所有听我讲演的人都感到，向欧洲和美国描述基督的语言不是那种向善良高尚之心进行友好热情地描述的语言，而是合乎规范的、正规的语言——那种描述半神的语言，就如东方人或希腊人描述俄西里斯或阿波罗那样的语言。若接受我们早期自相矛盾的教训的有害的欺骗，那么，如果诚实和自我牺牲没有基督教的名义的话，那它们也都会成为堂皇的罪恶。人宁愿是一个生活在过时的教义中的异教徒，也不愿做那种走进了自然却被骗走了人权，没有名字，没有家园，没有土地，没有职业，甚至连美德和真理也被别人垄断独占的人。那样，你甚至不能做一个人，你也不能拥有这个世界。你将不敢根据你自身的无限的法则生活，不敢与天地以各种可爱的形式反射给你的无限的美和谐相伴，而是必须将你自己的本性依附于基督的天性，你必须接受我们的阐释，接受庸人所描绘的他的画像。

使我回复本身的事物总是最美好之物。那坚定、伟大的教义已激起了我内心的崇高。听从你自己吧。那显示上帝在我心中的东西使我坚强。那显示上帝离我而去的东西把我变成了疣瘤。我不再有任何必须存在的理由，那过早到来的死亡的长长的阴影已笼罩了我，我将永远死去。

神圣的吟游诗人是我美德的朋友，是我智慧的朋友，是我力量的朋友。他们告诫我，那些从我心头一闪过的光不是我的，而是上帝的。他们也有过同样的经历，而且并没有违背神的幻象，因此，我爱他们。崇高的启示从他们而生，这启示约我抵御邪恶，征服世界，成为真人。基督给我们的仅是这种神圣思想，并以此服务于我们。想用奇迹转变一个人是对灵魂的亵渎。真正的转变，真正的基督徒，现在和过去一样，都是要通过接受美的情感来完成。的确，一个伟大的，丰富的灵魂，就如基督的那样，若落入凡夫俗子之中，就会具有绝对的优势，就会恢复世界的名义。对他们来说，世界似乎是为他而存在的，他们尚未从他那里汲取足够的智慧，所以尚不明白，只有再次回归他们自己，或是回归他们体内的上帝，他们才能永生。给我一点什么东西是小恩小惠，而给我能力，使我能自己去做点什么则是大恩大德。这一天就要来了，这时所有人都会看到，上帝给灵魂的恩赐并非巨大、难以抗拒、独一无二的神圣，而是甜蜜自然的善良，就像你我的善良一样，因此它也邀你我保持美德，弘扬美德。

传教时粗鄙的语气表现出的不公正不仅对耶稣来说是臭名昭著的，而且对它所侮辱的心灵也是罪大恶极。传教者不知道他们传播的福音是让人不快的，他们还剪掉了耶稣美妙的修饰，消弭了天堂的标志。当我看见高贵的古希腊英雄伊巴敏诺德或华盛顿，当我在自己的同时代人中见到一位真正的演说家、一位正直的法官、一位亲爱的朋友时，当美妙的乐章和优美的诗歌让我心灵震颤时，我就见到了我所渴望的美。在我耳边响起的，如此美妙，令我全身心为之迷醉的，是那些游吟诗人的严肃音乐，它们曾世世代代歌唱过真正的上帝。现在请不要站在这魔力圈外，以侮辱和特例来贬低基督的生活和对话。让它们自由自在，温暖而活跃地生活吧，让它们成为人生的一部分，风光的一部分，快乐的一天的一部分。

利用基督心灵的传统而有限的方式的第二个缺点是第一个缺点的后果。道德的本质，法则中的法则，它们的揭示为敞开的心灵引入了伟大——即上帝本人，但它们并没被当作社会中已确定的教义的基础进行研究探讨。人们在谈论这种揭示时，已将之作为很久以前就已确定和完成的东西，好像上帝已经死了。对信仰的伤害使传教者窒息，最优秀的教会在宣教时对这一问题也含糊其词，优柔寡断。

毫无疑问，是与灵魂之美的交谈导致了想使别人也产生同样的知识和爱的渴望和需要。如果言谈被拒绝，那么思想就将成为人的一种负担。观察者总是诉说者。不知怎么回事，他的梦被说了出来；也不知是怎么回事，他怀着神圣的快乐公布了它。他有时用铅笔在画布上，有时用凿子在石头上，有时在花岗岩的楼塔里和通道上，他建立起自己灵魂的崇拜。这种崇拜有时是在神圣的音乐里，但最清楚、最永久的是在语言里。

热爱这种优美的人将成为它的牧师或诗人。这种功能与世界同生同灭。但也请注意它的存在条件，即这功能是其精神局限。只有精神才能教化人。任何世俗之人，任何放荡之徒，任何骗子，任何奴隶都不能实施这种教育，只有他能，因为只有他拥有，只有他能进行创造。只有灵魂附身的人，只有作为灵魂讲话的媒介的人才能说教。勇气、虔诚、爱、智慧可以说教。每个人都可以敞开自己的家门迎接这些天使，他们将给他带来语言的天赋。但那种按书上说的、会议上用的、时尚指引的方式和按自己的兴趣讲话的人，最多只会如婴儿般咿呀学语。还是让他们住口吧。

你们决意将自己奉献给这个神圣的功能。我希望你们能在欲望和希望的躁动中感到自己心灵的呼唤。这是世界上第一位的职责。它是确实的，无法容忍丝毫虚假的诋毁。我有责任对你们说，对新启示的需要从没有像现在这样大过。从我已表达的观点中，你们应会推测到那个悲哀的现实：普遍的堕落和目前信仰的几近毁灭，我相信许多人与我有同感。灵魂没得到宣教，教堂摇摇欲坠，几乎一切的生命都已灭绝。在这种时刻，任何谦恭都是犯罪，这就告诉你们，你们的希望和使命就是去宣讲对基督的信仰。

现在，所有遭受错误压制的有识之士都对我们教会的严重缺乏发出了抱怨，这种心灵的痛苦呻吟因为被剥夺了那些只源于道德自然文化的安慰、希望和尊严，也应该让那些懒惰的沉睡者和埋没于日常嘈杂俗务的人们听一听。传教者这一伟大而永恒的职责尚未被解除。传教表达了在完成生活责任时的道德情感。不知在多少个教堂，有多少个先知告诉我，若人敏感，他就是一个无限的灵魂，天地都要进入他的心灵。他将永远从上帝之灵里汲取生命的琼浆。现在在哪里能听到那种会使我的心充满来自天堂般的乐章，而且确定不疑地证明它自己就来自天堂的宣教的声音？我在哪儿能听到那些在过去的年代里曾吸引着人放弃一切——父母、房子、土地、妻子儿女——追随而去的话语？我在哪儿能听到人们宣讲那些萦绕在我耳边，并使我为付出最大限度的行动和感情而感到荣耀的威严的道德之法？对真正信念的考验当然应该是它吸引和支配灵魂的力量，就如自然法规控制人手的活动一样——它是那么威严，我们发现依顺它是一种愉快和荣耀。信念应该分享日出日落之光，应该与飞翔的云，与歌唱的鸟，与花的气息融汇交合。但现在牧师的安息日已失去了自然的辉煌，它一点也引不起人们的兴趣，我们只希望它快点结束。甚至坐在教堂的长凳上，我们也能够创造，而且确实创造了一个更美好、更神圣、更甜美的安息日。

无论何时，当讲坛被形式主义者篡夺时，教民便会受到欺骗，感到绝望。祈祷一开始，我们就退缩。祷告不但不能振奋我们的精神，反而打击我们，激怒我们。我们宁愿裹紧斗篷，最好独处一隅，两耳不闻窗外事。我曾听过一位牧师的布道，但他只使我想说，我再也不去教堂了。我想人们宁愿去他们想去的其他地方，下午不会再有人进教堂了。一场暴风雪裹挟着我们。暴风雪是实实在在的，而牧师只不过是幽灵。看看他，然后再看看他身后的窗子外白雪皑皑的美丽的景色，眼睛就感觉到了悲哀的对比。他枉活一世。他没有一个词说明他曾大笑过或哭泣过，结过婚或是在恋爱中，被称赞过，被欺骗过，或烦恼过。即使他曾生活过，行动过，我们也一无所知。他的职业的最大秘诀，即把生活转换成真理，他还没有掌握。在他所有的经历中，没有一件事被他转换到自己的教义之中。这个人耕耘过，播种过，演讲过，买过，卖过，他读过书；他吃过，喝过；他的头会痛；他的心会跳；他会笑，也会痛苦。但在他的全部言谈中，没有任何暗示和迹象表明他曾生活过。他也没从真正的历史中领取只言片语。真正的牧师据此便可辨别出来，他把自己的生活分给人们——经过思想火焰燃烧过的生活。但糟糕牧师的布道却使人无从知道他生在哪个时代，他是否有父母或孩子，他有财产还是一贫如洗，他是城里人还是乡下人，或任何其他生平事实。似乎奇怪的是，人们应该去教堂。似乎他们的家庭生活非常乏味，所以他们才愿意来听这种毫无思想可言的聒噪。这表明道德情感有一种压倒一切的吸引力，它可以使自己名下和领域内的愚蠢和无知也沾染上闪烁的光彩。好的听众肯定自己什么时候曾被感动过，也肯定曾触及了什么，而某个词儿就能帮他做到这点。当他听着这些空洞的言辞时，他感到自慰的是它们使他想起了过去度过的美好时光。因而他们喧嚷，无所顾忌地重复别人。

我并非不知道，当我们的传教毫无价值时，它也并非毫无用途。总有某些人生有一双好耳朵，能从贫瘠的原料中汲取到滋养美德的食粮。在平平常常的祷告和布道中隐含着诗意的真理。虽然说者愚蠢，却有聪明的听者。因为每一个词都是在虔诚的那一时刻来自一个受打击的或是快乐的灵魂所选择的表达方式，它的美好使人难忘。我们教堂里的祈祷词，甚至信条，都像丹德拉神庙里的黄道带和印度天文学上的一个个里程碑，与人们的生活和生意中存在着的一切完全隔绝。它们标志着潮水曾经上升到的高度，但这种驯顺只抑制善良和虔诚之人做恶事。在我们地区的大多数地方，宗教服务产生了相当不同的思想和感情。我们不必斥责上帝粗心的仆人。他们的懒惰这么快就引来报应，我们真是满怀悲悯。唉，那个被叫来站在讲坛上的不快乐的、拿不出生活食粮的人呀，发生的一切都在怪罪他。他会请求国内外的人为他的使命做贡献吗？若他呼吁自己教区的人们应该把钱送到百里或千里之外去救济和他们家里一样穷困的人的生活，他会立刻羞愧满面，马上会逃到百里或千里之外躲藏起来。当他和他们都知道在那儿他们能期待的少得可怜时，他还会敦促人们像神一样生活吗？他还能要求同胞来参加安息日的聚会吗？你会私下邀请他们出席上帝的晚餐吗？他不敢。假如没有心灵来温暖这个仪式，那种空洞、干枯、吱吱嘎嘎的仪式就太无聊了，它无法面对一个有智慧有精力的人，无法毫无恐惧地向他发出邀请。在街上，对那些亵渎神明的大胆村民，他能说什么？这些亵渎神明的村夫从牧师的脸上、身影和步态中看见了恐惧。

不要让我因为疏忽了善人的要求而玷污了这次祷告的真诚之情。我知道并且敬重许多牧师的纯洁和严以律己的良心。被公众崇拜维持着的生活当归功于那些虔诚的人，这样的人已所剩无几了。他们这儿那儿地主持着教堂。他们有时过分顺从地接受老一辈的教义，可他们所拥有的真正美德的冲动并非来自别人，而是来自他们自己的心灵，因而他们依然支配着我们对个性神圣的爱和敬畏。而且，并不像在好时光时那样，只有几位杰出的布道者，那些一切的真正灵感，是例外者，不，美德存在于每一个人的真诚时刻。然而，不管有怎样的例外，依然没变的是：这个国家的传道仍以传统为特色，它出自记忆，而不是出自灵魂。它追求的是普通的，而不是必须的和永恒的。基督教历史将传教与对人的道德本质的探索分离开来，而道德本质正是传教的精华，也是奇迹和力量的源泉。这样，基督教历史就破坏了传道的力量。这对于整个地球的快乐法则，那个独自就可以使思想亲切而丰富的法则，是多么残酷和不公。这一具有终极稳定性的法则被天文学轨道拙劣地模仿了，它被模仿、被贬低、被蔑视、被呵斥，而法则本身却得不到一字一句的表达。失去了这个法则的讲坛，也失去了自己的理性，只跟在它自己也不知道的东西后面摸索。因为缺少这一文化，社会的灵魂就会患病，就会毫无信义。它只需一种严厉、高尚、坚忍的基督教戒律来使它认识自己和通过它讲话的神。现在，人为自己感到羞耻，他一生鬼鬼祟祟，偷偷摸摸，让人容忍，让人怜悯。在这一千年里，几乎没有人敢于表现出睿智和善良，使得他的同胞跟在其身后为之落泪和祈祷。

当然也有一些时候，由于对某些真理懒于思考，更大的信念只在名义和个人身上才是可能的。英美的清教徒在天主教堂的基督那里，在从罗马继承下来的教义里找到了他们得以表现他们严谨的虔诚及对公民自由的渴望的天地。但他们的教条正在消失，新的教条还未出现。我认为，一个有思想的人，当他走进我们任何一座教堂时都会感觉到大众崇拜对人的控制已经消失，或者说正在消失。它已无法把握对善良人的爱和邪恶的恐惧。在乡村，在社区，用当地的话说，一半的教区都已“停业”。已经有迹象开始表明道德和宗教将脱离宗教会议。我曾听到一位非常珍惜安息日的虔诚的人痛心疾首地说：“星期日去教堂似乎是犯罪。”那种曾吸引着最优秀的人的动机现在只是一种希望和等待。过去教区里最好的人和最坏的人，穷人和富人，知识渊博的人和无知的人，年轻的和年老的，应有一天在同一片屋檐下以兄弟相见，以表明人的灵魂具有平等的权利，而这也是人们去教堂的最重要的原因。

我的朋友们，我想我在这两个错误中找到了教堂衰败和失去信义的原因。对一个民族来说，还有什么灾难能比失去礼拜更大呢？若是这样，那么一切都将走向衰败。天才离开教堂去参与议会或市场，文学变得轻浮，科学变冷，年轻人的眼睛里不再闪烁着对彼岸世界的希望，老年人也不再得到荣耀。社会为琐事而忙乱，人死茶凉，谁也不再提到他们。

现在，我的兄弟们，你们会问，在这些绝望的日子里，我们能做些什么？补救的良药已在我们抱怨教堂的理由里表现出来了。我们已将教堂和灵魂进行对照，那么，让我们从灵魂之中寻求拯救的办法。人无论从哪里来，哪里就会发生革命。传统是为奴隶留着的。当这个人到来时，所有的书都变得浅显易懂，所有的东西都变得透明，所有宗教都成了形式。

他信仰宗教。人是奇迹创造者。人们看到他就在奇迹之中。所有的人都在祝福和诅咒。他只说是和不。宗教的静止不变，认为灵感时代已经过去的假设，“圣经已经封闭”的传言，以及因害怕贬低基督的性格而用人代替他的作法——这些都极其明确地指明了我们神学中的虚假。一位真正教士的职责是向我们展示上帝是现在的上帝，而不是过去的上帝；他现在在说话，而不是过去在说话。真正的基督教——即像基督那样相信“人生无限”的基督教——已被丢失了。没有人相信人的灵魂，除了几个老人和已去世者的灵魂。可悲呀，没有人可独自前行。所有人都成群结队地不是涌向这个圣人就是涌向那个诗人，却回避悄悄观看着的上帝。他们不会暗中观察，他们爱公开地盲目行事。他们认为世界比他们的灵魂更聪明，却不知道：一个灵魂，他们的灵魂，比整个世界都更富有智慧。看那些民族和种族是怎样在时间的长河上一闪而过，却没留下任何可以表明他们漂过或沉没的波痕，可一个善良的灵魂却使摩西的名字，或芝诺[①]的名字，或琐罗亚斯德[②]的名字被人永远敬仰。没有人检验过作为民族的自我和自然的自我的严谨的愿望，而每个人都会轻易追随某种基督教计划，或某个教派，或某个大人物。一旦你离开自己对上帝的认识，离开自己的情感，而接受非本原的认识，像圣保罗的，或乔治·福克斯[③]的，或斯维登堡的认识，随着这些非本原的形式一年一年地延续下去，你与上帝的距离也就会越来越远。假如现在这些认识延续到数百年之后，那时这种差距已大得使人几乎不能相信它们还有什么神圣可言。

我首先要劝你走自己的路，拒绝好的榜样，甚至那些在人们想象中神圣的榜样。大胆地爱上帝，无需什么中介人或羞答答。你会找到足够多的朋友，他们会支持你与卫斯理兄弟[④]和奥伯林[⑤]竞

---

① 芝诺（426—491），东罗马帝国皇帝。——译者

② 琐罗亚斯德（628？—551？ BC），古代波斯琐罗亚斯德教创始人，据说 20 岁时弃家隐修，后对波斯的多神教进行改革，创立了琐罗亚斯德教。——译者

③ 乔治·福克斯（1624—1691），英国基督教新教公谊会创始人，并把公谊会传至北美、荷兰和北欧，主张寻找直接得自上帝的“内心之光”，轻视教规及政治、经济律条，曾八次入狱。——译者

④ 卫斯理兄弟，即查理·卫斯理（1707—1788）和约翰·卫斯理（1703—1791），英国布道家，基督教新教卫斯理宗教创始人，曾一起到北美传教。——译者

⑤ 奥伯林（1740—1826），法国基督教信义会牧师，致力于慈善事业和教育改革，关心教区内教徒福利，开办农村学校等，美国俄亥俄州的奥伯林学院即以其姓氏命名。——译者

争，他们都是圣人和先知。我们要感谢上帝创造了这些好人，但也要说："我也是一个人。"模仿再好也不会超过模特儿。模仿者注定只是毫无希望的平庸之辈。创造者做什么都是出于天然，所以他觉得它有魅力。而对模仿者来说，他不但不会出于天然地去做，而且还会失去了自己的美，但却又没得到别人的美。

你自己就是圣灵新诞生的诗人——抛弃一切因袭思想，使人直接与上帝对话。首先，而且唯一要注意的是：让时尚、习俗、权威、娱乐和钱对你来说都毫无用处——它们不是你眼前的障碍物，使你看不见，而是要与无限的心灵赋予你的特权共同生活。不要急于定期去访问你负责的教区里的每一个家庭，只要你遇到他们中的一个男人或女人，就要像圣人一样对待他们，就要向他们展示思想和美德，就要让他们胆怯的渴望发现你是朋友，让他们被践踏的本能经过你温柔的诱导而在你的氛围中舒展开来，让他们的疑虑知道你也曾疑虑过，让他们的惊奇觉得你也曾惊奇过。通过相信你自己的心，你也就能对别人更加信任。尽管我们都受毁灭灵魂的习惯的奴役，然而，不容怀疑的是，每个人都珍惜生命中那可贵的几个真实的时刻。他们喜欢有人听自己讲话，他们喜欢沉浸在教义的幻象之中。在过去那些枯燥无味、充满琐碎与罪过的年月里，我们记得曾几次见到那些使我们心灵更具智慧的灵魂，那些说出我们所思所想的灵魂，那些告诉我们所知的一切的灵魂，那些让我们成为自在之人的灵魂。如果你向别人履行了教士的这种职责，那么不管你在还是不在，他们都会怀着爱像追随一个天使那样追随你。

要实现这样一个目的，我们就不要以普通意义上的美德为目的。我们能不给那些热爱美德的人们以美德吗？这美德因社会的颂扬而光彩夺目，而我们自己则洞察了绝对能力和价值的寂寞。我们轻而易举就可达到社会的美德标准。社会的赞扬很容易就能得到，并且几乎所有的人都满足于这些容易获得的美德。然而，与上帝交谈的直接后果却是抛弃它们。有些人不是演员，不是演说家，却有影响力。有些人太伟大而用不着名誉和炫耀。也有人轻视口才。对他们来说，所有我们称之为艺术和艺术家的东西都似乎太近于炫耀自私，太近于对有限与自私的夸张，因而失去了普遍性。演说家、诗人、统治者对我们的侵犯，只能像漂亮女人那样，通过我们的允许和尊崇来实现。以你们对心灵的专注去蔑视他们，以你们高尚而共同的目标尽力去这样做，他们立刻就会感觉到你拥有权力，而他们只能在较低层面上发光。他们还感觉到你的权力，因为他们和你一样，都是敞开心扉接受无所不知的圣灵的浇灌，圣灵在光天化日之下消除了智力的形形色色的细微差异，并且创造出我们称为更有智慧、最有智慧的人。

在这种高尚的交流中，让我们研究那些正直、崇高的行为，大胆地行善，不依赖朋友，这样，那些爱我们的人所有的不正当的愿望就不会损害我们的自由。但我们应为真理而抵制最任意的仁慈的流溢，尽早地呼吁同情。我们知道包含着这美的实质的最高形式是什么——美德的某种稳定性，它与人的观点毫无关系。这种美德如此重要，又是如此显而易见，所以无须任何证明，人们就会知道那些正确、勇敢、慷慨之举都将由它做出，没有人想到要赞美它。你会称赞一个花花公子的一件善举，却不会颂扬一位天使。把美德作为世间最自然的东西而默默接受，是对它最高的褒奖。这样的灵魂，当它们出现时，是美德的至高无上的卫士，是永恒的保持者，是命运的操纵者。人不需赞扬它们的勇气，它们是自然的灵与肉。啊，我的朋友们，我们身上还有我们尚未发掘的资源。一些人就是因为受到惊吓才精神焕发。危机使大多数人胆怯、麻木，而对有些人来说，它则恰如优雅可爱的新娘，它并不需要谨慎和节俭的能力，而是需要理解、坚定和牺牲的准备。拿破仑说过，他的元帅马塞那只有在战争最艰难时才会显示自己的大将风度。当他身边的人一排排倒下死去时，他全身的力量就被唤醒了，并不费吹灰之力就能使敌人失魂落魄，赢得胜利。所以，只有在艰难的危机中，在不倦的忍耐中，在充满同情的孜孜追求中，天使才会显示出自己的本色。但是，如果没有忏悔和羞耻之心，我们就难以记住并敬仰这些难以达到的高度。而有这些东西存在，我们应该感谢上帝。

现在，让我们尽最大的力量来重新点燃神坛上已奄奄一息、快要熄灭的火。教堂的邪恶现在已昭然若揭，问题又回来了。我们该做什么呢？我承认，在我看来，一切企图创办并建立一个有新仪式和新形式的崇拜制度的努力都将如镜中花、水中月。信仰创造了我们，而不是我们创造了它。信仰创造自己的形式。所有建立新体系的企图都如同法国人向理性女神推荐的新崇拜一般冷却了——今天以硬纸板和花边开始，明天就在疯狂和谋杀中结束。你们还不如通过已存在的形式呼吸新生命。因为一旦你焕发活力，你就将发现它们是有可塑性，又成为新的了。弥补它们缺陷的方法首先是灵魂，其次是灵魂，永远是灵魂。美德的一次跃动就会使教皇制度的所有形式得以升华，并充满生命力。基督教已给了我们两个不可估量的优势。首先是安息日，这整个世界的庆典。它的光芒不仅照进了哲学家的私室，而且也同样照进了劳动者的阁楼，照进了监狱，照到了所有的地方，甚至照在邪恶的人群里，处处暗示着精神的尊严。让它，让这教堂，永远矗立着，这新的爱，新的信念，新的视野将把它向人类展示的辉煌恢复到前所未有的程度。其次，布道——人对人的讲话——的机制，实际上是所有机制、所有形式中最灵活的一种。现在，是什么阻止了它在每一个地方，在讲坛，在演讲厅，在家里，在田野上，在一切人的邀请之下，或在你自己处境的指引下，让你说出你的生活和良知教给你的真理，并以新希望和新启示去鼓舞那些苦苦等待、衰弱不堪的人心？

我盼望着那至高无上的美，那曾使东方人，主要是希伯来人的灵魂狂喜，并通过他们之口向一切时代诉说神谕的美也能在西方诉说，我盼望着这一时刻的到来。希伯来和希腊的经文包含着不朽的词句，它们一直是千百万人生命的面包。但它们没有史诗般的完整，它们都是零散的断片，智者并看不到它们的顺序。我寻找新教师，他将紧紧追随那些闪光的法规，他将看到它们的全貌，看见它们完整的美姿，看到这世界是灵魂之镜，看到地球引力规律与心灵的纯净合而为一。他将宣示：义务，也即职责，就是科学，就是美和快乐。

（1838年7月15日于剑桥镇）

译后记

去年12月，在井冈山机场接到董伯韬兄的电话，问我所译爱默生的随笔集是否可由湖南文艺出版社编辑出版。我当然求之不得。我也很感谢他的引荐，得以认识耿会芬编辑，并按照出版社的要求，开始断断续续修订重译。也是巧合，自那时起一直到现在，江西一直阴雨不断，且常有雷鸣。感谢爱默生的文字，让我重新体验到当初翻译这些文字时的喜悦，这使我对风雨的潮冷漠然不屑，我以爱默生的超然得到了宁静，并对何为经典又多了一些直观的认识：爱默生的文字有随读随新之感，超越了文化，超越了时间，而直击人的心灵。人的心灵，都有共同的本性，就是对真善美的超越世俗的敏锐感知。爱默生的文字，发自心灵，也自然能感动心灵。这样的文字，就是永恒的经典。

本书选译了最能代表爱默生思想和风格的一些文章，但翻译过程中却常常有遗憾之感，就是不能尽可能多，尽可能完美地译出爱默生的优美篇章。目前爱默生的作品有很多中文译本，本书就权作群花中的一枚小小的蓼花吧，不求人注目，只尽一点香。

自2017年底至今，我奔波于上海与江西之间，虽有思考，却无暇写作。江西多山多树多水多情，与爱默生的文字，竟有很多的切合。我能在这样的环境下再次与爱默生远隔时空谈花谈草谈水谈灵，也是难得的一份福气。希望这样的福气，能带给所有阅读本书的读者。

孙宜学

2019年8月9日